『旅行者号』第一部

前往愤怒小行星的

漫 漫 旅 程

THE LONG WAY TO A SMALL, ANGRY PLANET

Becky Chambers

〔美〕**贝基·钱伯斯**

著

梁涵 赵晖 译

海峡出版发行集团丨海峡文艺出版社

图书在版编目（CIP）数据

　　前往愤怒小行星的漫漫旅程 / （美）贝基·钱伯斯著；
梁涵，赵晖译 . -- 福州：海峡文艺出版社，2021.12
　　ISBN 978-7-5550-2770-6

　　Ⅰ . ①前… 　Ⅱ . ①贝… ②梁… ③赵… 　Ⅲ . ①幻想小
说－美国－现代　Ⅳ . ① I712.45

中国版本图书馆 CIP 数据核字 (2021) 第 231660 号

THE LONG WAY TO A SMALL, ANGRY PLANET
by Becky Chambers
Copyright © Becky Chambers 2014
First published in Great Britain in 2015 by Hodder & Stoughton
Published by arrangement with Hodder & Stoughton Limited, through The Grayhawk Agency.
Chinese (in Simplified characters only) translation copyright © 2021 by United Sky (Beijing) New Media Co., Ltd.
All rights reserved.
著作权合同登记号：图字 13-2021-054

前往愤怒小行星的漫漫旅程

[美] 贝基·钱伯斯 著；梁涵　赵晖 译

出　　　版：海峡文艺出版社
出 版 人：林　滨
责任编辑：蓝铃松
编辑助理：张琳琳
地　　　址：福州市东水路 76 号 14 层　邮编 350001
电　　　话：(0591) 87536797（发行部）
发　　　行：未读（天津）文化传媒有限公司

选题策划：联合天际·文艺生活工作室
特约编辑：黄　蕊
装帧设计：木　春
美术编辑：梁全新

印　　　刷：三河市冀华印务有限公司
经　　　销：新华书店
开　　　本：880 毫米×1230 毫米　1/32
印　　　张：14
字　　　数：350 千字
版次印次：2021 年 12 月第 1 版　2021 年 12 月第 1 次印刷
书　　　号：ISBN 978-7-5550-2770-6
定　　　价：66.00 元

关注未读好书

未读 CLUB
会员服务平台

地面，是我们的立足之本；
飞船，是我们的容身之所；
群星，是我们的心之所向。

——地球移民格言

前途未卜

从太空舱里醒来时，她只记得三件事：第一，她正在外太空航行；第二，她正要上手一份新工作，且这次绝对不能搞砸；第三，她买通了政府官员，得到一个新身份。这些事她早就知道了，可一醒来就想到它们，心里还是不太舒服。

按理说，此刻她不该醒来，至少应该再睡上一天，可买了便宜的船票，这也是意料之中的结果。便宜的船票意味着廉价的太空舱、劣质的燃料，连休眠的药剂都是便宜货。从太空舱发射到现在，她已经恢复过好几次意识了——迷迷糊糊地醒来，刚明白是怎么回事儿，又昏睡过去。舱内一片漆黑，也没有导航屏。她根本无法判断每次醒来间隔的时间长短，或者她到底航行了多远，甚至不能确定太空舱是否成功发射。这让她不安又气恼。

她的视线逐渐清晰起来，聚焦在窗上。遮光板关着，挡住了所有可能存在的光源。她知道，其实并没有光源。毕竟，她正身处外太空。这里没有热闹的行星，没有密布的航道，也没有发光的飞行器；只有一片虚无，可怕的虚无。除了她自己，还有偶尔飞过的石块。

引擎嗡嗡作响，预示着又一次亚层跃迁。药剂生效，令人不适的睡意再度袭来。在逐渐失去意识的过程中，她又回想起这份工作、那些谎言和她给政府官员转账时对方喜形于色的嘴脸。她不知道自己给

1

的够不够。"必须得够！一定够的！"毕竟，她已经为那些并非自己犯下的错误付出了太多代价。

她合上双眼，彻底失去意识。

太空舱理应还在路上。

怨声连连

飞船上就没有清净的日子。居住在地面上的人们根本不会想到这点。对于在行星上长大的人而言，适应飞船上的各种动静和居住环境，都需要时间。毕竟，你是住在一台硕大的机器内部。可在阿什比（Ashby）看来，这些噪声和自己的心跳一样再自然不过了。他能通过床铺上方空气净化器叹息般的运行声来判断什么时候该起床。当石块在飞船外壳上发出熟悉的撞击声时，他很清楚石块的大小，清楚哪些不用担心、哪些会有麻烦。他甚至可以通过星际即时通信工具上静电噪声的强弱，确定对方与他之间的距离。这些声音充塞于外太空的生活中，无时无刻不在提醒船上的人们，他们离地面有多远，以及这里的生命有多脆弱。但这些声音也意味着安全。没有声音，代表空气不再流动，引擎不再运转，人造重力不再令你"脚踏实地"。寂静属于飞船外的真空。寂静即死亡。

这里还有其他声音，不是飞船而是船上的人们发出的声音。即便身处移民飞船看不到尽头的走廊上，你也可以听到众多声音混杂在一起的回响，包括附近人们的交谈声、金属地板上的脚步声、技术人员在飞船的墙体内攀爬作业时的微弱撞击声，他们应该是在修理某处隐藏的电路。阿什比的飞船"旅行者号"（Wayfarer）虽足够宽敞，但和他小时候居住的移民飞船相比，则小了太多。当初，他买下"旅行者号"，并为它配备了一批船员，可就连他也不得不适应船上狭窄的居住空间。但总有人在他身边忙活、嬉笑和吵闹的感觉还是让他感到宽慰。广阔的太空空无一物，有时候，即便是最有经验的船员，也可能会望着群星点缀的虚空，心生谦卑与敬畏。

阿什比喜欢噪声。这让他知道自己不是孤身一人，从而感到安心。尤其是考虑到他的职业。制造虫洞可不是什么令人向往的工作。银河系共和国如今遍布星际隧道，根本就没人会在意它们的存在。阿什比怀疑，人们对这些星际隧道的关注程度，可能还不及一条裤子或一顿热饭。但他的工作要求他关注星际隧道，还得是重点关注。如果你坐在那儿，长久思考关于星际隧道的事情，想象你的飞船如穿针引线般在太空中穿行……那么，身边吵闹些会让你感到好受点。

此刻，阿什比坐在办公室里，就着一杯丁酮酒①浏览新闻。突然，一阵异响令他一惊。是脚步声。阿提斯·科尔宾（Artis Corbin）的脚步声。科尔宾正愤怒地朝着他的办公室走来。阿什比叹了口气，控制住怒意，摆出船长的姿态。他面无表情，准备洗耳恭听。和科尔宾交流总需要做心理建设，要把自己抽离出来。

科尔宾是个天才藻类学家②，也是个彻头彻尾的浑蛋。他的第一重身份对于"旅行者号"这样的长途飞船来说非常关键。如果一组燃料报废，这可能意味着飞船无法安全抵港。"旅行者号"的底层甲板下，一半的空间都被藻类培养缸占据了。缸内的营养物质和含盐量需要专人密切关注。从这点来看，科尔宾的社交无能反倒是件好事。这家伙更喜欢一整天都躲在培养缸周围，嘴里嘟囔着上面的读数，力求达到他所谓"最佳状态"。在阿什比看来，培养缸的状态似乎永远都

---

① 丁酮酒是阿什比爱喝的一种含酒精饮料。——译者注（下文注释如无特别说明，均为译者注）

② "旅行者号"是靠飞船上培养的藻类驱动的，因此，藻类学家科尔宾的角色非常重要。

是最佳的，他可不想在科尔宾倒腾藻类的时候打扰他。自从科尔宾上了飞船，阿什比的燃料成本降低了 10%。而且，本来就没几个藻类学家会接受一艘星际隧道开凿船上的工作。短途飞行中，藻类已经够敏感了，在长途飞行中，若要使它们保持健康状态，则需要极度的细心和耐心。科尔宾虽然厌恶人类，却热爱他的工作，而且还干得特别出色。这让他在阿什比眼中显得极为珍贵。真是个极为珍贵的大麻烦！

门突然打开，科尔宾闯了进来。和往常一样，汗珠从他的眉毛上滴落下来，花白的头发油腻地贴在两鬓。为了驾驶员着想，"旅行者号"的舱内温度一直比较高。科尔宾自上船第一天就表示，他不喜欢这艘船内的标准温度。即便他已经在飞船上工作了数年，他的身体仍然拒绝适应这里的温度，似乎纯粹是因为不想适应。

科尔宾的双颊泛着红光，尽管谁也猜不出这是因为他情绪不佳，还是因为他刚刚爬完楼梯。阿什比向来看不惯脸颊这么红的人。大多数存活至今的人类都是在移民飞船上出生的，而这些飞船早就离开了人类祖祖辈辈生活的太阳系。很多像阿什比这样的人，都是出生在移民飞船上的，而它们曾经属于最初的地球难民。阿什比的黑色小卷发和琥珀色皮肤是数代飞船移民多次混血的结果。大多数人类，不论是出生在太空还是殖民地，都拥有看不出国籍的移民混血特征。

科尔宾完全具备太阳系行星人类的特征，尽管最近几代出生在行星上的人类已经越来越像移民了。人类基因库极具多样性，具有浅肤色性状的个体曾在地球上的不同地区出现，如今在移民飞船上，这种情况依然会发生。科尔宾的肤色近乎粉色。他的祖先也是科学家，他们是建造恩克拉多斯星 ① 周围第一艘科研轨道飞行器的早期探索者。他们已经在那里待了数个世纪，密切观测冰海中细菌的繁殖情况。太

___

① 恩克拉多斯星，又称"土卫二"，是土星的第六大卫星。

阳在土星的上空，犹如一枚黯淡的拇指印，因此，每过十年，科学家们的肤色都会因为日照不足而越来越浅。最终，科尔宾出生了。这个粉色皮肤的男人，生来就和乏味的实验室和昏暗的天空很搭。

科尔宾把他的平板电脑丢到阿什比的桌上。长方形的薄板穿过悬浮在空中的迷雾般的像素投影屏幕，"咔嗒"一声掉在阿什比面前。阿什比朝虚拟屏幕发出手势指令，将其关闭。悬在空中的新闻标题化为一缕彩烟。像素点们犹如一群群小虫，溜回桌子两侧的投影箱里。阿什比看了看桌上的平板电脑，朝着科尔宾扬起眉毛。

"这，"科尔宾伸出一根细长的手指，指着平板，"一定是个玩笑吧？"

"让我猜猜，"阿什比回应道，"詹克斯（Jenks）又在你的笔记上捣乱了？"科尔宾皱起眉，摇了摇头。阿什比仔细看了看平板，努力忍住笑。他想起詹克斯上次黑进科尔宾的平板，把这位藻类学家精心整理的笔记删了个精光，然后存了 362 张各式各样的詹克斯自己的全裸照。其中有一张詹克斯举着银河系共和国横幅的，尤其赞。它整体呈现出一种戏剧效果，看起来还挺高级。

阿什比拿起平板电脑，屏幕朝上，一页页浏览起来。

收件人：阿什比·桑托索（Ashby Santoso）（"旅行者号"，银河系共和国星际隧道执照号 387-97456）

关于：罗斯玛丽·哈珀（Rosemary Harper）简历（银河系共和国政府，身份编号 65-78-2）

阿什比认出了这份文件。这是他们新职员的简历，明天是她报到的日子。此刻，她应该躺在深眠太空舱里，镇静剂能帮她熬过漫长又憋闷的旅程。"你怎么给我看这个？"阿什比问道。

"哦，所以你真的已经读了这份文件？"科尔宾应道。

"当然。我早就告诉你们，所有人都要去读它，这样你们才能在她上船之前，对她有所了解。"阿什比没懂科尔宾是什么意思，但这是科尔宾的常规操作——先抱怨，再解释。

科尔宾的回应完全可以预料，他还没张嘴，你就知道他会说什么："我没时间。"科尔宾习惯于忽略所有与他的实验室无关的任务。"搞个小孩到船上来，你到底在想什么呢？"

"我在想，"阿什比回应道，"我们需要一位持证文员。"这点就连科尔宾也无法反驳。阿什比的文件管理做得一团糟。虽然，严格来讲，星际隧道开凿船并不需要文员才能合法作业，可阿什比永远不记得按时向银河系共和国交通委员会提交例行报告，这已经够吊销他的飞船执照好几回了。养活一名新船员的开销并不小，可经过仔细考虑，再加上希斯克斯（Sissix）的几番劝说，阿什比决定向银河系共和国交通委员会申请一名持证文员上船。如果他继续身兼二职，又当船长，又当文员，他的开凿任务可能就要开始乱套了。

科尔宾抱着双臂，嗤之以鼻道："你跟她聊过吗？"

"我们十天前聊过。她似乎还不错。"

"她似乎还不错，"科尔宾重复道，"这可真是振奋人心。"阿什比再次回应时，措辞更谨慎了些。毕竟，对面站的是科尔宾，咬文嚼字之王。"委员会通过了，她完全合格。"

"委员会根本是在放水。"他用手指戳了戳平板电脑，"她从没飞过长途。依我的判断，她甚至没离开过火星。这姑娘刚刚大学毕业——"

阿什比开始勾掉平板电脑上的任务列表，一副心不在焉的样子。"她获得了处理银河系共和国各类文件的认证。她还在一家地面运输公司实习过，这家公司需要她具备的基本技能和我需要的完全一致。

她的汉特语 ① 也很流利，口语和手语都会，这对我们真的很有帮助。她还有一封来自她的跨物种交际学教授的推荐信。最重要的是，从我跟她有限的沟通来看，我应该能跟她愉快合作。"

"她从没经历过这里的一切。我们正在外太空飞行，前途未卜，你却要拉一个孩子入伙。"

"她不是孩子了，只是还年轻。谁都是从第一份工作开始的。科尔宾，你当年不也是吗？"

"你知道我的第一份工作是什么吗？在我爸的实验室里刷洗培养皿。你甚至可以训练动物干这种活儿。这才是第一份工作该有的样子，而不是……"他气得语无伦次起来，"提醒你一下，别忘了我们在这儿干什么！我们在外太空飞来飞去，开凿星际隧道，在外太空挖黑洞——实实在在的黑洞！这是份危险的工作。吉茜（Kizzy）和詹克斯的粗心大意已经让我整天提心吊胆了，可他们至少还有经验。如果我得一直担心某个无法胜任工作的菜鸟随时可能犯按错按钮之类的低级错误，我就没法好好干活儿了。"

这是科尔宾发出的预警信号，信号内容为"再这样我得罢工了"。这意味着，科尔宾马上就要抓狂了。这时得好好安抚一下他。

"科尔宾，我不会让她去按任何按钮的。她只会负责写写报告和整理文件，以及跟边境守卫、行星巡逻兵、耽误付款的客户们联络。与我们打交道的可不一定都是好人。他们并不都可信。我们需要的是一个能顶事儿的家伙，帮我们对付那些自命不凡、觉得比我们更懂规矩的小喽啰。这人得能辨认出真正的食品安全戳和走私者搞的冒牌货之间有什么区别，还得真的知道外太空的生存法则，而不是个两眼一抹黑的应届毕业生，在第一次遇到奎林执法者靠船执法时，就吓得尿

---

① 汉特语，哈玛吉安人使用的语言。

裤子。"

阿什比放下马克杯。"我需要的,"他说,"是个帮我保证文档记录准确无误的人,是个帮我们管理会议预约的人。这人能保证我们在穿越边境线时,全体都能接受必需的疫苗注射和污染物扫描,还能帮我对财务文件进行分类整理。这活儿挺复杂,但她如果像推荐信里写的那样有条理,应该会觉得难度不大。"

"依我看,那封推荐信就是套用的模板。我敢打赌,推荐她的教授给每个登门卖惨的可怜虫都写了同一封推荐信。"

阿什比挑了挑眉毛:"她可是从亚历山大大学毕业的,是你的校友。"

科尔宾嘲讽道:"我就读的可是科学系,她和我不一样。"

阿什比哈哈一笑。"希斯克斯说得没错,科尔宾,你真是个自大狂。"

"希斯克斯可以去死了。"

"这话我昨晚就听见你对她说了。我在走廊另一端能听到你们的对话。"科尔宾和希斯克斯迟早会杀了彼此。他们一直合不来,双方也都对达成共识没有丝毫兴趣。在与他俩的交往中,阿什比不得不小心翼翼。在拥有"旅行者号"之前,阿什比和希斯克斯就是朋友了。可当他的身份是船长时,他对她和科尔宾应该一视同仁。调解他们之间频繁的冲突需要巧妙的处理技巧。大多数情况下,阿什比会选择完全置身事外。"你觉得我该问吗?"

科尔宾的嘴角抽搐起来:"她用完了我仅剩的洁牙器。"

阿什比眨了眨眼:"你应该知道,我们的货舱里有大箱大箱的洁牙套装吧?"

"那些不是我的洁牙器。你要是买便宜的洁牙器,牙龈会酸痛的。"

"我每天用的都是货舱里的那些呀,我的牙龈没问题。"

"我的牙龈比较敏感。你如果不信我，可以去找主厨医师了解一下我的牙科记录。我必须用自己买的洁牙器。"

尽管阿什比丝毫不关心这种鸡毛蒜皮的小事，可他还是努力不表现在脸上。"我承认这很让人烦恼，我们只是在谈论一套洁牙器而已。"

科尔宾怒了："它可不便宜！她就是在针对我，我知道她是。如果这条自私的母蜥蜴——"

"喂！"阿什比坐直身体，"别这么说。我不想听到这个词再从你嘴里冒出来。"带有物种歧视的指称里，蜥蜴不算最糟糕的，但也相当恶劣了。

科尔宾紧抿双唇，似乎在避免自己说出更难听的话。"抱歉。"

阿什比颈后的汗毛竖了起来。不过说实话，这是和科尔宾谈话的最佳方式了。把他单独叫到一旁，让他发泄一通，等着他意识到自己过分了，趁他愧疚时说服他。"我会找希斯克斯聊聊，但你得对人更客气些。我不管你有多生气，我的船上不允许有人这么讲话。"

"我只是气坏了，没别的意思。"科尔宾显然还在气头上。可即便是他这种人，也知道跟衣食父母硬碰硬没啥好处。科尔宾知道自己很重要，可毕竟每天结束时，是阿什比往他的账户里打工资。重要不等于不可替代。

"发脾气是一回事，可我的船上有各个物种的船员，你只是其中的一员，最好记住这一点，尤其是在面对新船员时。说到这儿，如果你对新来的人有意见，我感到遗憾。不过坦白讲，她不是你该操心的问题。罗斯玛丽是委员会的推荐人选，但同意接收她是我的决定。如果她不合适，我们可以换人。但在那之前，即便心存怀疑，我们也都要相信她。无论你怎么看她，我都希望你能欢迎她的加入。事实上——"阿什比的脸上逐渐展现出微笑。

科尔宾面露警惕的神色："什么？"

阿什比靠在椅背上，两只手做十指交叉状。"科尔宾，我似乎想起，我们的新船员是明天下午五点半来报到。而我五点整恰好跟耀西（Yoshi）有个远程会议，你知道他有多话痨。我怀疑罗斯玛丽到达时我可能还没结束，而她需要有人领着到处逛逛。"

　　"哦，不。"科尔宾面露难色，"让吉茜去吧。她喜欢这种活儿。"

　　"吉茜正忙着更换医疗舱的空气过滤器，我猜她明天还搞不定。詹克斯要给吉茜打下手，所以他也不行。"

　　"那还有希斯克斯。"

　　"明天要开凿隧道，她有不少准备工作要做，很可能也没空。"阿什比咧嘴一笑，"我相信你会带她好好逛逛的。"

　　科尔宾恶狠狠地瞪着他的老板。"阿什比，有时候你真是个浑蛋。"

　　阿什比端起马克杯，一饮而尽。"我知道你靠得住。"

新人登船

罗斯玛丽从舱壁上的自动饮水器里接了杯水，边喝边揉了揉她的鼻梁。残余的镇静剂还在起作用，她还没完全清醒过来。到目前为止，本该抵消镇静作用的兴奋剂还未生效，只是让她心跳加速。她很想伸展伸展身体，可太空舱还在飞行，她不能解开安全带。况且，舱内的空间仅够她站起身来，往前一步就得走出舱门了。她仰起头哼了一声。从太空舱发射到现在，已经过去 3 天了。是 3 个太阳系日，她提醒自己。不是标准日。她需要习惯二者的区别。银河系共和国的一年和一天，都更长。不过，和计时单位的差异相比，她还有更紧急的问题需要面对。她感到眩晕无力、饥饿难耐，无法动弹。此外，她活了 23 年——太阳系年，不是标准年——从未像现在这样尿急。艾卢昂空间站的工作人员提醒过她，镇静剂会抑制尿意，但没人告诉她，药效退去之后，她会有什么感受。

罗斯玛丽想到，如果换成她的母亲，在经历这样一番旅行之后，她一定会写一封超长的投诉信。她又想了想，究竟在什么情况下，母亲大人才会搭乘这种太空舱旅行？她甚至无法想象母亲走进一处公共空间站的画面。可她却惊奇地发现，自己竟然会出现在这种地方。昏暗肮脏的等待区、不停卡顿的像素海报、藻类黏液和清洁剂的难闻气味……尽管周身都被外骨骼和供给管道围绕着，但她还是觉得自己像个外星人。

让她强烈意识到自己离太阳系有多远的事实是：排队买票时，站在她身边的是一群长得奇形怪状的智慧生物。她的母星已经相当"星际化"了，可除了偶尔造访的外交官或企业代表，火星上看不到太多非人类旅行者。毕竟，一颗居住着全银河系共和国最默默无闻的物种的类地行星，算不上什么热门目的地。塞利姆（Selim）教授警告过她，学习跨物种交际这门学科的相关理论，和离开火星与其他智慧生命交流，相差甚远。但在置身于穿着生化服、赤着脚的其他物种间之前，她并未真正理解教授的建议。她甚至在跟售票柜台后的哈玛吉安人讲话时都很紧张。她知道，（至少作为人类）自己的汉特语已经很不错了，但这里并不是大学语言实验室那样安全可控的地方，没人会温柔地纠正她的语言错误，或原谅她愚蠢的不当社交行为。现在，她只能靠自己了。为了有钱可花、有床可睡，她不得不接受她向桑托索（Santoso）船长承诺的工作。

她仍旧感受不到空气压力，或是其他任何变化。

她还感到腹部深处好似有冰冷的拳头在翻搅，这不是第一次了。她在此前的人生中从未担心过身无分文或无家可归的问题。可现在她的积蓄已经所剩无几，这让她无路可退，所以绝不能再出问题了。一个全新的开始需要付出的代价是：她再也没有可以依靠的人了。

"拜托了！"她心想，"拜托别搞砸！"

"我们即将着陆，罗斯玛丽，"深眠太空舱计算机的语调轻松愉悦，"在我开启着陆程序前，你还有其他指示吗？"

"我想要去趟卫生间，还想来块三明治。"罗斯玛丽回应道。

"抱歉，罗斯玛丽，我没听懂你的指示。你能重复一次吗？"

"我不需要任何东西。"

"好的，罗斯玛丽。现在，我将要打开外层遮光板。你也许需要闭上双眼，以免因任何外部光源感到不适。"

遮光板缓缓打开时，罗斯玛丽顺从地闭上眼，可她还是感到眼睑外一片黑暗。睁开眼后，她发现，唯一的光源还是来自深眠太空舱内部。正如她所料，窗外除了几颗小星星，什么也没有。她仍旧身处外太空。

"舱体有多厚呢？"她心想。

深眠太空舱盖缓缓打开，一道强光突然从窗外射来。罗斯玛丽遮住了她的双眼。展现在她眼前的，是一艘她见过的最丑陋的飞船。它的块头很大，棱角分明，船体后端凸起的穹顶犹如弯曲的脊柱。这艘船显然不是为挑剔的旅客而设计的。它既没有流畅的线条，也丝毫谈不上美观，比运输船大，但比货运船小。它没有船翼，说明它一开始就是在外太空制造的，从没进入过大气层。船体的底部承载着一台巨大的复杂机器——尖锐的金属构成一排排齿状脊，围绕着一根薄而长的尖顶。她不太懂飞船，可从船体外部毫不搭调的配色来看，它就像是东拼西凑到一起的，应该是其他飞船的零部件组装而成的二手货。唯一令人安慰的是，它看起来很结实，应该可以（或许已经）承受几次撞击。虽然她乘坐过的飞船远比这艘好看，但知道这个结实可靠的大块头能将她与空无一物的太空隔开，还是令人振奋的。

"'旅行者号'，这是深眠太空舱 36-A，申请允许对接。"计算机发出申请。

"深眠太空舱 36-A，这是'旅行者号'。"一个带着移民口音的女声回应道。罗斯玛丽注意到对方温柔的元音。对于一个人工智能而言，这发音有点过于优雅。"请出示乘客身份信息。"

"收到，'旅行者号'。正在传输乘客身份信息。"

片刻过后。"信息已确认，深眠太空舱 36-A。你已通过审核，允许对接。"

深眠太空舱移动到"旅行者号"船身一侧，就像某种水生哺乳动物游到母亲身侧开始吸食母乳。深眠太空舱后侧的舱口对接上"旅行者号"凹陷的对接舱口。罗斯玛丽能听到搭扣对接时的机械声响。密封口张开时，发出咝咝的气流声。

气闸舱门向上滑开。罗斯玛丽站起来时，忍不住呻吟了一声。她觉得浑身的肌肉好像要撕裂了。她从行李架上取下圆筒旅行袋和双肩背包，一瘸一拐地向前走。深眠太空舱和"旅行者号"内的重力设置略有不同。当她跨过对接口时，感到腹腔一紧。这种感觉只持续了几秒，但加上她晕乎乎的脑袋、加速的脉搏和胀痛的膀胱，这足以让罗斯玛丽感到隐隐作痛，而不只是略微不适。她希望自己的新床能软乎一点。

她跨入一间狭窄的消毒舱。舱内有一台齐腰高的仪表盘，上面嵌入了一块黄色的控制板。除此之外，舱内空荡荡的。墙内的对讲机里传出人工智能的声音。"你好！我确信我知道你是谁，但你能在仪表盘上扫描你的腕牌，让我再确认一下吗？"

罗斯玛丽挽起袖子，露出手腕上的一处凸起——她的右手腕内侧的皮肤里植入了一块芯片，平时她戴着一条编织手环，用来保护它。这块拇指指甲大小的芯片存储了大量的数据——她的身份档案和银行账户信息，以及一处能与她血液内50多万个微型免疫机器人产生连接的医疗交互界面。和其他银河系共和国公民一样，罗斯玛丽在还是个孩子时就被植入了第一块芯片（对人类而言，标准植入年龄是5岁）。但现在，她手腕内的这块是几十天前植入的，边缘缝合处的皮肤还稚嫩透亮。新芯片花了她几乎一半的积蓄！这听起来也太昂贵了，但她几乎没有任何立场讨价还价。

她将右手腕抬到黄色控制板上方。芯片微弱地闪了一下，罗斯玛丽感到一阵刺痛，肾上腺素水平激增。如果芯片出了问题，他们调出了她的旧档案信息怎么办？如果他们看到她的名字，猜到了真相怎么办？身处外太空的人们会在乎这些吗？她并没做错过任何事，这会对她有帮助吗？他们会像她曾经的朋友们那样远离她吗？他们会将她赶回深眠太空舱，把她送回火星，让她回到她不想再拥有的真实身份，回到她不想再面对的困境吗？

芯片闪烁了一下，是代表友好的绿光。罗斯玛丽舒了一口气，心里嘲笑自己竟然会如此紧张。新芯片自从植入后，就一直运转正常。一路上，她在任何一站确认身份和支付时，都未出过问题。连空间站的高端扫描仪都没发现过异常，这艘破旧的隧道开凿船上的芯片扫描仪怎么可能识别出任何问题？即便如此，这也是她需要通过的最后一道关卡。现在，她需要担心的，只有自己到底能否胜任这份工作。

"好吧，终于见面了，罗斯玛丽·哈珀。"人工智能说道，"我叫洛芙莱斯（Lovelace），是这艘飞船的通信交互系统。我想，从某种程度上而言，我们的工作职责很相似，对吗？你是船员们的联络员，我是这艘飞船的交互系统。"

"我猜是这样的。"罗斯玛丽回应道。她也不是很确信，毕竟她没怎么跟科学人工智能打过交道。母星上的人工智能仅具备基本功能，十分无趣。她就读过的大学图书馆里有一台名叫"神谕"（Oracle）的人工智能，是偏学术的那种。罗斯玛丽从来没和洛芙莱斯这样人性化的人工智能交流过。

"我可以叫你罗斯玛丽吗？"洛芙莱斯问道，"你有昵称吗？"

"叫我罗斯玛丽就可以。"

"好的，罗斯玛丽。你可以叫我洛维（Lovey），如果你喜欢这么叫的话。其他人都这么叫我。走出深眠太空舱的感觉不错吧？"

"你不知道这感觉有多棒。"

"是啊。不过，我猜你不知道重新校准记忆内存的感觉有多棒。"

罗斯玛丽想了想："你说得对，我不知道。"

"罗斯玛丽，坦白说，我一直跟你聊天，是为了让你在我扫描你是否携带污染物时不觉得无聊。我们有一位船员需要特别关注健康状况，所以我扫描时得比其他飞船做得更彻底。就快结束了。"

罗斯玛丽丝毫没觉得自己等了很久。可她不知道在人工智能看来，多长时间算太长。"你慢慢来，我不着急。"

"这就是你所有的行李了吗？"

"是的。"罗斯玛丽回应道。其实，这已经是她的全部家当了（所有还没被卖掉的，都在这儿了）。此刻，她还很惊讶，自己竟然能将所有行李塞进两个小包里。此前，她住在父母的大房子里，各种家具、装饰品和收藏品应有尽有；而现在她才知道，她需要的不过是随身携带的这点行李，这让她惊喜地尝到了自由的味道。

"如果你把行李放进右边的货梯上，我可以帮你把它们运到船员生活层。等你找到你的房间，就会在那儿看到它们了。"

"谢谢。"罗斯玛丽说。她推开舱壁上带铰链的金属门，把行李放到相应的位置，再关上门。舱壁内传出货梯快速移动的声响。

"好了，罗斯玛丽，我刚刚完成了扫描。坏消息是，你的体内的确有一些被列入黑名单的病毒。"

"什么病毒？"罗斯玛丽问道。她回想起空间站里脏兮兮的围栏和黏糊糊的座椅，不禁感到害怕。她离开火星才30多天，体内竟然已经携带了异星病毒。

"哦，它们不会感染你，但会感染我们的领航员。不过，船上的医生会在你下船前，帮你升级血液里的微型免疫机器人。现在，我将对你进行激光消毒处理。好吗？"洛维的声音里带着几分歉意，虽说这话是出于好意。唯一值得庆幸的是，消毒过程很快就会结束。

"好的。"罗斯玛丽答应后，紧张得咬紧了牙关。

"坚持一下就好，"洛维安慰道，"消毒倒计时，三，二，一。"

刺眼的橘黄色激光遍布整个消毒舱。罗斯玛丽能感到激光穿透了自己，一阵冰冷的刺痛穿过她的毛孔、牙齿和睫毛根部。有那么一瞬间，她甚至能感受到自己的每一根毛细血管的存在。

"哦，真抱歉，"激光消失后，洛维说道，"我讨厌这么做。你看起来很不舒服。"

罗斯玛丽舒了口气，晃动了几下身体，想要甩掉针刺般的痛感。"这不是你的错，"她回应道，"我一开始就不太舒服。"她停了停，意识到自己竟然在试图让一台人工智能感觉好受点。虽说这种行为有点傻，但洛维的一言一行让她觉得，不这么说就有点失礼了。人工智能会觉得受到冒犯吗？罗斯玛丽不太确定。

"我希望你等下会舒服点。我知道他们为你准备了晚餐，不过你用完餐就可以休息一下了。好了，你在消毒舱里待得够久了，现在可以离开了。终于可以第一个对你说：欢迎上船！"

对讲机暂时关闭。罗斯玛丽按了下舱门上的控制板。气闸舱的内侧舱门突然打开，一个肤色苍白的男人出现在对面。他原本一脸阴郁，在看到罗斯玛丽后，立马换了个表情。这是她见过的最不真诚的微笑了。

"欢迎登上'旅行者号'！"男人边说边伸出一只手，"阿提斯·科尔宾，藻类学家。"

"很高兴认识你，科尔宾先生。我叫罗斯玛丽·哈珀。"罗斯玛丽握了握他的手。他的手没怎么用力，手心湿黏。她也赶紧松开来。

"叫我科尔宾就好。"他清了清嗓子，"你要不要……嗯……"他朝着对面的舱壁点了点头。那里有一扇门，门上印有卫生间的标志。

罗斯玛丽连忙跑了进去。

几分钟后，她走了出来，情绪看起来好了些。虽然她的心脏依旧怦怦乱跳，脑袋也还没完全清醒，激光消毒造成的疼痛还残留在齿间，但她至少已经解决了一项痛苦的生理问题。

"深眠太空舱是最糟糕的旅行方式，"科尔宾说道，"它烧的是最劣质的燃料，你知道的。容易出各种各样的事故。相关规定应该更严格些。"罗斯玛丽努力思考要怎么回应，可她还没开口，科尔宾就继续道："跟我走吧。"她跟随他沿着走廊朝前走。

"旅行者号"的内部跟外部一样不起眼，不过这不搭调的走廊倒也有些奇怪的萌点。走廊的内壁上每隔一段固定的距离，就会有一扇小窗户。墙壁上的仪表盘被各种形状的插销和螺丝强行连接在一起。和船体外部一样，船舱内壁的颜色也不统一：一侧是棕色，另一侧却是暗黄色，偶尔还会出现额外的成片浅灰色。

"这设计挺有意思。"罗斯玛丽说。

科尔宾开启嘲讽模式。"如果你认为我奶奶的花被罩可以称为'有意思'，那这配色的确挺有意思的。'旅行者号'是艘老船。大多数星际隧道开凿船都很老。给老飞船升级的船长会有额外补贴，买新船就没有。阿什比充分利用了这一点。这艘船原本已经服役了35个标准年了。它的构造决定了它很结实，但却不适合船员生存。阿什比为这艘飞船扩了容，它有了更多的存储空间，还配备了淋浴间，诸如此类的配置。当然，都是二手货。我们没钱给它来一套新装备。"

罗斯玛丽听到生存环境有所提升，感到一丝宽慰。她一直在给自己做心理建设，以备可能会住上狭窄的上下铺，还没水洗澡。"我猜，洛维也是你们后来安装的吧？"

"是，她是阿什比买来的，却是詹克斯的小乖乖。"科尔宾没多做解释，继续往下说。他朝着舱壁点点头："每个房间和主要通道接口处都装了对讲机。不论你在哪儿，洛维都能听到你的指令，并代表你传输信息。对讲机是工具，不是玩具。整艘飞船还配备了灭火器。吉茜可以给你一张地图，上面标明了每台灭火器的位置。存放太空服的柜子位于对接层、船员生活层和货物存储层。每层都配有逃生舱。我们还有一辆在货物存储层里往返通行的摆渡车。如果你看到舱壁上的那些紧急提示灯亮了，就去找太空服、救生舱或者摆渡车，哪个离你最近就找哪个。"前方的走廊分成两个岔路。他指了指左边那条："那边是医务舱。里面没有什么高端设备，但足够我们在船上保命了。"

"了解。"罗斯玛丽回应道。为什么科尔宾一路上都只交代跟紧急情况或者伤病相关的事情呢？她尽量不去过度解读。

前方的走廊汇合处，传来响亮又欢快的人声。有什么东西当啷一声掉在地上。接着是一阵短暂的争吵声，然后是笑声。科尔宾眯起眼睛，似乎有些头疼。"我想你马上就要见到我们的工程师们了。"他说。

他们绕过拐角，发现地上凌乱地散落着一堆电线和电缆，看起来没有任何头绪——至少罗斯玛丽看不出来。藻类培养管从打开的舱壁里掉落出来，仿佛受伤的人体露出了内脏。有两个家伙正在舱壁内侧忙活着，一男一女，都是人类——他们都是吗？女的应该是人类没错，看起来有二三十岁。她用一根磨损褪色的丝带将黑色长发在脑后一侧绾成了发髻，穿着的橙色连体衫上沾满了油污，肘部还各打了一块色彩鲜艳的补丁，针脚也很随意。她的袖子上布满了潦草的笔迹，写的内容大概是"检查过 32-B 的老电线了吗？""别忘了空气过滤器，你这个蠢货"以及"好好吃饭"。她的塌鼻子上戴着一副奇怪的光学透镜。每只眼睛前不止有一块镜片，镜框上装了不下六块镜片，有的是起放大作用的凸透镜，其他的还闪烁着微型电子控制板，看起来是手工组装的。她浅褐色的皮肤看起来像是充分享受过天然日光浴的，可她的五官却毫无疑问属于移民长相。罗斯玛丽猜，她很可能是在某个外太阳系殖民星球上长大的——用他们火星居民的话，那叫作"阳光照射不到的地方"。

那个男的则不太好分类，不过他在很多方面很像人类。他的面部特征、体型、四肢和手脚，都具备人类特征。他的古铜肤色甚至跟罗斯玛丽的很接近，只是要再深几个色度。然而，虽然他的头是正常人类大小，身体其他部位却很小，犹如孩童。他长得还很壮实，四肢的肌肉虽然很发达，但长度却有限。他矮小到正好可以站在那女的肩上。事实上，他也的确正站在她的肩上。他的打扮非常引人注目，似乎是在弥补他体格上的弱势。他脑袋两侧的头发都削掉了，只剩下头顶的一簇卷发。他的耳朵上布满各种穿刺，两条大花臂也很吸引眼球。罗斯玛丽尽量不让自己盯着他看。她觉得他就是人类，不过应该进行过基因改造。这是她能想到的唯一解释了。但话说回来，为什么会有人费尽千辛万苦把自己变小呢？

那女的抬起头。"哦，太好了！"她喊道，"詹克斯，从我身上下来，我们该跟新船员打个招呼。"

小个子男的本来正在舱壁内侧使用某种很吵的工具，现在扭过头，取下护目镜。"啊哈，"他边往下爬边说，"新人来了。"

罗斯玛丽还没想好该怎么回应，那女的就站起身，摘掉手套，给了罗斯玛丽一个熊抱。"欢迎加入我们的大家庭。"她抱完松开后，露出一副极富感染力的笑容，"我叫吉茜·邵，是船上的机械工程师。"

"罗斯玛丽·哈珀。"罗斯玛丽努力保持镇定，"谢谢你。"

吉茜的嘴咧得更大了："哦哦，我好喜欢你的口音。你们火星人讲话永远那么顺耳好听。"

"我是计算机工程师，"那男的边说边用抹布擦了擦手上的污渍，"詹克斯。"

"这是你的名还是姓呢？"罗斯玛丽问道。

詹克斯耸耸肩。"怎么叫都行。"他跟她握了握手。即便像他这么小的手，也比科尔宾握得更有力："很高兴认识你。"

"也很高兴认识你，詹克斯先生。"

"詹克斯先生！我喜欢这个称呼。"他扭过头，"喂，洛维，请帮我调到全员广播模式。"附近的一处扬声器响了起来。"全员请注意，"詹克斯扬扬得意道，"新来的文员刚刚已经给大家做好示范了。从现在起，你们只有称呼我'詹克斯先生'，我才会答应。通知完毕。"

科尔宾凑到罗斯玛丽身边，压低嗓门说："广播可不是用来干这个的。"

"所以，"吉茜问道，"来的路上一切都好吗？"

"算不上好，"罗斯玛丽回应，"不过安全抵达了，所以我觉得也没啥好抱怨的。"

"尽管抱怨吧，"詹克斯边插话边从口袋里掏出一个破旧的金属罐，"深眠太空舱是很糟的交通工具。我知道对你来说它是最快的选项，但真的很危险。药劲儿是不是还让你抖个不停？"罗斯玛丽点点头。"呃，没错，相信我，吃点东西会好受些。"詹克斯说道。

"去过你的房间了吗？"吉茜问道，"我在里面挂了窗帘。但如果你不喜欢那种布料，告诉我，我把它们扯下来就成。"

"我还没去过。"罗斯玛丽回应道，"可我已经发现，你们把这艘船改造得太棒了。改造这么老的型号，肯定很不容易。"

吉茜两眼一亮。"哪里！不过，这就是改造飞船的乐趣所在！就像玩解谜游戏，琢磨这些老家伙到底能接通什么电路，置办些新东西，让这儿更有家的感觉，也要搞清楚它们的'黑历史'，免得彻底玩砸了。"她心满意足地叹了口气，"没有比这更棒的工作了！你去看过鱼缸了吗？"

"抱歉，你说什么？"

"鱼缸。"吉茜喜笑颜开道，"等着瞧吧，它是最精彩的部分。"

科尔宾难以置信地瞪了计算机工程师一眼："詹克斯，你不是认真的吧？"

詹克斯的金属罐里装满了红草。他掏出一大坨，塞进一个小烟斗里，正拿起一把电焊将它点着。"什么？"他咬着牙嘟囔了一声，用力吸了下烟斗，烟丝闪现出火花，冒起烟来。罗斯玛丽闻到了少许肉桂烧焦的气味。她想起了父亲，他工作时会一直吞云吐雾。此刻，她并不想回忆起曾经的家庭生活。

科尔宾用手捂住口鼻。"如果你想毁掉自己的肺，没问题，回你的房间抽去。"

"冷静点，"詹克斯说，"它是改良过的新品种。上帝保佑这些善良的外星佬。这是新鲜红草的醇香味儿，不含任何有毒物质，百分之百无害。至少，对你没害处。你该尝尝，心情会好些。"他朝科尔宾吐了一口烟。

科尔宾的脸色更难看了，但他似乎不想再继续这个话题。罗斯玛丽感觉到，虽然科尔宾在各种规矩上咄咄逼人，可工程师们似乎并不买他的账。"阿什比知道这儿还是一团糟吗？"科尔宾指了指地板。

"放轻松，暴脾气，"吉茜安抚道，"晚饭前都会收拾干净的。"

"离晚饭时间只有半个钟头了。"科尔宾不依不饶。

吉茜双手抱头，夸张地做了个鬼脸。"噢，不！真的吗？我以为晚饭是在六点？"

"现在已经是五点半了。"

"见鬼！"吉茜钻回舱壁内，"罗斯玛丽，我们晚点再聊，我还有活儿要干。詹克斯，到我肩膀上来，伙计，快点！"

"来喽！"詹克斯边回应边用牙咬住烟斗，往上爬。

科尔宾一言不发地继续朝前走。

"很开心认识你们。"罗斯玛丽寒暄完毕，急匆匆地跟上了科尔宾。

"认识你也很开心！"吉茜回应道，"啊，糟糕，詹克斯！你把烟灰弄到我嘴里了！"接着是一阵吐口水的声音，其间夹杂着两人的笑声。

"我们还活着，可真是奇迹。"科尔宾自言自语道。二人在走廊上继续朝前走，科尔宾再没说话。罗斯玛丽已经感觉到，这人不喜欢闲聊。虽然沉默令她不适，但她觉得还是别打破它为妙。

弯弯曲曲的走廊向里延伸，通往飞船的另一端。终点是一扇门。"这是控制室，"科尔宾介绍道，"驾驶飞船和开凿隧道都是在这里操控的。你不太需要来这里。"

"可以进去参观下吗？我只是想熟悉熟悉环境。"

科尔宾犹豫了下："驾驶员应该正在里面忙着。我们不该打扰——"

门开了，一位安德瑞斯克女性走了出来。"我好像听到了新人的声音。"她打断了科尔宾。她的口音沙哑刺耳，但和罗斯玛丽见过的其他安德瑞斯克人相比，她的发音已经相当清晰了——虽然她和安德瑞斯克人打交道的经验并不丰富。作为银河系共和国三大建国物种之一，他们在银河系里随处可见。至少罗斯玛丽听说是这样的。这是她第一次跟安德瑞斯克人直接对话。她绞尽脑汁，想要回忆起关于这个物种文化的一些常识：复杂的家庭结构，几乎没有私人空间，喜欢肢体接触，生性放荡……她在心里警告自己，这是对其他物种的偏见，每个人类都会不自觉这么想，这有点物种中心主义的意味。他们只是不像我们人类这样两两配对而已，她在心里这样指责自己。这跟放荡不是一回事。她的脑海里出现了塞利姆教授皱眉头的画面。"我们之所以会认为'冷血'和'无情'是同义词，是因为我们灵长类动物生来就对爬行动物抱有偏见。"教授的声音响了起来，"不要以你自己的社会规范去评判其他物种。"

为了让教授以她为荣，罗斯玛丽做好准备向这个安德瑞斯克人行她此前只是听说过的贴面礼，也许还会得到一个意料之外的拥抱。无论对方想怎么跟她打招呼，她都选择接受就好。她已经是这艘飞船上多物种船员中的一员了，应该和大家得体地相处。

可罗斯玛丽失望了，对方只向她伸出一只爪形手，想要握握手而已。"你就是罗斯玛丽吧？"她热情地打了个招呼，"我是希斯克斯。"

罗斯玛丽用手指努力握紧希斯克斯长满鳞片的掌心。她俩的手并不适合握在一起，但她们都尽力了。罗斯玛丽根本无法欣赏希斯克斯的美，只是觉得她长得很……惊人。没错，这个词更贴切。她比罗斯玛丽高一个头，肢体柔韧纤细。从她的头顶到尾尖，都包裹着苔绿色的鳞片，腹部的颜色要更浅些。她长着一张平滑的脸，没有人类这样的鼻子、嘴唇和耳朵，只有用来呼吸和听声音的洞，嘴也只是一条缝。她的头顶长满了浓密的彩色羽毛，犹如短短的节日假发。她的胸部和人类男性一样平坦，但她的细腰和丰臀形成了鲜明的对比，让人联想到人类女性的曲线特征（不过，罗斯玛丽知道，这种想法也是来自物种的偏见；安德瑞斯克男性的身材和女性的毫无区别，只是个头要小一些）。她的双腿微微弯曲，仿佛随时准备起跳。双手双脚上的指甲都又厚又钝，每个指甲上都随意地涂着螺旋形的金色甲油，应该是用锉刀打磨过。她穿着一条宽松的吊裆裤，上半身的马甲只扣了一颗扣子。罗斯玛丽想起塞利姆教授说过，安德瑞斯克人之所以会穿衣服，只是为了避免让其他物种感到不适。从她的衣着、口音和握手礼来看，罗斯玛丽判断，希斯克斯已经跟人类打交道很久了。

希斯克斯走出控制室时，还带出了一股干燥的热气。罗斯玛丽能感到一阵阵热浪从里面散发出来。即便只是站在门口，她也已经感到透不过气了。

科尔宾眯起眼睛。"你应该知道，如果温度过高，仪表盘会变形的。"

希斯克斯朝肤色苍白的科尔宾眨了眨黄色的眼睛。"谢谢提醒，科尔宾。我只是从成年起就住在这艘飞船上，所以并不知道如何将室内温度设置在安全范围内。"

"我认为这艘船上的温度已经够高了。"

"如果有其他人跟我一起待在控制室里，我肯定会调低温度的。坦白说，这有什么问题吗？"

"希斯克斯，问题是——"

"别说了。"希斯克斯抬起手让他闭嘴。她来回看了看科尔宾和罗斯玛丽："怎么是你在带她参观飞船？"

科尔宾咬牙切齿地回应道："阿什比的命令。这没什么大不了的。"这话本身没毛病，可罗斯玛丽能听出他语气里的不真诚。这跟她踏进气闸舱时看到他脸上的表情如出一辙。她再次感到腹中一紧。刚上船10分钟，就已经有人不喜欢她了。这可真棒。

"好吧，"希斯克斯眯眼斜视二人，似乎在试图想明白什么问题，"如果你还有其他事要忙，我很乐意替你带她四处转转。"

科尔宾抿了抿双唇："罗斯玛丽，我不是有意失礼，但我的确还有些盐度测试要尽早完成。"

"太好啦！"希斯克斯搭着罗斯玛丽的肩膀应和道，"快去倒腾你的水藻吧。祝你玩得开心！"

"呃，认识你很开心。"罗斯玛丽边跟着希斯克斯走，边跟科尔宾告别。而后者已经消失在走廊里了。整个交接过程都令人非常疑惑，但罗斯玛丽庆幸的是，至少现在身边的人似乎更友好些。她尽量不让自己盯着希斯克斯不停伸缩的赤足和走路时晃动的羽毛。她的一举一动都令人着迷。

"罗斯玛丽，我要代表'旅行者号'全体船员向你道歉。"希斯克斯说道，"加入新的大家庭理应受到热情的欢迎，可阿提斯·科尔宾完全不懂怎么接待新成员。我猜你已经了解如何使用救生舱了，但还完全不知道我们是谁、我们要做什么。"

罗斯玛丽情不自禁地笑了起来："你怎么知道的？"

"因为我不得不和那家伙待在同一艘飞船上。"希斯克斯回答道，"你也是。但幸运的是，你还有我们其他人，我们都很好相处的。"她走到一座从船顶延伸到船底的金属楼梯旁，停了下来，"你去过你的房间了吗？"

"还没。"

希斯克斯翻了个白眼。"跟我来吧。"她边上楼梯边说，尽量不让自己的尾巴戳到跟在后面的罗斯玛丽的脸上，"每次上新船，我都要先找到自己的房间，这会让我感觉更好些。"

她说得没错。罗斯玛丽的房间原来在顶层的角落里。房间里唯一的家具是嵌在墙上的床柜组合，里面包括几个抽屉、一个小衣橱和一张床铺。房间虽然简陋，却布置得有几分人情味儿（或者应该说，是人类会喜欢的布置方式，罗斯玛丽心想）。床铺上盖着一条毛茸茸的毯子，放着几个彩色的枕头，原本毫无特色的床柜组合也因此一下子变成了舒适的小窝。吉茜提到的窗帘是用花朵图案的布料做成的——不，不是花朵，是水母。罗斯玛丽虽然觉得这图案略显花哨，但她相信，自己会喜欢上它的。旁边的墙上挂着一小株水培植物，下垂的叶片仿佛一颗颗泪珠。植物旁边有一面镜子，镜子上贴着一张便条，上面印着"欢迎到家"。这是罗斯玛丽见过的最小、最简单、最不起眼的房间了（昏暗的空间站旅馆房间除外）。但考虑到现状，它真的很棒！她想不到还有什么比这里更适合开启新生活了。

走漏消息

耀西在远程会议上唠叨个没完，阿什比只能勉强挤出一副笑脸。他一直都不太喜欢这家伙。他并没有做错什么，可群星啊，他能连续几天几夜说个不停！在交通委员会办理登记手续本来就是走走形式而已，阿什比需要口头确认，他不会在不属于他的区域开凿星际隧道。他完全理解开凿前要反复测量确认的要求，所以简单两句"你确认飞行计划了吗？好的，一路顺风"就足够了。可耀西总能把例行公事变成长达 1 个小时的对话。

信号衰减导致屏幕上显示耀西头像的像素块闪个不停。他卷起长袖，搅动着杯中的丁酮酒——阿什比发现，他的丁酮酒是冰冻的，典型的哈玛吉安人喝法。看到如此装腔作势的举动，阿什比强忍住翻白眼的冲动。一杯冷丁酮酒，一身深受艾卢昂人穿衣风格影响的套装，一口努力模仿中央区口音但仔细听仍旧会暴露火星人语调的标准语……他企图用官僚主义自我包装，假装自己跟身边的其他强大物种一样有权有势。阿什比从来不以自己的出身为耻，甚至以此为荣。但看到一个人类盲目自大，他还是会被激怒。

"关于我的话题，说得差不多啦。"耀西笑道，"'旅行者号'上的生活如何呀？你的船员们都还好吗？"

"是的，我们都很好。"阿什比回应道，"今天，我们又迎来了一位新成员。"

"对，对，那个新文员！我刚准备问你关于她的情况呢。她适应得如何呀？"

"我还没见到她。听说她的深眠太空舱刚刚对接成功。"

"啊，那我就不耽误你太久了。哈，你知道的，阿什比，招募文员是会给你在委员会这里加分的。在开凿星际隧道这件事上，你一直值得信赖。但这回你表现出你也愿意遵守我们的行政标准，明智的决定。"

"只是出于实际情况考虑，真的。我需要一个帮手。"

耀西靠在椅背上，远程会议摄像头里的脸变得模糊起来。"你承接三级任务已经很久了。考虑过接点高级的任务吗？"

阿什比扬了扬眉毛。耀西喜欢演戏，但他还算称职。他知道"旅行者号"的装备接不了高级的任务。"当然，可我们的装备级别不够。"阿什比回应道。他也出不起那么多钱。他的飞船开凿单船交通隧道没问题——基本上是在殖民地之间穿梭。虽然开凿货运船队隧道的确很赚钱，但你需要真正靠谱的装备，才能开凿出可供船队通过的稳定隧道。据阿什比所知，没有任何一艘人类拥有的飞船能做到这点。

"没错，但这不意味着你该给自己设限。"耀西继续道。他一脸神秘兮兮地扭头瞟了一眼别处。阿什比再次忍住没翻白眼。据他观察，耀西是在一间关上门的会议室里独自和他连线的。"好好关注下，可能会有些有意思的任务派给你。是你能接的，但——啊，有点不一样。"

阿什比朝后靠了靠。他很难信任模仿哈玛吉安口音的人类。可即便如此，他也不会忽略一名议会议员的建议。"是哪种任务啊？"

"其实，我不该跟你多说的。"耀西说，"这么说吧，和你之前的任务相比，换换手也挺好的。"他直视阿什比的眼睛。像素块又开始跳动。"这种活儿也许会让你飞黄腾达。"

阿什比露出一个自认为友善的微笑：“不太懂你的意思。”

耀西诡秘地笑道：“你看新闻吗？”

“每天都看。”

“一定要保持这个好习惯。嗯，在接下来的 5 天里。现在就别多想了。招待好你的文员，好好完成明天的开凿任务，接下来……接下来就等着吧。”他扬扬自得地喝了一口杯子里冰冷的酒，“相信我，到时候你就知道了。”

开凿者们

收拾完她的两个行李袋（希斯克斯对此很认同，觉得轻装旅行节能环保）后，罗斯玛丽便跟着她的向导回到楼梯上。她的注意力被某个东西吸引了。上来时，她并没注意到每层金属格栅台阶上都盖了一小块厚厚的地毯。

"这有什么作用？"罗斯玛丽问道。

"嗯？哦，这是为我铺的，防止我的爪子被卡在格栅之间。"

罗斯玛丽感到有些尴尬。"呃。"

"你不知道，几年前，我曾经被楼梯上的金属格栅切掉过一整根脚趾，痛到我尖叫不止。后来吉茜才铺上地毯。"她走下楼梯，来到另一层，朝那里的几扇门点了点头。"那里是娱乐室。健身器械、游戏区、舒适的沙发，应有尽有。游戏区里有几款不错的模拟户外游戏，你可以连线试试。每个人每天都应该使用至少半个小时。理论上是这样。虽然很容易就会忘掉，但它对你有好处。长途旅行时，这副皮囊，"她拍了拍罗斯玛丽的头顶，"是你该关心的最重要的东西了。"

当她们穿过走廊时，罗斯玛丽突然停下。"是我的问题，还是这里的光线在变暗？"

希斯克斯咯咯笑了："你根本没在外太空生活过，对吗？"她语气里倒没什么恶意，"走廊和公共区域的光线会随着昼夜的变化而变亮、变暗。你现在看到的是日落，或者说是仿真日落。如果你需要更多光照，可以调亮你房间里的灯。但在整个飞船里调节光照强弱，能帮我们保持正常节律。"

"你们这里也是使用标准时间，对吗？"

希斯克斯点点头："标准时间，标准日历。你现在的作息时间还是太阳系时间吧？"

"是的。"

"头10天放轻松。适应新的生物钟是件挺麻烦的事。不过，老实说，只要你完成了工作，知道今天是几号，作息节奏是什么并不重要。我们都不是同时起床的，工作时间也千奇百怪。尤其是欧翰（Ohan），他们都是昼伏夜出。"

罗斯玛丽不知道欧翰是谁，也不确定希斯克斯说的"他们"是指谁。但还没等她发问，希斯克斯就朝着面前的门咧嘴一笑："我先带你四处转转吧。"

门旁的墙上贴着一张手写的提示牌，上面写着"鱼缸"。颜色鲜艳的字母旁边围绕着微笑的行星和好看的花朵。虽然罗斯玛丽刚刚上船，但她也能隐约感觉到，这是吉茜的作品。

她推开门，倒吸一口凉气。展现在她眼前的，是一个带穹顶的宽敞房间。房顶的构造是层层相扣的有机玻璃，仿佛一扇巨大的泡状天窗，透过它可以仰望整个银河系。房间里满眼都是绿色。大型水培植物呈螺旋形绕着房间摆放，它们长着宽阔的叶片、生机勃勃的嫩芽，有的还结满了丰硕的果实。植物的棚架上，每隔一段距离都贴着手写的标签（罗斯玛丽不认识标签上写的字母）。有些植物正在开花，攀缘植物顺着纤细的棚架往上爬，能够长得更高。从门口延伸出一条小路，路的两侧枝繁叶茂，还摆满了作为植物容器的装货木箱和食物金属罐，里面生长着茂密的草丛。四处散落着颜色鲜艳的废弃机械零件，给这里增添了几分色彩。小路的尽头有三层台阶，通往一座下沉的花园。静悄悄的小花园里，只有一座破败的喷泉发出哗哗的水流声，旁边还有几条长凳和几把椅子。长凳背后，有几棵装饰性的小树，朝头顶的太阳灯伸展着枝丫。罗斯玛丽一发现太阳灯，她的注意力就立刻被泡状的天窗吸了回去，还有窗外的恒星、行星和星云。

瞠目结舌了几秒钟后，罗斯玛丽才注意到更小的细节。窗框看起来磨损严重，款式和房间里的其他陈设完全不一样。水培植物容器的形状和大小不一，都显得很破旧，一看就是二手货。但整个房间却得益于这强烈的违和感，产生了怪异的魅力。植物们很健康，是精心照料的结果。可不知为什么，似乎那些磨损破旧的边角料、二手货，才是这个房间真正的灵魂所在。

"这……"罗斯玛丽眨了眨眼，"这简直难以置信！"

"而且非常必要！说来你可能不信，"希斯克斯回应道，"在船上养一堆植物，看似是在铺张浪费，但其实有三大用途。第一，植物能够降低空气净化器的工作压力。第二，我们可以种植一些可食用的植物，既能节省食物的采购费和运输费，又能吃到新鲜的，更健康。第三，也是最重要的，就是我们在船上一待就是几十天，能看看绿色植物，至少不会疯掉。娱乐室能让我们获得片刻的安宁，可只有到这里，我们才会真正放松下来。很多长途飞船上都有这样的地方。不过，如果你想听我说句公道话，那就是：我们船上的是最棒的！"

"它很美。"罗斯玛丽恋恋不舍地把目光从天窗上移开。她沉思了片刻，想起她在深眠太空舱里，并没有看到飞船上有透明的天窗。"我在上船前，为什么没看到这扇天窗？"

"很神奇，对吧？"希斯克斯得意道，"它的透视性是可以调节的，我们可以只让它单面透光。这样既能保护我们的隐私，也能让我们在靠近太阳时保持船上温度适宜。它曾经是哈玛吉安人游艇上的窗户。

吉茜和詹克斯跟太空拾荒者们很熟，他们只要一发现我们能用得上的破玩意儿，就会联系我们。这个透明穹顶是目前我们淘到的头奖了。"她伸手示意罗斯玛丽跟上，"来，我带你认识一下种这些植物的家伙。"

她们顺着右边的小路往前走，来到一张椭圆形的餐桌前，桌上已经摆好了晚餐。桌边的几把椅子款式各不相同，其中大约三分之一并不是为人类的屁股设计的。桌子上方悬挂着长长的电线装饰灯，罩着颜色各异的灯罩，发出柔和的光。这远不是罗斯玛丽见过的最精心布置的餐桌，但褪色的旧餐巾、凹凸不平的餐盘、廉价的调味品，却让人跃跃欲试。

餐桌旁有个柜台，台前摆着三个凳子，台后是一间大厨房。烤面包和调味料的香味涌进罗斯玛丽的鼻腔。她的身体开始提醒她，距离上次进食已经过去很久了。她感到饥肠辘辘。

"喂！"希斯克斯朝柜台后喊道，"来见见我们的新伙伴！"

罗斯玛丽原本没看到柜台后还有道被帘子遮住的门，直到帘子被人掀开，一个她见过的最怪异的物种缓缓走了出来。这个智慧生物——据希斯克斯称，是男性——体形有罗斯玛丽的至少两倍大。他浑圆肉感，一身带斑点的灰色皮肤。如果不是他气球似的脸颊上长着几绺长长的胡须，罗斯玛丽会以为他是某种两栖动物。肥厚且从中开裂的上唇占据了一大半脸——罗斯玛丽发现自己很喜欢他这个特征，虽然她也说不出为什么。她想起了小时候看过的地球古生物节目。如果你让水獭和壁虎杂交，再让这种动物模仿六条腿的毛毛虫走路，那差不多就是罗斯玛丽眼前这家伙的样子了。

他的腿尤其难以辨认，因为它们看起来也很像他的手。他有六条腿，全都长得一模一样。从门里走出来时，他是用其中的两条腿在走路，另外四条端着两盆食物。可放下食物后，他就向下弯曲身体，用四条腿走到了柜台旁。

"哎呀，那么，好吧。"这家伙嘟囔道。他的嗓音自带诡异的和声，好像五个人同时开始说话。罗斯玛丽注意到他的外表，他穿着人类的衣服。他的上半身——如果可以称之为上半身的话——套着一件超大号短袖 T 恤，上面印着一根朝外伸出的绿色人类大拇指。旁边印的文字不是克利普语，而是恩斯克语：小约翰植物专卖店——你的一站式银河系旅行水培植物商店。衣服两侧多剪了几个洞，方便他多出来的腿能伸出来。他的下半身套着一条宽大的拉绳裤。与其说它是裤子，不如说它是能装下腿的布袋子。

他的整张脸上挤出一条两端上扬的曲线，露出一个荒诞的笑容。"我打赌你之前从没见过我的同类。"他开口道。

对方终于打破了尴尬的沉默，罗斯玛丽回应以微笑："你说对了。"

他边在柜台后忙碌边说："虽然大家都受过跨物种交际训练，可真遇上新面孔，我们还是难以从容应对，是吧？我第一次见到你身材瘦长、长着棕色皮肤的同类时，一句话也说不出。"

"对他和他的同类而言，"希斯克斯补充道，"不说话是很难得的。"

"没错！"他说，"沉默可不是我们的强项。"他嘟嘟囔囔的嘴里发出一阵鸟鸣似的低沉颤音。

罗斯玛丽瞟了希斯克斯一眼，刺耳的声音还在继续从那家伙奇怪的嘴里冒出。"他在笑。"希斯克斯小声解释道。

笑声突然停了下来，那家伙拍了拍自己的胸膛："我是主厨医师。"

"我是罗斯玛丽，"她回应道，"你的名字真有趣。"

"唔，这并不是我的本名。不过除了负责烹饪食物，医疗舱有需要时，我也去搭把手，所以有了这个名字。"

"你是什么物种？"

"我是格鲁姆，当前状态是雄性。"

罗斯玛丽从来没听过这种生物，便认定他一定不是来自银河系共和国的物种。"当前状态？"她问道。

"对我和我的同类而言，生理性别是会转变的。我们出生时是雌性，产卵期过去后，就变成雄性，然后在生命结束时，既不是雌性，也不是雄性。"主厨医师伸手将一杯果汁和一小盘厚厚的颗粒状饼干摆在罗斯玛丽面前的柜台上，"吃点东西吧，这里面含有糖分、盐分、维生素和卡路里。晚餐就快好了，可你看上去随时都会晕倒。"他朝希斯克斯摇了摇头，"我讨厌深眠太空舱。"

"噢，群星啊，谢谢你！"罗斯玛丽扑向盘里的饼干。她内心深处知道，它们并没有什么特别；可此时此刻，她觉得它们是她吃过的最美味的食物。"能告诉我你叫什么名字吗？"她咽下一些饼干后，问道。

"你念不来的。"

"我能试试吗？"

又是一阵鸟鸣似的笑声。"好吧，听好了。"主厨医师张开嘴，传出刺耳的叫声。令人疑惑的是，声音都是一层一层重叠起来的。总共持续了足足 1 分钟。叫声停止后，他大喘了三口气。"这就是我的名字了。"他边说边指了指自己的喉咙，"我有多根支气管，六条声带。我们的语言里，没有一个单词不是多种发音重叠在一起的。"

罗斯玛丽感觉有点晕。"你学克利普语时一定挺不容易的吧？"

"啊，当然了！"主厨医师回应道，"不骗你，即便是现在，有时候也觉得很累。让我的声带们同步发声，真不是件容易事。"

"为什么不用话匣子^① 呢？"

主厨医师摇了摇头，他脸颊上的皮肤随之颤动。"我不喜欢植入器械，除非是医疗需求。另外，如果你不花时间去学其他物种的语

---

① 话匣子，是指帮助使用不同语言的物种进行语言交流的植入式口语翻译装置。

言，和他们交流又有什么意义呢？这就好像在作弊，你只是想想你要说什么，然后让一个小盒子帮你说出来。"

罗斯玛丽又喝了一口果汁。她感觉头脑已经清醒些了。"你的名字在你的语言里有什么含义吗？"

"它有含义的。我叫'朋友们在中季——我猜你们管它叫秋季——日落时分相聚观赏月亮们连成一条直线的树丛'。请注意，这只是前半部分，后面还要加上我母亲的名字和我的出生地。不过，我想我说到这儿就够了，否则你得听我解释一晚上。"他又笑了起来，"你叫什么呢？我知道大多数人类不太看重起名字，不过你的名字有什么含义吗？"

"呃，好吧，我父母给我起名字时应该没想过要有什么含义。不过，我的名字是一种植物。"

主厨医师身体向前倾，用前肢撑住柜台："植物？哪种植物？"

"没什么特别的。只是一种香草。"

"只是一种香草！"主厨医师边说胡子边抖，"她说，只是一种香草！"

"噢，噢，"希斯克斯回应道，"你戳中他的嗨点了。"

"罗斯玛丽！罗斯玛丽！"主厨医师拉住她的手喊道，"香草是我的最爱！它们既能入药，又能调味。你应该能猜到，这两件事情都是我最热衷的。我是个狂热的香草收集者，走到哪儿，摘到哪儿。"他停下来，又自顾自地笑了起来，"我好像没听过跟你同名的这种香草。它是用来吃的，还是治病的？"

"吃的。"罗斯玛丽回答道，"我记得是用来煮汤的，还可以加在面包里。"

"汤！噢，我喜欢汤！"主厨医师边说边用他漆黑的眼睛望向希斯克斯，"我们很快要在科里奥尔港停一会儿，对吗？"

"是的。"希斯克斯回答道。

"那儿肯定有人找得到这种香草。我要给老朋友德拉维发条消息，他知道该到哪儿找。找跟吃有关的东西，是他的强项。"说着，他又扭头看着罗斯玛丽，扬起嘴角，"你看，你还是有个很棒的名字呀！现在，吃完你的小饼干。我去看看晚餐要吃的虫子怎么样了。"他匆忙回到厨房，在弯腰处理烧烤架上的食物时，嘴里一直在用他的母语低声抱怨和叹气。罗斯玛丽还以为他在哼唱歌曲。

希斯克斯靠向罗斯玛丽身边，跟她耳语起来。她的声音被主厨医师的"歌声"和厨房里叮叮当当的声响盖住了。"别问他是从哪儿来的。"

"哦，"罗斯玛丽回应道，"好的。"

"相信我。也别问关于家人的问题。这些……都不是好的佐餐话题。我晚点再跟你解释。"

主厨医师得意地从烧烤架上拎起一只长了一堆钳子的节肢动物。它的甲壳发黑，两排腿均匀地蜷缩在身体下侧。它差不多有罗斯玛丽的手那么大，从手腕到指尖的长度。"希望你喜欢红岸虫的味道。还是新鲜的，不是保鲜柜里的存货。我的后厨里有几个养殖罐。"

希斯克斯友好地轻轻推了推罗斯玛丽："只有特别的场合，我们才能吃上新鲜的。"

"我以前从没吃过，可它们闻起来香极了。"罗斯玛丽说。

"等等，"希斯克斯打断了她，"你从没吃过红岸虫？我从没遇到过没吃过红岸虫的人类。"

"我一直生活在行星上，"罗斯玛丽回应道，"火星上的人们不怎么吃虫子。"说到这儿，她感到有些愧疚。昆虫的价格低廉，富含蛋白质，在狭小的空间里也能轻松养殖，这让它们成为在太空生活的人们的完美食物。长久以来，虫子就是移民舰队菜单上的常见选项，甚

39

至太阳系外殖民地也将它们作为主食。当然，罗斯玛丽至少听说过红岸虫。据说，移民舰队在银河系共和国范围内被授予难民身份后不久，几个人类代表曾被带到艾卢昂殖民地，去商讨他们的需求。其中一个更富有企业家精神的人类注意到，这颗星球海岸线附近的红沙丘上有成群的大虫子爬来爬去。在艾卢昂人眼里，这些虫子有点讨厌，但人类却看到了食物，丰富的食物。移民们很快就将红岸虫加入他们的菜单。如今，你能看到很多因做虫子生意而发家致富的艾卢昂人和太阳系外人类。罗斯玛丽承认自己没吃过红岸虫，这不仅意味着她缺乏旅行经验，还说明她在人类文明发展史中是个异类。她的祖辈是第一批登陆火星的富裕的食肉者，地球上有些国家还在遭受饥荒，可他们却把牲畜运到了火星。虽然（大多数）移民后代和太阳系后代早已不计前嫌，但罗斯玛丽依然为她的祖辈所享受过的特权感到羞愧。这再次让她回想起当初离开家的原因。

希斯克斯的眼神充满疑惑。"你吃过哺乳动物吗？我是指真的动物，不是培养罐里长出来的那种。"

"是的。火星上有一些牧场。"

希斯克斯反感地直往后退，发出嘲讽和厌恶的声音。"噢，不，呸。"她又立马表现出歉意，"不好意思，罗斯玛丽，我只是非常……震惊。"

"别大惊小怪。它们只是长了蹄子的大号三明治。"詹克斯边笑边走了过来，"我也吃过行星上的牛肉，你懂的。味道棒极了。"

"哦，真恶心。你们都令人作呕。"希斯克斯大笑着回应道。

"我只会吃虫子，谢谢。"一个人类男性的声音传来。罗斯玛丽转身站了起来。"欢迎登船。"是桑托索船长。他握了握罗斯玛丽的手，"终于见到你了，真高兴。"

"我也是，船长。"罗斯玛丽回应道，"能加入，我很开心。"

"请叫我阿什比就可以了。"他微笑道。他环顾四周，在找一个人，"科尔宾带你四处走走了吗？"

"一开始是他，"希斯克斯拿起一块罗斯玛丽的饼干，说道，"后来换成我了，他要去做些测试。"

"好吧，那可真是……辛苦你了。"阿什比盯了希斯克斯好一会儿，问了个罗斯玛丽没听懂的问题。接着，他又转身望着罗斯玛丽，"接下来的几天里，我恐怕没有时间带你熟悉工作。明天我们就要开凿隧道了，之后总会有各种麻烦需要处理。不过我相信，你也需要一些时间来适应这里。一旦我们搞定了手头的活儿，你就可以和我坐下来好好整理下报告了。"

"我真同情你。"希斯克斯拍了拍罗斯玛丽的肩膀，说道。

"情况也没那么糟。"阿什比反驳道。主厨医师故意清了清嗓子，"好吧，情况的确很糟糕。"阿什比耸耸肩，露出微笑，"不过，嘿！这意味着你有一份工作了！"

罗斯玛丽笑了起来。"别担心。如果喜欢跟表格打交道的都是怪咖的话，那我就是其中之一。"

"感谢群星把你赐给我们！"阿什比说，"我们的船员都很棒，只是不太擅长处理表格。"

"希斯克斯！"吉茜走进房间，喊道，"我今天看了一个超级劲爆的视频，我得跟你好好聊聊。"

阿什比闭上眼：'你们俩能不能注意下场合？"

希斯克斯一脸疑惑。"吉茜，早就跟你说过，我再也不想看你的视频了。我发誓，人类是唯一能把性爱搞得这么低俗的物种。"

"不，听我说，这很重要。"吉茜走到柜台后，打量着主厨医师准备的食物。她已经脱下了脏兮兮的连体裤，换上了整洁、时髦的黄夹克，搭着一条不能再短的短裙和亮橙色的波尔卡舞圆点连裤袜，脚上套着一双束满搭扣和皮带的高帮皮靴，头发上还零星编着几朵布制头花。这身打扮换到其他人身上，都会显得滑稽可笑，可不知怎么回事，在吉茜身上看起来还不错。"这回的视频里有好几个物种。此刻，我有一肚子关于安德瑞斯克人生理构造的问题要问你。"

"你见过我没穿衣服的样子，"希斯克斯回应道，"你之前大概也见过很多安德瑞斯克人不穿衣服的样子。"

"没错，可……希斯克斯，视频里那家伙的柔韧性，简直了——"她边说边把手伸向一碗蔬菜。主厨医师都没朝她的方向看一眼，就用锅铲打开她的手腕。

希斯克斯叹了口气："视频叫什么？"

"《监禁星球 6：零号 G 点》。"

"好了，够了！"阿什比插话道，"说真的，有点教养会死吗？哪怕只能坚持一天？"

"喂，我够有教养了，"詹克斯反驳道，"我还没提《监禁星球7》呢。"

阿什比叹了口气，转身对罗斯玛丽说："如果你改变主意了，现在回到深眠太空舱里，也许还来得及。"

罗斯玛丽摇摇头："我还没吃上饭呢。"

主厨医师迸发出热情又刺耳的哈哈大笑："终于，有人跟我的优先级排序一致了。"

希斯克斯俯下身瞄了瞄柜台后侧。"吉茜，你的鞋真不错。多希望我也能穿鞋。"

"是吧？我就知道！"吉茜惊喜地叫道，同时抬起了她的右脚，仿佛她从没见过自己的鞋。"快看，我的美靴！艾卢昂人的突击小队标配，符合人体工程学的完美设计！足科医生会为之疯狂！它们究竟是什么鞋？是笨重的顿足爵士舞靴吗？是舒适的一脚蹬休闲鞋吗？

没人知道！就在我们交谈的时候，奇迹正在我的脚下发生！"她转过身，朝向正在从烤箱里端出一盘小面包的主厨医师，顺手拿起一个小面包，摆弄起来。"群星啊，它们可真香。快到嘴里来，可爱的小面包！"

阿什比扭头问罗斯玛丽："你的语言能力不错，对吧？"

罗斯玛丽一直在关注戏精机械工程师的一言一行，这才回过神来。而此时，吉茜又开始因为面包烫到了舌头跳起脚来。"还行吧。"她回应道。事实上，她的语言能力极强，但人们通常不会在跟新同事吃第一顿饭时就透露这种信息。

"那么，如果你准备在这艘船上待下去，你得学学怎么跟吉茜交流。"

"这种技能，待得久了，你自然就会了。"希斯克斯边说，边开始将一碗碗满满的食物端上桌。罗斯玛丽端起一个装满泥状紫色根茎蔬菜的碗，跟着她一起摆桌。当她把碗放在桌上的餐具旁边时，她突然意识到：这是她生平第一次动手摆桌。

"哦，哦，顺便告诉你们，"吉茜跳到阿什比身边喊道，"空气过滤器修好了，可我担心赶不上晚饭，而且还要换衣服，所以我只是把电线都捆好塞进舱壁里，以防它们着火或出其他意外。我保证，晚饭一吃完，我就去把活儿干完，我保证，我保证——"

"如果你同意的话，吉茜，我可以自己搞定那些电线，"詹克斯说，"我知道你今天还有一堆活儿要干。"

"我就说你是最棒的。"吉茜回应道。她和罗斯玛丽眼神交汇，指了指詹克斯："他不是最棒的吗？"

"好了，"主厨医师端起一大盘热气腾腾的虫子，打断了他们，"开饭了。"

希斯克斯、吉茜和詹克斯坐在桌子的同一侧。科尔宾也卡着点走进了房间。他坐在另一侧，一言不发。其他人也没说话。只有阿什比，朝他礼貌地点了点头。

船长坐在桌头的主宾席位，主厨医师在他的正对面坐下。阿什比示意罗斯玛丽坐在他右侧的空位上。他朝所有人微笑着举起一杯水。"敬我们的新成员！"他说，"预祝明天依然是不出问题的一天。"

所有人一起碰杯。"我应该喝点好东西。"主厨医师嘟囔了一句。

"水是生命之源，医生。"阿什比说，"另外，你今天超常发挥了。"他朝着一碗碗满满的食物点了点头。罗斯玛丽伸出手按住自己咕咕叫的肚子，怕别人发现她饿坏了。

大家都在随意往盘子里盛食物。大碗和托盘毫无规律地被所有人传来传去。等它们重新被放回桌上时，罗斯玛丽的盘子里有一堆沙拉、一坨紫色的泥状物（主厨医师管它叫塔斯克姆根）、两个小面包和一只红岸虫。融化的黄油掺杂着香料的碎屑从虫子纤细的关节缝隙里渗出来。罗斯玛丽注意到，它的甲壳上被敲开了一个小口子，主厨医师在烤制之前往里面塞了调味料。红岸虫虽然看起来令人毛骨悚然，可闻起来太香了。罗斯玛丽已经饥饿难耐，什么都能吃得下。不过现在只剩下一个问题——她不知道怎么吃它。

希斯克斯应该是看出了她的犹豫，这个坐在桌对面的安德瑞斯克女人和她四目相对。希斯克斯用长着四个手指的手故意慢慢拿起她的刀叉，开始熟练地去除虫壳，先去掉虫足，再打开虫腹上的缝隙。罗斯玛丽模仿她的动作，努力不让自己的生疏表现得太明显。她很感激希斯克斯的细致体贴，可她没办法忽略其中的讽刺意味：一个安德瑞斯克人在教她如何吃一种人类的食物。

即便罗斯玛丽在处理虫壳时犯了任何错误，其他船员也并没有发现。他们才没空呢，边狼吞虎咽着食物，边赞美主厨医师的厨艺，边开着各种罗斯玛丽听不懂的玩笑。当她吃下第一口虫子之后，所有的因为对它的陌生而产生的难堪瞬间消失了，留下的只有鲜嫩、可口、抚慰人心的滋味。它尝起来有点像蟹肉，但更紧实。还有热乎乎的小面包、甜咸交错的紫根泥、新鲜爽口的沙拉（据说里面的蔬菜是当天才从园子里摘下的）。她对太空食物的恐惧不复存在。适应虫子和水培蔬菜，原来这么简单。

饥饿感得到平复后，她放慢了吃饭的速度，才注意到她和科尔宾之间有一个空着的座位。"这是谁的位子？"她问道。

"啊，"主厨医师回应道，"这个问题有点难回答。事实上，没人坐这儿，可它是留给欧翰的。"

罗斯玛丽想起了这个名字。"对，希斯克斯说他有昼伏夜出的习惯。"她小心翼翼地用了一个中性人称代词。当你指代的对象没有性别之分，他是唯一礼貌的说法。

阿什比笑了笑，摇摇头。"你应该用他们这个词。欧翰是西亚纳人，他们的个体其实是共生体的一部分。欧翰是男性，但我们还是用他们来指代西亚纳人。"

罗斯玛丽回想起之前在气闸舱时，洛维说的其实不是这艘船的领航员，而是指欧翰这个西亚纳人。她兴奋起来。要知道，在火星，西亚纳人不过是都市传说——他们具有多维空间定位能力，就好比人类会解代数。不过，他们的这种能力不是生来就有的。西亚纳人的文化建立在一种名叫"耳语者"的病毒之上，它是一种感染神经系统的病毒。银河系共和国里的其他物种虽然对耳语者的影响知之甚少（西亚纳人阻止其他物种研究这种病毒），但大家都知道的是，它会改变宿主的大脑功能。据罗斯玛丽所知，所有西亚纳人会在童年时期感染这种病毒，从那以后，他们都不再认为自己是个体，而是病毒与宿主的共生体。西亚纳人提倡大家走向太空，与从未和他们有过直接接触的物种分享耳语者的馈赠（这种病毒至今还未找到其他物种的宿主）。

西亚纳共生体能以其他物种所不能的方式思考，这让他们成为研究项目中、科学实验室里以及星际隧道开凿船上的宠儿。她曾经想象过加入"旅行者号"后的各种体验，却从没想过自己能见到西亚纳共生体。

"他们不跟我们一起吃饭吗？"她问道，还企图掩饰她内心有多想见见这个——人？共生体？她还不太习惯用复数的形式来形容西亚纳人。

阿什比摇摇头。"他们对自己的健康状况多疑到偏执的程度。任何可能不经意间影响到耳语者的东西，他们都十分警惕。欧翰从来不下飞船，他们也不吃我们的食物。"

"它们绝对卫生，我向你保证。"主厨医师补充道。

"所以我登船时需要全身消毒，"罗斯玛丽恍然大悟，"洛维说我身上有些污染物，对船上的一个成员有害。"

"啊，对！"主厨医师说，"我们需要升级你的免疫机器人数据库。明天再处理也来得及。"

"这不仅仅是健康的问题。"希斯克斯说，"西亚纳人不爱社交，即便是跟同类也一样。欧翰很少离开他们的房间。他们……等你见到就知道了。他们活在他们自己的小型航空器里。"

"如果你能在脑袋里规划出我们的隧道设计，你也可以。"詹克斯插嘴道。

"可主厨医师永远会给他们留个座位，"吉茜边往嘴里塞食物边说，"因为他们人最好了。"

"我想让他们知道，我们永远欢迎他们。"主厨医师说，"即便他们不能跟我们一起吃饭。"

"噢。"吉茜和詹克斯异口同声道。

"严格说来，我用不着吃晚饭。"希斯克斯解释道。罗斯玛丽早就注意到，虽然希斯克斯每样食物都吃了些，但吃的分量都很少。"我一整天里都只吃一点点。作为冷血物种的好处之一就是，我不需要吃太多食物。"她微笑起来，"但我喜欢在晚饭时和大家坐在一起的感觉。这是我最喜爱的人类习俗之一了。"

"我发自内心地赞同。"主厨医师边说边又拿起一只红岸虫，"尤其是因为我一天只吃一顿饭。"他把虫子放在一堆高高的空壳上。罗斯玛丽数了数，是第六只了。

"那么西亚纳人吃什么呢？"罗斯玛丽问道。

主厨医师的双颊剧烈地抖动起来。即便他的生理构造跟人类差别很大，罗斯玛丽也能感觉到，那是感到恶心的表情。"他们吃一种令人作呕的营养糊。成管成管的糊状物，从他们的星球运过来，他们只吃那个。"

"喂，你又没尝过，"詹克斯说，"说不定很美味呢。"

"不，"吉茜插话道，"绝对不好吃。我偷偷搞到过一管，出于研究的目的。"

"吉茜。"阿什比想打断她。

吉茜没理会他："想一想黏稠的、没有温度的坚果黄油，但不带任何味道，连咸味都没有。我尝试过把它涂在吐司上，结果只是在浪费好吃的吐司而已。"

阿什比叹了口气："听听这女人说了什么？别人哪怕是多看她的那包火焰虾一眼，她就会大发脾气。"

"喂，"吉茜用叉子指着阿什比说，"火焰虾可是罕见的美味，好吗？"

"不过是一种便宜的小吃。"希斯克斯说。

"是只有在我居住的殖民地才能买到的便宜小吃，这完全称得上是罕见的美味了。而飞船的货仓里有好多箱欧翰的营养糊。我知道如果我拿走一管，他们根本不会发现的。这就叫供需关系。"

"供需关系可不是这个意思。"詹克斯反驳道。

"就是这个意思。"

"供需关系可不等同于随意偷盗存货充足的物品。"

"你是指像这样？"她伸出一只手，从他的盘子里拿走了一块小面包，用手指把它整个塞进嘴里，接着，从面包篮里拿更多。

阿什比朝罗斯玛丽转过头，无视桌上的面包大战。"那么，罗斯玛丽，介绍介绍你自己吧。火星上还有家人吗？"

罗斯玛丽喝了一小口水，让自己冷静下来。这个问题虽然令她的心跳加快了一点，但应付它还是不成问题。她登船前就练习过。"有。我父亲在做外星货物进口，母亲开了一家画廊。"这都是真话，只不过隐藏了一些关键细节。"我还有个姐姐，她住在哈加兰姆星上。"这也是真话。"她为银河系共和国效力，任职于资源分配局，不是什么了不起的工作，文职而已。"依旧是真话。"不过，我们不是很亲近。"这当然是真话。

"你是在哪儿长大的？"

"佛罗伦萨。"真话。

詹克斯从跟吉茜的面包大战里回过神来，吹了声口哨。"那可是火星上的富人区，"他说，"你家肯定很有钱。"

"不算吧。"假话。"只是因为离我父亲工作的地方近。"真话，算是吧。

"我去过一次佛罗伦萨，"吉茜说，"那年我 12 岁。我父亲攒了好久好久好久的钱，我们才能去那里参加纪念日活动。群星啊，我永远不会忘记所有人一起在宽阔、空旷的广场上放灯的场景。"

罗斯玛丽知道她指的是什么地方——新世界广场，首都中央的集会地。它是一座由石头铺成的宽阔广场，上面矗立着一座马尔塞拉·佛罗伦萨的雕像——他是踏上火星的第一人，这座城市也是以他的姓氏命名的。

"一盏盏小小的灯火，就像小飞船一样升上高空。我想，那是我见过的最美的景象了。"

"我当时也在场。"罗斯玛丽说。

"不是吧！"

她笑了起来："我以为没人会怀念那种编造故事的纪念节日。"事实上，她父亲正是这个节日的主要策划人，但她觉得自己还是不提这点为妙。纪念日是个人类的节日，它是为了纪念最后一位人类农场主离开地球的那一天——那一天，人类终于离开了已经不再适宜生存的母星。这个节日最初是移民们的风俗，但后来迅速在太阳系共和国甚至太阳系外的殖民地流行起来。这个编造故事的纪念节日已经过了两百年，太阳系和移民官员们每年都会联合举办围绕它开展的活动。基本上整个移民社群的人都会参加，下至每个搬运工，上至每位官员。这个节日象征着这个历经苦难的物种内的友谊和团结，证明他们虽然有过痛苦的过去，但依旧能够在银河系共创美好未来。然而事与愿违，在银河系共和国议会里，移民社群仍旧毫无话语权。哈玛吉安人拥有财富，艾卢昂人掌握武力，安德瑞斯克人精通外交，人类擅长争辩。任何节日，无论多么盛大，都无法改变这一点。不过，至少它还是个不错的聚会活动。

吉茜朝罗斯玛丽咧嘴笑了笑。"也许我们看到过彼此放的灯。噢，你吃过那儿的冰激凌吗？用真牛奶做的，放在华夫饼做成的小碗里，上面撒满了莓果酱和巧克力碎。"

"呃，听起来可真甜。"主厨医师说。

"如果没记错，我吃了两个。"罗斯玛丽回答道。她露出微笑，希望能掩饰胸中满溢的思乡情。她费尽心机想要逃离，历经磨难，熬过了无数个不眠之夜，生怕自己会被抓回去，然而……然而此刻，她面前的盘子里摆着虫子，她脚下是人造重力场，她身旁坐着一桌陌生人……他们可能永远不会知道她抛弃了怎样的生活。此刻，她身处太空深处，远离了她所熟知的一切。

"说到甜的东西，"主厨医师终于决定放下他的叉子，"谁想来点甜品？"

虽然罗斯玛丽已经撑到快要吐出来了，她还是很想尝尝主厨医师做的"春日蛋糕"——精致、耐嚼，让人联想到杏仁的味道，上面还撒了一层刺激但令人愉悦的香料。罗斯玛丽辨认不出是什么，她一口气吃了三个蛋糕。味道当然没法和纪念日上的莓果酱冰激凌比，可又有什么能和它相提并论呢？

阿什比帮忙收拾完餐桌后，在花园里的一张长凳上坐下。他掏出平板电脑，咬了一口仅剩的一块蛋糕——这是船长的特权。

他朝着平板做了个手势，调出交通委员会的任务发布页面。"连接建立中。"屏幕上显示。"身份验证中。"进程图标还在跳转。他回头望了望厨房，主厨医师在柜台后侧教罗斯玛丽如何把脏盘子放进洗碗机里。她看得很仔细，但有点迷惑。阿什比笑了笑。万事开头难。

希斯克斯走了过来，端着一杯茶。"你怎么看？"她轻声问道，略微往厨房的方向偏了偏头。

阿什比点点头，在长凳上挪了挪，给她让出些位置。"目前看来，还不错，"他低声回答，"她看起来挺友善的。"

"我对她有信心。"希斯克斯边说边坐下。

"是吗？"

"是的。我的意思是，她有点……哦，群星啊，我在克利普语里找不到一个很合适的形容词。伊斯克。这个词你知道吗？"

阿什比摇了摇头。他勉强能听懂雷斯基特语，前提是对方说得足够慢，但他的词汇量不太行。

"字面上的意思是，'蛋一样柔软'。用来形容刚从蛋壳里孵出来的雏鸟的皮肤。"

"哦，好的。所以意思是……太嫩了？"

她若有所思地摇了摇头："是吧，但也不太像。它的潜台词是，随着时间的推移，会变得强硬起来。"

他点点头，瞥了眼她身上厚厚的鳞片："我相信她会的。"

"嗯哼，这就是伊斯克这个词的意思了。如果你的皮肤不会变硬，你就会……"她伸出舌头，发出类似窒息的声音，然后大笑起来。

阿什比露出啼笑皆非的表情。"你这是在形容幼崽。"

她叹了口气。"是哺乳动物的幼崽。"她说道，脸上表情似怒非怒。她把头靠在阿什比的肩上，把手放在他的膝盖上。如果是人类做这样的动作，意味着他们的关系很亲密。不过，阿什比已经习惯了希斯克斯这么做。在她看来，这只是随意之举。"还在给我们找活儿接吗？"她朝平板电脑点点头，问道。身份验证通过了，屏幕上显示出任务发布的列表。

"只是看看有什么新任务。"

"要是接这种活儿，我们的飞船撑不了多久的。"

"为什么？"

"因为这些都是高级活儿。"她的声音里带着戏谑，"你已经厌倦了现状。"

"不，"他回应道，"我只是……在随便看看。"他本不想再解释了，可他能感觉到，她还在盯着自己，想听到更多解释。他呼出一口气："一单这种活儿，就抵上我们最近接的三单了。"

"大船挣大钱，"希斯克斯说，"一直都是这样。"

"我们不需要一艘大船，只要装备过硬就行。"他环视花园，二手板条箱，废品拼凑的窗户，还有破旧的花盆，"只要做适当的升级，我们就能申请这些任务了。"

希斯克斯咯咯笑起来，可看到他脸上的表情，笑声又停了下来。"你是认真的吗？"

"我也不知道。"阿什比回答道，"我不知道我是不是已经太习惯接现在的任务，变得不思进取。理论上，我们可以做得更好，我们有足够的能力，我们足够厉害。"

"我们的确有，"希斯克斯慢条斯理道，"可我们现在不是在聊换新的电路板。安比驱动的钻机口径也得换，那将花掉你在一个标准年里赚到的利润。我还需要一个新的导航仪表盘，因为现在的那个有时候非常难用。我们还需要更多燃料储备、更多稳定器、更多航标——抱歉，我不是想彻底吵醒你的白日梦。"她用指甲轻轻划了划他的膝盖，以示友好。"好吧，假如你已经攒够了钱，我们也完成了装备升级，可以接高级活儿了，可你这么做的目的是什么？"

"你什么意思？"

"我的意思是，你为什么想要这么做呢？除非是耀西说了什么，把你激怒了。"

他扬了扬眉毛，露出虚假的笑容："你怎么知道的？"

她哈哈大笑起来："瞎猜的。"

阿什比捋了捋胡子，陷入沉思。他为什么想要这么做？从他很多年前第一次离开家起，他一直时不时会思考，他是否要回到移民舰队养育后代，或者找个殖民地安家。可他骨子里就属于太空，无法抑制地渴望四处漂流。过了这么多年，组建家庭的愿望已经消退。他一直认为，家庭的意义在于享受为宇宙带来新生命、传授自身积累的知识，并看到一部分自我能够延续下去的快乐。他已经渐渐意识到，太空生活已经满足了他的这种享受。他有一群依赖他的船员，有一艘能够持续更新装备的飞船，还开凿出了会延续很多代的星际隧道。于他而言，这已足够。

可这对现在的他，已经足够了吗？当然，他感到满足，可他还能做更多：造一艘更大的飞船，招募更多的船员；跟船员们分享更大份额的利益……他已经想这么做很久了。他不像耀西那么自大，但他不否认的一点是：作为一位人类船长，他能胜任往往只有银河系共和国的开国物种们才能做的事情。这让他感到一丝骄傲。他能——

"噢，对了，不是想转移话题，只是想告诉你，"他突然想起来要说什么，"今天我收到了泰莎发来的视频包，凯已经开始走路了。"

"哇哦，太棒啦！"希斯克斯回应道，"请向她转达我的祝贺。"她顿了顿，"好吧，坦白讲，我老是忘记，对你们人类来说，走路是需要学很久的事情。每次我想起你的小外甥，脑子里都是他跑来跑去的样子。"

阿什比大笑起来。"他很快就能跑来跑去了。"他还会追逐他的姐姐，会摔破膝盖，甚至摔骨折，他会开始消耗越来越多的卡路里。阿什比每次给泰莎打钱，她虽然都会抗议，但也没有全然拒绝。他的父亲也是如此。老人家的视力已经不太好了，虽然做了好几次手术。他需要做的是眼球移植手术。正如泰莎需要的是为孩子提供更健康的食物。而这是移民舰队货舱里的工作无法保障的。

他还有很多能做的事情。

技术细节

詹克斯路过引擎室外的走廊时，听到了砰砰作响的重击声，还有天花板上灌满水的管道被敲打时发出的回声。他仔细听，这里面有鼓声、管笛声、弦乐声和几个哈玛吉安人的鬼哭狼嚎，还掺杂着一个跑调严重却毫不羞愧的人类女声——这显然不是音乐里自带的。

他来到一处宽敞的通道区域。这里是吉茜的安乐窝，灯火通明，摆满了工作台。每张工作台上都堆着各种零部件、贴着标签的容器和一些不知名的小玩意儿。通道连接的其中一个入口处立着一个哨兵似的工具箱，里面塞满了你能想到的所有工具。两把绿色的扶手椅专门被摆在散发着热气的管道旁。管道里是抽出来的燃料废液，最终流入化学反应罐内。扶手椅上的布料已经被磨秃了，还贴着好几块补丁。两把椅子中间放着一台丁酮酒酿造器，临时接在一台引擎的电线上。这东西太脏了，真该好好洗洗。

工程师本人坐在一架工作梯上，脑袋和手都钻进了一块打开的天花板里，屁股随着鼓点扭动着。她边工作，边伴着震耳欲聋的音乐引吭高歌："一拳打在他们的脸上！猴子们也喜欢这样！"

"你好，吉茜。"詹克斯打了个招呼。

"我吞下了一只口——琴！这些袜子——很配——我的帽子！"

"吉茜。"

一个工具"哐啷"一声掉在地上。随着旋律上升到达暴风雨般的高潮，吉茜攥紧了拳头。她在剧烈抖动的梯子上跳起了舞步，脑袋仍旧钻在天花板里。"袜子！很搭——我的帽子！袜子！很搭——我的帽子！仿佛踩在——香甜的——吐司上！袜子！很搭——我的帽子！"

"吉茜！"

吉茜探出脑袋，按下绑在手腕上的遥控器，调低了附近音响的音量。"有事吗？"

詹克斯挑起一边的眉毛："你知道这是什么歌吗？"

吉茜眨眨眼。《袜子搭帽子》。"她回答道。说完，她又钻到天花板上，用戴着手套的手拧紧里面的什么东西。

"明明是 *Soskh Matsh Mae'ha*[①]。这首歌在哈玛吉安受保护国是被禁的。"

"我们又不在哈玛吉安受保护国。"

"你知道这首歌唱的是什么吗？"

"你知道我不懂汉特语。"

"唱的是睡了哈玛吉安皇室全家，还描述了丰富的细节。"

"哈！噢，我现在更爱这首歌了。"

"据说去年索什卡的暴乱就是由这首歌引发的。"

"是吗？如果这个乐队这么恨当政者，那么我猜他们不会在意我为这首歌重填一遍词。他们不能用所谓'正确的歌词'来压迫我。让该死的体制见鬼去吧。"她边跟一个卡住的阀门较劲，边愤愤道，"所以，你到底有什么事？"

"我需要轴线电路耦合器，但不知道你把它放在哪儿了。"

---

① 这是一首哈玛吉安人的汉特语歌曲，音译成英语后，发音类似于 Socks Match My Hat，所以吉茜称之为《袜子搭帽子》。

"左边的那个工作台上。"

詹克斯左右望了望："是我的左边，还是你的左边？"

"我的左边。不，等等。是你的左边。"

詹克斯走到工作台旁，拉过来一个空板条箱，站到上面，想要看得更清楚。工作台上有成堆的破玩意儿，它们连成一片，组成了一座混乱的大垃圾堆。他在里面仔细翻找。一捆三号粗的燃料管，一包吃剩了一半的火焰虾（包装袋上吹嘘这东西能"辣到让你绝望！"），几个各式各样的脏马克杯，几幅写满笔记和画满涂鸦的示意图，一箱还没打开的……詹克斯停下来，扭头望着吉茜。

"只是出于好奇，"他说，"你在干什么呢？"

吉茜给他看了看她的手掌。她的工作手套上沾满了浓稠的绿色黏液。"排污管堵塞了。"

他回头看了看工作台上的箱子。"如果你用上修理机器人，几秒钟就能修好。"

"我没有任何机器人。"

"嗯，那么，我眼前的这箱机器人是什么呢？"

吉茜的脑袋又探了出来。她瞥了一眼工作台。"哦，那些机器人呀。"说完她又钻回了天花板。

詹克斯摸了摸箱子，手指上沾满了灰尘。"你从来没打开过它们。"箱子上的商标吸引了他的目光。"真见鬼，吉茜，这些是塔克斯卡机器人。你知道它们有多高端吗？"

"机器人最没劲了。"她不耐烦道。

"没劲？"

"嗯。"

詹克斯摇了摇头。"过去，为了获得这些小家伙的程序算法，人类愿意拼命，是真的去拼命！可你却把它们压在破烂堆里，让它们睡大觉。究竟你为什么会有这些东西？"

一坨绿色的黏液从天花板边缘流了下来，溅在地板上。"如果我们有一天遇上了极度糟糕的状况，你帮不上我，洛维也没办法控制飞船，它们就派得上用场了。值得庆幸的是，这种情况还没发生过。"她从腰带上取下一个工具，伸到她的脚趾上。接着是一阵金属摩擦的声音，"噢，该死，快起作用啊，你这蠢货！"

詹克斯扒开一个空胶水盒，找到了耦合器，拿起来别在了他的工具带上。"顺便告诉你，空气过滤器搞定了。我准备去检查下洛维的状况如何。睡前要来一起抽烟吗？"

吉茜回应了，可她的声音被工具碰撞的声音、咒骂声和黏液滴落的声音盖住了。詹克斯轻笑着离开了房间。吉茜还在天花板里忙碌着，身上和嘴里都不干不净。詹克斯知道她此刻很开心。

其他飞船上当然也有洛芙莱斯这样的人工智能。你从任何一个人工智能经销商那里都能买到她的核心软件操作系统。银河系里很可能有数十个不同版本的她此刻正在飞船里航行。也许有数百个，谁知道呢。但他们都不是她。詹克斯认识的洛维，是为"旅行者号"量身定制的。她的个性是由她和船员们的共同经历塑造的，包括他们一起去过的每个地方、他们之间的每段对话。詹克斯心想，坦白讲，人不也是如此吗？他们出生的时候，运行的都是同一套基础人类启动系统，人的个性也是在与其他人的交往过程中逐渐塑造和改变的。在詹克斯看来，人类和人工智能在认知发展上唯一的真正区别，是他们认知发展的速度。在他开始产生自我意识前，他不得不先学会如何行走、说话、进食等其他生活必备技能。洛维不用操心这些问题。她不需要花上数年去学习如何监控系统或开关电路。她一出生，就完全有能力胜任她的工作。但在她开始工作的 3 个标准年后，她已经不仅是一艘飞船上的人工智能，她还变成了一位非常棒的伙伴。

"你好，伙计。"洛维看到詹克斯走进了人工智能操作室，向他打了个招呼。

"你好。"他回应道，弯下腰松开脚上的靴子。脱掉靴子后，他换上了一双从未离开过这个房间的便鞋。他觉得在这里穿着脏兮兮的鞋子很没礼貌。墙壁上布满了电路控制面板，每一个都是洛维主体（相当于她的大脑）的关键组成部分。房间的中间是她的中央处理器，位于一座恒温井内的基座上。詹克斯经常待在这座恒温井里，虽然他的职责里并没有这一项。在他看来，穿着靴子走进这里，就像早上没刷牙就去亲吻别人。

"今天过得还不错吧？"洛维问道。

他敷衍地笑笑。"你明明知道我今天过得怎样。"整艘飞船里都装有洛维的摄像头和传感器，她随时随地都在监控和保护这艘船的安全。想到船上的任何一起事故和伤害都不会被遗漏（即便是发生在最隐蔽的角落里），还是挺令人感到安慰的。洛维永远待命，随时可以提供帮助。但这也会让男性们在想要挠裆部和挖鼻孔时突然停住。在人工智能的监视下，你不得不时刻保持举止得体。

"我还是想听你讲讲。"

"好吧。今天还不错。我想我们已经准备好明天开凿了。据我所知，一切就绪。"

"你觉得罗斯玛丽这个人怎么样？"

"她似乎挺友善的。现在还很难说。她有点安静，比较慢热。要想了解她，我们都还需要一些时间。"

"她一上船，我就把她淋了个透，真感到抱歉。后来她看起来挺不好受的。初次见面就这样对待别人，可真不太礼貌。"

"我相信她肯定能理解，那是你的职责所在。"詹克斯沿着布满控制面板的墙走了一圈，仔细检查有没有意味着麻烦出现的小红灯亮起来。洛维没有向他发出任何问题警报。但如果真的出了什么事，她也许没办法让他知道。他每天都会这么巡视两遍，以免意外发生。

"你觉得她漂亮吗？"

詹克斯朝最近的摄像头扬起一边的眉毛，再扭头瞥了一眼她的一条分析电路——电线有些老化了，再过一二十天，就该换了。"挺好看的，我猜。不是那种让人一眼就被惊艳到的好看。但如果我是个女的，长成她那样就很满意了。"他踩上一张工作凳，开始检查上方的电路，"为什么这么问？"

"她像是你会觉得漂亮的类型。"

"怎么讲？"

"还记得两年前你玩过的一款虚拟探险游戏吗？《黑阳将尽》。"

"当然记得。很棒的虚拟游戏。曾有考古学家表示，他们分不清游戏里和现实中的阿卡尼克废墟有什么区别。"

"还记得你选的恋爱角色吗？"

"她叫什么名字来着？米亚？对，米亚，是个很棒的角色。我很喜欢她的故事线。"

"嗯哼。罗斯玛丽登船时，我一下子就想到米亚了。她也有迷人的微笑，一头短卷发，和米亚一样。所以，我猜她会是你的菜。"

詹克斯轻声笑道："你分析得还挺有道理的。没想到你还会记得这种事。"

"我喜欢了解你都喜欢些什么。"

"喜欢你。"詹克斯从凳子上跳下来，放下耦合器，朝恒温井走去。晚点再检查也不迟。他穿上恒温井口旁叠好的厚毛衫，是他昨天放在这里的。他爬下井口，井内的空气很凉爽，而洛维的中央处理器发出暖黄色的光。"如果我真的觉得她好看，你会生气吗？"

洛维大笑起来："不会。嫉妒是愚蠢的。"

"知道它愚蠢并不意味着你不会感到嫉妒。"

"没错。可让我嫉妒一个有脸的人类有什么意义呢？换成有胸、有屁股或者其他任何部位，也同理。你生来就会被美好的肉体吸引，詹克斯。享受这种被吸引的感觉吧。"她顿了顿，"如果我也能合法拥有一具肉体，你希望我长成什么样？"

"嗯，这倒问住我了。"詹克斯回答道，"我还真没想过这个问题的答案。"

"骗子。"

詹克斯坐下来，靠着墙。他的头皮能感觉到她的冷却系统发出的轻微的振动。他当然想象过洛维能有一具身体，很多很多次。

"你想要一具怎样的身体呢？"詹克斯反问道，"这一点更重要。"

"我不确定。这也是我一直很关注你会关注什么的原因。我不知道以其他形式存在是什么感觉，所以我很难事先说出任何想法。我虽然待在飞船主机里，却并不会成天渴望着能有一双腿。"

"可以把你的想法告诉 FDS[①]。"这是一个名叫"人工智能之友"的组织，他们一直想做正确的事，可实际上却受到各种限制。理论上，詹克斯和他们有很多观点是一致的。比如，人工智能是有智慧的个体，他们理应享有与其他人同等的合法权益。可 FDS 却做得很糟糕。首先，他们的队伍里没有充足的技术人员。他们忽略了人工智能自我意识背后真实的科学问题，而只关注那些琐碎且无关紧要的事情。在他们眼中，人工智能就是困在金属盒子里的有机生命的灵魂。但事实并非如此。把人工智能和有机智慧生命相比，就像是把人类和哈玛吉安人相比。你可以找到他们的共同之处，他们同样值得被尊

---

① FDS, Friends of Digital Sapiens 的缩写，意为"人工智能之友"。

重，但实际上，他们运行的方式有着本质的不同。詹克斯非常赞同重视人工智能权益，但 FDS 并不具备准确描述人工智能的能力。与其说他们在帮忙，还不如说他们在帮倒忙。嘴上一直喋喋不休现状有多糟糕，行动上却充满伪善，想用这种方式在争论中获胜，实属下策。但如果想用这种方式激怒众人却很有效。

"这正是我想说的。"洛维说，"他们好像认为所有人工智能都想拥有一具身体。是的，我想，但这并不意味着所有人工智能都这么想。这是有机生命对我们极大的偏见，认为所有的计算机程序都渴望拥有柔软的有机身体，仿佛这是他们的毕生所求。我没有冒犯你的意思。"

"我没觉得被冒犯。"他思索片刻，"我们认为有机身体很棒，人人都想拥有。然后，我们想方设法对自己进行基因改造，让我们看起来更年轻、更苗条……这可真虚伪，对吧？"

"你自己也接受过几次身体改造。不是基因改造，但也差不多。你觉得这和想要看起来更年轻的人有什么区别吗？难道所有的身体改造不都是虚荣心在作祟吗？"

"唔……"詹克斯一时语塞。他感到耳朵上穿孔后戴着的耳饰的重量，想起针头刺穿皮肤注入墨水时类似被太阳晒伤的刺痛感。"这是个好问题。"他用手指弹了弹嘴唇，"我也不知道怎么回答。你知道我对基因改造很反感，这还不完全等同于反对。不过，我的确认同，选择延缓衰老的基因改造是因为缺乏自尊，因为你觉得自己还不够好。我对自己的身体进行过的改造，都是出于爱。是真的！我文身是为了提醒自己记住去过的地方和留下的回忆。但本质上，我对自己的身体做的所有改造都是为了表达——这是我的身体。我不想让别人对我该有一具怎样的身体指手画脚。除了主厨医师，我看过的医生都告诉我，如果我接受几项基因改造，生活会容易得多。你懂的，我会有正常的体重。见鬼去吧。如果我接受身体改造，必须是我自己想这么做。"

"我想我同意你的观点，"洛维说，"虽然对我来说并不适用。任何关于身体的讨论，对我来说都是基于假设的，除非相关法律改变了。"

"你真的想拥有身体吗？"他犹豫了片刻，想到接下来要问的问题，感到有点尴尬，"不仅仅是因为我，对吧？"

"不。我深思熟虑过，还是觉得利大于弊。"

"好吧，"詹克斯做两手在怀中互揣状，回应道，"先说说弊端吧。"

"弊端嘛，就是你一次只能出现在一个房间里，不能同时看到飞船的内部和外部。任何时候想知道飞船出了什么问题，只能把脑袋接入网络。哦，好吧，我大概还可以用平板电脑，但那可能非常慢。"

"我一直很羡慕你。"詹克斯说。对洛维而言，查找一份资料或阅读一条资讯，只需要激活她的处理器联网的那一部分即可。他一直在想象脑袋里直接存了一座图书馆是什么感觉。那些海量图书里的信息，只需要几秒钟就可以完成检索。

"说实话，我觉得我能想到的大部分弊端都跟对认知水平和空间识别能力的担忧有关。所以，我觉得好处更重要。拥有一具身体有各种各样的好处。我想，我能适应只有一双眼睛的生活。应该不会那么累了，或者会变得无聊。我也不确定。"

"既不会那么累，可能也有点无聊。给我讲讲你觉得有哪些好处吧。"

"可以离开这艘飞船。这点很重要。虽然我并不觉得现在这样我错过了什么，可你们在轨道飞行器和行星上的生活似乎都很有趣。"

"还有呢？"

"和船员们一起吃饭，面对面地交谈，站在地面上看天空。"她顿了顿，"可以真正陪在你身旁。还有好多事情可以做，你懂的。"

即便是坐着，詹克斯也感到膝盖发软。

洛维叹了口气："现在这种情况，想这些是不切实际的。不过即便是如此，你仍没回答我的问题。"

"什么问题？"

"你想让我拥有一具怎样的身体？或者，换个更好的问法，你觉得什么样的身体好看？"

"这……我不确定能不能如此简单粗暴地概括，毕竟人跟人是不一样的。"

"唔。好吧，那之前跟你在一起的女人都长什么样？"

詹克斯哈哈大笑起来，说："你是想建一个数据库？"

她犹豫了下，说道："也许吧。"

詹克斯露出深情的笑容。"洛维，如果你能拥有身体，它应该是你希望它是的样子。"他放松地靠在墙上，用手指摆弄着一捆电线，"不管你长成什么样，我都会觉得你好看的。"

"群星啊，你可真会甜言蜜语！"洛维笑道，"不过，这也是我爱你的原因。"

　　　　资讯源：讯瑞达 [①] （Thread）——移民舰队官方新闻（公共语 / 克利普语）

　　　　帖名 / 日期：晚间新闻摘要——银河系——130/306 [②]

　　　　加密：0

　　　　翻译路径：0

---

① 讯瑞达：一家从事新闻报道、提供新闻资讯订阅服务的机构。

② 130/306："银河系共和国标准 306 年，第 130 天"的缩写。

转录方式：【视频到文字】

节点标识符：7182-312-95，阿什比·桑托索

你好，欢迎阅读晚间更新内容。我是奎恩·史蒂芬斯（Quinn Stephens）。今晚头条摘要的头一条，来自移民舰队。

昨天是"'奥克索默克号'（Oxomoco）灾难"发生整整四年的日子。整个舰队上下都在举行纪念活动，缅怀在"奥克索默克号"上丧生的 43756 名移民。"'奥克索默克号'灾难"最初是一起飞船交通事故，加之舱壁老化，引起多层住宿区舱壁破损，舱内空气迅速减压。昨天，所有主要舰队飞船在 14：16 同时熄灯两分钟，这正是当年事故发生的时间。今年，火星也举行了纪念活动，在村上植物园（Samurakami Botanical Gardens）竖起了一座纪念雕像，并在昨日举行了揭幕仪式。火星总统凯文·刘（Kevin Liu）参加了仪式，并"向'奥克索默克号'上的家人们，向移民舰队上所有勇敢的兄弟姐妹们"致以哀思。舰队司令拉尼耶·梅（Ranya May）向火星政府此举表达了感谢。她说："移民舰队和火星都不会对'奥克索默克号'遭受的不幸熟视无睹。这是我们一直致力于缩小不同社区间的差距的证据。"

来自舰队的另一条新闻是："纽威特号"（Newet）上的行军蚁病毒威胁终于解除。最后一名病人已经从隔离区释放，并获得康复证明。舰队健康官员相信，舰队的各艘飞船都已完全脱离病毒威胁。今天早晨发布的一份声明提醒所有舰队居民在医疗保障供应商处定期更新他们的免疫机器人，不要相信任何无营业执照的机器人植入诊所。为了避免病毒再次暴发，健康署正在努力升级舰队里所有停泊区扫描仪，以更好地检测出登船个体是否携带被挟持的免疫机器人。

接下来的 10 天是"斗母号"（Dou Mu）上的第 31 届烤虫节（Bug Fry Festival）。交通署预计，在节日期间，会有大量的接驳交通工具和停泊区出现延迟状况。所有需要在不同飞船间通行的人，即便你不准备参加烤虫节，也请根据实际情况安排出行计划。

下面是来自太阳系共和国的新闻：前火卫一能源公司首席执行官昆汀·哈里斯三世因走私武器罪和针对智慧物种的犯罪行为被正式起诉。哈里斯被指控在一个供应非法武器的走私团伙中起到重要作用。这个团伙向多个托雷米部落提供包括基因靶向武器在内的非法武器。这些部落目前正处于内战状态。这个标准年早些时候，有匿名数据来源的证据爆出哈里斯是走私团伙的一员，证据被上传到多个网络咨询平台，他也因此被捕。哈里斯称，该证据是他的商业竞争对手伪造的，拒不认罪。

下面是来自独立人类殖民地的新闻：过去 10 天里，希德的一处在建的水循环利用工厂被迫停工，原因是厂址上发现了古代阿卡尼克人（Arkanic）的手工艺品文物。卫星扫描确认，整个足山避难区都埋藏有大量阿卡尼克遗迹。虽然银河系共和国学术界为这一发现惊叹不已，因为它具有重大的历史价值，但它也为希德自治市带来了问题——当地苦于严重的水资源短缺已久。亚历山大大学和哈什卡斯（Hashkath）星际移民研究所已经联合组建了一支考古勘测队，以研究此处遗迹。希德自治市政府已经向移民社群提交了正式求助申请，希望能得到购买移动净水器的经费支持，以暂缓水资源短缺的困难。

下面是来自银河系的新闻：随着艾卢昂军队与罗尔斯克联盟间的武装冲突进入第三个标准年，霍克普雷斯边境战争继续升温。据今天上午的报道，在罗尔斯克发动一连串炸弹袭击后，卡尔洛有 26 名银河系共和国居民丧生。虽然艾卢昂政府鲜少公布他们的军事部署细节，但当地报道表明，整个卡尔洛地区已经部署了更多的艾卢昂军队。

今晚的新闻就到这里。我们的早间新闻将在明天上午 10 点更新。如果你想以文字或视频的方式了解以上新闻的详细报道或者更多资讯，请通过平板电脑或神经贴片 ① 接入讯瑞达，订阅相关主题。感谢阅读，旅途平安。

---

① 　神经贴片：大脑接入网络时使用的连接工具。

盲凿

第二天早上，当罗斯玛丽回到玻璃花园时，早餐已经摆在厨房前的柜台上了。两大碗水果（从它们色彩暗淡的表皮可以看出，这些都是保鲜柜里的存货），一筐不知道是什么的油酥糕点，还有满满一大锅深棕色的粥状物。主厨医师站在柜台后，用两只"手"切蔬菜，同时又用另外两只擦干餐具。看到罗斯玛丽走了过来，他的双颊高高鼓起。

"早上好呀！"他问候道，"昨晚睡得如何？"

"还不赖，"她回应道，爬上一个高脚凳，"醒了几次，刚醒的时候有点蒙。"

主厨医师点点头，说道："换个新地方睡觉难免不适应。你很幸运，你的房间里已经装了适合人类睡的床。我刚上船时，不得不等上好几天才用上了适合我体型的家具。"他指了指柜台上的食物，"船上的早餐是自助式的，午餐也是。零食全天供应，饿了随时来拿。对了，茶水也一直都有，随时渴了随时喝。"他指了指柜台远端的两个大水壶，旁边还放着一套马克杯。水壶上分别贴着两个手写的标签，其中一个标签上写着"快乐茶"，标签下方还画着一个长着大眼睛、咧着嘴笑的人类，满头小卷发；另一个标签上写着"无聊茶"，这个水壶上画的人类看起来比较满足，但有些冷漠。标签上的笔迹和玻璃花园门上的一样，是吉茜写的。

"无聊茶？"罗斯玛丽问道。

"不带咖啡因，只是一种好喝的普通草本茶。"主厨医师回答道，"我永远解不了，你们人类为什么会那么热衷让人紧张不安的东西。作为医生，我不希望你们一大早就开始喝刺激性的东西。但作为厨师，我理解并尊重不同的早餐习惯。"他朝罗斯玛丽摆了摆短粗的手指，"但一天不能超过3杯，并且一定不能空腹喝。"

"别担心，"罗斯玛丽边说边拿起一个马克杯，"我本人更想喝无聊茶。"

主厨医师听了很开心。

她指了指小面包卷，问道："这些闻起来很香。它们是什么？"

一个声音从后面传来："烟熏面包！"吉茜欢快地回答道。她跳上一个高脚凳，抓起一块黄澄澄的酥油糕点。她用一只手拿着食物，另一只手盛出一些粥。

"烟熏面包？"

"这是来自我家乡的一种食物，但至今找不到特别合适的词来翻译它的名字。"主厨医师补充道。

"每次我们开凿隧道，他就会做它们。"吉茜边说边向盘子里装了又一个烟熏面包和一堆水果。

"整天开凿隧道可不是什么轻松的活儿。烟熏面包能很好地补充能量。"主厨医师看到吉茜给自己倒了一杯快乐茶，不禁眯起了眼睛，"可不像那玩意儿。"

"我知道，我知道，只能喝3杯，我保证不多喝。"吉茜回应道。她用两只手捧着茶杯，转向罗斯玛丽："你怎么评价你房间里的窗帘？"

"棒极了，"罗斯玛丽回答道，"它们让我有家的感觉。"这是实话。她几乎忘了自己已经离开火星了，直到早上她拉开窗帘，看到窗外悬浮着的壮观的恒星系。虽然她之前也经历过星际旅行，可她还没完全接受自己已经住在太空里了。

她咬了一口烟熏面包。面包蓬松柔软，里面的馅料尝不出是什么，但口感丰富，很是美味，有点像烤蘑菇的味道。毕竟是烟熏的，对，但还有点辛辣，盐放得恰到好处。她抬头望向主厨医师，对方也正热切地看着她。"这东西好吃到难以置信！"

主厨医师喜形于色，说道："是杰斯库馅的。我想你们太阳系人管它叫白树菇。它虽然跟我小时候吃过的食材差别挺大的，却是不错的替代品。而且这些面包也富含蛋白质。我在面粉里掺了虫粉。"

"他不肯告诉我们它的做法，"吉茜说，"这浑蛋要把菜谱带进坟墓里。"

"格鲁姆没有坟墓。"

"那就是带到海底去。那地方比坟墓更糟糕，坟墓至少还能挖开。"她朝主厨医师晃了晃手上的面包，"该死的鱼会吃到你脑子里存着菜谱的那部分。没了那菜谱，我们可怎么办？"

"那就在你还能吃到的时候赶快吃吧。"主厨医师回应道。他的双颊鼓了起来。罗斯玛丽觉得，他鼓起双颊的速度越快，就代表"笑"得越开心。

"所以，"吉茜把注意力转到罗斯玛丽身上，"这是你第一次参与打洞，对吗？"

"抱歉，什么？"罗斯玛丽说。

吉茜笑着说："你已经回答我了。打洞是指开凿星际隧道。"

"哦，是的。"罗斯玛丽喝了一小口茶。尝起来有点甜，没什么特殊的味道。好吧，所以它的确有点无聊，但还是能温暖人心。"我其实想知道……"她顿了顿，不想让自己说的话听起来很蠢，"我知道我永远用不着参与开凿相关的事情，可我还是想知道它是怎么回事。"

吉茜激动地抿起了双唇，说："你想让我给你上一堂速成课吗？"

"如果不太麻烦的话，我很乐意。"

"哦，群星啊，当然不麻烦！我很荣幸，你真可爱。唔，好吧，好吧。你上过空间扭曲的课程吗？大概没有吧，对吗？"

"的确没有。"

"时空拓扑学呢？"

"没有。"

"超维度理论？"

罗斯玛丽露出一脸抱歉。

"哇哦！"吉茜感叹道，做双手捧心状，"你对物理学一无所知！好吧，好吧，我们尽量讲得简单点。"她环顾柜台，想找点道具，"好的，很好，看这里。我的粥碗上方的区域，"她煞有介事地比画着，"是空间的结构。粥本身是空间的亚层，也可以理解成空间内的空间。而这颗格鲁布，"她从盘子里拿起一颗黑色的小果子，"就是'旅行者号'。"

"哇，我等不及要听你讲下去了。"主厨医师把他的前肢放在另一侧的柜台上，做洗耳恭听状。

吉茜清了清嗓子，直起身，说道："所以，这就是我们。"她拿起果子，向粥碗上方俯冲过去，"我们连接了空间的两端，懂吗？这里和这里。"她把手指插进粥里，在碗的另一侧留下坑洞，"所以，我们来到其中一端——嗖的一下——人们看到我们这样飞了过去。哦，群星啊，快看这艘超棒的飞船，是多么天才的工程师组装了一艘这么棒的飞船！而我会说，嗯哼，是我，吉茜·邵，你们可以给孩子取我的名字。再嗖的一下，我们就回到刚刚出发的地方了。"她将果子悬浮在粥里消失的坑洞上方，"我们一准备好，我就打开开凿隧道的钻机。你登船前在外面看到过它吗？那个绑在飞船肚子上的怪物似的机器？

它真是个怪物，靠安比电池驱动。如果要换成藻类燃料驱动，我们整艘船也装不下那么多藻类。哦，对，友情提醒，它工作起来震耳欲聋，到时候别吓坏了。所以，没错。钻机预热起来后，我们就要打洞了。"她把果子猛地丢进粥里，"然后奇怪的事情就发生了。"

"什么奇怪的事情？"罗斯玛丽问。

"怎么说呢，我们只是柔软又弱小的三维生物，我们的大脑无法理解亚层里发生了什么。严格说来，亚层不在我们所理解的正常时空内。想要理解那里发生了什么，就像……就像让一个人——我是指一个人类——去看红外线。我们根本做不到。所以，在亚层里，你会觉得这个世界出了问题，但你也没办法搞清楚到底是怎么回事。它非常非常奇怪。你磕过药吗？"

罗斯玛丽吃惊地眨了眨眼。在她长大的地方，人们不会在吃早餐时随意谈起违法使用致幻剂。"哦，没，我没有。"她说。

"嗯，好吧，那两种感觉有点像。你的视觉和对时间的感知都会失灵，但区别是：在亚层里，你可以完全控制你的行为。当你在学习星际隧道开凿时——这跟学习基础技术知识不一样，所以，当我说我很高兴再也不用踏进学校一步时，我真没说谎——你必须去练习如何修理引擎，或者如何在注射一剂索孚洛后键入指令，这玩意本质上是一种强度减弱且政府批准版的致幻剂。这些都是史上最糟糕的课后作业了，我没骗你。但你最终都会适应的。"她把手指伸进粥里，找到了藏在里面的果子，"回到正题，当我们快速移动时，飞船就会进入亚层，释放航标，打开隧道。航标有两个作用：第一，它们能防止隧道坍塌；第二，它们能产生构成正常空间的弦和粒子。"

罗斯玛丽点点头，说："人造空间。"终于，她大概能听懂的概念出现了，"但为什么要这么做呢？"

"这样才能让在隧道里穿行的人们更加方便。这样你才能在穿越星际隧道时，不会感到任何异样。"

"这样不会对正常空间产生影响吗？我是指，此刻我们所处的空间。"

"不会，只要你处理得当。所以，开凿星际隧道需要我们这样的专业人士。"

罗斯玛丽朝着粥碗点了点头："所以，我们怎么从亚层里出来呢？"

"好问题！"吉茜说，她开始把果子从粥里挖出来，"我们一离开亚层，就会回到起点。"她拿起一把勺子，接住了果子，得意地举起拳头。

"吉茜，"主厨医师心平气和地提醒她，"如果你把粥弄得到处都是，搞脏了我的桌台——"

"我不会的。我突然意识到，这不成立。我的天才阐述方式竟然有缺陷。"她皱起眉头，"我没法把粥折叠起来。"

"拿着，"主厨医师边说边递给她两张布餐巾，"一张擦擦手，一张给你讲课用。"

"哈！"吉茜接过餐巾，擦掉手指上的粥。"完美。"她拿起干净的那张餐巾，抓住它的两个对角，"来吧。你知道隧道开口周围有很大一片类似电网的区域，亚层与正常空间的接缝处会经常出现闪烁的警示灯和噼啪作响的闪电吗？它们像笼子一样，防止空间撕裂到我们无法控制的程度。隧道的两端都必须有一个笼子。"她边说边用餐巾角比画着，"所以，如果我们在这一端放了一个笼子，在这一端也放了一个笼子，我们就得开凿一条隧道，让它的这一端"——她拉开餐巾的两个对角——"和这一端，一模一样"——再把两个对角并到了一起。

罗斯玛丽皱起眉头。她大概知道星际隧道是怎么回事了，但她一直没办法记清楚。"好吧，所以，这两个笼子之间相隔数个光年的距离。它们并不在同一个地方。但……它们却完全一样，就像是同一个？"

"差不多是这样。这就像一扇连接着两个房间的门，但这两个房间却在城市的两端。"

"所以，这两端之间的距离变化只发生……在隧道内？"

吉茜露出狡黠的笑容，说："物理学是个小贱人，对吧？"

罗斯玛丽盯着餐巾，努力想用自己的三维小脑袋搞清楚这些概念。"你们怎么把笼子放到两端呢？从一端到另一端，难道不会永远都到不了吗？"

"真棒，给这个穿着黄色上衣的女士加一颗星！"吉茜说，"你说的完全正确。所以，我们有两种方式开凿隧道。我们管容易的那种叫锚定开凿。它一般适用于已经有现成的隧道可以通往其他地方的星系。举个例子，你想把 A 星系和 B 星系连接起来，而这两个星系都已经跟 C 星系连通了。你就可以在 A 星系放一个笼子，然后通过现成的连通 A 星系和 C 星系的隧道，穿到 C 星系。你再从 C 星系穿到 B 星系，在那里放一个笼子，然后从那里开凿一条隧道，回到 A 星系。"

罗斯玛丽点点头，说："这说得通，虽然听起来有点拐弯抹角。"

"哦，当然，而且我们很少遇到只用穿两次隧道的情况。尤其是当某个星系里的隧道连接的是不同的行星时。通常情况下，一次开凿任务会持续几十天。有时候，遇到开凿距离很长时，还会更久。这是希斯克斯擅长的活儿，她总能在现有的隧道之间找到最短路线。"

罗斯玛丽拿起第二个面包，将它掰开，一团热气从香喷喷的面包里冒了出来。"如果你们要开凿的星系跟其他星系都不相连呢？"她问道。

"啊哈，那就得盲凿了。"

"那是什么？"

"在隧道一端放一个笼子，然后开始开凿，摸索着找到另一端——如果没有另一个笼子引导你，这种方式将会非常困难。一旦隧道开凿好，你回到隧道口开始放笼子，你就是在跟时间赛跑。笼子是会自己组装好的，所以你实际上要做的事情，是放置好零部件，然后等上一天的时间。但你还是需要一出隧道口就立马准备好一切。隧道的一端有笼子，另一端没有，会让隧道变得不稳定。刚开始，问题还不大，但等得越久，隧道坍塌的速度就越快。一旦隧道开始坍塌，一切都无可挽回了。当空间结构出现问题，你就遇上大麻烦了。"

"就像卡吉梅特大区。"了解卡吉梅特大区发生过什么有点像每个年轻人的成人仪式。那一刻，你会意识到，太空虽然看似平静，却暗藏着危险。卡吉梅特大区是哈玛吉安人的领土，有半个太阳系那么大，可那里的空间已经彻底分崩离析。在那里拍摄的照片里，充斥着令人恐惧的画面——小行星被看不见的黑洞吞没，行星被从中撕扯开来，一颗垂死的恒星表面满目疮痍，犹如一滴眼泪。

"很早之前，哈玛吉安人刚刚开始开凿星际隧道时，酿成了这桩惨剧。所有星系的第一条星际隧道都是盲凿的。只能如此。除了运用超光速，没有其他方式能在星系之间航行。"

"是的。"罗斯玛丽点头回应道。超光速禁令是书上记载的最早的法条之一了，甚至在银河系共和国建立之前。虽然超光速航行在技术上是可能的，但它基本上等同于时间旅行。由此引发的组织协调问题和社会问题，已经让它的弊远大于利了。除了管理上的噩梦，也很少有人会热衷于这种交通方式——毕竟，等你到达目的地的时候，所有你认识的人早已经不在人世了。"可为什么不在星系间航行时使用……哎，我不记得它叫什么了，就是深眠太空舱里用的那个。"

"针孔驱动。没错。所以针孔驱动能让你快速在正常空间和亚层之间穿行，就像穿针引线似的。它的原理差不多就是挖掘多条暂时存在的微型隧道，让你在不同地点之间迅速穿行。"

"据我所知是这样。"

"嗯哼。针孔跃迁对于深眠太空舱这样的小型单人飞行器来说，是不错的方式，因为它打的孔实在太小了，不会造成任何实质性损害。不放笼子，小孔很快就能闭合。你可以把它想象成一种微型盲凿，只是轨道是由提前布好的一系列航标设定好的。所以，深眠太空舱每次穿入亚层，都是走同样的路线。这也是为什么深眠太空舱在人口密集的区域设置了固定的航道，以及在舱体上安装了多维警示信号灯。没人想让深眠太空舱从亚层出来就直接钻进你的飞船里。"

"大型飞船不能用针孔驱动吗？"

"也不是不能，但这不是个好主意。挖那么大的洞很占空间。如果它们之间的距离太近，它们很有可能互相撕扯，而深眠太空舱的航道上会有很多洞。偶尔进行针孔跃迁，对大船而言问题不大。但如果你让我们这么大的飞船像深眠太空舱一样高频出入亚层——嗯，那就不太好了。而且，针孔驱动装置非常昂贵，我想没有哪艘大船值得这么做。如果你真的需要快速到达某个地方——我是指，真的需要，比如是有正事儿要做——你可以申请一艘针孔拖船，它可以把大船拖拽到任何要去的地方。虽然还是有风险，但拖船的管理非常严格，使用起来也很谨慎。如果想使用，你必须要得到交通委员会的许可。什么时候会用上拖船呢？我也不太清楚。比如，你需要一艘医疗船迅速去营救一群难民，或者政府需要把谁送出银河系共和国，而那里恰好没有星际隧道……所以，一般情况下，比如开凿隧道时，不值得用针孔驱动，毕竟成本和风险都太高。"

罗斯玛丽吞下一大口茶水。她越来越喜欢无聊茶了，它喝起来甜甜的，味道也不抢风头，搭配烟熏面包正合适。主厨医师很懂如何满足人们的胃口。"而且，盲凿这个词儿，听起来就不太安全。"

"是的。有盲凿资格的开凿船不多，所以我们才能有不错的收入。不管怎么说，至少够用了。"

"我们的船也会盲凿吗？"罗斯玛丽不是很放心。一头钻进空间的亚层里，并对自己会从哪里再钻出来一无所知，听起来可不是什么她想参与的事情。

"没错。我们今天就会来一次。"吉茜拍了拍罗斯玛丽的肩膀，"别担心。我知道这听起来很可怕，但我们一直在接这种活儿。相信我，很安全的。"

"相信我。"当一个穿着脏兮兮的连体裤、把任务清单写在袖子上的工程师这么说时，罗斯玛丽不太确定自己能否相信她。"你们怎么知道开凿到哪里就需要钻出来了？"

"事实上，我们不知道。盲凿时，最高级的电脑程序能做的也不过是基于理论和经验的推测。这是不够的。所以，我们需要西亚纳共生体。"

"没有'领航员'是不能盲凿的，不论是在法律意义上，还是在实际可行性上。"主厨医师补充道，"你需要能理解亚层的物种的帮助，他们能够看到亚层内发生的一切。"

"人工智能做不到吗？"罗斯玛丽继续问。她知道有些问题是连技术也解决不了的，但遇到时还是难免感到惊讶。

"做不到！想想吧，"吉茜说，"人工智能不可能比创造它的人更聪明。我们可以让它们帮我们解决无比复杂的数学问题和各种理论的推演，但我们不可能让人工智能帮我们解决连我们自己都不理解的问题。不是在吓唬你，我们真的对亚层一无所知。当然，我们知道它的存在，但只有西亚纳人才真正知道它是什么。这就意味着，能让人工智能和西亚纳人一样了解亚层的，只有西亚纳人自己。不过，他们当然不会那么做。"

"为什么不会呢？"

"因为这与他们的信仰相悖。"主厨医师说，"西亚纳人相信，耳语者赋予他们的能力是神圣的馈赠。他们相信，这种病毒之所以不会感染其他物种，是因为其他物种不该拥有这样的能力。他们很乐意为我们效劳，但不会传授他们的能力，即便是人工智能也不行。"

"有意思。"罗斯玛丽回应着，心里同时默念道：真奇怪！"那么，不管是哪种开凿方式，是不是有可能——你从隧道里出来之后，发现自己既不在原来的地点，也不在原来的时间线上了？"

"当然，"吉茜说，"这就是我们要非常非常努力不出差错的原因。哦，这倒提醒我了！"她跳下高脚凳，跑到厨房里的对讲机旁，"洛维，请帮我接通詹克斯。"

片刻过后，对讲机里传出詹克斯的声音："呃，什么事？"

"快来吃烟熏面包，懒鬼，再不来我就都吃完了。"吉茜喊道。

"现在几点了？"

"九点多吧。你睡过头了。"

"什么？我们已经到开凿地点了吗？"

"还有差不多一个小时就到了。"

"见鬼。吉茜，吉茜，我昨晚喝太多了。"

"我知道。"

"这都怪你。"

"我知道，亲爱的。快来吃烟熏面包吧。"

"别喊我'亲爱的'。我们再也不是朋友了。你在厨房吗？"

"是的。"

"主厨医师，快告诉我，你是不是还有些醒酒药？"

"医疗舱里还有一盒没开封的。"主厨医师鼓起双颊，回应道。

"好吧，"詹克斯叹了口气，"好吧。"对讲机关掉了。

主厨医师瞪了吉茜一眼，问："昨晚你们俩半夜起来干什么了？"

吉茜吃了一口粥。"看水球半决赛。我觉得把它改成酒局会更有意思。"

"参赛的是哪两个队？"

"跳伞者队和快手队。詹克斯和我各选了一队，只要对方选的球队进球，我们就得喝酒。"

"你选的哪个？"

"快手队。"

"我猜他们赢了？"

吉茜咧嘴笑了起来，说道："赢了 12 分。"

主厨医师不屑地嘟囔了几声，瞪大眼睛望着罗斯玛丽。"给你点建议吧。如果吉茜跟你说：'你知道什么是好主意吗？'后面不管她说什么，都不用听了。"

"别听他瞎说，"吉茜反驳道，"我的主意都很不错。"

主厨医师仔细观察了一会儿罗斯玛丽，一副若有所思的样子。"你知道吗？开凿前我一定会给自己来点镇静剂。我永远适应不了进入亚层的感觉，整个过程睡过去会好受点。如果你也想跟我一样，没人会怪你的。"

"谢谢，"罗斯玛丽回应道，"可我想看看它是怎么完成的。"

"好样的！"吉茜拍了拍她的后背，赞许道，"别担心，那感觉就像你的脑袋被踢了一脚，也挺有意思的。"

一个小时后，罗斯玛丽正在控制室里给自己系安全带。这时，西亚纳人走了进来。

罗斯玛丽忍不住盯着他们看。她虽然在照片里见过西亚纳共生体，但亲眼看到的感觉很不一样。欧翰瘦长的躯干上长着四肢，脚掌宽阔，脚趾长得吓人。他——他们弓着背，用四肢行走，很像罗斯玛丽在纪录片视频里看过的地球灵长类动物。欧翰从头皮到脚趾都覆盖着浓密的冰蓝色毛发。他们的毛发修剪得很短，剃出的细碎花纹下，露出了煤灰色的皮肤。他们长着湿漉漉的大眼睛和长长的睫毛（罗斯玛丽前一天晚上查过资料，他们过度发达的泪腺是西亚纳病毒造成的众多特点之一）。他们毛茸茸的脸上的表情轻松惬意，甚至有点像是磕了药——放松的肩膀和迟缓的行动也印证了这一点。他们穿着类似袍子的衣服，虽然看起来很暖和，但设计很简单，就像是随便裹在身上的。罗斯玛丽知道，用人类社会的标准去看待其他智慧物种是不公平的，但欧翰给她的感觉，就像是个嗑完药的大学生，上课迟到了，还只穿着浴袍。她提醒自己，这家伙在多维空间物理学上，比人工智能还要厉害。

"这是我的好队友，"希斯克斯友好地笑了笑，"看起来是个挺有意思的家伙吧？"

欧翰朝她点了下头，礼貌地打了个招呼："我们跟你之间的合作一直很愉快。"

"你好，欧翰，"阿什比看到西亚纳共生体坐了下来，从控制面板前抬起头，"今天过得如何？"

欧翰弓着腰胯部坐在凳子上，关节紧紧折叠在一起，看起来比刚走进来的时候要矮上不少。"很好，谢谢你，阿什比。"他们回应道。他们扭头看了看科尔宾，又回头继续忙着准备开凿的事情了。长长的脚趾在控制板上敲击着，可视化数据动了起来。几秒钟后，他们再次抬起头，才注意到房间里好像跟之前有些不一样了。他们的头像猫头鹰似的转向罗斯玛丽。"欢迎。"他们朝她点了下头，打了个招呼。罗斯玛丽看到他们说话时嘴里露出一排平整的牙齿。她在资料里看到，西亚纳共生体会锉平他们原本用于食肉的犬齿。想到这儿，她忍不住浑身颤抖起来。

罗斯玛丽点头回应，确保自己没有避开他们的目光。下巴要压低，但眼睛仍要看着对方——这是网上的资料里写的西亚纳共生体打招呼的方式。"很高兴认识你们，"她说，"我很期待能了解你们是如何工作的。"

欧翰又微微点了下头——似乎，挺开心的？——接着，扭回头继续工作了。他们拿出一个平板和一支粗像素笔。罗斯玛丽看到平板的屏幕上正在运行一个基础素描软件，不禁瞪大了眼睛。难道他们真的是在用手画出虫洞的内部构造？

"好吧，"阿什比系好了安全带，开始下达命令，"我们开始吧。洛维，把我和工程师们连上线。"

"连上了。"洛维回应道。

"开始点名。"阿什比发出指令。

"飞行控制已就位。"希斯克斯回应道。

"燃料检查已完成。"科尔宾回应道。

"开凿钻机已就位，"吉茜的声音从对讲机里传来，"但我找不到我的小饼干了。你们懂的，我不喜欢干活儿的时候没有零食吃。"

"下次再说吧，吉茜。"阿什比打断了她，"詹克斯呢？"

詹克斯的声音响起："航标已就位。"

"洛维，飞船状态如何？"阿什比说。

"飞船所有系统工作状态正常，"洛维再次回应道，"没有任何故障。"

"欧翰，准备好了吗？"

"一切准备就绪。"

"很好。"阿什比说。他扭头看了看罗斯玛丽，问道："你系好安全带了吗？"

罗斯玛丽点点头。她已经检查过三遍安全带了。

"好的。吉茜，开始吧。"

飞船底部的钻机发出男中音般的轰鸣声，逐渐苏醒过来。罗斯玛丽很庆幸吉茜事先提醒过她。这声音听起来能把舱壁撕扯开来。

阿什比用手指均匀地弹了座椅扶手 10 下。其间，整个船舱内震动得越来越剧烈，飞船底部的猛兽发出震颤与嘶吼声，地板也抖个不停。

突然，一切恢复寂静。接着，空中被划开一道口子。

他们被吞没其中。

罗斯玛丽望着窗外，意识到她此前从来没有见过真正的黑色。

"告诉我航向，欧翰。"希斯克斯说。

欧翰盯着屏幕上的读数。他们的手已经在平板上写了起来，用一种罗斯玛丽不认识的语言写着公式之类的东西。"正前方 66.6 以奔 [①]，请全速前进。"

"一切听你们指挥。"希斯克斯回应道。她兴奋地扬起了长满羽毛的脑袋，开着"旅行者号"冲进了虚无的黑暗之中。

其实，没法计算开凿一个虫洞需要花费多少时间，因为正如吉茜所说，在这里，时间已经没有任何意义了。窗户上方的时钟默默记下了过去的分分秒秒，但在亚层里，它们对罗斯玛丽而言，只是数字。她总感觉他们刚进来，后来却觉得他们已经在里面待了一辈子。她好像喝醉了，甚至更糟糕，仿佛一直试图从一个狂热的梦里醒来。她感到头晕目眩。飞船之外仿佛空无一物，只是有时似乎能看到闪现的微光——那是他们投下的航标，在空中飘荡，时而闪烁，犹如海浪中的

---

① 以奔：西亚纳共生体欧翰在亚层空间内用来衡量距离的单位。

浮游生物。

她四周的声音开始变得模糊不清。人们喊着复杂的术语，即便是在正常空间里，她也无法理解它们的含义。欧翰的声音是唯一保持冷静的。他们在风暴之眼，感知着航道线路的变化，他们的手不知疲倦地在平板上记录着数字。

"已布好所有航标，"詹克斯的声音从对讲机里传来，"我们准备好要放笼子了。"他的声音似乎悬浮在空中，就像是传递声音的空气变得厚重起来，甚至整个世界本身正在以两倍速倒退。

"启动连接器。"阿什比下令。

"阿什比，我想我们遇上了一处坑阱。"希斯克斯叫道。

"快出去，别被困在里面！"阿什比回应道。

"阿什比，我想我们遇上了一处坑阱。"希斯克斯叫道。

"快出去，别被困在里面！"阿什比回应道。

"阿什比，我想我们遇上了一处坑阱。"希斯克斯叫道。

"快出去，别被困在里面！"阿什比回应道。

"阿什比，我想我们——"

"向左飞行 30 以奔，快！"欧翰大喊。

在希斯克斯的操控下，飞船发出一声咆哮，突然改变了方向。不知怎么回事，虽然有人造重力场，但他们似乎还是有一瞬间上下颠倒的感觉。也许一开始飞船就是上下颠倒的？

"什么鬼东西？"阿什比问。

"时间坑阱。"欧翰回答道。

"在哪里？"

欧翰看了一眼屏幕，回答道："在飞船右侧 20 以奔的地方，宽度是 5.5 以奔。我们尽量离它远点。"

"正在这么做。"希斯克斯回应道，"幸好我们没被困住。"

科尔宾阴沉着脸盯着屏幕："看样子我们已经被困住了，燃料水平比正常情况低了 0.006%。"

"航标还在吗？"阿什比问。

"还在。"詹克斯和吉茜异口同声道。

"欧翰，出口在哪儿？"

"向前3.6以奔，"欧翰回答道，"再向上2.9以奔，再向右1……不，不，0.73以奔。"

希斯克斯握住了操纵杆，问道："准备好了吗？"

阿什比点点头，命令道："开凿吧。"

飞船下方再次响起吼叫声。所有人都被重重地甩向座位里，睁不开眼睛。砰的一声，时间回到了刚才。罗斯玛丽喘了口气，把嵌入座椅把手里的手指甲拔了出来。她望向窗边，外面变了样。远方有一颗红矮星，它被几颗行星环绕着，其中有一颗已经完成了地球化改造，适合人类居住。它的附近聚集着一小支银河系共和国的货运舰队和几艘交通船。一块新的殖民地正在建造中。飞船周围悬浮着一群闪烁的安全航标，它们发出的黄光能让其他飞船远离"旅行者号"的工作区域。

"这就叫圆满完成任务！"阿什比说，他快速浏览了下仪表盘上的读数，"没有损害空间，没有撕裂时间。我们的时间和地点都没出问题。"希斯克斯兴奋地欢呼起来。对讲机里也传出两个人的欢呼声，混杂着洛维的祝贺声。阿什比满意地点点头，吩咐道："吉茜，詹克斯，你们俩继续放另一个笼子。其余人，收工了。大家表现都很棒！干得漂亮！"

"你知道的，阿什比，"希斯克斯说，"如果我没记错，像那样的大交通船上，有一些为疲惫的长途旅客提供的娱乐设施。"

"不用你说。"阿什比笑着回应，"没错，我们刚刚挣了一大票。

要我说，它值得我们下船待几个小时了——如果欧翰和洛维不介意帮我们盯着笼子的话。"

西亚纳共生体和人工智能异口同声表示没问题。

希斯克斯用双手握住对讲机，大声宣布："接下来的两个小时，我们要下船开派对啦！"

吉茜激动的喊叫声盖住了詹克斯的声音。他好像在嘟囔着关于醒酒药的问题。

希斯克斯转身对罗斯玛丽说："所以，新成员，你感觉怎么样？"

罗斯玛丽挤出一个疲惫的微笑，回答道："挺好的。"可是她刚回答完，就转过头狂吐不止。

任务来了

"我讨厌这个游戏。"希斯克斯对着像素棋盘皱起眉头。

阿什比咬了一口香料面包，说道："是你提出要玩的。"

"是的，好吧，我肯定会赢一局的，然后从此以后再也不用玩它了。"她把下巴放在拳头上，叹了口气，朝棋盘上的象做了个手势。棋子向前跳了一步，像素棋盘收到指令后，还需要一定的反应时间，棋子后留下一条淡淡的像素尾巴。"你们人类下了几个世纪的国际象棋，这在很大程度上反映出你们这个物种的特点。"

"哦？什么特点？"

"人类喜欢把一切事情复杂化，但这毫无必要。"

阿什比大笑起来，说："我可以让你赢。"

希斯克斯眯起眼睛，说道："你敢。"她朝玻璃穹顶花园的窗外望去，看着新笼子正自动搭建起来。几个小时后，他们就会离开这里了——不是因为他们还有其他任务要完成，只是没理由继续留在这里了。他们该去一趟集市了，而且希斯克斯很期待能回到地面上待一会儿。

"你知道的，阿娅嘲笑我还在玩像素游戏。她觉得它们过时了。"

希斯克斯眨眨眼睛，说："别告诉我她还没给自己的大脑安上插口。"

"哦，还没，还没，她只是在用贴片。"

"哦，好吧。"贴片不用太担心，船上的娱乐室里就有一箱。小小的一条，贴在脑干后侧。如果你想让自己的神经系统接入一段虚拟现实、视频或网络，这个小东西必不可少。贴片是在希斯克斯成年后才出现的，所以，她虽然偶尔会用，但还是更喜欢实体的娱乐方式，比如像素游戏和平板电脑。大脑插口则让她感到毛骨悚然。她无法想象自己要多么痴迷于一项爱好，才会愿意为了它在自己的头上钻个洞。

阿什比挪动了他的卒，说："而且，我也不相信哪个医生会往一个八岁小孩的头上安插口，更不用说家长了。"

"那你见过吉茜和詹克斯的朋友们吗？"

"好吧，也有道理。"

希斯克斯喝了一口丁酮酒。通常她早上不喝这种让人昏昏欲睡的东西，但在笼子造好之前，她无事可做，偷偷懒也无可厚非。她拢了拢裹在肩头的毯子，试图缓解开凿过后的疲惫感。"小孩子的大脑即便不接入任何装置，也会整天胡思乱想。其实，成年人的也一样。"

"我就是这么跟阿娅说的。"

"她怎么回应你的？"

"她说我老了。"他揉了揉下巴上的短胡茬，思考着下一步要怎么走。"我正式成为又老又无趣的舅舅了。"

希斯克斯大笑起来，说："我持高度怀疑态度。我们上次去移民舰队的时候，你竟然让她驾驶我们的穿梭船。"

阿什比也偷笑起来，说："我猜我妹妹当时很想杀了我。"

"没错。这说明你还是个有趣的人。另外，该你走了。"

主厨医师慢吞吞地走进花园。他用两只足行走，另外四只拿着园艺工具。"香料面包味道如何？"他问阿什比。

"面包皮比上次的要更脆点，"阿什比回应道，"我很喜欢。"

"听你这么说我很开心。我想，经过昨晚之后，你们可能需要点复合碳水化合物。"

阿什比窃笑道："喂，我可没在交通船的餐厅里吃太多，我懂得适可而止。毕竟我是自律的典范。"

"哈。"希斯克斯听不下去了。

阿什比的脸上露出不好意思的笑容，说道："好吧，也许我吃得是有点多。"

一连串爆笑声从主厨医师的喉咙里爆发出来："至少你没搞出什么大动静。不像被我撞个正着的那三个人类醉鬼，早上六点鬼鬼祟祟地钻进了医疗舱。"主厨医师说。

"噢，不，"希斯克斯露出邪恶的笑容，"他们干了什么勾当？"

"不是什么见不得人的。吉茜和詹克斯在找醒酒药，罗斯玛丽倒在检查床上昏睡不醒。我猜她是真的想跟那两个家伙拼酒量。"

希斯克斯笑个不停，说："啊，我想你没猜错，肯定是他们拉她下水的。我离开的时候，他们正在喝第六轮，刚点了一些甜豌豆。小可怜儿，她今天不会好受的。你把她扶回房间了吗？"

"吉茜扶她回去的。她应该是用货梯把她弄回房间的。她的大脑根本没办法控制她的脚好好走路。"

阿什比边挪动棋盘上的车，边摇头笑了起来，说："唉，希望她能理解，工程师们只是想欢迎她登船。她用不着再经历一次了。"他向后靠在椅背上，"以及，将军了。"

"什么？"希斯克斯向前倾，大叫起来，"不，这……等等……见鬼。"她耸着肩膀，"我本来有个很棒的策略，都计划好了。"

"抱歉，扫你兴啦。"

她研究起棋盘，想弄明白自己到底是哪一步走错了。不远处，主厨医师正边照料他的盆栽，边发出低沉的轰鸣声，一如往常。他不说话的时候，也会持续发出这种呼吸声。希斯克斯望着他用短粗的手指在散乱的枝芽周围缠绕麻绳，她每次都会惊讶于主厨医师的动作能如此灵活。他虽然长得像个有腿的布丁，可他的动作却能像舞者一样灵活自如。

"你的姜长势如何？"希斯克斯问道。

"长势喜人！"他边绑住较长的茎秆边回答，言语间透着自豪。种姜是詹克斯的主意，没有什么事能比让主厨医师满足船员们的口舌之欲更开心了。"我得承认，比起姜的根，我更喜欢吃它的花。虽然味道对我来说过于刺激，但又鲜又脆。"

阿什比扭过头，说："你知道姜是一种调料，对吗？"

"什么？不会吧，真的吗？"

"你是把它整个吃了吗？"

"我的天哪！是的！"主厨医师捧腹大笑起来，说："我以为它跟土豆差不多，只是有点辣。"

"我从来都搞不懂土豆。"希斯克斯说道，"吃土豆的全部意义就在于，你得把它裹上盐，这样才能掩盖它到底有多没味道。既然如此，那为什么不跳过土豆直接吃盐呢？"

"别问我，"阿什比站起身来说，"只有陆地上的人才吃土豆。"

"你不下棋了吗？"希斯克斯问道。

"不下了，已经10点多了，很快就能收到更新的资讯了。"他的语气很轻松，但说话时眼中的神情很严肃。

"好吧。"她说。她知道他会去看哪些资讯。一想到这儿，她就想抱抱他。不是人类那种拘谨的轻轻一抱，而是一个长长的拥抱——当你知道你的朋友被烦心事困扰时，你会给他们的那种拥抱。但她很久之前就知道，这种拥抱在人类中并不常发生在朋友之间。她得学会控制很多自己的社交本能，而拥抱就是其中之一。

主厨医师又绑好了一个绳结，满意地嘟囔了几声，坐在阿什比起身后的座椅上。他身体上侧的一只手拿着一个马克杯，上面印着一句恩斯克谚语：亲吻厨师。这是他去年生日时吉茜送他的礼物。她总是忘记，船上的非人类船员们从来不庆祝生日。

希斯克斯举起像素棋盘旁边的丁酮酒壶，问道："再来点？"

主厨医师思考了片刻，说："再来半杯吧。"他把杯子递了过去，继续说："我想我们都有权利偶尔偷偷懒。"

"我们有这个权利。"希斯克斯给主厨医师倒了半杯，又给自己倒了一满杯。每当喝下甜中带苦的温热酒液时，她都能感到自己双颊和喉咙的肌肉都放松了。这种感觉在她的肩膀、脖颈和手臂扩散开来，消除了她在喝完上一杯后身上残存的最后一丝疲惫和压力。群星啊，她爱丁酮酒。

主厨医师握住他的半杯酒，朝像素棋盘点了点头，说："典型的人类游戏。"

"此话怎讲？"

"所有的人类游戏都是基于征服而设计的。"

"并不是。"她反驳道，"他们还有很多基于合作而设计的游戏，比如《战斗巫师》，对吧？"吉茜和詹克斯难得最近 10 天都没接入过这个游戏，在脑内探索魔法世界，共享冒险乐趣。当然，他俩是用贴片接入游戏网络的，他们还没有蠢到给自己的脑袋打洞。

主厨医师轻蔑地摆了摆一只空闲的手，解释道："我不是指这种接入大脑的虚拟游戏。我说的是这种，"他指了指像素棋盘，"传统的游戏。这种人类从甚至还不知道其他行星存在时就在玩的游戏。它们都是关于征服和竞争的。想想吧，就连《战斗巫师》也是如此。虽然玩家们会合作，但他们仍然要打败他们共同的敌人，也就是游戏本身。"

希斯克斯仔细想了想。人类是征服者的论调一直都很好笑。不仅仅是因为人类所占有的资源少得可怜，又或者是移民社群总是一事无成，还因为她认识的人类都不爱出风头。阿什比算是她见过的所有物种中最友善的家伙了。詹克斯毫无野心，只想跟自己喜欢的人舒服地生活在一起。吉茜上个 10 天里成功把一个三明治卡在了飞船导气管里，所以他们根本不用担心她是否会发动一场政变。科尔宾是挺讨厌的，但他没有害人之心，胆子也很小。不过，人类历史，至少在移民时代到来之前，战争频仍。希斯克斯一直无法理解这一点。

主厨医师摆弄着棋盘上的棋子："从主题上说，格鲁姆人的游戏也差不多。我想，我们这两个物种在很多地方都很像。如果艾卢昂人没有恰巧登上舰队，人类可能也已经灭绝了——是运气救了他们的命。运气以及谦逊的品质，这两点可能是人类和格鲁姆人真正不同的两点区别。哦，对，很显而易见的不算。"他指了指自己的身体，偷笑起来。

希斯克斯把她的手放在主厨医师最近的前腿上。已经有一个世纪左右没有格鲁姆孩子出生了，这件事完全无解。她知道，主厨医师很早之前就接受了他的物种面临灭绝的事实。他现在提起此事，声音中已不带任何悲伤和痛苦。可这并不意味着，她不能体会到他的感受。

主厨医师拍了拍她的手，反倒像是在安慰她。他扭头看了看靠在厨房柜台上的阿什比，他正在平板上浏览资讯。主厨医师压低了自己发出的一切声音，小声说："是我的错觉，还是阿什比最近真的看资讯的次数越来越频繁了？"

希斯克斯点点头，她懂他在问什么。"罗尔斯克一直在猛烈地进攻卡尔洛殖民地。"

"那是？"

"对，那是她最后去过的地方。资讯里也没提到太多细节。"

他们都懂。主厨医师和希斯克斯都知道，阿什比并不是在担心一场永远打不到他家门口的战争。他的担心都是因为困在这场战争周边地区的一个艾卢昂人，她名叫佩，阿什比和她在一起已经很多年了。她驾驶一艘民用运货船，受雇运输医疗物资、弹药、设备、食物等一切艾卢昂军队需要的东西。鉴于她的工作性质，当她进入争端地区时，通信方式可能会中断，以免暴露军队所在位置，或成为攻击目标。阿什比经常几十天都联系不到她。每到这个时候，他就会频繁浏览资讯。当他能联系上她，大概知道她在什么位置时，他又会频繁搜索那附近的资讯。这段关系对阿什比有害无益，至少希斯克斯看不到它有任何积极的方面，但人类在性伴侣的问题上，总会变得有点蠢。

希斯克斯和阿什比的关系已经非常亲近了，但她从没见过佩，连照片也没看过。这个女人就是个谜。不过，不是阿什比要对希斯克斯故意隐瞒，而是由于艾卢昂人生性保守又古板。艾卢昂人，尤其是和受人尊敬的艾卢昂军队共事的艾卢昂人，如果和其他物种在一起了，会惹来许多麻烦。"旅行者号"上的所有成员当然都知道佩的存在，但他们也理解阿什比为何对关于她的话题三缄其口。大家都不再提起她，至少在阿什比在的场合。即便是吉茜，在有外人在的时候，她也知道这是个禁忌话题。

"一直刷新闻对他没什么好处，"主厨医师说，"就算有任何事情发生，新闻里也不会出现她的名字。"

"你去劝劝他呀。"希斯克斯说。

"我不能。"主厨医师叹了口气，"在我女儿上战场时，我也和他一样。这也是我不想看到他这样的原因。我知道，这种牵挂会慢慢毁了一个人。"他晃动着双颊，仿佛想让自己从那段回忆中摆脱出来。"这种对话太沉重了。你愿意跟我玩玩游戏吗？或者你上午已经玩够了？"

"我可以再来一场。你想下棋吗？"

"群星啊，不要。我们玩点安德瑞斯克人的游戏吧。你们会玩的那种组队解谜游戏。"

"提克里克怎么样？"

"啊，我喜欢它。虽然已经好多年没玩过了。上次玩还是住在科里奥尔港的时候。"

"好吧，我玩得不是很好，那我俩半斤八两。"她发出语音指令，让像素板换一种游戏。像素块们根据指令重新组合。"那么，你怎么看安德瑞斯克人玩的游戏？"

"嗯？"

"你从安德瑞斯克人玩的游戏里看出了什么规律？"

"你们很聪明，乐于分享，并且和其他物种一样有缺陷。"

希斯克斯哈哈大笑起来，说道："无法反驳。"

两人开始游戏后，话题顺利地转移到了提克里克游戏策略上。当希斯克斯刚开始觉得他们有可能真的会赢时，阿什比开口了："哇哦！"他自言自语道。接着，他又喊了一声"哇哦"，更像是对周围的人在喊，边喊边朝他们跑过来。

"一切还好吧？"希斯克斯问。居住在太空里的人都知道，一艘飞船会在短时间里遇上很多可怕的事情，尤其是停在一条新开凿的隧道口旁边的时候。看到其他船员慌慌张张的样子，总会让她肾上腺素水平激增。

"一切都好。"阿什比回应道。他把平板电脑放在像素游戏板旁，朝屏幕做了个手势。平板上播放的视频跳到空中，悬浮在平板上方。这是一档人类新闻节目——播音员操着一口移民舰队上的口音。希斯克斯和主厨医师前倾上半身，听了起来。

"——虽然还没有确认关于成员资格的对话持续了多久，但有消息称，一小队银河系共和国大使已经持续与托雷米·凯部落秘密沟通了至少两个标准年。"

"托雷米人？"主厨医师大吃一惊，胡须抖动得沙沙作响。希斯克斯没法做出和他完全一样的反应，但她也有同感。托雷米人不常出现在新闻里，他们根本不常出现在任何地方。希斯克斯对他们知之甚少。她只知道，他们控制着银河系核心周围的一小片环形区域，过去的几十年里，他们一直热衷于自相残杀。

阿什比摇了摇头，既表示答案是肯定的，又表示出他也难以置信。"他们中的一个部落刚刚被确认加入银河系共和国了。"

希斯克斯放下杯子。"什么？"她震惊了，"等等，什么？"如果这是真的，那共和国议会肯定是疯了。对托雷米人为数不多的记录是这样形容这个物种的：他们邪恶残暴，不可理喻，难以相处。大约在500个标准年前，哈玛吉安人发现了托雷米部落。他们探测到几艘托雷米飞船正在绕着银河系核心地区快速跃迁，犹如追赶海浪的鱼群——这种行为极其危险。没人知道他们为什么这么做。托雷米人也对与银河系里的其他物种沟通毫无兴趣，他们一直过着这种游牧式的生活，直到40个标准年前，他们突然改变行径，开始为了争夺固定的领地而自相残杀。依然没人知道他们为什么这么做。甚至没人能接近他们，向他们提出这个疑问。托雷米人阻隔了一切外界联系。靠近的飞船会遭到驱赶。侥幸进入他们领地的飞船，从来没有哪艘能完整地离开，甚至根本没机会离开。但除了屠杀入侵者，托雷米人与外界没有任何交流。只有科学家和企业家会对此感到苦恼，因为他们无法触及托雷米人占据的银河系核心区域。

阿什比伸出一只手指，放在嘴唇上，示意他们安静，然后指了指平板。

"——银河系共和国大使委员会的官方声明上说，托雷米·凯是目前唯一同意加入银河系共和国的托雷米部落。"视频里的记者继续说道，"其他部落仍保持中立态度，并称对银河系共和国没有敌意。银河系共和国已经为托雷米·凯部落做出担保，声称'我们相信，带着善意而来的新成员，将为一个更加团结的银河系而努力'。银河系共和国与新成员达成一致，前者不会在后者向其他托雷米部落发起进攻时给予支持。但如果有人对托雷米·凯与银河系共和国共享的领土发起进攻，共和国军队将被授权予以反击。"

主厨医师讥讽道："换句话说，托雷米·凯可以让共和国的战舰守在他们的边境线上，而共和国可以轻易享用那片禁忌之地的安比能量①。"他摇了摇头，"和喜欢内斗的物种交好不会有什么好下场的。之前不会，以后也不会。"他眯起眼睛，发出一声深沉的叹息。

希斯克斯知道他想到了自己的族人，以及他们之间的内战。她伸手捏了捏他的肩膀。他睁大眼睛，盯着希斯克斯看了一会儿，又回过神来，嘟囔了几声，伸出一只手，放在她的爪子上。

"等等，"阿什比突然说，"啊！"

"怎么了？"希斯克斯说。

他眨眨眼，说道："这就是耀西之前跟我说的事。"他看了希斯克斯一眼。她懂了。

"我们可以干啊！"她边说边点头，"没问题的，我们能搞定。"

"搞定什么？"主厨医师问。

"如果他们要开采和利用安比能量，他们需要运输用的通道。"

"而且，在他们想到要开凿供舰队使用的星际隧道之前，他们肯定会需要一次性单程跃迁。"阿什比说。他挺直身体，陷入沉思："这就是我们想要接到的有奔头的任务啊！像这样的活儿，报酬不会低的。"

"像这样的活儿？"主厨医师重复了一遍他的话，"你想去那种地方跟那些人合作？"

---

① 一种能源，类似于核能，威力巨大。

"没有哪个开凿者听到这种机会会拒绝的。"希斯克斯说。

"那我们就开始准备吧。"阿什比说,"先起草一封意向信,我们还要联系下耀西。"

"你觉得以他的位置,能有权分配这样的项目?"

"噢,当然不。但他知道该找谁。我让洛维向他发起视频会议邀请,不知道他那里现在是几点。你还需要帮我算算,从我们现在的位置飞到银河系中央区,大概需要多久。我猜他们会想让我们从那里开凿。罗斯玛丽醒了吗?"

希斯克斯想起昨晚最后一次看到罗斯玛丽时她的样子:她用手掌撑着头,笑得合不拢嘴,嘴里吐词不清。"我猜她还没醒。"

阿什比翻了个白眼,说道:"给她吃点醒酒药。我雇的文员终于要派上用场了。"

"那我给她准备一份早餐。"主厨医师边说,边朝希斯克斯摆了摆手指,"你得告诉工程师们,昨晚给她安排破冰活动的时机很糟糕。"

"说句公道话,"希斯克斯站起身说,"我觉得他们也想不到银河系共和国会发疯做出这种决定。"

收件箱

加密:1

发件人:威莱·默克·汉斯宾(路径:4589-556-17)

收件人:阿什比·桑托索(路径:7182-312-95)

主题:图卡斯—赫德拉·凯项目

桑托索船长,你好。我是威莱·默克·汉斯宾,我代表银河系共和国交通委员会回复你的来信。我们已经收到你关于在托雷米·凯部落区域开凿隧道的意向信。对共和国议会而言,让我们的新盟友与此前的共和国领土之间保持畅通，是我们的当务之急。我们非常需要像你们这样技术娴熟的承包商协助我们进入这一跨物种合作的新篇章。

在评估完你们的工作记录和我们的需求后，我们认为，"旅行者号"是协助我们开凿通往托雷米·凯部落隧道的极好选择。经过评估，我们发现，你不仅拥有一支专业的团队，还刚刚聘请了一位具备资格证书的文员。这一举动表明，你愿意遵守银河系共和国交通委员会的相关规定。

我们很乐意将以下任务分配给你。银河系共和国需要在中央区域（图卡斯门户）与赫德拉·凯行星之间开凿一条新的单船隧道。这将改变我们目前在此区域依赖针孔跃迁的困境，也将是我们为开凿货运舰队隧道而迈出的第一步。我们恳请你，在接受这项任务前，仔细考虑这个项目的相关情况。

通常，盲凿是为了连通未锚定区域而采取的下下策。然而，赫德拉·凯处于软性区域。我相信你很清楚，从图卡斯盲凿一条星际隧道到这种区域的环境风险有多高，这几乎是不可能完成的任务。为了保护该区域的空间稳定性和智慧物种，这个项目需要在赫德拉·凯和图卡斯门户间进行一次锚定开凿。由于银河系共和国和托雷米领地之间目前并没有任何隧道连通，这将是一个挑战。我们建议"旅行者号"飞往共和国边境的德尔雷克（Del'lek）瞭望站。它是共和国和赫德拉·凯之间最近的锚定点。那里会有一艘针孔拖船等着你，将你的飞船带去赫德拉·凯。考虑到你现在所处的位置，我们估计，飞往德尔雷克将花费 0.8 到 0.9 个标准年，其中的差别取决于你选择的路线。针孔跃迁还会额外花费 4 天时间。为了缩减你的飞行时间，共和国将会雇用另外一名承包商，提前在图卡斯那端的隧道出口处放好笼子。

我们理解这是一个非同寻常的提案，但鉴于现状，我们对于完成这项任务没有（也不准备要求有）更高效应急的计划。我也理解，漫长的飞行时间使你和你的船员，都需要深思熟虑才能做出这个重大的决定。除了完成任务应得的报酬，共和国还愿意承担你们在飞行过程中的一切保障基本生活和飞船运行的开销。考虑到太空旅行可能会因遇到意外而耽误行程，且为了保证船员们的心理健康，我们会在沿途安排临时休息站。鉴于此，我们不要求明确具体的到达日期，只要求你们能在 307 标准年的第 165 天之前到达即可。你们也可以自行规划飞行路线和沿途的休息安排。不过，高效的路线规划显然十分重要。你如果不确定你的飞船和船员们能够忍受这次长途旅行，最好不要接受这项任务。

赫德拉·凯开凿项目的报酬是 3600 万信用点（执行任务的花销不包括在内，不接受议价）。我们期待能在 306 标准年的第 155 天之前收到你的回复。在那之前，我们不会向其他承包商发放这项任务。因此，请不要仓促地做出决定。如果你对该项目有任何问题，请随时联系我。如果我不在，我的人工智能图古会协助你。

谨致问候，

威莱·默克·汉斯宾

阿什比（00:10）：希斯克斯，你在吗？

（00:11）：拿起你的平板

（00:14）：在吗？

希斯克斯（00:15）：这个时候发消息

（00:15）：你是认针（真）的吗？

（00:16）：吵丝（死）了

阿什比（00:16）：我吵醒你了吗？

希斯克斯（00:17）：是的

（00:17）：哇，今填（天）早上我尽（竟）然斗胆顶撞老板了

阿什比（00:17）：抱歉，有要紧事

（00:17）：我刚转发给你一封信

希斯克斯（00:18）：你为撒（啥）不来我的房间，我吐（讨）厌打字

阿什比（00:18）：因为我不想让任何人听到我们的对话

希斯克斯（00:18）：船还好吧？

阿什比（00:19）：还好，快看下那封该死的信

希斯克斯（00:19）：给我一份（分）钟

（00:19）：床上太冷了，我块（快）冻僵了

阿什比（00:19）：打开电热毯，搞快点

希斯克斯（00:24）：好了，好多了

（00:24）：我的手终于管用了，太好了

阿什比（00:24）：快读信

希斯克斯（00:24）：好的，好的
（00:27）：我的妈呀

阿什比（00:27）：嘘，我隔着墙都听到你的喊叫了

希斯克斯（00:27）：阿什比
（00:27）：这
（00:28）：真是见鬼了
（00:28）：我们竟然中头彩了

阿什比（00:28）：希斯，如果你再不小声点，我就把你丢出去

希斯克斯（00:28）：怎么可能小声
（00:28）：你看看这是多少钱
（00:29）：开销还另算
（00:29）：阿什比，这比我们过去一整个标准年里挣的钱还要多
（00:30）：而且这是纯利
（00:30）：纯利，没成本的

阿什比（00:30）：我知道
（00:30）：可我还是想不明白我们要怎么接这单

希斯克斯（00:30）：我们可以借此机会搞个新钻头，小菜一碟

（00:31）：还有各种新玩意儿

（00:31）：就是我们之前聊过的那些

（00:31）：我的群星啊，阿什比

（00:32）：我不想太得寸进尺，不过也可以给船上的伙计们发发奖金

（00:32）：就是随便举个例子哈

阿什比（00:32）：嗯

（00:33）：报酬多到难以想象，我知道

（00:33）：可我们要保持头脑清醒

（00:33）：这次要飞的距离可相当远

希斯克斯（00:34）：我们已经习惯了长距离接活儿

（00:34）：不会有事的

阿什比（00:34）：这可是将近一个标准年的飞行距离

（00:35）：意味着没有假期，不能探亲。除非他们恰好在我们规划的航道上，以及要吃大量的保鲜柜里的存货

希斯克斯（00:35）：我们又不是途中完全不能休息。我可以规划一条很棒的路线，让我们有足够多的机会停船补充供给和下船休息

阿什比（00:36）：我知道

希斯克斯（00:36）：但是？

阿什比（00:36）：那是在托雷米的领地

（00:36）：那里一直都处于战争状态

（00:37）：而且我对他们一无所知

希斯克斯（00:37）：阿什比，如果无法保证安全，共和国不会派我们去的

（00:38）：我们是一艘非武装开凿船，不会对任何人造成威胁的

（00:38）：如果有任何问题，在我们飞往目的地的路上，已经有充足的时间让他们用外交手段解决好一切麻烦事了

（00:39）：我确信那里到时候已经充斥着官僚和共和国军队了

（00:39）：我们只需要飞过去，打个洞，然后再穿回来

阿什比（00:40）：只要我们到那里时，他们不要开始自相残杀就行

（00:40）：我甚至不知道他们讲什么语言

（00:41）：啊

（00:41）：等等

希斯克斯（00:41）：怎么了？

阿什比（00:42）：罗斯玛丽

（00:42）：我差点把她给忘了

（00:43）：你觉得她准备好参与这次任务了吗？

希斯克斯（00:43）：你是指工作上还是心态上？

阿什比（00:43）：两者都有

（00:44）：一个标准年，即便是我们这种常年航行的人，也要仔细斟酌吧

（00:44）：而这对她来说，是全新的体验

希斯克斯（00:45）：嗯，只要她还想干下去，她就有足够长的时间可以练成熟手

（00:45）：这么说没问题吧？

（00:46）：至于她的个人生活，我每次问她关于家庭的问题，她都避而不答，而且她还是单身

（00:46）：我不觉得她需要常回家看看

（00:47）：另外，你再读读那封信

（00:47）：正是因为雇了她，你才能接到这个活儿

（00:47）：所以，她起了决定性作用

阿什比（00:48）：喂

希斯克斯（00:48）：我开玩笑的

（00:48）：算是吧

阿什比（00:49）：这是多大一笔钱哪

（00:49）：有了它，我们可以做太多事了

（00:50）：而且，多棒的项目啊

希斯克斯（00:50）：就像我说的

（00:50）：中头彩了

（00:51）：这是你应得的

（00:51）：我认识你很久了，阿什比

（00:51）：相信我

（00:51）：你可以的

阿什比（00:52）：谢谢你，希斯

（00:52）：抱歉吵醒你，但我需要你帮我想想

（00:52）：在做任何决定之前，我需要和所有成员好好讨论下

希斯克斯（00:53）：那我们就赶快和大家讨论吧

阿什比（00:53）：不，希斯，等下

整艘船上的广播都同时响了起来："所有人，醒醒！大新闻！全体会议！5分钟内娱乐室集合！"

阿什比（00:54）：我要把你丢出去，希斯克斯

希斯克斯（00:55）：不会的，你那么爱我

资讯源：银河系共和国参考文件（公共语／克利普语）

文件名：天文学－银河系家园－区域－银河系中心（核心区域）－自然资源

加密：0

翻译路径：0

转录方式：0

银河系中心，俗称"核心区域"，是若干异常天文现象的发生地，其中包括一个巨大的黑洞和一处高度密集的星团。这些独特的天文现象表明，银河系中心是整个银河系最大的原燃料产地，比如安比，以及建造飞船和行星地球化所需的各类金属和矿物。虽然对该区域可供开采的资源产量的估算还停留在猜测阶段，但科学界已经普遍认为，银河系中心可供开采的安比能量比整个银河系其他区域存在的总量的 4 倍还要多。虽然哈玛吉安人的长距离探测器早已确认这里存在着丰富的各类资源，银河系共和国的成员们仍几乎未对核心区域进行开采，因为这里是托雷米部落的领地。

相关话题：

黑洞

吸积盘

星团

安比能量理论

商业能源

安比开采

托雷米

星际探测（哈玛吉安）

建造飞船

行星地球化

银河系区域和领地（银河系家园）

银河系家园的传统名称（按物种分类）

科里奥尔港

阿什比不喜欢对人妄下判断，但有人如果不喜欢科里奥尔港，那人在他心里就会被扣掉几分。银河系共和国里有很多中立集市，对各个物种的顾客都表示欢迎。但科里奥尔港很特别——即便你不需要囤货，那里壮观的场面也会让你觉得不虚此行。错综蔓延的街道两旁满是露天商铺，有卖衣服的，卖工艺品的，各种商品琳琅满目。报废的飞船掏空后的外壳被改造成了库房和餐馆。成堆的垃圾废品高高地堆积着，古怪的修理匠们永远能从里面找到你需要的零部件——只要你有耐心听他们唠叨他们最新搞到手的改装引擎。冰冷的地下库房里塞满了各种机器人和芯片，狂热的技术宅和改装控全天候络绎不绝地来搜刮所有你能想到的可植入零部件。小餐馆里的食物也是应有尽有，从油腻的街边小吃到稀有的美味佳肴，在这里都能吃到。有些餐馆的老板会一直吆喝着今日推荐的美食；而有些餐馆提供的食物品种则非常固定，你在柜台前能说的话只有"请给我一份"。你能看到一大群不同物种的智慧生物闹哄哄地说着各种语言，有的在握手，有的在击掌，还有的在拂拭着卷须……

这样的地方，你怎么可能不爱？

银河系共和国里随处可见光鲜的预制装配式贸易中心，每一座都千篇一律、乏善可陈。某种程度上，阿什比也能理解，为什么有些人习惯了贸易中心，便会觉得科里奥尔港这样的地方有些让人不舒服。

这里的集市不属于大公司，殖民地的独立和有态度让这里变得如此可爱；或者，对有些人来说，变得如此可恶。阿什比承认，科里奥尔港有点脏、有点破。但危险吗？根本算不上。这里的大部分犯罪行为仅限于小额诈骗，目标对象是使用隧道跃迁的学生和容易上当受骗的游客。只要你稍微长点脑子，科里奥尔港就跟其他地方一样安全。这里的贸易活动也很合规——你能想到的规范它都符合。冒险激怒官方的商人都没法长久。甚至搞非法勾当的商人，也会经营很多合法商品，保证证照齐全。这样才能让官方开心，睁一只眼闭一只眼。科里奥尔港的黑市虽不是什么秘密，但经营得小心翼翼。不过，阿什比从来没冒险尝试过黑市交易。吊销执照会毁了他，很可能船员们也会受牵连。尽管吉茜一直请求阿什比让她在黑市上买点能让飞船引擎"更带劲儿"的东西，可阿什比还是觉得，合法操作才是更明智的决定。

阿什比带着船员们穿过拥挤的穿梭机码头，温柔的橙色暖阳照在他的皮肤上。虽然他已经习惯了住在厚重、封闭的船舱里，但置身户外仍能让他心旷神怡。不过，和往常一样，他忘了还有令人上头的气味——燃料、尘土、香料、火焰、香水、食物的油脂和十几甚至更多种智慧生物散发的体味混在一起的气味。远处的海岸边持续传来过时的乡村爵士乐。科里奥尔港所在的月球不会转动影响潮汐，这让阳光能够持续照射平静海面上的成片的浮沫。永久居住在这里的商人们大多在暗月面安家，这样可以远离不会落下的太阳和难闻的气味。

对很多智慧物种——希斯克斯和主厨医师也包括在内——而言，在未经过滤的情况下，那种气味都太刺鼻了。呼吸面罩和口罩在这里随处可见，即便是当地人也经常佩戴。穿梭机码头上成排地搭起贩卖口罩的摊位，目标客户正是对这里令人上头的气味毫无防备的旅客们。不过，人类的嗅觉相对没那么敏锐，他们可以完全暴露鼻腔在街上晃悠，却不感到难受。但并非所有人类都如此。

科尔宾选择穿戴一整套呼吸头盔，也就是高级外接人工肺。这套笨重、奇怪的装备宣称拥有目前最高端的针对通过空气传播的过敏原和病原体的过滤系统。阿什比觉得它看起来像个水母缸，里面装满了泄了气的气球。

"请告知目的地。"短途旅行柜台前的人工智能机械地说道。它不是洛维那样能够自由思考的计算机，这个型号的功能有限，任何超过预设任务的操作都无法完成。它的外壳是模仿哈玛吉安人的脑袋设计的，下颌上的卷须是为了模拟面部表情。苍白柔软的长脸上覆盖着一层聚合物仿真皮肤，看上去倒还跟它模仿的物种有几分相似。可它的电子发音相当刺耳，老化的卷须也抽搐不止。你绝不会把它跟有生命的东西搞混淆。

"两个人，去虫子农场。"阿什比指的是他和主厨医师。人工智能吱了一声表示收到。阿什比指了指科尔宾，说："一个人，去藻类仓库。"它又吱了一声。阿什比转身对希斯克斯说："你们几个可以四处走走，对吧？"

"没错，"希斯克斯回应道，"我们几个走出这扇门就可以开始逛。"

"就是这些人了。"阿什比总结道。他朝柜台上的扫描仪挥了挥植入芯片的手腕，嘀声响起，支付已完成。

"很好，"人工智能说，"你的短途旅行舱马上就位。如果你需要其他交通工具或交通引导，请认准这个柜台上方的短途旅行标志。如果你需要视觉辅助，可在此处或其他短途旅行柜台申请一部辅助定位仪……"

"谢谢。"阿什比打断了它。他带着船员们离开了柜台。詹克斯还留在那里。

人工智能无视听众的离开，继续说道："不同型号的辅助定位仪可以适配不同物种，它能提供各类感官信息的预警，比如嗅觉、味觉、听觉、触觉、神经刺激……"

"詹克斯没跟上吗？"罗斯玛丽问道。

"詹克斯永远会等到它把话说完再走，"吉茜莞尔一笑，"以示礼貌。"

罗斯玛丽回头望了望那台颤抖不止的人工智能，问道："可它不是智能型吧，对吗？"

"应该不是。"阿什比回应道，"不过你可以试着跟詹克斯讲讲，他在人工智能是否有用智能的问题上，永远不妄下断言。"

"这很荒谬。"科尔宾说，隔着呼吸面罩，他的声音含混不清。

"你头上戴的玩意儿也很荒谬。"希斯克斯嘀咕了一句。

阿什比抢在科尔宾反驳之前打断了对话。"好了，伙计们，你们该干啥都干啥去吧。"他看到詹克斯朝那台人工智能礼貌地点了点头，然后走过来加入了他们。"永远都是那套流程。不过，这次有共和国给我们报销。记住：只有必需品。其他东西自己买单。如果让共和国官员看到四菜大餐和身体按摩的账单，就不太合适了。"

"好吧，我的下午时光就要开始了。"詹克斯说。

"罗斯玛丽，每个人都领到他们的购买配额了，是吗？"

"是的，"罗斯玛丽回应道，"每个人的平板上应该都有一个批准购买的清单，仅供参考。"

"很好。一旦你们买完了清单上该买的，就可以在明天早上之前尽情享乐了。我们尽量在明早10点之前出发。"他的平板发出一声提示音，一条新消息来了。"抱歉，稍等片刻。"他从包里掏出平板，唤醒屏幕。新消息映入眼帘。

收件箱

加密：3

108

翻译路径：0

发件人：未知（已加密）

阿什比的心脏漏跳了一拍。

我看到一艘巨丑无比的星际隧道开凿船刚刚停泊在轨道上，扎眼到想不注意到它都难。我刚从边境区域回来，但不久之后又要走了。3个小时后，我就要正式开始为期两天的"登岸假"了。我已经跟组织表明，我需要一些独处的时间。你有空和我一起度过吗？

虽然没有落款，但阿什比心知肚明，发件人是佩。她也在这儿。最重要的是，她很好，还活着。

即便心里悬了几十天的石头终于落地了，阿什比仍旧装作若无其事的样子。他把平板放回包里，伸手摸了摸自己的下巴。见鬼，他还没刮胡子。啊，好吧，佩是跑货运的，虽然她所属的物种毛发稀少，她也应该能理解忘了刮胡子这种小失误。

他回到队伍中后，希斯克斯一直盯着他看。他冲着她扬了扬眉毛，摆出一张船长脸说："怎么，你们还在等什么？该买啥就买啥去吧。"

罗斯玛丽赶紧追上她的船员伙伴们，生怕自己跟丢了。码头上的人已经够多了，但鉴于他们要在多扇集市门洞间来回穿行，在人海之中跟丢的可能性又增加了几分。其实，她倒不是怕自己跟丢，更多的是怕遇到当街抢劫、骚扰，甚至行凶。她确信自己看到了好几个看起来绝非善类的家伙。这里不正是盯着手腕芯片的盗贼们出没的地方吗？她不是听过一个故事嘛，讲的是有个人在科里奥尔港走错了店铺，醒来时发现自己躺在一处小巷里，植入了芯片的手臂被切掉了。好吧，也许这听起来有点牵强，可鉴于刚刚和她擦肩而过的艾卢昂人整张脸上做的植入多得堪比马赛克，她心里还是没有完全排除截肢芯片盗贼存在的可能性。能和希斯克斯同行，她很感激——希斯克斯的存在让她安心多了。还有吉茜，她的嗓门应该够大，穿着打扮也够唬人，应该能够吓退那些偷偷摸摸的不法之徒。她们看起来都像是那种知道自己在做什么的人。罗斯玛丽希望自己也能学到这一点。

"你确定你不想去洞穴逛逛，吉茜？"希斯克斯问。

"不了，"吉茜说，"詹克斯拿着我的清单呢。我晚点会去打打招呼，淘点小东西。但我受不了那么多人挤在狭窄的空间里。我需要开阔的天空和新鲜的空气。"她伸开双臂，做作地深吸了一口气，"啊——"

"唔，好吧，新鲜的空气。"希斯克斯隔着呼吸面罩喘了几口气。

"你懂我这种感觉，对吧，罗斯玛丽？"吉茜跳到她身旁，"你是在行星上长大的。"

"真实的重力感觉很不错。"罗斯玛丽回应道。

"噢，你在太空中会晕船吗？"

"有一点儿，不严重。快习惯了。"

"我们去找找平衡手环吧。我敢肯定有人在卖这个。"

希斯克斯不无嘲讽地回应道："这东西是骗人的。"

"才不是，"吉茜反驳，"我奶奶每次上飞船都带着，她说它很有用。"

"你奶奶还觉得她能和免疫机器人对话呢。"

"好吧，好吧，可她从来没在太空中晕过——噢，见鬼。"吉茜低头盯着自己的靴子，"别有眼神接触，别有眼神接触。"

罗斯玛丽看到了让吉茜陷入恐慌的是什么之后，立刻移开了目光。那不过是一张简单、无害的桌子，上面摆着密封的生物培养箱和装满了信息芯片的陶碗（竟然是陶土做的！）。这种桌子在佛罗伦萨的公共广场上很常见，桌旁的摊主们的衣着却能立刻引起人们的注意。他们穿着厚重的生化太空服，犹如古老的探月宇航员。和这种太空服的密闭和填塞程度相比，科尔宾的头盔看起来一点也不夸张。罗斯玛丽听说，他们用过的太空服会被放进密封容器内，然后投入太空。标准的消毒去污处理对他们来说根本不够。人们不能冒破坏自身免疫系统的风险——更糟糕的是，人类自然进化的进程也可能会被他们影响。

盖娅教信徒！他们就是一帮疯子！

"见鬼，"吉茜低声咒骂道，"我跟他们有了眼神接触。"

"干得漂亮，吉茜。"希斯克斯嘲讽道。

"我不是有意的！"

一个男信徒径直朝她们走来，用他戴着手套的双手捧着一个圆形培养箱。"你好啊，姑娘们！"他打了个招呼。他的太空服的面罩下方有一个小型对讲机，声音可以从里面传出来。他的克利普语虽然还不错，但口音却很重，辅音发得全都很不标准——这说明他应该不常说这种语言。"想看看你们母星上的小小奇观吗？"他把培养箱举到吉茜和罗斯玛丽面前，完全忽略了希斯克斯的存在。

罗斯玛丽喃喃道："谢谢，不了。"

吉茜嘟囔了一句："还有事情，要赶时间。"

"我想看看。"希斯克斯回应道。

那男人连着被拒两次后，头罩里的脸色一沉。他勉强挤出一丝微笑，把培养箱放到希斯克斯面前。箱内有一株结构复杂的黄色花朵，生长在一团苔藓中。"这是一株兰花。"他解释道，克利普语里突然蹦出一个人类语词，"这种脆弱的植物曾经生长在地球的沼泽和雨林里。

和地球上其他各种各样的花一样，地球生态瓦解时，这种美丽的植物在野外环境里灭绝了。"他的目光一直在吉茜和罗斯玛丽之间游移，迫切想要引起她俩的兴趣，"感谢我们的同伴在家园的不懈努力，兰花成功地在重建的雨林里扎下了根。"

"它很美。"希斯克斯说，声音听起来很真诚。她指着兰花，扭头对她的同伴们说："你们的生殖器长得和它差不多，对吗？"

吉茜忍不住大笑起来。罗斯玛丽感到自己的双颊瞬间变红。

"喂，我有个问题。"希斯克斯对一时语塞的盖娅教男信徒说道。她伸手碰了碰那个培养箱。穿着太空服的男人看到希斯克斯怪异的爪子在地球苔藓周围徘徊，厌恶地往后躲闪。"参与'轮回计划'的科学家们，他们会接触到真正的楠（兰）花吗？"希斯克斯问道。

男人皱起眉头。"也许会。"他敷衍地回答道，"但一个人如果生活在太空里，接触到土壤的机会就不多了。"貌似友善的声音里透着一丝虚伪。

罗斯玛丽都为他感到有点难过。希斯克斯是在套他的话，想揭穿他自然课老师的伪装，让他暴露出盖娅教纯粹主义拥趸的本质。表面上，盖娅教想要拯救人类已经几乎无法生存的母星的目的是高尚的，但他们想和"轮回计划"的科学家们一起达到这个目的。这些科学家居住在环绕在地球周围的银色环形轨道上，这条轨道不是人类建造的，而是由艾卢昂人和安德瑞斯克人的慈善组织建造的。虽然在轨道上重建地球生态的领导者们都是人类，但与他们一同努力的也有很多来自其他星球的智慧物种。盖娅教的顽固分子们，尤其是在穿梭机码头上游说人类后代入教的那些，对此深恶痛绝。

男人转向罗斯玛丽和吉茜，语气中的怒意瞬间消失了，甚至还带着一点点绝望的挣扎。"如果你们在这里停留时，能有些独处的时间，"——换句话说，就是没跟外星人待在一起——"请再来我们的摊位上看看。我们还有很多地球上的奇观可以与你们分享。在我们飞船上的培养罐里，还有更多。"他用左手端住培养箱，把右手伸进他的背包里。"拿着，"他边说边递给她们一人一个信息芯片，"这是给你们的礼物。里面有很多母星奇妙景观的视频资料，它们正等着你们亲自去观赏。把芯片插进你们的平板里，就可以看视频了。"他面带微笑，仿佛只要提到地球，就能让他的内心感到安宁。"请一定再来看看，姑娘们。我们永远欢迎你们。"

男信徒回到了摊位旁，三个船员也迅速撤离现场。

"这就是让你千万别跟他们有眼神接触的原因。"吉茜边把芯片丢进她看到的第一个垃圾桶里边说，"我们可真是好样的！"

"你知道吗，安德瑞斯克人里也有极端物种主义者。"希斯克斯说。

"你们的极端物种主义者会做什么？"吉茜问道。

希斯克斯耸耸肩，说道："住在大门紧锁的农场里，开私人派对。"

"你们其他人不也是这样吗？"

"我们不锁门，派对也欢迎任何人参加，除了拉鲁人。他们对我们过敏。"

"群星啊！"吉茜边感叹，边带着她俩往集市里走。她从背包里掏出一袋藻类泡芙，开始啃了起来。"我简直不敢相信，玛拉曾经也像他这样。"

"我不敢相信她曾经是幸存者组织中的一员。"希斯克斯说，"她看起来是个非常脚踏实地的明白人。这句并没有内涵她的意思。"

"不好意思，你们在说谁？"罗斯玛丽问。

"玛拉——詹克斯的母亲。"吉茜回应道，"她在'轮回计划'工作，负责拯救哺乳动物。你应该让詹克斯给你看看她照料的小毛球们。噢，我的群星啊，可爱的毛鼻袋熊……"

罗斯玛丽停了下来，她觉得自己肯定听错了："等等，她曾经是幸存者组织的一员？"这不可能！如果那个女人住在环形轨道上，这就根本不可能！幸存者组织和盖娅教一样极端，他们不仅仇视外星人，还厌恶技术。他们认为，正是技术让他们的星球陷入了注定要毁灭的命运。想要拯救地球，唯一的方式就是像动物一样生活。幸存者组织成员都是严格意义上的狩猎采集者和基因纯粹主义者。他们禁止常规的基因疗法，甚至拒绝接种疫苗。他们相信，弱者是会被自然选择所淘汰的。然而，有一项事实似乎被他们完全忽略了：地球上之所以还有能够容纳他们生存的土地，只是因为太阳系共和国给了他们一大块重建的草原，上面种满了可食用的植物和成群的猎物——它们都是科学家用冷冻的动植物脱氧核糖核酸和人工孕育技术繁殖出来的。罗斯玛丽虽然还不太了解詹克斯，但像他这样冷静、随和的计算机工程师，怎么可能有一个身为幸存者组织成员的母亲？

"没错，她年少时曾经加入过。"吉茜说，"离家出走，搭便车到了地球，加入了一个部落。为了忠于上帝，只吃捕猎来的肉……诸如此类，你能想象吗？"她戏精上身般地蹲下来，做出在跟踪猎物的样子，"你要在草丛里，偷偷摸摸地行动，躲避蛇、老鼠和其他危险的东西。"她在地上快速地跳来跳去，"你手上只有一根尖尖的大木棍，你却必须追上一头野牛——"

"野牛？"希斯克斯问。

"就是一种很大的牛。然后，你要用木棍拼命地刺它、刺它、刺它。它力大无比，将你甩来甩去。噢，见鬼——"吉茜刚才一直沉浸在自己的表演中，没意识到或者没发现集市里来来往往的行人都向她投来小心翼翼的目光。几个藻类泡芙从她的包里飞了出来。"牛蹄子在你脸前乱飞，血溅得到处都是，到处都是。终于，牛死了，你还得徒手把它弄成一块一块的，然后吃掉它。"她把手举到嘴边，嘴里发出夸张的咀嚼声。

"呃，别说了，求你了。"希斯克斯做了个鬼脸，说道。

"詹克斯是在地球长大的吗？在部落里？"罗斯玛丽继续问。

"不，他只是在部落里出生，所以身材才这么矮小。"希斯克斯回应道，"他母亲没做过产前治疗。"

"哦，"罗斯玛丽说，"我以为他是有基因缺陷，但我不知道怎么开口问他。"

"没错，的确是基因出了问题，他生来就有缺陷。"吉茜说，"顺便说一下，我相信，你没直接问他这方面的问题，赢得了他的好感。他倒不是介意别人问他，就是觉得烦。"

希斯克斯继续说："所以，玛拉在怀孕后没有做任何的常规检查，她——"

"她分娩时差点送了命，"吉茜打断了她，"真的就要没命了。你能相信吗？谁会在分娩时死掉？这是原始社会才会发生的事。而且，如果她没有及时醒悟，詹克斯也会没命的。她花钱封住了几个幸存者组织成员的嘴，才让詹克斯免于死在他们的手里。"

罗斯玛丽的下巴快要掉下来了，问道："他们想杀掉詹克斯？"

吉茜点点头，又往嘴里塞了几个泡芙。"幸嗯者嗯——唔，"她咽下了嘴里的食物，才把话说清楚，"幸存者组织成员会抛弃患病或异常的婴儿。他们可能是想着，噢，这个不太正常，还是别留着了，这样就能去除病弱的基因。"吉茜握紧拳头，碾了碾袋子里的泡芙。"唉！这包装也太愚蠢了！"她低头看了看袋子里的泡芙，仿佛之前没见过似的。"哎呀！"

"所以，发生了什么呢？"罗斯玛丽问道。

"我把泡芙捏碎了。"

"不是，我是说玛拉怎么了？"

"她再次逃跑了。"希斯克斯说，"她离开了部落，投靠了在地球上工作的一群科学家。所以，他们——"

"不，你漏掉了最精彩的部分。"吉茜说，"她不得不步行。你懂吗？走了非常非常远，只是希望她能在幸存者组织的边境线以外找到求救的对象。没有船，没有车，没有任何交通工具。只靠两条腿，竟然还是赤着脚。周围到处都是狮子，狮子啊！"

"并非到处都是狮子。"希斯克斯打断了她。

"听我说，当你在谈论狮子时，它们是不是真的到处都是已经不重要了。"吉茜反驳道，"哪怕是只有几头狮子可能会在你附近出没，也足够糟糕了。"

"好吧，不管怎么样，轨道上的科学家们为玛拉和詹克斯提供了安全的避难所。她也意识到，他们本性不坏。她一下子爱上了生物学，从此一发不可收。"

"没上过大学，没经过任何专业培训，"吉茜说，"就从在养牲口的栅栏里铲屎开始，一点点学起来的。不过，她依然是个盖娅教信徒，只是比较温和的那种。事实上，轨道上的很多人类科学家都是。他们相信那颗星球是他们灵魂的归属，他们不愿远离地球。他们厌恶人类之外的所有物种，认为其他物种都是不道德的存在。少年时期的詹克斯决定离开地球去探索银河系的其他区域时，她显然很震惊，不过态度还算温和。现在，她已经完全接受了。很多盖娅教信徒都是不错的人，和刚刚那些浑蛋不一样。"她边说边朝着向她们传过教的那伙人歪了歪脑袋。

"她带着詹克斯去了环形轨道之后，为什么不给詹克斯做基因治疗呢？"罗斯玛丽问道，"我的意思是，即便是信仰盖娅教的科学家，也能接受正常的药物治疗吧？"

"是的，他们能接受。他们和我们一样，体内植入了免疫机器人。

他们也接种疫苗，谢天谢地。基因治疗不太好说。他们通常能接受为了提高生活质量而做的基因改造，比较抗拒对身体进行改造。"

"那为什么——"

"为什么詹克斯不接受基因改造？就像我说的，他们只接受为了提高生活质量而做的改造。可你看看那个快乐的家伙，不管他的身材是高大还是矮小，他都一样拥有极高的生活质量。"

"但当他还是个婴儿时，他们怎么知道他会怎么想？"

"玛拉不会允许他们动他的。詹克斯说，她曾经逼着医生们承认：他虽然身材矮小，但并不意味着他不健康。这对她来说是毋庸置疑的。在这点上，她的观点和她是不是盖娅教信徒没有任何关系。詹克斯说，她只是反感别人告诉她，她的孩子有问题。"吉茜停了下来，四处张望，"我完全走错路了。"

"我们清单上的第一站是哪里？"希斯克斯问。

吉茜掏出她的平板。"船舱清洁剂，"她回答道，"接下来是清洁机器人。"

"我们这次能买无香型吗？"希斯克斯恳求道，"阿什比一直买柠檬香型的，我最讨厌在大扫除后走进洗手间闻到的那股柑橘属水果味了。"

"除了柠檬味，还有什么让人觉得清新的气味？"

"你知道伊斯棘吗？"

"不知道。"

"不，你知道的。小小的绿色果实，三颗三颗长成一簇。"

"哦，想起来了。"

"闻起来就像柠檬，对吧？"

"有点像吧。"

"没错，我们会往死人身上涂它的果汁。"

吉茜笑了起来，说道："噢，够了，好恶心。好吧，我们就买无香型吧。"她又看了一眼清单，郑重其事地在上面敲了两下，仿佛政客在发表演讲："大家听好了，今天，我们是一支靠谱的采购队。我们要严格遵守购物清单，否则就会在这儿花太多钱，结果买了一堆用不着的破玩意儿。"罗斯玛丽身后的什么东西吸引了她的注意力，"比如这些。"吉茜没有继续说话，而是径直朝着一个摊位走去，上面恰好摆满了一堆他们根本用不着的东西。

希斯克斯叹了口气说："好戏开始了。"她望着吉茜在一盒闪闪发光的指挥棒里翻来翻去，继续说道，"如果你觉得我们今天是来采购必需品的，那你就错了。今天，我们是来听吉茜演讲的。"

吉茜走在最前面，希斯克斯跟在后面，用手臂搂住罗斯玛丽的肩膀。突如其来的亲密让罗斯玛丽有些吃惊，但她内心也感到了一丝骄傲——即便她今天在集市上遭遇不测，至少她曾有好心的船员陪伴。

詹克斯沿着斜坡往下走，来到了位于地下的工程师聚集地——人们更常称之为"洞穴"。入口处，一个配有眩晕枪的安德瑞斯克男人坐在一张凳子上，旁边有一块多语种指示牌，上面写着：

以下物品会对工程师、机器人、人工智能、改造过的或佩戴生命维持系统（life support system）的智慧物种造成危害。请不要携带以下任何物品进入"洞穴"。如果你体表或体内植入了一种或多种以下物品，请在进入前将其关闭。

幽灵芯片（具有透视功能的植入装置）
劫持机器人或刺杀机器人
黑客浮尘（通过空气传播的微型代码植入装置）

未经严格密封的放射性物质（如果你不确定，别冒这个险）

任何使用替代燃料驱动的机器

磁铁

指示牌的底部还有一句手写的附注，只提供了克利普语的版本：严肃点，我们不是在开玩笑。

詹克斯路过时，安德瑞斯克男人友善地点了点头，他眼中的一对植入视觉装置频繁地闪烁着信号灯光。"洞穴"里的每家店铺和摊位都装有不同的光效装置，以便将自己与其他家区别开来。变幻的彩虹、模拟的日出、投射的星空……走进这里，就像走进了一场弥漫着蓝调氛围的龙卷风。每家店内的光效都很有特色。店铺之间的走廊里，各种光效叠加在一起，营造出了怪异的色彩和光影的大杂烩效果。置身其中，就像穿行在让人迷醉的万花筒中。

走进"洞穴"的詹克斯有种回家的感觉，不只是因为这里有一排排望不到头、包装整齐、可供人工改造的好货。光临这里的很多人都是硬核改造爱好者，这些人甚至有截掉自己的四肢并用人造假肢取而代之的倾向。在这里，你也许会看到金属外骨骼、微型机器人文身，以及完美到令人不安的脸孔——你一眼就能辨认出它们经过基因改造。还有面部芯片、皮肤接口和自产的植入装置。在这样光怪陆离的环境里，他矮小的身材根本不算什么。当你的身边都是怪咖时，你就很难觉得自己还有什么古怪之处了。这让他感到安慰。

詹克斯穿过走廊，脑袋里记下了晚点需要再逛逛的地方。他是从科里奥尔港退役的老兵。他知道，在开始大手大脚消费之前，有一个地方是非去不可的。

他走进的第一家店铺完全不像其他家那样吸引人的眼球。门口上方的位置挂着一块破电路板改的招牌，各种废弃零部件在上面组成不同字母的形状，拼出了"锈铁桶"三个字的店名；下方是一排小字，写着"技术部件交易与维修"；再下面是一排更小的字，写着"佩珀与布鲁合伙经营"。

詹克斯踮起脚朝柜台另一侧望去，佩珀正俯身在工作台前忙碌着，背对着他，嘴里还在嘟囔着什么。她伸手挠了挠光秃秃的人类后脑勺，上面留下了一道机油的污迹。她应该觉察到了，但似乎并不在意。

"你好，老板娘！"詹克斯喊道，"知道在哪儿能搞到一些有刺激作用的微型机器人吗？"

佩珀转过身，丝毫不掩饰她在听到这种蠢问题后内心的恼怒。可当她意识到是谁在问时，立刻露出喜色。"詹克斯！"她边说边用围裙擦干净双手，绕过柜台，跑到他面前。"什么风把你吹来了！"她跪下来，给了他一个友好的拥抱。这个拥抱很温暖，但她的双臂太瘦了，简直是皮包骨头。从詹克斯认识佩珀起，她的拥抱总能如一股暖流般抚慰他的内心。

佩珀和她的伴侣布鲁是从银河系边缘的一颗名叫阿加农的行星上逃到这里来的。那里是改造人类运动最后仅存的阵地之一。参与改造人类运动的殖民地行星，与移民社群以及银河系共和国完全切断了联系。他们选择在培养罐内孕育人类胎儿，预先计算出他们长大成人后社会需要他们承担的职责——基于此，对他们进行相应的基因修改。他们接受的基因改造程度极高，健康状况、智力水平和社会技能都得到了提升——不论长大后需要承担何种职责，他们都注定能够胜任。没有经过任何基因修改就出生的人类只能从事低贱的粗活。除了两类人——不育的人和不生毛发的人（后者很容易被发现）。而经过基因修改的人类坚信自己在未经修改的劳动阶级之上，他们根本没有料到佩珀竟然会逃离阿加农星。佩珀在青少年时期幸运地从一家工业制造厂里偷跑出来，找到了一大片垃圾场，在里面临时安了家。佩珀在数不清的废弃物里找到了隐藏的宝贝———一艘年久失修的星际穿梭机。佩珀勉强用她能找到的零部件，给它打上了补丁，重构了它的系统，费了九牛二虎之力，才让它起死回生。她花了 6 个标准年让它能飞起来，又花了将近一个标准年偷到了足够的燃料。她重获自由的代价是严重的营养不良，这几乎要了她的命。还好银河系共和国的一艘巡逻船及时发现了她的穿梭机。她已经在科里奥尔港待了 8 个标准年了，这段时间长到足以让她成为当地改装爱好者社区的常驻成员。在此期间，她的身体也恢复了健康。不过，虽然她热爱食物（自从她发现了利用各种调味料可以创造出美味，就一发不可收），但她的新陈代谢水平却一直不达标。她饥渴难耐的身体从来没有被喂饱过。

詹克斯和佩珀能够一起站在这里，就已经是科里奥尔港开放、包容的明证，也体现出了人性的古怪之处。这很可能就是他和佩珀一直以来相处融洽的原因——不论是出于惺惺相惜，还是单纯的快乐。当然还有一点，就是他们都对电子产品抱有深切的、不可磨灭的热爱，这无疑也很重要。

"'旅行者号'怎么样？"佩珀问道。这是她不变的开场白，而且不是简单问问而已。她对"旅行者号"，包括其他所有飞船，都抱有浓厚的兴趣。

"像往常一样，一切顺利。"詹克斯回答，"刚完成一次通向博塔斯－维利姆的盲凿。"

"是那个新的艾卢昂殖民地，对吧？"佩珀问道。

"没错。"

"干得如何？"

"如教科书般漂亮。除了我们新来的文员对亚层不太适应，呃。"他张开嘴做了一个无声的抓狂表情。

佩珀大笑起来，说道："啊，我想知道所有的八卦。等我们忙完正事儿，你有时间一起喝一杯丁酮酒吗？我酿的这一桶，肯定会颠覆你对生活的看法。"

"好吧，你的提议听起来真是难以拒绝。"

"一言为定。所以，你接下来有什么安排？你们接到下一个活儿了吗？"

"还真接到了！"詹克斯骄傲地回答，"你听说过托雷米联盟吗？"

佩珀翻了个白眼："说真的，他们到底在想什么？"

詹克斯笑了起来："我也不知道，但我们的确接到了特别棒的任务——开凿一条从图卡斯到赫德拉·凯的隧道。"

"不可能。"佩珀惊得下巴都要掉下来了，"你们要去核心区域？"

"是的。而且还是一次锚定开凿。"

"见鬼，真的吗？哇哦，那可要飞得够远的。有多远？"

"差不多一个标准年吧。不过，沿途开销共和国全包。我们只需要飞到指定地点，然后开凿回来。"

佩珀快速摇了摇头，说："对你们来说挺好的，但幸好不是我要去。"她大笑道，"噢，天哪，我要是飞那么久，会紧张焦虑到不行。虽然是不错的活儿，但也无济于事。核心区域，多少人敢说他们去过那里？"

"我知道，好吗？"

"哇哦，好吧，这也解释了你为什么来这儿。我猜你带了一张采购清单给我看？"

"上面大部分东西都是吉茜列的，她去买些杂七杂八的东西了。"詹克斯把平板递给了她。

"你告诉她，在你们离开轨道前，她最好来我这儿一趟。不打个招呼，我不会放她走的。"

"她怎么可能让这种事情发生呢？我们可以晚点在暗月面跟你和布鲁约一下，如果你们没有其他安排的话。我们吃个饭之类的。我刚领到工资。"

"这个主意很不错，尤其是在你买单的情况下。"她慢慢翻看着他的清单，毕竟阅读不是她的强项。"嗯，电流调制器，去找波克，微型机器人街的奎林人。你认识他吗？"

"我知道这个人，是个怪咖。"

"这不可否认，但他人还不错。他跟其他人不一样，不会用阻隔箱打包调制器。相信我，他的货是一流的。"

"阻隔箱有什么问题？"

"对于技术设备来说，它是好用又便宜的保护措施，但你如果用它包得太久，它会钝化你的接收器节点。"

"你没开玩笑吧？"

"当然，卖这东西的商人不会同意我的说法。但我发誓，自从我不再买阻隔箱包装的设备后，我的设备就变得更灵敏了。"

"你的建议我收到了。"

佩珀继续往下看清单："转换耦合器，去找希什。"

"希什？"

"开放电路。希什是这家店的老板。"

"啊，好的。我从没去过这家店。我一直去白星。"

"她家的东西比白星的更贵，但我觉得她的货要好得多。告诉她我是这么跟你说的，她也许会给你打点折扣。"

佩珀继续往下看，说："六头电路，这个我有，只要你不介意是二手的。"她伸手从架子上拿起一个手工打包的电路包放在柜台上。

"你这儿的二手货往往比新货更好。"詹克斯回应道。他这话是真心的。在翻修二手设备配件这件事上，佩珀有一双能化腐朽为神奇的妙手。

佩珀露出得意的笑容，说："听听你的花言巧语，听听。"她继续浏览平板上的清单。"线圈卷，"她说，"唔，我应该还有一些卷好的，放在哪儿来着……"她走了两步停下来，翻出一个袋子，丢到柜台上，里面装满了小金属线圈卷。"找到了，线圈卷。"

"多少钱？"詹克斯边问边去翻他的腕牌。

她摆摆手说："你要请我和布鲁吃饭。我们扯平了。"

"你确定？"

"确定。"

"好吧。"他妥协了，然后清了清嗓子，压低声音，"佩珀，我还在找一样东西，它不在清单上。"

"愿闻其详。"佩珀说。

"只是出于好奇，不用当真。"他其实是很认真的。这当然是个非常严肃的请求，但即便是跟佩珀这样亲密的朋友聊这种事，他也需要小心为妙。

佩珀缓缓地点点头，表示听懂了。她倾斜上半身，靠在柜台上，小声说："单纯只是问问，我懂。"

"对，"他顿了顿，"你对人造躯体有多少了解？"

佩珀扬起了眉毛——虽然她没有毛发，但能看到她眉骨的变化。"见鬼，你一张嘴就不会是什么随便问问，对吧？呃，我没有冒犯你的意思。"

"我没觉得你冒犯我。你看，我知道这很难搞……"

"很难搞？詹克斯，这是被严格禁止的，基本上相当于不存在。"

"但总能搞到的。谁知道在什么地方的哪个仓库里，会不会有个人造躯体爱好者。"

"噢，我相信当然有这样的人，但我现在想不到具体是谁。"她打量着他的脸，"你究竟为什么想要搞到人造躯体？"

詹克斯扯了扯他左耳上的挂饰，说："如果我跟你说是私人原因，你能接受不往下问吗？"

佩珀没说话，但他能从她的眼神里读出，她在试图揣摩出詹克斯想隐瞒的是什么。她知道他是从事什么工作的，也听他提过洛维，虽然只是在闲聊的场合。詹克斯感到自己开始冒汗了。"群星啊，我看起来一定很狼狈。"他心想。但佩珀只是轻松地笑了笑，耸耸肩，说："随你的便。"她思索了片刻，脸色逐渐严肃起来，说："但作为朋友，我想提醒你，如果你搞到了人造躯体——没错，如果我非常非常走运，帮你找到了供应商，我会联系你的——我真的真的希望你知道你在做什么。"

"我会小心的。"

"不，詹克斯，"佩珀说，她的语气完全没给这件事留出可以讨论的余地，"我不是在说你有可能被捕。我想说的是，你在做的事情非常危险。我不想拿我所谓的悲惨身世作为说服你的筹码，但你听我说。曾经有一群初衷很好但很愚蠢的人，他们认为重新定义人类是个很棒的想法。我就是这个想法成为现实后的牺牲品。起初，改动的程度都不大，这里微调一下，那里拼接一下。但事态渐渐就扩大化了。不出所料，最后发展到了完全不可理喻的地步。这正是人造躯体被禁的原因。那些远比你我更懂伦理道德的人认为，银河系共和国还没做好为一种新型生命提供支持的准备。没错，现在的情况是，人工智能的处境很糟糕。你知道我完全支持赋予他们同等的权利。但这是个非常复杂的问题。詹克斯，虽然我很不想这么说，但我不确定人造躯体就是解法。所以，不管你的目的有多单纯，首先想清楚你在做什么。问问你自己：准备好承担相应的责任了吗？问问你自己可能有什么后果。"她伸出干瘦的双手，手掌上布满了老伤疤，那都是在垃圾场里翻捡尖锐的废品时留下的。那是关于饥饿和恐惧，还有那个失控的世界的记忆。

詹克斯沉思了片刻，终于开口了："如果你对这件事的态度非常强硬，你为什么告诉我还会帮我找供应商？"

"因为你是我朋友，"她说，语气平和下来，"还因为我的生意就是牵线搭桥。如果你是认真的，我宁愿你是通过我找到你想要的，而不是通过后巷里那些搞不正当交易的黑客。不过，说实话，我更希望在我帮你找到你需要的人之前，你会觉得我说的是对的——这个想法很危险。"佩珀拿起一个标语牌放在柜台上，上面写着"在后侧库房忙活，有需要请喊我"。"来吧，我们需要喝一杯。我还想听你跟我讲讲你们那位会晕船的新成员的故事。"

阿什比坐在酒店房间里。他是一个小时前付的房费。他想看场水球赛。不是因为他很喜欢水球，只是跟其他选项比，这是个打发时间的轻松法子。早上醒来时，他本来已经准备好一整天都要忙着讨价还价、采购补给了。值得期待的部分也许是晚上能找家安静的酒吧，喝几杯，吃顿好的。而现在，他却在科里奥尔港的暗月面，身旁摆满了厚枕头，四周的墙上挂着丑陋的装饰画。他在等佩来。她不但活得好好的，还恰好也在附近，想和他共度良宵。现在先看场水球赛，轻松一下。

好吧，303年"泰坦杯"入围决赛的球队，让我看看，一定是白帽队在打比赛，因为之前吉茜看到吉米·圣克莱尔拉伤韧带时抓狂了。另外一边是星爆队，对吧？没错，那年你给阿娅买了一件星爆队队服，作为她的生日礼物。她说她最爱星爆队了。

在他还来不及放空头脑前，他的思绪就如深空舱一般不由自主地连续跃迁。太多感受瞬间涌出，都在试图占据他的注意力。不过至少佩是安全的，这点让他感到宽慰。一想到接下来马上要见到她了，他就很开心。他还有些毫无依据的担心，担心她对自己的激情已经消退。阅读她发来的信息需要下决心（只有群星才知道，在边缘战区待了那么久之后她会怎么想）。还有害怕。他每次见到她，都会感到害怕。他害怕 10 天过后，她回到那个危险的地方，这次的相聚就成了永远的诀别。

不，不对，星爆队是在 302 年进入决赛的，不是 303 年。那年阿娅的生日礼物是她的第一台平板电脑，那也意味着她要开始上学了。那一年就是 302 年。

他心中还有隐隐的焦虑，担心他们这次会被发现。他想不出还有任何遗漏的蛛丝马迹。事到如今，他们在做好保密措施方面的水平已经炉火纯青。他永远会找一家这样的酒店——低调、不招摇，在偏僻的小路上，他们之前没去过。他跟酒店前台工作人员明确表示，他需要好好休息一下，不希望因为任何理由被打扰。他一到房间，就会给佩发一条信息。里面除了酒店的名字和房间号，什么也不写。佩看完信息后，就会删掉它。两个小时后，她才会来酒店。这么长的时间足以避免任何人起疑心。然后，她会在他的房间旁边另开一间房。办到这点很容易，因为众所周知，数字占卜迷信是传统艾卢昂文化的一部分。不论阿什比开的房间号是多少，佩总能找到一种合理解释，支撑她选择她想要的房间号——毕竟有那么多套互相矛盾的占卜理论。酒店前台如果不是艾卢昂人，就会认为佩想要的房间号象征着和平或健康；如果是，则会认为，以她的年纪，这种迷信的做法老派得有点罕见（甚至可能有点傻）。在她的房间安顿好之后，佩会敲一敲两间房之间的墙。阿什比在确定走廊里没人之后，便会离开他的房间。然后，他们就可以开始了。

这对情侣只是为了见一面就要这样大费周章，但的确有这个必要。虽然艾卢昂人通常对银河系里的邻居们都很热情和慷慨，但跨物种恋爱却是不被艾卢昂主流文化接受的禁忌。阿什比不理解这背后的逻辑，这对大多数人类而言不是问题，至少对方是直立行走的物种就不成问题，但他知道这会给佩带来危险。一个艾卢昂人会因为一段跨物种的恋爱关系而失去家人和朋友。她会丢了工作，尤其是在政府机构的工作。对佩这样工作努力、能力出众并以此为傲的人来说，一旦被发现，会受到沉重的打击。

阿什比，你看，白帽队，铁锤队，猎……猎鹰队？不，自从你到"呼唤黎明号"上工作后，他们就没进过半决赛了。你觉得……噢，群星啊，阿什比，专心点，这可是水球比赛。

各种情绪涌上心头，分散了他的注意力。除了努力抑制这些情绪带来的影响，阿什比的脑内还在上演一场意志力之战——一边是他的理性思考，一边是他的生理需求。他知道接下来他很可能随时就能跟恋人共度良宵，但他不想让自己表现得自以为是。他不知道她此前经历过什么。在他确切弄明白她的状况前，他准备把主动权交给对方。就算她和他一样，也热切地期待见面的时刻，他也需要保持彬彬有礼的态度，即便他的身体已经控制不住了。

阿什比，这是303年的水球半决赛，跳伞队获得了胜利，还有谁——

墙的另一侧传来敲击声，声音不大，但很清晰。

他立马把电视里的"泰坦杯"水球赛抛之脑后。

"肥皂！"吉茜指着一个摆满了洗浴产品的摊位喊道，"快看！它们好像蛋糕啊！"她边喊边跑了过去，沉重的购物袋在她的背上弹了起来。

"也许我可以买点洗鳞片的。"希斯克斯说。吉茜已经冲到摊位前，快把头伸到展示篮里了。她和罗斯玛丽跟在后面。

摊位老板是个哈玛吉安人，出售的商品可以满足各个物种的需求。有安德瑞斯克人蒸桑拿用的粗毛刷和成捆的草药、艾卢昂人喜欢的冰水淋浴时用的泡腾片和热身软膏、哈玛吉安人用的刮鳞刀和清洁护肤液，还有人类用的肥皂和洗发水……虽然种类不太多，但品质看起来还不错。除此之外，还有几十个罗斯玛丽不认识的瓶瓶罐罐。银河系里的智慧物种们虽然能找到很多文化上的共性，但很少能有哪个话题像如何清洁身体这样引起众议了。

看到她们朝摊位走来，坐在脚踏车上的哈玛吉安老板——罗斯玛丽从他背部斑点的颜色判断，应该是位男老板——热情地招呼起来："亲爱的客人，祝你们度过愉快的一天。"他说话时，下巴上的卷须愉悦地蜷曲起来。"你们是来随便看看，还是有什么特别的东西想买呀？"他的触须表面有三个面，每个面上的足完全张开，摆出一副友好的姿态。他年纪挺大了，不规则的身体表面覆盖着的淡黄色的皮肤已经不再湿润。

罗斯玛丽之前就接触过哈玛吉安人——她的汉特语教授就是一个，还有她父亲饭桌上的几个常客也是——但她总没办法把他们的外表和他们的历史联系在一起。在她面前的这个人，和他的其他同类一样，像一只硕大的软体动物，离了脚踏车根本无法快速行走。他既没有牙齿，也没有爪子，甚至没有骨头。但不知为何，这个黏糊糊的物种曾经控制了银河系的很大一部分区域（如果你注意过货币都流向了哪里的话，就会发现如今仍是这样，但他们已经不再热衷于征服各地的原住民）。她曾读过一篇艾卢昂历史学家写的论文，文中表示，哈玛吉安人的生理缺陷恰恰有利于他们发展出比其他物种更先进的技术。"欲望和智慧，是个危险的组合。"历史学家这样写道。

联想到历史学家的这句话后，罗斯玛丽觉得，她们三个出现在这个摊位上就是一个非常怪异的场景：一个哈玛吉安人（年迈的昔日帝国之子），一个安德瑞斯克人（这个物种促成了多个哈玛吉安殖民地的独立，并最终创立了银河系共和国），还有两个人类（这个弱势的物种只是在哈玛吉安人征服宇宙的过程中恰好没被发现才得以存活）。此刻，他们却站在一起，愉悦地聊着肥皂买卖。时间竟然真的能抹平强弱之间的差距。

吉茜在哈玛吉安人的摊位上东翻西找："你这儿有没有——啊！我能用汉特语问你吗？我正在网上上一门汉特语课程，我想多练练口语。"

希斯克斯一脸怀疑地看着吉茜，问道："你从什么时候开始学的？"

"记不清了，大概 5 天前？"

哈玛吉安人饶有兴致地眯起了眼睛，说道："请说，我洗耳恭听。"

吉茜清了清喉咙，发出了几个咳嗽似的颤抖的音节。罗斯玛丽都替她感到难堪。不只是因为吉茜说得狗屁不通，还因为没有伴随相应的手势，她的行为甚至显得有点无礼。

但哈玛吉安人却忍不住捧腹大笑起来，说道："啊，我亲爱的客人，"他说话时，卷须颤抖着，"原谅我直言，这是我听过的最糟糕的发音了。"

吉茜露出窘迫的笑容，说道："噢，别说了。"说完，她也大笑起来。

"这不怪你，"哈玛吉安人说，"人类模仿我们的音调太难了。"

罗斯玛丽伸出一只手放到锁骨处，熟练地摇摆起手指。这是对卷须动作的简单模仿，人类也只能做到这个程度了。她开口道："Pala, ram talen, rakae'ma huk aesket'alo'n, hama t'kul basrakt'kon kib."意思是：亲爱的摊主，也许事实是这样。不过只要多加练习，我们也能学会你们精妙的语言。

吉茜和希斯克斯同时扭过头，仿佛第一次见到她一样。哈玛吉安人动了动卷须以表尊敬，"亲爱的客人，你讲得真好呀！"他用汉特语问道，"你是太空商人吗？"

罗斯玛丽伸出手指，继续用汉特语回答："我不是商人，只是最近刚开始在飞船上工作。我们三个都是开凿船船员。"她说的都是实话，但听起来还是很疏远，似乎是在说别人的生活。"我和我的朋友们来科里奥尔港采购物资。"她继续说道。

"啊，开凿船！奔波劳碌的生活！你们会需要很多洗浴用品，才能一路上保持身体洁净。"哈玛吉安人厚脸皮地伸直了卷须。他扭头望向吉茜时，眼睛睁大了些。"找到你喜欢的东西了吗？"他用克利普语问道。

吉茜拿起一块血红色的肥皂。"我需要这个。"她边说，边把肥皂凑到鼻子旁，深吸了一口气，"噢，群星哪，这是什么？"

"这是用煮开了的苡芙梅^①做的。"哈玛吉安人回答道，"在我的母星，这种香型非常受欢迎。不过，我们不会用它来做肥皂。你手里的是我们两种文化融合的产物。"

"我要买下它。"吉茜把肥皂递给哈玛吉安人。他用两只小触须接了过去。他的每只小触须都戴着刀鞘似的保护套，以免他脆弱的皮肤受到伤害。他回到柜台后侧，用箔纸和丝带打包肥皂。

"包好啦，亲爱的客人。"哈玛吉安人边说，边递给她一个精美的礼包。"每次只用上面的一小块就够了，这样就可以用很久。"

吉茜再次把鼻子凑了过去，说道："嗯，真好闻。罗斯玛丽，你也闻闻。"

①　苡芙梅是一种星际植物。

吉茜把肥皂放到罗斯玛丽脸边，这让罗斯玛丽感到盛情难却。那是股甜腻的糖味儿，闻起来像蛋糕。她能想到用它洗澡可能跟用蛋白甜饼洗澡没什么区别。

"860 信用点，谢谢。"哈玛吉安人说。

吉茜朝罗斯玛丽伸出手，说道："芯片借我用用呗？"

罗斯玛丽眨了眨眼，不确定自己是不是听明白了，问道："你是想用公用芯片？"

"对，买的是肥皂。"吉茜说，"肥皂属于补给，对吧？"

罗斯玛丽清了清嗓子，低头看了下她的平板。不，它不属于，这是香皂。但她要怎么跟吉茜说呢？她上了吉茜的船，受到了她热情的欢迎，还喝了不少她的酒，跟吉茜比，她在开凿隧道和采购补给上的经验要逊色不少。但即便如此——"我很抱歉，吉茜，但，呃，我们只能用公款买普通肥皂。如果你要买带特殊味道的香皂，你得自己付钱。"这段话从她的嘴里跑了出来。她不喜欢这种感觉，这让她听起来像个扫兴的家伙。

"可——"吉茜开口准备反驳。

希斯克斯二话不说，抓住吉茜的手腕，按到老板的收款扫描器上。机器发出了"哔"的一声，说明已经从她的账户里扣款成功。

"喂！"吉茜叫道。

"你付得起的。"希斯克斯说。

"很高兴你选购了我的商品，"老板回应道，"下次到港时，记得再来逛逛。"他的声音听起来很友好，但罗斯玛丽从他扭曲的卷须能看出，付款的小插曲让他觉得很尴尬，于是他连忙去招呼其他客人了。

她们离开摊位时，希斯克斯望着吉茜皱起了眉头，说道："吉茜，如果我们的飞船要穿过一片危险区域，我要求大家都停下手中正在做的事情，坐下系好安全带，你会怎么做？”

吉茜一脸疑惑：“什么？”

“回答我的问题就好。”

“我……会停下手中在做的事情，坐下系好安全带。”吉茜回答。

“即便这对你来说不太方便？”

“嗯。”

“假设你在修理电路，需要大家暂时停止使用水龙头，而这会造成大家的极度不便。我们会怎么做？”

吉茜挠了挠鼻头，说：“你们会暂停使用水龙头。”她回答。

希斯克斯指了指罗斯玛丽，说：“在我们所有人中，这个姑娘的工作是最糟糕的。她不得不待在我们的飞船上，和我们这些自大又固执的老油条朝夕相处，提醒我们哪些积年累月的恶习违反了有关规定。在我看来，这样的工作简直糟透了。可她在完成时却不会给人留下老妈子的印象。所以，即便有时候不太舒服，我们也会配合她的工作，因为我们也希望她能配合我们的工作。”她看着罗斯玛丽，而后者恨不得找条地缝钻进去。“而你，罗斯玛丽，你在刚刚发生的事情上完全有权教训我们，因为如果我们的开销通不过审查，或者由于未支付的发票而被禁飞，这些问题的严重程度一点不比其他问题低一丝一毫。”

“未支付的发票不会把你吸到太空里。”吉茜嘟囔了一句。

“你知道我想表达的是什么。”希斯克斯回应道。

吉茜叹了口气，低头看着自己的脚趾头说道：“罗斯玛丽，我为我的愚蠢行为道歉。”她举起刚买的那块香皂，仿佛在向皇室行礼，“为表达我的歉意，请接受我的香皂。”

罗斯玛丽小声笑了起来，说道：“没事啦。”她发现自己没有被嫌弃，感到如释重负。“收好你的香皂。”

吉茜想了想，问道："至少让我请你吃顿午饭？"

"真的吗？好吧。"

"让她请你吃饭吧，"希斯克斯说，"否则她又要塞给你其他奇怪的道歉礼物了。"

"喂，至少你很喜欢我请你吃的十二日果酱蛋糕。"吉茜说。

"的确。"希斯克斯回应，"我甚至有点希望你能多把我的平板搞坏几次。"

"我把她的平板弄到一锅汤里了。"吉茜向罗斯玛丽坦白道。

"然后她还把手伸进了锅里去捞它。"希斯克斯补了一句。

"条件反射嘛！"

"于是，她在医疗舱里待了一个小时才处理好烫伤。"

"不管怎样，你吃到了果酱蛋糕，别损我了。"

希斯克斯指了指罗斯玛丽的平板："吃东西之前，我们在这个区还有其他东西要买吗？"

罗斯玛丽翻了翻清单："我想应该没了。你不是说还想买洗鳞片的吗？"

"是的，但我不太喜欢这个摊位上的。"希斯克斯回答，"介意我们再逛逛吗？"

三位船员又逛了几个摊位，寻找鳞片清洁剂。摊主们要么抱歉地表示不卖这种东西，要么露出满脸的疑惑。还有一个长脖子的拉鲁人，发誓他的全能沙漠盐也能用来清洗鳞片。吉茜扯了扯希斯克斯身上的背心："我打赌那位女士有你要的东西。"她边说边指。

"哪里？"希斯克斯转身问道。当她看到吉茜指的摊主时，脸上的表情柔和下来。那是位安德瑞斯克老妇人，她坐在一顶小小的编织遮篷下，身旁的三面都摆着桌子，上面放满了手工制作的商品。她身上的羽毛已经褪色了，边缘破损且稀疏。她的皮肤上也布满裂痕，和羽毛一样显现出老态。但她却穿着一条柔软干净、色彩鲜艳的背带裤，两条背带庄严地挂在她长满鳞片的双肩上。

希斯克斯用雷斯基特语自言自语了几句。罗斯玛丽完全听不懂从她嘴里发出的啜啜声，但她看到吉茜的眉头紧锁。希斯克斯朝她的同伴们伸出一只手掌，说道："抱歉，姑娘们，在这里等我一会儿。不会太久。"她走向那位老摊主，对方忙着搅动一杯热气腾腾的液体，没注意到希斯克斯的靠近。

罗斯玛丽和吉茜面面相觑。"你知道她刚刚说了什么吗？"罗斯玛丽问道。

"我的雷斯基特语不怎么样，"吉茜说，"但她的声音听着有些不安。不知道她要干什么。"她朝着旁边的长凳点了点头，"我想，我们不如坐下聊聊天吧。"

她们坐了下来。

摊主抬起头看到了希斯克斯。老妇人露出微笑，但脸上带着几分犹豫，似乎有点尴尬。罗斯玛丽看到希斯克斯的嘴在动，可距离太远了，她听不清（即使能听清，她也听不懂雷斯基特语）。希斯克斯边说，边伸手轻轻比画着，犹如一小群飞鸟在扑扇着翅膀。老妇人的手也随之挥舞回应着。起初，她们的动作并不协调一致，可随着对话的进行，她们开始互为镜像。

"你能看懂安德瑞斯克人的手语吗？"罗斯玛丽问。

吉茜原本正抓着自己的一缕头发编小辫玩，听到罗斯玛丽的问题后抬起头看了一眼摊位的方向。"不太懂。希斯克斯教过我一点，但都是最基础的表达，'你好''谢谢''有你陪伴我很开心，但我不想和你做爱'，诸如此类。"她盯着希斯克斯和老摊主好一会儿，还是摇了摇头，说道："看不懂。她们太快了。但希斯克斯的嘴也没闲着，这很有意思。"

"如果她在用手语，为什么还要说话呢？"

"不，不，那不是手语，雷斯基特语里没有手语。"

罗斯玛丽有些疑惑，问道："这个问题有点蠢——那它是什么呢？类似于面部表情，或者是汉特语中的手势？"

"不，"吉茜从口袋中掏出一根丝带，绑住她刚编好的发辫，"雷斯基特语里的手势表达的内容要么是太简单，不值得开口说，要么是太私人，不想让别人听到。"

"太私人？"

"对，很重要却很难开口的话，比如关于爱、恨和恐惧。当你有很重要的话要对人讲时，你会吞吞吐吐说不出口，或者对着镜子反复练习才放心，对吧？安德瑞斯克人没有这种烦恼，他们会用手势来避免这些尴尬的情况。他们认为，重要和深刻的情绪有很强的共性，可以通过简单的手势来表达，即便引起这些情绪的具体事件是不同的。"

"这一定帮他们节省了不少时间。"罗斯玛丽不禁想到，她曾经花无数时间思考如何在艰难的对话中让自己词能达意。

"这是真的。不过，他们曾经也用手势辅助口头表达，这是为了强调你嘴里出的话，让对方理解你是认真的。希斯克斯告诉我，他们现在还会这么用，但这种方式已经过时了，只有在特殊场合才会用上。"她边说边朝着对面的摊位点了点头，两个安德瑞斯克人正在同时打同样的手势。"从她们现在的沟通方式可以看出，希斯克斯非常尊敬她，并且很真诚。"

"但她不认识这位摊主，对吗？"

"不知道。应该不认识吧。不过，摊主很老了。也许她是为了方便跟她交流，才用这种过时的方式吧。"

罗斯玛丽注视着对面的两个安德瑞斯克人。她们手上的动作优雅而迅速，仿佛在跳舞。"她们是如何做到动作一致的？"她问道。

吉茜耸了耸肩，说："我猜她们应该是就什么事情达成了共识。"她突然扬起眉毛，"噢，比如那件事。"

希斯克斯背靠着其中一张桌子坐了下来，张开双腿。老妇人朝着希斯克斯的正面弯腰俯下身。她们根据这个姿势，调整好尾巴的位置。老妇人把头凑到希斯克斯胸前，闭上了眼睛。希斯克斯用一只手掌按住老妇人的腹部，将她搂入怀中。她的另一只手张开手指，在老妇人的鳞片和羽毛间游走，极尽温柔。在人类眼中，她们仿佛一对重逢的恋人。这样的场景理应出现在卧房门内，丝毫不像是两个陌生人在露天集市上相遇后的举动。即便隔着一条街，她们也能辨认出老妇人脸上的表情——她沉浸在极大的幸福之中。

罗斯玛丽简直不知所措。她知道安德瑞斯克人向来纵情享乐（这是以人类的标准下的判断，她提醒自己），但事情的走向完全出乎她的意料。"唔，"她小声说，"所以……"

"我也不知道。"吉茜说，"安德瑞斯克人之间是怎么回事，我怎么会知道呢？"她沉默了几秒钟，"你觉得她们是要开始了吗？"她小声问道，身体前倾，像孩子一样充满好奇。"我打赌她们是要做了。我的天哪，在这里做不会犯法吧？噢，希望是我多想了。"

不过，她们并没有交配。虽然镜像亲密行为持续了整整半个钟头，她们爱抚羽毛、轻触脸颊，完全无视路人的眼光。其间，还有另外两个安德瑞斯克人从旁边经过，他们连看都没看一眼，好像一切并没有发生。罗斯玛丽不知道自己该不该把目光移开。希斯克斯显然不在意谁在看她们。罗斯玛丽看着看着，渐渐不觉得她们的行为有多么怪异了。没错，它让人感觉到陌生和突然，但并没有引起不适。她们的肢体摆动的方式和她们彼此抚摩的温柔，似乎带着某种难以言说的美感。罗斯玛丽发现自己甚至有点嫉妒——具体是嫉妒老妇人还是希斯克斯，她也说不清楚。她也对自己的想法感到疑惑。一时间，她竟希望也有人能像这样关注和爱抚她，她也有足够的自信报以同样的回应。

终于，老妇人的手轻轻抖动了几下。希斯克斯停了下来，扶着老妇人站起身来。她们开始在老妇人的摊位上翻找起来。希斯克斯选中了一罐鳞片清洁剂，然后伸出手腕，扫描付款。她们又交谈了几句，但没有打手势，看起来就像是顾客和摊主之间的正常对话。这让刚刚发生的一切显得更加不真实。

老妇人伸手从自己的头上拔下了一根羽毛，拔的时候忍不住皱了皱眉头。她将羽毛——一根褪色的蓝羽毛——交给希斯克斯。希斯克斯接了过去，低下头深深地鞠了一躬。她的表情似乎充满感激。

"噢，哇哦，"吉茜边感叹，边做双手捧心状，"我还是不明白发生了什么。但看到她们这样，我感觉我的心都要化了。"

"什么？"罗斯玛丽继续盯着那两个安德瑞斯克人，好像一直盯着就能明白是怎么回事似的，"她们这是什么意思？"

"你去过希斯克斯的房间吗？"

"没有。"

"好吧，她房间的墙上，挂着一个又大又花哨的边框，里面装满了很多安德瑞斯克人的羽毛。据我所知，每个安德瑞斯克人都有一个这样的框。如果你是安德瑞斯克人，并且有人对你的生活产生了某种实际的影响，你就会给那个人一根你的羽毛。你也会收藏好你从其他人那里得到的羽毛，它们象征着你结交的关系网。墙上挂的羽毛越多，说明你的影响力越大。这对大多数安德瑞斯克人来说，是生活中最重要的事情了。但他们不会随随便便就把羽毛送出去，你不会因为比如帮人搬东西或请人喝东西之类的事情得到羽毛。得是会跟随你终生的经历，但也可以发生在两个陌生人之间。噢，喂，快看！"吉茜朝着希斯克斯扬了扬下巴，她也拔了一根自己的羽毛送给老妇人。

"希斯克斯给你送过羽毛吗？"罗斯玛丽问道。

"送过，时间有点久了，在她的一位养父去世之后。当时他已经很老了，但她还是很伤心。我把她带上了穿梭机，开到星云中心区域，好让她能号叫几个小时发泄下。第二天早上，我就收到了羽毛。我猜，船上的人们应该都收到过她的羽毛。好吧，科尔宾除外，他很可能没收到过。"

希斯克斯回到长凳旁边，手里拿着那罐鳞片清洁剂。她看了看吉茜和罗斯玛丽。"我……显然需要跟你们做些解释。"

"呃，是的，"吉茜说，"最好能解释下。"

希斯克斯朝着路边点了点头，示意她们跟上："像她这样上了年纪的安德瑞斯克人本应在一个有房子的家庭里安顿下来，承担育雏的工作。"

罗斯玛丽试图回忆起她曾经了解过的关于安德瑞斯克家庭结构的知识。年幼的安德瑞斯克人会由社区里的老年安德瑞斯克人照料，而非他们的亲生父母。这一点她是知道的。随着安德瑞斯克人年龄的增长，他们会经历好几个家庭阶段。具体的细节罗斯玛丽已经记不清了。

"也许她只是不想回归家庭呢，"吉茜说，"也许她更喜欢外面的生活。"

"不，"希斯克斯说，"因为她有社交障碍。"

"她很害羞吗？"罗斯玛丽问。

"她是个拉歇克病人。克利普语里没有对应的词。她的病会让她很难跟其他人打交道。她很难理解其他人的意图，而且她的表达能力也有问题。我刚接近她时，她就表现得很明显了。我提出和她做爱时，她很难理解我的意思。所以，没错，你可以说她很害羞，但不只是害羞，她还有理解障碍。这让她看起来有点……怎么说呢，奇怪。"

"为什么要跟个怪胎亲热呢？"吉茜问。

"行为怪异并不代表她不值得陪伴。她经营着一个摊位，而不是住在某处农场里，这说明她没有寄宿家庭。没错，有些老人的确会选择不住在寄宿家庭里，但她连羽毛家人都没有，这也太……"希斯克斯颤抖得说不下去了，"群星啊，我想不到比这更糟糕的事了。"

罗斯玛丽望着希斯克斯。她想不起希斯克斯刚刚说的关于安德瑞斯克人家庭的知识点了，但她至少理解她想表达的情绪。"你安慰了她。这就是你刚刚做的事情。你只是想让她知道有人在乎她。"

"没人应该孤身一人。"希斯克斯说，"无人陪伴，无人抚慰……恐怕是对一个人最可怕的惩罚了。而且她并没有做错什么，她只是有点不一样。"

"这里还有很多其他安德瑞斯克人，他们为什么不帮帮她？"

"因为他们不想。"希斯克斯的声音愈加愤怒，"我和她在一起时，你们看到从旁边经过的两个安德瑞斯克人了吗？他们是当地人，我敢确定。他们认识她，我能从他们的眼神里看出来。他们不想惹事上身。她在他们眼里是个麻烦。"希斯克斯说话时，张开了身上的羽毛，亮出了尖利的牙齿。

"别被安德瑞斯克人言语上的温暖和行为上的亲昵给欺骗了，"吉茜对罗斯玛丽说，"安德瑞斯克人里也有浑蛋。"

"噢，我们中当然也有。"希斯克斯说，"不管怎样，抱歉让你们久等了。希望我没让你们感到尴尬。我知道人类会——"

"不，"罗斯玛丽说，"不，你刚刚做得很棒。"她望着这个和她并肩而行的安德瑞斯克女人，她的长相和行为都很奇怪，但罗斯玛丽却发现自己已经深深喜欢上她了。

"没错，很棒，希斯克斯好样的。"吉茜附和道，"可我快饿死了。吃什么好呢？面条？烤肉串？冰激凌？我们是成年人了，午饭想吃冰淇淋也不成问题。"

"别了吧。"希斯克斯说。

"对，我忘了，"吉茜大笑道，"她吃了冰激凌会闭不上嘴。"

希斯克斯反驳道："我从来不明白，为什么会有人发明出这种冻死人的食物。"

"嗷！我们吃蚱蜢怎么样？"吉茜建议道，"我真的觉得蚱蜢是个好主意。唔，烤得暖烘烘的圆面包，夹上蚱蜢、辣椒和脆脆的洋葱……"她望着罗斯玛丽，眼神里充满了渴望。

"我不记得上次吃蚱蜢是什么时候了。"罗斯玛丽说。她撒了谎。她根本没吃过。她对蚱蜢汉堡这种街边小吃一无所知。此刻，她想到，如果她的母亲看到她和一群人体改装控、走私贩子和手腕芯片窃贼共用一张桌子，用油腻的纸包着虫子做的三明治大快朵颐的样子，不知道会做何反应。她咧嘴笑道："听起来是个好主意。"

阿什比伸手搂住了身旁的这具赤裸的躯体。遇到她之前，他也有过其他恋人，抚摸过很多具躯体，但她的却与众不同。她的皮肤上覆盖着细小的鳞片——她的鳞片不像希斯克斯的那样层叠厚重，而是严丝合缝的。她的皮肤是银色的，几乎能反光，犹如河中鱼。尽管他已经看过她千百遍，尽管他已习惯了她的陪伴，但他在注视她时，仍会有片刻的失语。

当然，一个艾卢昂人能正中一个人类的所有审美要害，纯属巧合。在整个银河系里，美是一个相对的概念。也许全人类都觉得哈玛吉安人面目可憎（哈玛吉安人其实也是这样看待人类的）。至于安德瑞斯克人，那得看是谁——有些人喜欢他们的羽毛，也有些人受不了他们的牙齿和爪子。还有长着很多条不停晃动的腿和锯齿状颚的罗斯克人，即便他们没有地毯式突袭边境殖民地的习惯，也会被视为只有在噩梦里才会出现的家伙。可艾卢昂人却是一个进化中的意外。他们拥有的外貌，能让大多数人类叹为观止，并且不禁感叹道："好吧，你真是个高级的物种。"艾卢昂人的四肢、手指和脚趾无疑是异于人类的，但他们的举止极为优雅。他们的眼睛很大，但大得不夸张。他们的嘴巴很小，但小得不过分。根据阿什比的经验，很难有哪个人类能够抵抗艾卢昂人的魅力。即便是从客观的审美视角来看，他们也是美丽的生物。艾卢昂女人没有乳房，但自从和佩交往后，阿什比觉得这对他而言也不是什么问题。这一定会吓坏十几岁时的他。

　　阿什比躺在佩的身旁，觉得自己就像一个多毛又笨拙的邋遢鬼。但考虑到他们俩刚刚共度了一段长达两个小时的美好时光，他觉得自己应该还没那么糟糕。也许她并不在意他邋遢的外貌，这也说得通。

　　"你饿了吗？"佩问道，但没张嘴。作为一个艾卢昂人，佩的"嗓音"是由内嵌在她喉咙底部的话匣子人工合成的，她的神经系统可以控制话匣子。她将这种说话方式比作边思考要说什么边打字的过程。艾卢昂人天生没有听觉，他们与同类交流也不需要通过口头表达的语言。他们可以用色彩交流——具体来说，他们的面颊上有五彩斑斓的色块，不停地闪烁变幻，犹如肥皂水吹出的泡泡表面。然而，当他们开始与其他物种交流时，口头表达是必不可少的，所以就有了话匣子。

　　"我快饿死了。"阿什比说。他知道，当他说话时，从他嘴里发出的声音会被她前额植入的一块珠宝似的收音器采集到。她的大脑不具备任何处理声音的能力，植入的收音器将他的语言转换成她能理解的神经信号。他虽然不太明白其中的原理，但他敢说，大部分技术宅也不懂。他只需要知道那东西管用就行了。"在谁的房间里？"他问道。这也是他们俩约会时标准操作流程的一部分：叫客房服务时，确保只有一个人在房间里。

"我们先看看菜单上都有什么。"她把手伸到床边，从旁边的桌子上拿来一份菜单，"我们有多大的概率能找到呢？"

这是他们俩之间的一个老玩笑了，说的是他们能同时在一份客房服务的菜单上找到想吃的食物的概率有多大。针对多物种设计的菜单，往往本意是好的，但实际效果时好时坏。"三七开吧，"他说，"我猜会对你的胃口。"

"怎么讲？"

他指了指菜单，说道："因为他们有一整栏的菜品都是鱼子做的。"

"噢，的确是。"

佩在研究鱼子菜品时，阿什比自上而下地打量起她的身体。他的目光掠过她的臀部，瞥见一道凸起的疤痕，很显眼，是奶白色的。之前他没注意到，但此刻，他看到后感觉有点不安。"这个疤是新的。"

"什么？"她扬起脖子抬头看了看，"哦，这个呀。是的。"她低头继续研究菜单。

阿什比叹了口气，熟悉的沉重感再次袭上心头。佩有太多伤疤了——她的背上布满了一条条凸起的疤痕，腿上和胸口上还有愈合的弹孔，以及由于经常使用脉冲来复枪，身上留下了枪托长期挤压变形的痕迹。她的身体犹如一张展示暴力痕迹的挂毯。阿什比对一名运货船驾驶员需要冒多大的危险再了解不过了。但不知怎的，每当他看到她干净整洁的衣服和她擦得锃亮的灰色飞船，感到她的机智幽默，听到她悦耳的嗓音，就会产生错觉——似乎她从事的是一份非常得体又惬意的工作。直到他亲眼看到她被伤害后留下的证据，他才想起，她过的是怎样凶险的生活——那是一种他无法与她共度的生活。

"我该问吗？"阿什比抚摸着她皮肤上的伤疤，问道。她往后缩了缩，不让他看到这条新疤痕有多长。但它显然贯穿了她的整个后背，并且越来越宽。"见鬼，佩，它太大了。"

佩把菜单放在她的胸口，盯着阿什比，问道："你真的想知道吗？"

"想。"

"如果告诉你会让你更担心，我就不会说。"

"谁说我担心了？"

她伸出一根手指，用指尖抚摩他皱起的眉心。"你很关心我，但说谎技术很差。"她翻过身，和他面对面坐着，"卸货地点出了点……事故。"

"事故？"

她的第二双眼睑颤动起来，双颊变成了浅黄色，上面泛着红色的斑点。色彩语言这么复杂的东西，阿什比根本不可能学会，但他已经对这些色彩的变幻熟悉到可以辨别情绪的程度了，比如佩此刻的情绪正介于恼怒和尴尬之间。"它听起来很严重，但实际上并没有那么严重。"

阿什比用手指拍了拍佩臀部上的疤痕，等着她往下讲。

"噢，好吧。我们被一小支罗斯克突击队袭击了——容我强调一下，真的是一小支，非常小。他们的袭击目标是基地，不是我们，但我们受到了一点牵连。长话短说，结果我爬到了他们其中一个人的头上……"

"你什么？"罗斯克士兵是为战斗而生的，这一点写进了他们的基因里。他们有普通人类的三倍那么高大，长着多条奔跑速度极快的腿，浑身长满尖刺和角蛋白外壳。考虑到实力如此悬殊，他觉得自己根本不可能在遇到一个冲过来的罗斯克士兵时还不临阵脱逃，更不要说爬上对方的头。

"我告诉过你了，这听起来会很糟糕。不论如何，她此生做的倒数第二件事，就是把我从她的头上扯下来，朝一堆板条箱扔了过去。

我掉下来的过程中，她又趁机用嘴接住了我。我身上穿的防护装备还不错，可罗斯克人的颚——"她摇了摇头，"你在我屁股上看到的疤，是她的颚刺划过留下的。但其实这对我是件好事。我在她的嘴里更方便找到她身上的弱点，从而发起攻击。"

阿什比咽了下口水，说："所以你……"

"不，那还不足以杀了她。我的飞行员开的第二枪才算致命。"她扭过头，第二双眼睑朝内收起，"你好像很在意。"

"很难不在意吧？"

"阿什比，"她伸手摸了摸他的脸，"你不该问的。"

他用手掌圈住她的后腰，把她搂进怀里："我真希望这场战争能够结束。"

"你知道的，这些伤疤中的大多数，"她拉起他的手，触碰了一遍她身上的所有伤疤，"都是在银河系共和国的区域内留下的。这里，是拜一个想抢我飞船的阿卡拉客人所赐。这里，是一个不想让我举报他卖假机器人的走私贩子留下的。还有这里，是出自一个基因改造狂之手，他当时只是因为心情不太好。在没有争端发生的太空里，没人保护我。那里只有我。只要接了军方的活儿，我在外面会受到护送，在行星上卸货时，会有武装人员守卫。从很大程度上而言，执行军方任务更安全，报酬也更丰厚，而且他们也不是把我直接送上前线战场。只要我卸下货物，就可以立刻掉头回家。"

"这些……事故经常发生吗？"

"不。"她端详着他的脸，"我被袭击和我朝别人开枪相比，哪个更让你困扰？"

阿什比沉默了片刻。"前者。我并不在意你对那个罗斯克人开枪了。"

她伸出一条腿，盘在他的一条腿上，说道："听到一个移民说出这样的话，还真是出人意料。"和银河系共和国里的其他任何人一样，佩深知移民都是和平主义者。在他们离开地球进入太空之前，这些难民就知道，想要存活，唯一的方式是团结在一起。他们认为，他们要将人类血腥战乱的历史画上句号。

"我不知道我能不能解释清楚，"阿什比说，"我不希望战争发生，但我不会对参与战争的其他物种侧目而视。我的意思是，你所做的事情，我不觉得它们有什么错。罗斯克人在不属于他们的区域里滥杀无辜，跟他们也没有任何道理可讲。我不想这么说，但就这件事而言，诉诸暴力是唯一的选择。"

佩的脸颊变成了忧郁的橙色，说道："的确。我只是在战争的边缘游走，在我看来……相信我，阿什比，这场战争不可避免。"她若有所思地呼出一口气，"你会觉得我是个坏人吗？我不知道怎么说，因为我是从士兵手上接活儿。"

"不。你不是唯利是图的雇佣兵，你所做的只是给人们提供补给。这么做没错。"

"那我朝罗斯克人开枪的事呢？朝那个把我叼在嘴里的家伙开枪？你知道这不是我第一次……自卫。"

"我知道。但你是个善良的女人，你不得不做的那些事并不能改变这一点。而且，你的种族——你们知道如何终结战争，真正地终结它。你们没有好战的血液。你只是做了你该做的事情，并没有越界。"

"并不完全是这样。"佩说道，"我们的历史，也和其他种族的一样，有过黑暗的时期。"

"也许吧，但和我们不同。人类无法应对战争。据我对人类历史的了解，战争只会激发出人性丑恶的一面。我们没有……成熟到足以应对战争这样的事情。一旦开始，就无法结束。我都能感受到我自己，你知道的，有那种发泄怒意的暴力倾向。你没见过我失控的样子。我不会假装我了解战争。但作为人类，我们的体内暗藏着危险的因素。因为它，我们差点毁了我们自己。"

佩用她修长的手指把玩着他卷曲的头发。"但你们不会的。你们已经得到了教训。你们正在努力进化。我觉得银河系中的其他物种低估了你们。"说着，她的脸变成了狡猾的绿色，"太阳系人类的动机还是有点可疑。"

他大笑起来，说道："嗯，并不是因为你有偏见之类的。"

"如果我有偏见，也是你的错。"她把身体靠在枕头上，"别转移话题！你还没有说完你原本的想法呢。"

"什么想法？"

"是什么真正让你感到困扰。"

"啊，对。"他叹了口气。他凭什么跟她谈论战争？除了相关的新闻资讯和历史参考文件，他对战争到底有多少了解？对他而言，战争不过是个故事，它发生在他不曾去过的地方和他不曾认识的人身上。他跟她谈论战争，这感觉有点侮辱的意味。

"继续。"她说。

"那个咬了你的罗斯克人，死了？"

"对。"她是在陈述一个事实。语气里不带着悔恨，也不带着骄傲。

阿什比点了点头，说："这就是让我困扰的地方。"

"你的困扰是……一个罗斯克人死了？"

"不，"他拍了拍他的胸口，"这里，这里的感受，它让我感到困扰。我听到你对别人开枪了，我还为此感到开心。我很开心你在她继续伤害你之前阻止了她。我很开心她死了，因为这意味着你还活着。我要怎么看待我自己？我要怎么做到在看到你做了我谴责我的同类做过的事情后而感到如释重负？"

佩凝视了他良久。她朝他身边靠近。"这意味着，"她边说边用额头抵着他的额头，用她柔韧的肢体抱住他的身体，"你比你以为的更懂暴力。"她用手指摸了摸他的脸，脸上闪过一丝忧虑，接着说："考虑到你要去的地方，这很好。"

"我们不是去战区。委员会说那里的情况完全稳定。"

"呃，哈，"她直截了当地说，"我从来没有直视过托雷米人的眼睛，但他们在我看来绝对称不上稳定。他们会在我们还没反应过来、我们已经出发之前，就把我们的先遣队成员的残尸送回来。我不认可这样的盟友，也不想让你去那里。"

阿什比笑道："这话竟然是从你嘴里说出的。"

"这不一样。"

"当真？"

她的眼神一变，恼怒起来，说道："是的，当真！我知道该把枪的哪一端指向别人，而你甚至从没拿起过一把枪。"她呼出一口气，脸颊变成浅橙色，"这么说不公平，我很抱歉。我只是想说，我了解你。我知道你很可能已经做过长时间的慎重考虑。但我不了解托雷米人。我知道的信息都是听说的。而且，真的，求求你了，阿什比，一定要小心。"

他亲吻了下她的额头，说道："现在，你知道你每次离开时我的感受了吧？"

"这种感受很糟糕，"她挤出一丝笑容，"我希望你不要有这种感受。但我觉得，从某种程度上来说，它是件好事。它意味着，你就像我在意你那么在意我。"她拉起他的手，放在自己的臀部上，"我喜欢这种感觉。"

他们决定一个小时之后，再考虑客房服务的事情。

早衰

欧翰安然地坐在他们的房间里，凝视着窗外的黑洞。他们还能回忆起宿主童年时银河系的样子——平淡、虚无，空无一物。后来，耳语者感染了宿主，整个宇宙都变了。没有被耳语者感染过的大脑，根本感知不到丰富多彩的世界。他们的异种同伴就是如此。欧翰同情他们。

若仅用肉眼望去，欧翰能看到黑洞吸积盘的边缘发生的活动，这与其他船员能看到的无异。一群帽形无人机正在离黑洞边缘最近的安全距离上飞行。如若再往前飞，就会被黑洞吸入吞噬。它们在旋涡状的裂缝附近穿梭。在普通观察者看来，它们似乎只是用梳齿状的机翼留下星尘的拖痕。但如果欧翰用他们被感染的大脑去看，经过大脑的计算和理解，飞船外的太空就会变成绚丽夺目的存在。无人机的机翼周围，原始的能量翻滚沸腾，仿佛巨浪将海中的残骸冲到了岸边。梳齿状机翼的边缘缠绕着能量发散出的卷须，不停地扭动着，似乎在慢慢渗透到无人机群当中。抑或这一切都是欧翰想象出来的。他们紧贴着舷窗，充满敬畏地望着外面的景象。以及他们又想起，其他船员只能看到，在漆黑空旷的太空里，几架小无人机在收集看不见的货物。

"在他们眼中，整个宇宙可能都是静止的吧，"欧翰心想，"寂静无声。"

那些看不见的货物，正是他们的船长需要采购的东西。阿什比此刻可能还想着在采购安比能量电池时该怎么讨价还价。原始的安比能量——欧翰能通过大脑在任何地方的任何事物上看见的东西——很难收集。安比虽然无处不在，但它将自己缠绕在物体上的方式让分离它成为一项困难的任务。利用相应的技术，它能被分离开，但过程相当枯燥、冗长——从物体周围一点一点去剥离很费力气，并不值得。而从物质已经被任何智慧生物都无法造就的强大力量摧毁的地方去收集安比能量，则容易得多，比如从黑洞周围。黑洞永远被自由漂浮的由安比能量构成的汹涌海洋环绕着，但靠近那里去收集它显然很危险。对安比商人们来说，冒这种险很值得，尤其是这样还能得到额外的津贴。虽然安比能量非常昂贵，但它是唯一能驱动"旅行者号"超空间钻头的能量。对他们的船来说，它是必需的开销，但每次采购完，阿什比都会郁闷一阵子。欧翰见过完全用安比能量驱动的飞船，他们如果那样奢侈，就难以维持生计了。

　　欧翰捡起脚下洗手池旁的剃刀，边用它给他们的毛发剔出花纹，边用他们的舌头有节奏地打着拍子。毛发上的花纹和舌头打的拍子对其他船员来说毫无意义，但却对欧翰意义重大。每一处花纹都代表了宇宙的真相，每一串拍子都暗藏着宇宙的数学奥义——它们是每对西亚纳共生体都深谙的符号和声音。西亚纳共生体们将宇宙的层次感留在皮肤上，用唇舌来演绎宇宙的节奏感。

　　突然，一阵刺痛从他们的手腕深处传开，西亚纳共生体一下子无法控制他们的手。剃刀滑落，刮破了他们的皮肤。欧翰叫出声来，惊讶的成分远高于疼痛。他们用另一只手的手指按住伤口，来回摇晃了一会儿，疼痛的感觉便不再那么强烈，而是变成了轻微的灼热感。欧翰呼出一口气，低头看了看伤口——少许血液流了出来，弄湿了一小块毛发，结成了厚厚的一团。不过，剃刀割得不深。欧翰身体僵硬地站在原地，然后走向橱柜，找了些绷带。

这是衰老的第一阶段：身体僵硬和肌肉痉挛。最终，疼痛会深入他们的骨骼，他们的肌肉会变得越来越难以控制。接下来，疼痛会完全消失，但这只是死神的伪善，这说明他们的神经纤维已经开始坏死了。再接下来，死亡便会降临。

衰老是西亚纳共生体生命中不可避免的阶段。虽然耳语者病毒解锁了宿主的大脑，但它也缩短了宿主的寿命。据记载，西亚纳非共生体的寿命可以超过 100 个标准年，他们是拒绝被病毒感染的宿主，这种亵渎之罪会让他们受到同类的驱逐。但没有任何一对西亚纳共生体的寿命超过 30 个标准年。经常会有异族医生主动要求帮忙治疗他们的早衰问题，但一直遭到拒绝。治疗过程会破坏耳语者病毒的基因稳定性，这是不能被容忍的事情。感染是神圣的，不能擅自干预。能够开眼看宇宙，早衰的代价是值得的。

即便如此，欧翰还是会害怕。他们可以将自己从这种恐惧中隔离开来，但它仍然徘徊不肯离去，就像残留在喉咙里的令人不悦的味道。恐惧，这类返祖的情绪，原本是为了刺激原始的生命形式躲避潜在捕食者。这是生命普遍具备的稳定特征。我们会对拒绝、批评、失去产生恐惧——这每一种恐惧都是由同样一种原始的生存反射引发的。欧翰知道，自己对死亡的恐惧不过是因为宿主大脑里的某些原始的遗传物质得到了表现，这与手碰到火就会立马躲开同理。当他们理性思考时，他们就会认为，死亡不足为惧。他们为什么要惧怕所有生命形式都会面对的事情呢？从某种程度上说，早衰对欧翰是一种安慰，这意味着他们没有因遭遇意外而提前死亡。

只有阿什比和主厨医师知道欧翰开始早衰了。船长试图维持一切如常，虽然他经常会低声询问欧翰感觉如何、他能否做点什么帮帮他们。至于善良的主厨医师，他早就联系到西亚纳医生，去学习早衰带来的影响。在"旅行者号"离开科里奥尔港几天后，主厨医师就给欧翰开了好几种自制的酊剂和茶汤，原料是缓解疼痛的草药。欧翰虽然一如既往地深受感动，但他们却不知道如何恰当地表达感谢。西亚纳文化里没有赠送礼物的行为，欧翰也一直无法对此类行为做出回应。他们相信主厨医师了解这种社交局限。其实，主厨医师能够读懂其他人的心，和欧翰能看到宇宙的真相是一个道理。欧翰经常在想，主厨医师是否知道礼物是什么。

绑好绷带并清理完血迹后，欧翰回到了舷窗边。他们拿起剃刀，边剃着身上的毛发，边用腮帮子打着拍子。他们边这么做，边思考给予帮助的目的。主厨医师的目的是治愈病痛，阿什比的目的是团结船员。接受早衰和他们的目的背道而驰。对他们而言，接受同伴的死亡很难。欧翰希望他们知道，他们有多感谢他们的帮助。

欧翰给自己设定的目标是成为领航员，为那些无法洞悉宇宙之奥妙的人揭开它的真面目。一旦死亡，欧翰就再也不能追求这一目标了。他们不得不承认，这让他们感到难过。至少，他们还有时间再完成一次任务，就是这次飞往赫德拉·凯的开凿任务。早衰刚刚进入第一阶段。在情况加重前，他们还有足够的时间进行一次开凿。欧翰希望阿什比不会因为他们要在"旅行者号"上迎接早衰的最终阶段而感到难过。能够在达成人生目标的飞船上死去，是欧翰所认为的最好的选择了。

欧翰又望了一眼黑洞。他们闭上双眼，脑内浮现出一大片物质碎片的采集地带，连绵起伏，没有尽头。拉若泊，西亚纳语言里用这个词来形容这种形状。还有格鲁斯，这个词是用来形容看不见的物质的颜色。克利普语里没有形容看不见的颜色或形状的词语。他们曾试图向其他船员形容他们所看到的，却感到词穷——抽象的描述无法突破船员们大脑的局限。欧翰更喜欢独自欣赏这壮丽的景观，尤其是此刻。身处的黑洞边缘，是思考死亡的绝佳地点。宇宙中没有什么是永存的。任何一颗恒星，任何物质，都会消逝。

剃刀割破了皮肤。欧翰的手腕感到疼痛。天空中的景象开始翻滚，却并不会被其他人看见。

资讯源：雷斯基特自然科学博物馆 —— 档案图书馆（公共语 / 雷斯基特语）

项目名称：关于银河系的思考 —— 第三章

作者：欧什特－特克什瑞克特　厄斯克－拉伊斯特　艾斯－厄哈斯　基瑞什　伊斯克特－伊什克里斯特

加密：0

翻译路径：【雷斯基特语－克利普语】

转录方式：0

节点标识符：9874-457-28，罗斯玛丽·哈珀

银河系里的智慧生物在初次见到其他物种的个体时，无一例外都会马上关注他们与自己在生理构造上有哪些不同。我们永远会首先关注到这些：他们的皮肤和我们有什么不同？他们有尾巴吗？他们怎么行走？他们怎么拿东西？他们吃什么？他们是否具备我们没有的能力？或者，我们是否具备他们没有的能力？

上述这些都是很重要的差异，但还有一种对比更重要。一旦我们在心中默默完成了他们和我们自身的对比，我们就会开始进行类似的其他对比 —— 不再是拿我们跟他们比，而是拿他们跟我们身边的动物比。我们中的大多数人从小被教育过，这样对比是有侮辱意味的。口语中很多针对不同种族的贬损都是和非智慧生物的名称相关的。比如，人类会用蜥蜴来形容安德瑞斯克人，奎

林人会用提克来形容人类，安德瑞斯克人会用塞什来形容奎林人。虽然这些叫法令人不悦，但客观地研究它们能够反映出不同物种对生理构造的主流审美偏好。抛开所有贬损的暗示，我们安德瑞斯克人的外貌的确与地球上的某些原始爬行动物有相似之处。人类的确长得像在奎林人城市下水道里泛滥成灾的无毛灵长动物，只不过体形更大，并且用双足行走。奎林人也的确和遍布整个哈什卡斯的会咬人的甲壳类动物有些类似。然而，我们都是各自进化而来的，分属不同的世界。我的同胞和地球上的蜥蜴并不共享进化树，人类和提克、奎林人和塞什，也是如此。我们起源于银河系里完全不同的地方。我们诞生的星系已经维持了数十亿年的封闭状态，各自的进化史也完全不在同一条时间线上。我们怎么可能在初次见到银河系里的邻居时，都立刻想起了各自星球上的生物，或者在某些情况下，想起了我们自己？

当我们开始透过表象的差异，看到更多相同点时，这个问题则变得越发复杂了。所有的智慧生物都有大脑。让我们思考一下这个似乎显而易见的事实。尽管我们进化的道路各不相同，却都产生了拥有中枢的神经系统。我们都有内部器官，都至少有一些相同的生理感觉：听觉、触觉、味觉、嗅觉、视觉和电感受。绝大多数智慧生物长有四肢或六肢，双足行走和对生拇指的现象虽然不是他们全体共有的特征，但也达到了惊人的普遍程度。我们都是由染色体和脱氧核糖核酸组成，而这两种物质本身也是由几种关键元素组成。我们都需要稳定地摄入水和氧气才能生存（虽然需求量各不相同），我们都需要食物。我们都会因大气压太高或重力场太强而扭曲变形。我们都会在极度低温和极度高温下死亡。我们都会死亡，那是所有生命的终点。

为什么会这样？为什么整个银河系里外表如此不同的生命

都遵循同样的模式——不仅仅是在当下，而是古往今来皆如此？我们在塞沙的阿卡尼克文明废墟里，在贫瘠的欧基克世界里的远古化石床里，都能看到这种模式。这是整个科学界数个世纪以来争论不休的问题，而且在可预见的未来，似乎也不会有答案。有很多理论试图做出解释——小行星携带了氨基酸，超新星爆炸将有机物释放到邻近的星系。而且，还有一个听起来神乎其神的故事，讲的是一种拥有超级智慧的生物在整个银河系里"播种"遗传物质。我承认，"银河系园艺师"的假设能支撑起我最喜欢的科幻作品里的桥段，但从科学的角度说，这不过是不切实际的幻想。没有证据支撑的理论是不成立的，这个故事显然并没有证据支撑（不论通信网络上支持这个故事的阴谋论者们如何吹捧它，试图让你信以为真）。

在我看来，最好的解释是最简单的。银河系是一个有规律可循的地方，重力有规律可循，恒星和行星的生命周期有规律可循，亚原子颗粒有规律可循。我们知道红矮星、彗星或黑洞形成需要的确切条件。那么，我们为什么不能承认，宇宙也遵循着严格的生物学规律呢？我们只在大小相近的陆地卫星和行星上发现了生命，它们都围绕着环境适宜的恒星运行，并且运行轨道都在距离恒星很窄的范围内。如果我们都是在环境如此类似的世界中孕育的，我们的进化路径如此相似也就不足为奇了。我们为什么不能得出这样的结论：特定的环境因素导致可预测的生命迹象发生？如此确凿的证据摆在我们面前，为什么还要为此争论不休？

答案当然是：生物学规律是几乎无法被验证的。科学家们痛恨这一点。我们可以发射探测器去验证重力和时空相关的理论，我们可以把岩石放进高压锅里，也可以在课堂上分离原子，但如何检验像进化这样耗时漫长且受多方面影响的过程呢？现在，有些实验室努力想筹齐能够支撑一个项目运作 3 个标准年的经费尚且不易，何况一个需要运转数千年的项目？！显然，我们不可能有效验证具体的生物进化发生所需要的条件，只能基于对事实最粗浅的观察（生物在有水的环境里会进化出鳍，在寒冷的环境里会进化出皮毛或脂肪层，诸如此类）。曾有人大胆尝试，想开发出能够准确预测进化路径的软件，比如艾卢昂人出资的特普·普里姆项目（它虽然抱着美好的初衷，但仍未揭开生物进化规律的奥秘）。此类尝试的问题在于：需要考虑的变量太多了，其中很多我们仍不了解。我们掌握的数据完全不够，并且我们对已经掌握的数据也尚未完全理解。

我们是银河系物理学的专家，我们居住在地表世界和行星轨道上面积巨大的空间站栖息地上，我们开凿亚层隧道，以便在星系之间穿行，我们轻而易举就能摆脱行星重力的束缚……但在面临"进化"这个难题时，我们无知且无力。我相信，这就是我的很多同僚仍然坚信遗传物质是由小行星和超新星散布到各处的原因。从很多方面来看，承认基因散布于整个银河系，比承认我们从未聪明到能够理解生命真正的原理，更容易让我们接受。

哈玛吉安殖民地历史介绍

希斯克斯在门口探头探脑。走廊里空无一人。如果动作够迅速，她也许能在不被任何人发现的情况下跑进医疗舱。

她抱起一件浴袍——是从吉茜刚洗干净的一沓衣服里顺手拿的——裹在身上，冲了出去。她跑的过程中感到一阵痒意从大腿向上蔓延到腹部。她把手掌伸进衣服里摩擦止痒，快要忍不住想用爪子去挠。她想脱掉浴袍，在金属地板上、粗糙的树皮上、打磨用的砂块上或者其他任何东西上疯狂地摩擦，只要她能止住这阵灼烧般的、令人痛苦的痒意。

"哇哦，希斯克斯，"詹克斯在拐角处差点撞到她，连忙停了下来，"你几乎把我撞——"他抬头看了她一眼，嘴里说到一半的话又被噎了回去。"我的妈呀，你看起来糟透了。"

"谢谢你啊，詹克斯，你这么说可真是帮了我个大忙。"她边说，边继续往前走。她告诉自己，她并不觉得尴尬，只是很生气。是的，她只是生气，气的是她这一生中到底要忍受多少次这种情况，气的是人们不肯在这种时候让她一个人静静地待一会儿。

"希斯克斯，嗨，"罗斯玛丽从门后出现，手里拿着平板，跟她打了个招呼，"我是来看——噢。"她瞪大了哺乳动物特有的湿润的双眼，惊得说不出话，伸出一只手捂住了嘴。

"我没事。"希斯克斯边说，边继续往前走，一刻也没停。这艘飞船就这么点大，你都能想到，一个人从 A 点到 B 点不间断地遇到——

"滚开，科尔宾！"希斯克斯对刚从下层船舱里爬上来的人类工程师喊道。他停在梯子顶端，一脸疑惑地看着她飞快地跑过，不明白发生了什么。

她冲进了医疗舱，然后立马关上了门。

主厨医师从他的工作台前抬起头。他发出充满同情的咕噜声。

"哦，可怜的姑娘，"他说，"你在换羽。"

"而且这次还提前了。"她瞟了一眼镜子里的自己，她的脸正在经历严重的蜕皮，死皮的边缘已经开始脱落。"我没料到 30 天后，又开始了，我还没——啊！"她又感到一阵奇痒，虽然它根本就没停过。她觉得自己的整张脸上都爬满了苍蝇。她放弃了抵抗，开始用爪子挠了起来。

"喂，现在不能挠，"主厨医师边喊边拉住她的手腕，"你会伤到自己的。"

"不，我不会。"希斯克斯说。她此刻的行为很任性，但她已经不在乎了。她的脸痒得快要掉下来，她有权任性。

主厨医师撸起她的袖子。"我是认真的。"他说。他抬起她的手臂，让她能看清她片片脱落的皮肤上留下的爪印。上面还有一处残留的血痂，是她在夜里挠得太狠留下的。

"群星啊，你有时候太像个家长了。"希斯克斯嘟囔道。

"我喂饱你们，给你们治病，我还能像什么？脱掉浴袍。我给你处理一下。"

"谢啦。"她脱掉浴袍。主厨医师打开储物箱，拿出一瓶喷雾和一个打磨块——它是一块小平板，其中一面上覆盖着粗糙的涂层。吉茜一度管它叫"适用于你全身的指甲锉"。

"哪个地方的情况最糟糕？"主厨医师问道。

希斯克斯仰面躺在诊疗台上。"所有地方。"她叹了口气，"双臂吧，我猜。"

主厨医师轻轻抬起她的右臂，上面已经结了血痂，他用医药喷雾将它喷了一遍。干燥的死皮变成了半透明的状态，边缘翘了起来。他拿起打磨块，磨掉湿润的死皮屑。希斯克斯的呼吸变得平缓了些，她试图劝自己身上的其他地方再耐心等等。主厨医师用他的两根手指拿起希斯克斯的一根手指，仔细研究起来："这里的皮肤有什么感觉？"他问道。

"很紧绷，还没开始往下蜕。"

"哦，我想也是。这里还没感觉到。"他用喷雾将她的皮肤变得湿润起来，然后用均匀的力道，以从手腕到指尖的方向按摩她的手。几分钟后，她感觉到手腕附近的一块死皮边缘开始脱落。主厨医师把他的手指伸到了死皮下面，小心翼翼地用他的指腹拉住死皮。稍稍快速用力，他就把整块死皮从她的整只手上扯了下来，仿佛帮她摘下了一只手套。

希斯克斯忍不住尖叫起来，接着发出呻吟声。新生出的皮肤还很敏感，但她已经不觉得痒了。她呼出一口气："群星啊，你的手艺可真棒。"

"我可是训练过的。"他边说，边用打磨块继续处理她的手臂。

希斯克斯抬头看了看门口，确保门关严了，问道："你会对人类感到厌烦吗？"

"偶尔吧。我觉得，对于任何和其他物种住在一起的人来说，这很正常。我相信他们也会嫌我们烦的。"

"今天我真是受够他们了。"希斯克斯重新躺了下来，"我讨厌他们肉乎乎的脸，讨厌他们光滑的指尖，讨厌他们发 R 这个音时的声音，讨厌他们难闻的体味，讨厌他们老是围着孩子转，即便那根本不是他们自己的孩子，讨厌他们对于赤身裸体敏感到神经质。我想敲醒他们中的每一个，直到他们意识到，他们把家庭结构、社会生活以及他们的——他们的一切都搞得过于复杂，而这根本没有必要。"

主厨医师点了点头说："你爱他们，也理解他们。但有时候，你会希望他们——我相信，也包括我和欧翰——能够更像普通人。"

"正是这样。"她叹了口气，沮丧的情绪逐渐平静下来。"其实他们并没有做错任何事。你知道这艘船上的人们对我有多重要。但今天……我也不知道是怎么回事，他们就像是一群小屁孩非要抢你的玩具玩。他们没搞破坏，你知道他们只是想跟你一起玩得开心。但他们年纪太小了，还很烦人，你想把他们都扔到井里去。当然，这只是暂时的。"

主厨医师发出咕噜咕噜的笑声，说道："根据诊断，你的病症比换羽要复杂得多。"

"怎么回事？"

他微笑起来，说："你想家了。"

她又叹了口气，承认道："是的。"

"这个标准年结束前，我们会在哈什卡斯下船停留，对吧？那里离你的母星不算远。"他拍了拍她的脑袋，说道。接着，他继续用指腹按摩她的一根翎羽，问："你还在服用矿物质补充剂吗？"

她的眼神有些躲闪，说："有时候会。"

"你需要持续服用矿物质补充剂，你的翎羽已经有点软了。"

"我是在换羽。"

主厨医师皱起眉头，说："这不是因为你在换羽，而是因为你缺乏每个安德瑞斯克人需要的基本营养物质。如果你不开始按时服用矿物质补充剂，我就要逼你吃苔藓糊了。"

她做了个鬼脸。主厨医师的话让她回想起小时候吃这种东西的记忆：苦苦的，一股土灰味儿，留在嘴里久久散不掉。"好吧，老爹，你说什么就是什么。"

主厨医师若有所思地嘟囔了几声。

"什么？"

"啊，没事。你这么叫我，让我觉得有点怪，"他轻声回答，"我只当过母亲。"

"抱歉，"希斯克斯说，"我不是有意——"

"哎，不用道歉。你没喊错。"他看着她，眼睛里又恢复了神采。"另外，如果你觉得我是你的家长，也许你就该听我的劝告，按时服用那些该死的矿物质。"

她大笑起来，说："我对那玩意持怀疑态度。我小时候一度只吃果子，养育家庭拿我没有任何办法。"主厨医师用打磨块磨到了她肩上的一块顽固的死皮，疼得她倒吸一口凉气。

"至少果子对你没坏处。而且不知是怎么回事，你曾经是个任性的小孩，这一点也不让我感到惊讶。"他想到这里，忍不住哈哈大笑，"我打赌，你绝对很难管教。"

"当然，"希斯克斯露出狡黠的笑容，"我当时还不算是个人呢。"

主厨医师的脸颊抖动起来，他不太同意。"好吧，你看，关于你的物种，这一点我永远无法理解。"

她发出一声惬意的叹息，补充道："包括你和整个银河系里的其他物种。"说真的，安德瑞斯克人这个概念，对其他种族而言到底有多难理解？她永远永远不懂，为什么一个小孩，尤其是婴儿，会比一个已经习得各种技能、能够对社群有益的成年人更有价值。安德瑞斯克小孩的死亡太常见了，也很正常。如果是一个即将成年的小孩死掉，那就有点悲伤了。但真正的悲剧是，一个拥有朋友、爱人和家庭的成年人的死亡。可能性的丧失竟然会比有所成和有所得的丧失更令人惋惜——这是希斯克斯根本无法想象的事情。

主厨医师扭过头，望向门口，虽然并没有人走进房间："喂，有件事我想跟你坦白。"

"哦？"

"我没告诉过任何人，这是个秘密，是我最最需要守住的秘密。"他尽自己所能地压低了嗓音。

希斯克斯点了点头，摆出一副夸张的严肃神情，说："我不会告诉任何人的。"

"你知道，你说过人类的体味很重吧？"

"唔——嗯。"

"我相信你也注意到了，这艘船上的人类闻起来没有其他人类那么糟糕。"

"是的。我已经习惯了他们的体味。"

"不对。"他有意郑重地停顿了片刻，"我一直往浴室的起泡器里加入高效除味粉，我还把它掺进了吉茜的固体肥皂里。"

希斯克斯盯了他一会儿，接着开始拼命抑制住自己的笑声。"啊，"她大口喘着气，"啊，你不会吧？"

"我当然会！"他边回应，边笑起来，"我刚接受这份工作还没超过 10 天就开始这么干了。你知道最妙的是什么吗？"

"他们根本闻不出来？"

主厨医师没忍住，发出了愉悦的和声，说道："他们竟然真的闻不出来！"

阿什比走进房间时，他们俩依然笑个不停。他的头发是湿的，显然刚洗过澡。希斯克斯和主厨医师先是沉默了片刻，接着又笑了起来，甚至比之前更大声了。

"怎么回事？"阿什比在他俩之间看来看去，问道。

"我们在开人类的玩笑。"希斯克斯说。

"好吧，"阿什比说，"那我一定不会想知道了。"他朝她点了点头，"换羽时间提前了？"

"是的。"

"我深表同情。等轮到你做清洁，我来替你吧。"

"噢，你最好了。"这真是好消息，清洁产品对新生皮肤的刺激性很强。

"下次你再嘲笑我们低级灵长类动物时，请记得你刚刚说的话。"

罗斯玛丽坐在她的办公室里，快速浏览各种文件。好吧，其实这里只能勉强算是间办公室。在她上船之前，这里是储藏室。鉴于最远处的那面墙边仍堆着一些板条箱，实际上，现在依然是。这里的摆设和她在红石运输站当实习生时用的造型优美的办公桌完全没法比，但主厨医师的点心柜台可比简陋的公司食堂要好太多。而且，她完成工作也不需要任何花哨的东西。她有一张简单的办公桌和一大块交互面板，还有一小株像素植物——那是詹克斯送给她以弥补没有窗户的缺陷的。（为什么与数字打交道的员工永远会被安排在没有窗户的储藏室里呢？）当然，这株植物看起来一点也不像真的，上面的笑脸和色彩变幻的花瓣跟自然界中的植物大相径庭。它安装了行为识别的软件，能够识别出她是否长时间地工作，有没有站起身、喝水或者休息片刻，并且会基于她的行为发出悦耳的提示语："你好呀！你需要补充水分了！""吃点点心如何？""去散散步！活动一下！"这些提醒让人感觉很低级。有时候，在她正专注工作时，它们甚至会有点让她感到不快——但这种好意她还是心领的。

她边为吉茜的一份开销列表伤脑筋，边喝下一小口无聊茶。这位女工程师有用只有她懂的缩写加标注的习惯。起初，罗斯玛丽以为这是某种工程师们常用的黑话，但事实并非如此——詹克斯看到之后的沉默说明，这只是吉茜自创的一种标注分类方法。罗斯玛丽眯起眼睛，盯着屏幕，约 5500 信用点——WRSS。她用左手做了一个轻击的动作，拉出一份名叫"吉茜用语"的文件——她把自己已经搞懂的缩写都记在了这份"作弊"文件里。ES 代表引擎零部件，TB 代表工具和钻头，CRCT 代表电路。可是，不对，这里面没有 WRSS。她记下一条笔记，提醒自己去问吉茜。

门突然被推开，科尔宾走了进来。她还没来得及问好，他就把一个黑色的机械装置放在了她的办公桌上。

"这是什么？"他问。

她的心脏怦怦直跳。每次科尔宾来找她，她都会这样。和他交谈的过程不像是在对话，更像是被突袭。她看了看桌上的东西，说："这是我帮你订购的生理盐水过滤器。"

"是的，"他说，"你注意到有什么问题了吗？"

罗斯玛丽紧张地咽了口口水。她仔细看了看，只能认出它是过滤器——因为商家的商品页面上有它的图片。她尴尬地笑了笑，说："恐怕我对藻类养殖技术了解不多。"她努力让自己的声音显得平静些。

"已经很明显了。"科尔宾把过滤器翻了过来，指着上面的标签，"4546–C44 型。"他盯着她，等着她反应过来。

"哦，不！"罗斯玛丽的大脑飞速运转，想努力回忆起订货表上的明细，但信息实在太多……"这不是你想要的吗？"

科尔宾没好气的表情回答了她的问题："我专门强调了要买 C45 型的。C44 型的连接端口比养殖罐的接口窄。如果要让它正常接入，我得再加一个附加接口。"

罗斯玛丽在他说话时一直在翻找存档文件，找到了特莱登高级生理盐水过滤器，4546-C45型。见鬼！"我很抱歉，科尔宾。但至少这个也能用，对吗？"话一出口，她就知道自己犯了错。

"这不是重点，罗斯玛丽。"科尔宾说，语气像是在训斥孩子，"如果我要求订购的是比生理盐水过滤器更重要的东西呢？你自己也说了，你对藻类养殖技术了解不多。在安逸的地球办公室里，你犯下这样的错误，不会有什么问题，但在长途旅行的飞船上，并非这样。最小的零部件上的差池，可能就意味着安全到达港口和被吸入太空的区别。"

"我很抱歉，"罗斯玛丽又说了一遍，"下次我会更小心的。"

"希望你会，"科尔宾拿起过滤器，走到门口，"这真的没有那么难。"他背对着她，又补充了一句，然后关上了背后的门。

罗斯玛丽坐下来，盯着她的办公桌。希斯克斯曾告诉她，不要太把科尔宾当回事儿，但这次是她自己搞砸了，她犯了一个粗心的错误。此刻，她恨不得自己被吸入太空。

"啊，其实没那么糟糕的！"像素植物开始安慰她，"给自己一个拥抱吧！"

"噢，闭嘴。"罗斯玛丽回应道。

阿什比穿过引擎室的时候，被一节管道绊了个跟头。"怎么——"他抬起头，看到拐角处另一边有一大团电线从舱壁里涌了出来，整块舱壁面板都不在了。他踮起脚绕开地上的管道和电线，小心翼翼地避免踩到任何装了液体的管道。他朝着被打开的舱壁走时，听到有人在抽泣。

"吉茜？"

机械工程师正坐在墙体内，抱着她的双膝，工具散落了一地。她的脸上和往常一样满是油污，但脸颊上有一两行眼泪滑过留下的痕迹。她可怜兮兮地抬头看着他，就连她头发里编的丝带看起来都显得无精打采的。

"我今天过得很不好。"她说。

阿什比朝向打开的舱壁，身体前倾："怎么了？"

她又抽泣起来，用手背擦了擦鼻子："我没睡好，一直在做噩梦。好不容易睡着了，闹钟又响了起来。今天从一开始就很糟糕。接着，我想到，对了，还剩了些果酱蛋糕，它们能让我开心些。可等我走到厨房，才发现昨晚有人已经把它们都吃完了。而且他们根本没问过我，我还不知道是谁吃的。于是准备去洗澡，却在洗脸槽边撞到了膝盖。我真是个天才，还撞出了一大块瘀青。当时我正好有治撞伤的药，所以就吃了些。主厨医师说没问题。可我开始肚子疼，他说这也是正常的。然后我终于可以去洗澡了，却发现水压有问题，所以我开始检查水循环系统。我发现有一整条线路出了问题，但我没找到是哪条，结果现在搞出了这一地乱七八糟的东西。今天该做的事，一件都还没开始做。然后我想起今天是我表兄吉普的生日。他的生日派对一直是最棒的，可我却要错过了。"她再次抽泣起来，"我知道这一切听起来有多愚蠢，可我今天很不在状态，一切都糟透了。"

阿什比把手放在她的双手上，安慰道："我们都会遇上这种日子。"

"我猜是吧。"

"但你知道的，现在还没到午饭时间。你还有足够的时间，让一切变得好起来。"

她沮丧地点点头，说："是的。"

"你今天计划要做什么？"

"主要是清理工作，所有的空气净化器都需要刷洗一遍。'鱼缸'里的日光灯需要换电线了。欧翰房间地板上的一块面板松了。"

"这些事情里有任何一件是特别重要的吗？"

"没有。但它们都需要处理。"

"你今天只用把水循环管道修好就行，其他都可以缓缓。"他握住她的手，"以及，你表兄生日的事，我也无能为力。但我知道这对你而言有多难过。我很抱歉，我们这次要飞这么久。"

"噢，别这么说。"她说，"这可是趟肥差，而且我很热爱我们做的工作。我不是你的契约学徒，并非被迫跟着你飞来飞去。离开家是我自己的选择。"

"你只是离开家，并不意味着你不再爱它。如果是那样，你不会想家的。你的家人们也知道你心系他们。我一直在关注飞船和外部的网络通信情况，你知道的。我看到了不少视频包的收件人都是你的家人。"阿什比说道。

吉茜用力吸了一下鼻子，指着走廊，说："现在，你必须得走了。因为我得工作了，而你却让我更想哭。我不是说你不对，但你让我变得更加多愁善感。如果我想抱抱你，我就会把你好看的衬衫弄得脏兮兮的。顺便跟你说，它真的很衬你眼睛的颜色。"

"大家好，"洛维的声音从最近的扬声器里传来，"一架快递无人机即将到达。此次的收件人包括阿什比、科尔宾、詹克斯、主厨医师和吉茜。10分钟后即可取件。"

"呀！"吉茜喊道，"快递！快递无人机！"她跌跌撞撞地从舱壁里钻了出来，挥舞着双臂跑到走廊里，"星际好货就要上船啦！"

阿什比笑了起来。"我就告诉你，今天会好起来的。"他在她身后喊道。

她激动地高声欢呼，无暇回应他。

货舱的舱口及时调整了位置，向内回缩以对接快递无人机的送货接口。阿什比和其他人在等待快递时，希斯克斯走了进来。她穿了一条裤子。看起来，主厨医师已经帮她处理好了换羽的问题。

"嗨，"阿什比说，"感觉好点了吗？"

"好多了。"她回答。她的皮肤颜色透着一种怪异的鲜亮，有几处干燥的死皮还没完全蜕掉，但她至少已经不再像一只剥了皮的洋葱了。

"我记得这次没有你的快递。"

"所以呢？"她耸耸肩，微笑道，"我只是来凑热闹的。"

"稍等片刻，"洛维说，"我正在扫描快递污染状况。"

"噢，天哪！哇哦，天哪！"吉茜喊道，"今天简直是我的生日！"

"离你的生日还有半年呢！"詹克斯吐槽道。

"但这感觉就跟过生日一样。我最爱收快递了。"

"很可能是你订购的锁爪夹。"

"詹克斯，你知道锁爪夹有多好用吗？简直没有它夹不住的东西。就连我的头发都能被它牢牢夹住，这很能说明问题了。"

阿什比扭头瞟了她一眼，说："我会假装不知道你在谈论要把我出钱采购的科技用品用来做发饰。"

吉茜抿紧了双唇，解释道："这种用途只适用于紧急情况。"

"检查完毕。"洛维说。舱口缓缓打开，一块托盘伸了出来，上面放着一个巨大的密封容器。阿什比抱起容器，用腕带扫了一下密封码。容器发出"哔"的一声，表示确认收货成功。舱口另一侧的无人机也发出哔的一声。托盘收回，舱口关闭。当快递无人机脱离接口去寻找下一位收件人时，隐约有几下撞击声响起。

阿什比打开容器的盖子，查看里面的包裹。它们的包装都很普通。即便如此，看到包裹上写着船员们的名字，那感觉也很棒，的确有点像是在过节。

"吉茜，给你，"他边说，边递给她一个大包裹，"免得你等不及了。"

吉茜瞪大了双眼，惊呼："不是锁爪夹！不是锁爪夹！我知道谁会像这样贴标签！"她看了看盖子上的标签，欢呼起来，"是爸爸寄来的！"她原地盘腿坐下，扯开了包裹。包裹的最上面是一块信息芯片，下面看起来是一堆小零食和其他杂七杂八的小东西。吉茜从腰带上掏出平板，插入芯片，开始阅读屏幕上出现的文字。她瞬间变得多愁善感起来。"这是个礼物包裹。"她说，"礼物最棒了！最棒了！"她撕开一包火焰虾，继续读平板上的信息。

阿什比从快递箱里又掏出一个半圆形的小包裹，上面闪烁着生物危害警告。"我会想知道这是什么吗？"

主厨医师的脸颊鼓动起来："这是我买的新幼苗。我向你保证，绝对无害。只是所有的活体包裹上都必须附上警告。"

"我知道。只是……有点紧张。"

主厨医师侧过身，靠近阿什比，眼神闪烁："别告诉别人，如果这个包裹里的东西是我订购的那个，那我现在就能想几道用迷迭香做的前菜了。"

阿什比翻到了一个盒子，上面印着熟悉的品牌标志，那是他在很多藻类养殖设备上看到的标志。"科尔宾，"他边说边把盒子递了过去，"这个看起来像是你的。"

科尔宾打开盒子，拿出一个循环泵。他看了一眼商标，点了点头。"看来我们的文员终于能看懂订货表了。"他说完就朝门口走去。

"呃……好吧。"阿什比不置可否，他从快递箱又掏出一个小盒子，"詹克斯。"

詹克斯打开盒子，取出一块信息芯片。

"这是什么？"希斯克斯问。

"是佩珀寄来的。"詹克斯说。他盯着那块芯片好一会儿，"我猜

169

这是上次我见她时，她提过的侧向电路设计图。"

"真贴心。"吉茜说。她皱了皱眉，问道："可为什么不直接发到你的平板里呢？"

詹克斯耸了耸肩，把芯片装进口袋里："你知道佩珀的，她总有一套自己的做事方式。"

阿什比弯下腰看了看快递箱，里面还剩一个扁扁的小包裹，是寄给他的。标签上没有写明寄件人是谁，它需要扫描腕带识别身份。他把手腕伸了过去，盒盖自动打开了，一个需要轻拿轻放的矩形物体掉入阿什比的手掌中。

"这是什么？"希斯克斯问。

詹克斯压低嗓门吹了一声口哨，凑近一步，说道："这是纸。"

吉茜突然把脑袋伸了过来。"哇哦！"她感叹了一句，端详起来。"这是一封信吗？用纸写的信？"她一下子蹦了起来，"我能摸摸吗？"

詹克斯打开了她的手，说道："你的手指上沾满了火焰虾的碎屑。"

吉茜把一根手指伸进嘴里舔了舔，又在工作服上擦了擦。

詹克斯再次打开她的手："现在，你的手上除了食物碎屑，还有口水。纸质信不是平板，吉茜，弄脏了就洗不掉了。"

"它这么脆弱吗？"

"它是由干燥的树浆做成的薄片。你觉得呢？"

阿什比用手指抚过它树叶似的边缘，尽力做出若无其事的样子。这是佩寄来的，一定是。还有谁会这样大费周章地发一条不会被监控的信息？信在他手里被翻来翻去。"我该怎么……呃……"

"看我的。"詹克斯边说，边伸出手，"我的手很干净。"

阿什比把信递给他。

"吉茜，你身上带刀了吗？"

吉茜从腰带上抽出一把多功能折叠刀递给詹克斯。她突然反应过来，瞪大了眼睛，阻止道："等等，你要用刀把它切开？"

"这样你才能把信从信封里取出来。"他弹开刀刃，"你希望我把它撕开吗？"

吉茜一脸的惊恐。

詹克斯熟练地划开信封。"在我小时候，母亲会在特殊的日子里给我写信，"他说，"非常特殊的日子。这种东西贵得要死。"他略带嘲讽地对阿什比扬起一边的眉毛，"某个人肯定是很喜欢你，才会给你寄这个。"

"比如谁？"吉茜问。

詹克斯抬起一只拳头捂住嘴，夸张地清了清嗓子。

"哦哟哟，"吉茜故意嘟囔起来，"我要继续吃我的零食了。"她边转身离开，边发出心照不宣的笑声。

阿什比瞟了一眼其他人，希斯克斯满脸揶揄的痴笑，主厨医师笑得胡子一抖一抖的。"好了，好了，你们都闭嘴吧。"他离开取货舱，留下其他人继续查收他们的包裹，而他要去一个人静静地读信了。

你好，阿什比。在你为我用手写信的能力而感叹前，我要先澄清一下，我事先在平板上打了草稿。我第一次想在纸上写时，直接把纸戳穿了。坦诚地讲，你们人类到底怎么做到用这种方式交流了数千年还没受到精神损伤？哦，打住。好吧，别在意。

自从上次科里奥尔港一别，我们似乎已经有很久没见了。我想念你的双手，想念同床共枕的时光，想念我们给彼此讲的故事。我永远无法理解，你怎么能对一个长期见不到的人如此有耐心。我都不确定我的同类会不会愿意像你那样陪我度过那段难熬的日子。人类，以及你们盲目的固执。相信我，它是——

"詹克斯，阿什比，希斯克斯，所有人。"是洛维的声音，听起来很慌乱，"我们遇上麻烦了。"

货舱里的所有人都停了下来，盯着扬声器。在太空里，"麻烦"二字比在地面上更可怕。"出了什么问题？"阿什比问。

"有一艘船正朝我们冲过来。它用干扰磁场屏蔽了我的扫描。抱歉，阿什比——"

"这不是你的错，洛维，"詹克斯说，"保持冷静。"

"是什么类型的船？"阿什比问。

"我不知道，"洛维回答，"它是针孔驱动的，比我们的小。我觉得它是一艘很小型的民用飞船，但我不知道为什么一艘民用飞船会——"

科尔宾跑回了货舱。"飞船，"他气喘吁吁地说，"就在窗外。它——"

整艘飞船剧烈地震动起来，走廊里传来物体纷纷掉落的声音。所有人开始大喊大叫。阿什比心里一沉——有什么东西击中了他们。

"洛维，是什么？"

"某种爆炸性武器。我们的导航系统失灵了。"

希斯克斯低声骂着脏话。吉茜朝詹克斯点了点头，跳起身来。"我们走吧。"她说。

"不。"洛维说，"5 分钟内，我就能让飞船离开这里。但导航中心彻底罢工了，我无法判断我们要往哪里飞。"

"罢工？"吉茜喊道，"他们到底击中了飞船的什么部位？洛维，你能确定吗？"

希斯克斯看了看阿什比："我可以用老方法导航，但 5 分钟内可不行，我没办法确保大家的安全。"

"海盗！"詹克斯说，"吉茜，你还记得吧，新闻里说的。该死的海盗跟着快递无人机找到了我们，然后用干扰磁场废掉了我们的导航系统——"

"噢，不。"科尔宾抱怨道。

阿什比盯着詹克斯，问："洛维，他们还有多久就会登船？"

"半分钟。我无能为力，抱歉。"

"这不可能吧，"吉茜说，"他们不可能做到的。"

"见鬼！"詹克斯说，"快，所有人，把你们的东西藏好。"他打开一个空板条箱，把吉茜的包裹丢了进去。主厨医师也照做。接着又是一阵从货舱舱门外传进来的猛烈的撞击，仿佛要把整架飞船撕裂。科尔宾跳到一个板条箱后面，捂住了自己的脑袋。

"他们就要突破舱门的控制了。"洛维说，"阿什比，我——"

"没事的，洛维，"阿什比说，"我们会处理好的。"可事实上，他根本不知道该怎么办。

"啊，该死！"吉茜边说边扯自己的头发，"啊，该死！该死！该死！"

"保持冷静，"主厨医师说。他搂住吉茜的肩膀，说："大家都冷静下来。"

阿什比朝着货舱舱门走了过去，惊得目瞪口呆。这不是真的，这不可能！舱门外持续传来嗡嗡的机器轰鸣声，容不得他不信。门"当啷"一声开了。希斯克斯站在他身旁，双肩向后伸展，羽毛根根立起。"我不知道要怎么办。"她说。

"我也不知道。"阿什比说。"想想办法啊，见鬼！"他的脑海里瞬间闪过一连串的选项——找武器、逃跑、躲起来、抄起什么……什么武器攻击对方——可没时间了。四个穿着机械盔甲、全副武装的智慧生物穿过舱门冲了进来，他们手里都端着破旧的脉冲来复枪。他们穿上机械盔甲后很高大，比人类要高出很多，但机械盔甲里的生物本身却很瘦小，纤细得像只鸟。

是阿卡拉克斯人。

阿什比在科里奥尔港见过阿卡拉克斯人。每个人都知道哈玛吉安人在殖民时期是怎么对待他们的。他们的星球被开采到贫瘠，水源受到污染，森林被砍伐殆尽。他们的家园没有剩下什么可以让他们赖以生存下去的东西，但他们也没有其他容身之所。他们很少出现在银河系，但你偶尔能看到他们在垃圾场里工作，或者在街角乞讨。

或者，一旦他们走投无路，就会沦为登上他人飞船进行强抢豪夺的海盗。

阿什比举起双手。阿卡拉克斯人的声音从他们头盔内置的微型对讲机里传出来，尖厉刺耳。他们讲的不是克利普语。

"不要开枪。"阿什比说，"拜托，我听不懂你们在说什么。你们会讲克利普语吗？克利普语？"

他仍旧听不懂他们在说什么，只能听到他们发出又短又尖的声音，看到他们愤怒地挥舞着武器。虽然他听不懂他们的话，但他们手上的枪他是认识的。

阿什比感到一串汗珠从他的眉毛往下滴。他伸手擦了擦脸，说道："好吧，听我说，我们会配合的，只是——"

一个阿卡拉克斯人抬起枪口抵住了阿什比的下颌，整个货舱里瞬间变得一团糟，愤怒的阿卡拉克斯海盗们、大喊的希斯克斯、尖叫的吉茜、咒骂的詹克斯……接着突然出现了一片红光，一切都消失不见了。阿什比双膝跪下，脸朝下倒在地上，接着就不省人事了。

罗斯玛丽跑到货舱时，不敢相信自己看到了什么，但接下来发生的事情也不允许她细想。舱门被强行拆开，四个身穿机械盔甲的阿卡拉克斯人——为什么会出现阿卡拉克斯人？——手持武器，操着一口她听不懂的怪异的哈玛吉安方言，朝所有人大喊大叫。阿什比躺在地上，失去了意识（她希望他只是失去意识）。吉茜将他搂在怀里，大哭不止。其他船员都跪在地上，举起双手。罗斯玛丽还没来得及反应过来眼前的一切是怎么回事，被她的突然出现惊到的阿卡拉克斯人就用枪口瞄准了她，用陌生的语言发出嘶哑的叫声。那语气，无论是什么语言，听起来都很愤怒。

"我——"罗斯玛丽一时语塞，只能举起双手，"怎——"

离她最近的那个阿卡拉克斯人的盔甲发着蓝光。他朝她跑了过来，边跑边继续喊话。他的枪口瞄准了她的脸。詹克斯忙对另外几个阿卡拉克斯人喊道："她没有武器，你们这些禽兽，别碰她……"个头最大的那个阿卡拉克斯人穿上盔甲后，身材几乎是詹克斯的三倍大，他朝詹克斯晃了晃他的武器，然后又指向阿什比。他想要表达的威胁意图很明显了——闭嘴，否则你也会像他一样。詹克斯攥紧了双拳。阿卡拉克斯人的武器开始蓄电，嗡嗡作响。

"我要死了吗？"罗斯玛丽心想。这个念头令她顿感无措。

"罗斯玛丽，"希斯克斯的声音穿透各种噪声，传进了她的耳中，"汉特语，试试汉特语。"

罗斯玛丽舔了舔嘴唇，试图不去注意她鼻子下方的枪口。她和希斯克斯的目光交汇——对方的眼神里充满了恐惧，但也透着坚定和鼓励。她的指甲紧紧抠住了手掌心的肉，这样别人就看不出她的手在颤抖。她低下头盯着枪管，用汉特语问道："你们会说汉特语吗？"

阿卡拉克斯人安静下来。所有人都僵住了。

"会。"穿着蓝光盔甲的家伙回应道。他扭头看了看同伴，指了指罗斯玛丽："终于有个能说上话的了。"但他手里的枪并没有移开。

大个子的阿卡拉克斯人朝罗斯玛丽冲了过来。"我们要带走你们的食物和所有对我们有用的东西。"他说，"如果你们不配合，我们就会杀了你们。"

"我们会配合的，"罗斯玛丽说，"没必要使用暴力。我的名字是罗斯玛丽。你们可以叫我罗斯卡。"这是她上中学时在哈玛吉安语课上用的名字。"我会向我的船员们转达你们的要求。"

穿着蓝光盔甲的阿卡拉克斯人手中的武器朝后移了移，但仍指着她。阿卡拉克斯劫匪们开始内部讨论了起来。

大个子回应了罗斯玛丽："我是我们这伙人的船长。你不会念我的名字，我也不会给自己编个其他名字。你们的船上还有其他人不在这里吗？"

"我们的领航员在他的房间里。他是个热爱和平的人，不会对任何人造成威胁。"罗斯玛丽觉得此刻还是不要用复数形式来指代西亚纳共生体，她不想让对方为此感到疑惑。

大个子船长怒气冲冲地说："如果你要什么花样，我会开枪的。"他转身对一个同伴吩咐了几句，那人就跑上了楼梯。

"这是什么情况？"希斯克斯问。

"他们要把欧翰带过来。"罗斯玛丽说，"我解释了欧翰不会对他们造成威胁，我们也愿意配合。"她清了清嗓子，又继续用汉特语说："我的船员们愿意配合你们。请告诉我们你们需要什么。"

"食物，"穿着蓝光盔甲的阿卡拉克斯人说，"还有技术装备。"

罗斯玛丽心生一计。她对阿卡拉克斯文化略知一二。据她所知，他们很重视平衡与公平的概念。在哈玛吉安人出现之前，他们从未想过要得到超出他们需求之外的东西。她听说这种观念至今仍然适用。她甚至能从大个子船长的措辞中印证这一点："我们要带走你们的食物和所有对我们有用的东西。"汉特语中，这样的表达是在强烈地暗示：除此之外，我们什么也不会带走。她的大脑飞速运转，思考着这个知识点是否足以让她赌上一把。出于自我保护的本能，她脑海里的一个声音在喊："快闭嘴，他们要什么就给什么，否则你就没命了。"

可另一个更勇敢的声音赢了："你们的飞船上有多少人？有孩子吗？"

穿着蓝光盔甲的阿卡拉克斯人再次举起枪，怒吼道："我们有多少人跟你有什么关系？你只用照我们说的做！"

罗斯玛丽故作镇静地摆了摆手指，说："我会的。但如果你们可以留给我们足够撑到下一个集市的食物，我们将会感激不尽。我们和你们一样，都不想死在太空里。而且，我听说阿卡拉克斯小孩有非常特殊的营养需求。如果你们的飞船上有孩子，我们必须确保我们的食物里有他们所需的营养物质。"

大个子船长思考了片刻，说："我们的船上的确有孩子。"他终于回应了。罗斯玛丽觉得这是个好现象。抛开阿什比受伤的脸和他们手里的脉冲来复枪不谈，这些人似乎也没那么暴力，他们只是太绝望了。"是的，他们需要很多营养物质。可能你们的船上也没有我们需要的东西。"大个子船长说道。

"那么，听听我的建议吧。"罗斯玛丽小心翼翼地提出了自己的想法，"我的一个同伴会带你们去我们储存食物的地方。据我所知，卡什托厄姆集市离这里只有不到10天的航程。我们不会去那里，因为我们不能偏离航线。但你可以从我们这里拿走能让你们撑到卡什托厄姆的物资，我们还会给你们信用点和有交易价值的补给。这样一来，你们就可以在集市里买到更多你们需要的食物，你们的孩子也能得到他们需要的营养物质。同时，我们也不用在旅途中挨饿。"

阿卡拉克斯人对此展开了内部讨论。罗斯玛丽的指甲在手掌心里抠得更深了，她希望这种疼痛能止住她皮肤下的颤抖。她的整个建议都建立在她在哈玛吉安殖民史导读的课堂上记住的一个很可能有误的知识点上。如果她记错了……那么，她很快就会知道后果了。至少此刻他们都还活着。阿什比也还在呼吸，对吗？

"罗斯玛丽，"希斯克斯说，"我们现在是什么状况？"

"我们不会有事的。"罗斯玛丽说。"希望吧"她心想，"坚持住。"

"我们接受你的建议。"大个子船长说，"你们用的是什么燃料？"

"藻类。"

"我们也需要一些。"

"他们是在问燃料吗？"科尔宾说，"我昨天刚从培养罐里抽出了一些。培养它们花了整整50天的时间——"

"科尔宾，"主厨医师毫不留情地打断了他，"闭嘴。"

这一次，科尔宾竟然没有反驳。

"那个粉皮肤的男人刚刚说了什么？"大个子船长问。

"他是我们的藻类专家。"罗斯玛丽说，"他只是……关心他煞费苦心培养出来的藻类。但你们会得到燃料的。没有任何问题。"

大个子船长摸了摸他盔甲里的下巴，"如果我们需要10桶，你们还能撑到下一个目的地吗？"

罗斯玛丽问了下科尔宾，他闷闷不乐地点点头。"可以，10桶没问题。"她说。这场对话已经从最初的惊悚走向了奇怪的方向。大个子船长说话时的语调在克利普语里，没有相应的解读方法，但在汉特语里，他的沟通方式非常有礼貌。她完全可以想象在商店或餐厅里与人发生这样的对话，而不是站在对方的枪口下。阿卡拉克斯人似乎把她当成了一个商人，而武力威胁则是他们手中的货币。

"我们还需要一些技术装备，"大个子船长说，"我们的引擎需要修缮。"

罗斯玛丽表示理解。"吉茜，你了解他们的飞船吗？我们的设备能适配吗？"

"有些也许可以吧，说不准。"

"我们的工程师相信，我们的一些装备也许可以与你们的飞船适配，但她也不敢保证。她会帮你一起找找你们需要的东西。"

"很好！"大个子船长说，"你要和我一起，还有你们的工程师，这样你就能给我们当翻译了。她——"船长指了指穿着蓝光盔甲的阿卡拉克斯人，"会和你们其他船员中的一个一起去找食物。我剩下的同伴会和你们剩下的船员一起留在这里。你似乎是个讲道理的人，但只要你试图玩花样，我们会毫不犹豫地杀了你。"

"我会百分之百配合你们的。"罗斯玛丽说，"我们都不希望各自的船员受到伤害。"

罗斯玛丽开始跟其他船员解释她刚刚谈好的条件，大家都点点头。气氛看似有所缓和，但他们仍然很害怕。脉冲来复枪不再嗡嗡作响。"我们也许能渡过这一关。"罗斯玛丽心想。突然，刚刚离开的那个阿卡拉克斯人回来了，并且把欧翰带进了货舱。

另外几个阿卡拉克斯人瞬间激动起来。他们开始一个接一个地疯狂对话。罗斯玛丽努力想要参与其中。

"到底是怎么回事？"希斯克斯问。

"他们想带走欧翰。"罗斯玛丽说。

"旅行者号"这边也炸开了锅。

"什么？"吉茜说。

"去死吧！"詹克斯骂道。

"为什么呢？"希斯克斯问。

"他们想把他们卖掉。"罗斯玛丽说。

"什么？！"吉茜惊呼。

"在合适的星球上，西亚纳共生体能卖到很好的价钱。"主厨医师说。

"如果这样能让你们所有人免遭伤害……"欧翰开口了。

"不，"詹克斯打断了他们，"没门儿。罗斯玛丽，你告诉这帮穿着该死的盔甲的鸟人，他们可以滚——"

"詹克斯，你他妈闭嘴！"吉茜打断了詹克斯。她抱着阿什比的头，手上沾满了他的血。

"停，你们都闭嘴！这样下去我们会团灭的。"科尔宾说。

"你也闭嘴，科尔宾。"吉茜说道。

"让你的船员们冷静下来，"大个子船长说，"否则我们就不客气了。"

"闭嘴，所有人，都闭嘴！"罗斯玛丽大喊起来，她转向大个子船长，"欧翰是我们的一员。我们已经配合满足了你们其他所有要求，但这个——"

"这个人能帮助我们摆脱贫穷，"大个子船长说，"他对我们有极大的价值。如果你是我，你也会这么做的。"

"不，我不会。"

大个子船长思考了片刻，说："也许吧。但即便如此，你现在也别无选择。"

"给他提供点儿其他选项。"希斯克斯说。

"比如什么？"罗斯玛丽说。

"安比，"吉茜说，"给他一些安比能量电池。"

阿卡拉克斯人都震惊了。终于，他们能听懂的克利普词出现了。"你们的船上有安比能量电池？"

"是的，"罗斯玛丽说，"如果你放过我们的领航员，我们可以给你大量的安比能量。"

"安比能量和领航员，我们为什么不两者都要？"穿着蓝光盔甲的阿卡拉克斯人举起枪，说道。

罗斯玛丽感到心里一沉。是这个道理。"他们想知道，为什么不能安比能量和领航员都要。"

"可恶。"詹克斯说。

"我怎么就管不住自己这张臭嘴！"吉茜嘟囔道。

主厨医师说："告诉他们，欧翰对他们来说毫无价值。"

罗斯玛丽把主厨医师的话翻译给阿卡拉克斯人听。他们需要一个合理的解释。"为什么？"她问主厨医师。

"因为欧翰命不久矣。"

所有"旅行者号"的船员一齐扭头盯着主厨医师。欧翰闭上了眼睛，没有说话。罗斯玛丽强行让自己冷静下来。这当然是假话。她把主厨医师的话翻译给了阿卡拉克斯人听。

他们立马朝后退缩。把欧翰带进来的那个家伙显得尤为惊恐。"他会传染吗？"

"我……不这么认为。"罗斯玛丽回应道，"主厨医师，快帮帮我。"

"欧翰已经处于西亚纳共生体的生命最终阶段了，"主厨医师解释道，"撑不过一年的。"他顿了顿，又补充了一句，"任何一位考虑购买西亚纳共生体的买家都很了解这个种族，能看出他们衰老的迹象。"

罗斯玛丽一字一句地翻译起来。

"你也许在撒谎，"大个子船长说，"但和可能的收获相比，为了无用的货物浪费燃料和食物的风险的确更值得慎重考虑，尤其是还能得到安比能量。那我们就放过他，但你们要把所有的安比能量都给我们。"

罗斯玛丽同意了。"欧翰可以留下了。"她对船员们说。

"噢，群星啊！"吉茜感叹道。

"但他们要带走所有的安比能量电池。"

"好吧。"希斯克斯说。

"幸好银河系共和国为我们的这次航程买单。"詹克斯说。

罗斯玛丽和大个子船长在讨论如何运输的问题。两方的船员分散开来，把詹克斯、欧翰和勉强恢复意识的阿什比留在货舱里——群星啊，他终于睁开眼睛了！罗斯玛丽拉着吉茜的手，和大个子船长一起离开了货舱。吉茜捏得太用力，罗斯玛丽的指关节都凸出来了。

詹克斯的声音从她们身后传来："祝你们偷东西愉快，浑蛋们！罗斯玛丽，这句你准备翻译吗？"

她没理他。

阿什比躺在医疗舱的床上，试图稍稍挪动一下自己的身体。他的两只手都被固定住了，右手在医疗扫描仪下摊开，一束强光照射过来，示意他把手腕上的芯片放到相应的位置。主厨医师坐在扫描仪的另一侧，边向阿什比体内的免疫机器人输入指令，边嘟囔个不停。阿什比的皮肤下有两个排的机器人已经从它们的日常巡逻岗上离开，正在修复他骨折了的下颌和受伤的大脑。主厨医师一直在念叨着"肉芽组织"和"成骨细胞"——即便阿什比没有在止疼药的作用下神志不清，他也不太能弄明白这些词有什么含义。不过，他知道自己目前还是只能躺着，并且下颌无法活动。这两点他还是能接受的。

他的另一只手正在希斯克斯的爪子里紧握成拳。她坐在他身旁，一件一件和他细数他失去意识后都发生了什么。时不时地，她会放开他的手，让他在她的平板上打字回应。主厨医师禁止阿什比现在张嘴说话。

其他人都没受伤。安比能量和食物都不重要，这些都只是物资。物资是可以被取代的，而他的船员们不能。当他得知他是唯一一个需要在医疗舱里接受治疗的伤员时，这种如释重负的感觉比任何止疼药都有效。

"其他人都在哪儿呢？"他在平板上打出这句话。

"吉茜和詹克斯在修理破损的舱门。他们说基本都是小问题。他们已经替换了导航中心，所以一切正常。阿卡拉克斯人一离开，科尔宾就开始准备藻类的替换装了。我猜罗斯玛丽正在统计我们的损失。"她神秘一笑，"猜猜欧翰在哪里。"

"他们的房间里？"

希斯克斯摇了摇头："他们正坐在货舱里，跟工程师们待在一起。"

阿什比瞪着她，然后眨了眨眼睛。

"我知道。他们什么也没有说，只是坐在一个角落里，沉浸在他们小小的精神世界里，一如往常。他们也根本没回到自己的房间里，而是跟着穿过大厅去取工具的吉茜。没想到我会这么说，但欧翰此刻想要有人陪伴。"

阿什比又眨了眨眼。"哈。"他写道。

一个小时过去了，主厨医师满意地点了点头，把监视器屏幕转到阿什比的视线范围内，让他亲眼看看。屏幕上显示的是他体内的一个免疫机器人拍摄的画面，这个机器人正在对着一堵高大的白色松软多孔的墙（他猜是他的下颌骨）做些什么。其他的机器人则在受损颌骨的边缘来回奔忙，仿佛游泳的蜘蛛。

"你恢复得很好。"主厨医师说。阿什比能做的只有听着，他不知道他的体内在发生什么。而且他一直觉得能够窥视他体内发生了什么是一件令人不安的事。"你现在可以说话了，但动作请小一点，骨折还没完全愈合，你的大脑也还需要一些时间来康复。"

"我本该告诉你的。"希斯克斯说。

"谢谢！"阿什比轻轻张开嘴说道，"谢谢你的体贴。"他舔了舔嘴唇，感觉嘴里干涩无味。"我能喝点水吗？"

希斯克斯从水槽里接了一杯水。她把杯子放到他嘴边，帮助他喝下。"还需要别的吗？"

"不了。"他说，"或许，等等。你能把罗斯玛丽叫过来吗？"

希斯克斯歪着头对对讲机说道："洛维，你听到了吗？"

"我会帮你把她叫过来的。"洛维回应道,"很高兴又听见你的声音了,阿什比。"

"谢谢,洛维。"阿什比说。

几分钟后,一颗长满卷发的脑袋从门口探了进来。"你想见我吗?"

"你好,罗斯玛丽,"阿什比说,"请坐。"止疼药让他的声音听起来含混不清,好像他喝多了似的。他真诚地希望自己讲话时没有流口水。

罗斯玛丽拉过一把凳子,在希斯克斯旁边坐下。"你还好吗?"她问阿什比。

"我没事。那浑蛋敲碎了我的下颌骨,但总比被一枪崩了强。"他躺在枕头上用力向后仰,试图把脑震荡和用药后的眩晕感驱赶出去。"我不知道那家伙为什么要揍我。"他揉了揉眼睛,努力让自己更清醒。

"可能只是为了吓吓我们,"希斯克斯说,"告诉我们谁才是老大。我记得我当时吓坏了。"她把头枕在阿什比的胳膊上。

罗斯玛丽研究起阿什比的脸,有什么东西吸引了她的注意力。

"怎么了?"他问。

"和那个阿卡拉克斯船长谈判的时候,你是不是摸过你的脸?就像你现在这样。"

"唔,是的,也许吧。"阿什比努力回想,"我也不知道。一切发生得太快了。"

"有可能是像这样吗?"罗斯玛丽用手掌揉了揉眼睛,好像头疼的样子。

"可能吧。是,是的,我想我的确这么干了。"

罗斯玛丽做了个鬼脸,说:"怪不得。看着,这个动作是对哈玛

184

吉安人极大的冒犯。"她弯起大拇指，伸直了其他手指，模仿哈玛吉安人的卷须。她用手遮住双眼，做了两次那个动作。"那些阿卡拉克斯人的手势和方言受到了哈玛吉安人的极大影响。"

"这动作是什么意思？"

罗斯玛丽清了清喉咙，说："它的意思是，你宁愿用屎糊住眼睛，也不愿意继续跟他们交谈。"

阿什比眨了眨眼睛。他和希斯克斯都忍不住大笑起来。"噢，"他捂住了下巴，"噢，嗷——"他的下颌骨还没完全愈合，不能大笑。

"小心点！"主厨医师说，"如果愈合得不好，我们就得重来一遍。"

希斯克斯还在嘲笑阿什比："要是换成我，我也会揍你一顿的。"

"好吧。"阿什比说。他抿紧嘴唇，避免下巴活动得太厉害，"彼此彼此。"

"至少你也没让他们好过，对吧？"

"没错。"他憋住笑，回答道，"我无意间的羞辱一定给他们带来了很深的心理创伤。"

"说到创伤，"罗斯玛丽拿起她的平板，"我已经统计了我们的损失，也提交了一份事故报告，现在正在整理一份清单，准备发给交通委员会，让他们报销一下——"

阿什比朝她摆了摆手，说："这些我们可以晚点再谈。我叫你过来可不是为了这个。"

"哦。"

"我想谢谢你。如果没有你，我们都不确定我们这次能像之前一样化险为夷。"

罗斯玛丽面露局促之色，说道："我也不知道。我只是运气好而已。我对不同种族间的文化差异只是略懂些皮毛。"

"也许吧，但有运气也是好的。如果没有你，我们不会交上这等好运。更重要的是，你头脑冷静，保护了每个人的安全。如果你不在船上，今天的情况会糟糕得多。"他伸手握住她的手，"有你这样的船员，我很开心。"

罗斯玛丽想说些什么，可话一到嘴边，就变成了："哦，不。"她连忙用手擦了擦顺着脸颊留下的眼泪。"噢，群星啊，我真抱歉。"她说。又一颗泪珠掉了下来，接着又是一颗。罗斯玛丽用双手捂住脸。情绪犹如决堤的大坝，瞬间崩溃。

"哎呀，喂，怎么回事？"希斯克斯善意地笑道，用胳膊搂住罗斯玛丽颤抖的双肩，"你还没机会发泄出来吧？"

罗斯玛丽摇了摇头，用手捂住鼻子，眼泪和鼻涕一齐从她的脸上往下流。"可怜的孩子。"阿什比心想。在这之后，如果她想在地面上找一份安全的工作，他是不会责怪她的。见鬼，竟然连他也觉得这个主意还不错。

"他们这些人类呀……"希斯克斯对主厨医师说，"其实我也崩溃了好一会儿，你也是吧？"

"我当然也是。"主厨医师回应道，他递给罗斯玛丽一块干净的帕子，"我给阿什比用了药，让他体内的免疫机器人开始工作后，就把自己锁在办公室里，嘶吼了将近10分钟。"

"原来你刚刚是在嘶吼？"阿什比说。他隐约记得，曾有此起彼伏的和声，伴随着他一阵接一阵的疼痛，传入他的耳中。"我以为你在唱歌。听起来真不错。"

主厨医师发出一阵短促的大笑。"阿什比，如果阿卡拉克斯人觉得你往眼睛上糊屎的行为很恶劣，那我在办公室里叫骂的那些话会对他们造成永久性心理创伤。"他嘟囔道。"不过希斯克斯说对了，亲爱的，"他边说边伸手摸了摸罗斯玛丽的后脑勺，"你们人类善于控制情绪。但作为你的医生，我想说，在枪口下完成了谈判，接着就去处理文件工作，这绝不是对健康有益的决定。"

罗斯玛丽破涕为笑，说道："我下次会记住的。"

"可别再有下次了。"希斯克斯说，"我宁愿这种事不要再发生。"

"同意。"主厨医师附和道，他看了一眼免疫机器人监视器，"阿什比，再过大概两个小时，你的伤口就完全处理好了。你现在只需要好好躺在这儿，然后放轻松。"

"太好了，"阿什比说，"我正好可以打个盹儿。"药效逐渐上来，对话也让他感到疲惫不堪。

"那我就去吃点东西。姑娘们，你们想跟我一起去厨房吗？我们看看被阿卡拉克斯人洗劫后的厨房里还剩下什么食物，还能不能做出点好吃的。"他拍了拍罗斯玛丽的后背，说："我新搞到一批种苗，我觉得你看到后会开心的。"

罗斯玛丽深吸一口气，振作起精神。"还有一件事，"她开口道，"关于欧翰。"

"啊，是的。"主厨医师说。

"难道——"

"是真的吗？对，恐怕是真的。抱歉，我不得不以这样的方式暴露了欧翰的隐私。我当时别无选择。"

"群星啊，"罗斯玛丽说，"我完全不知道。"

"我也是最近才发现的，"希斯克斯说，她朝着阿什比皱了皱眉头，"可是我还是不明白为什么会变成那样。"

阿什比叹了口气，说："我们晚点再争论这个吧，希斯。我的脑子里一团糨糊。"

"好吧，"她说，"你就跟我打病号牌吧。"她用一根爪子点了点他的胸膛，"晚点再找你。"

等到医疗舱里只剩下阿什比一个人的时候，他掏出了藏在他口袋里的手写信。他强撑着精神抵挡睡意，想让自己再清醒几分钟。

——是我喜欢的特质。

我不知道完成这次任务需要花多长时间（这次是个精细活儿），我知道你在下个标准年之前不会再回中心区域了。但我还有不少纸，所以在下船补充物资时，至少还能给你写封信。等空闲下来，我就会用平板给你写封电子邮件。这张纸太小了，我不能把我想说的都写上去，所以你只需要知道：我爱你，我会永远想着你。

旅途平安。

佩

修好舱门并饱餐一顿后，詹克斯做了几件事：首先，他洗了个澡。那些穿着机械盔甲的浑蛋在船上大闹一番之后，整艘船都变得令人作呕。他没办法给飞船来一次大清洗，但他至少可以把自己洗干净。他无视了洗澡不能超过15分钟的规矩——这并不会给水循环系统造成多么大的额外负担。遇上今天这种情况，吉茜会原谅他的。

回到房间后，他从皱巴巴的裤子口袋里掏出信息芯片，然后赤身裸体坐在床上，把芯片插进了平板电脑，开始读里面的消息。

你好，兄弟。我找到了一个卖我们聊过的升级软件的人。他愿意帮你搞到几乎全套的装备，但他想要预付，不退款，不讲价。你知道那些有专长的工程师都是些什么样的人。

你要找的这个家伙叫克里斯普先生。我以前就听说过他的名字。大名鼎鼎，名不虚传。他拥有一颗属于自己的小行星以及其他所有的一切。他是个超级棒的程序员，很擅长接定制的活儿。他很期待和你聊一聊。联系方式见下方，别透露给任何人。

嘿，再想想我跟你说过的话，你确定这样的升级对你而言是对的吗？

期待你能很快再来与我们相见。届时，我会亲自下厨接待你。或者，好吧，至少我会为聚餐买单。

佩珀

他的目光停在了"装备"一词上，他知道佩珀的意思。他思考着她在科里奥尔港跟他说过的关于责任与后果的问题。他思考了足够长的时间，确定自己已经想清楚就是要这么做。他穿上裤子，朝洛维的控制中枢走去。

他们沟通了好几个小时，反复讨论了所有的风险和危险性。但无论是计算机工程师，还是人工智能，他们都很清楚：为了安全起见，反复确认是很有必要的。

"有两件事困扰着我，"洛维说，"它们虽然没有严重到让我放弃计划，但我们需要考虑一下它们。"

"说吧。"

"首先，如果我被转移到一套装备里，这艘飞船就会失去监控系统。既然我确定要放弃一项我很在意的工作，我就要确认我的继任者能够胜任它。"

詹克斯一边想，一边用手指敲着嘴唇，说："不知道为什么，我感觉在这种情况下给飞船安装一个新的人工智能有点奇怪。看到你能四处走动，而她却只能待在飞船的控制中枢里，你觉得她会嫉妒你吗？"

"这取决于这个人工智能的想法，看她是否对拥有一具躯体感兴趣。但我的确认为这可能会带来问题。假设她看到我能四处走动，而她想知道为什么她不能同样地拥有这种机会，为什么我有的选择，而她却没有。"

"说到点子上了。"詹克斯皱起眉头说，"这明显不公平。"他叹了口气，"所以——"

"别放弃呀，我还没说完呢。如果用不具备感知能力的机器人来代替我呢？"

詹克斯眨了眨眼睛。一个不具备感知能力的机器人可以胜任洛维的工作！没错，只要经过复杂的改造，它可以成为一个能与人沟通但并不会与之产生共鸣的机器人。它永远不会成为船上真正的一员。"这会让你感到困扰吗？"他问道。

"我为什么会困扰？"

"和一个特意被设计成智能不及你，仅够完成复杂的工作，且不被允许进化成更智能的机器人共处，你会愿意吗？我不知道，我对此一直犹豫不决。"

"你很体贴，但这种想法很愚蠢。"

他笑着问道："为什么？"

洛维顿了顿说："你能接受动物从事体力劳动吗？拉马车的马，类似这种。"

"能，只要它们被合理对待。"

"所以，就是这么个意思。"

"唔。"他需要琢磨一下这句话的意思，"最终还需要阿什比做决定。"

"这是第二件困扰我的事。我们一直不愿意去面对，如果阿什比知道我们要做什么，他会怎么做。"

詹克斯又发出一声沉重的叹息，说："我是真的不知道。他不会欣然接受这个想法的，但他也不会举报我们，那不是他的行事风格。最好的结果是，他训斥我们一通，但还是接受我们留下来。最糟的结果是，我们离开。"

"最糟的结果不现实。如果他被发现故意隐瞒并携带非法人工智能，他会被吊销执照。"

"是的，但我们多久才会被搜查一次？而且被搜查时，也不是——"

"詹克斯。"

"什么？我们被抓到的概率——"

"是存在的。我愿意接受这种风险。阿什比也许不愿意。你准备好接受这样的结果了吗？我不会让你为了我失去工作和家的。那是你的选择，不是我的。"

他把手放在她的中枢外壳上，说："我知道。我爱这艘船，我爱我的工作，我爱船上的伙伴们。"他用手抚摸着她光滑无瑕的曲线，"我也不想离开。但无论如何，我都不可能永远待在'旅行者号'上。总会有一天，时机成熟了，我就要去做其他事情。如果让我来选择离开的时机，我想……是时候了。"

"你确定吗？"

他坐在那里，看着她的外壳在他的指间闪烁着光芒，陷入了回忆。他想起了飞船舱壁内侧熟悉的结构。阿什比总是那么信任他，坚信他可以将它们修理好。他想起了他房间的床垫上的凹槽，那就像是为他量身定制的。他想起了在"鱼缸"里喝丁酮酒，希斯克斯的大笑声，主厨医师的哼唱声。他想起了吉茜。他知道60年后，他会和她一起坐在某家简陋的星级酒吧里喝小酒。那时的他们都变得又老又讨人嫌。"是的，"他平静地回答道，"是的，我确定。"

有那么一会儿，洛维没有说话："即便你真的做了决定，他们也不会恨你的。这些人将永远是你的朋友。"

"对你来说，也是如此。"

"我不太确定。"

"我确定。"他沉默了片刻，"所以，我们确定要这么做了吗？"

"大概是吧。"她的声音里带着笑意。他多么希望能看到她的微笑。

"好的。"他点点头，开心地笑了。"哇哦，好嘞，我明天就去联系那个人。"

那晚，他在人工智能中枢室里睡了一夜。他的头靠在冰冷的交互面板上。他能感觉到毫无温度的金属在他的皮肤上留下轻微的压痕。他想象着柔软的双臂交织在他的胸膛、温暖的呼吸轻抚过他的脸颊，然后他进入了梦乡。

库瑞科特

这是一个名字古怪的卫星，称不上殖民地。阿什比数了数，这附近总共只有 10 座建筑，外加几处独立的定居点错落在山丘和悬崖之间。所谓的道路也不过是泥地上平坦的沟槽。这里虽然有航行指示灯和人行道，但看上去不过是装腔作势。硫黄色的天空，铁锈色的大地。在他们的呼吸面罩和护目镜框的凹槽里，粉细砂已经积了厚厚一层。放眼望去，卫星上根本没有其他智慧生物的踪迹。

阿什比抬起手遮挡白日的炫光："希斯克斯？"

"嗯？"希斯克斯回应道。在面罩的掩盖下，他俩的声音听上去都很沉闷。

"我们来这儿做什么？"

"这是一个哲学问题，还是……"

他瞪了她一眼："我们来这儿做什么？此时此刻，在这个停靠点做什么？"

他所指的停靠点是一块厚重的工业金属，接缝是橙色的，由可靠性存疑的支撑梁支撑着。吉茜和詹克斯坐在停靠点边上大声讨论着一个动作游戏，吉茜边聊着边把一段段废金属捻成动物的形状。罗斯玛丽在不远处的一个咨询点，因为停泊费和一个故障的人工智能吵了起来。柜台顶上挂着一个褪色的牌子，上面写着：欢迎来到库瑞科特。牌子底部写了一大段警示语，大意是说：未经许可的皮下植入会触发武器检测装置。

希斯克斯调整了一下自己的护目镜，说道："我记得当时吉茜问你知不知道我们需要什么，你反问了回去。她说我们需要枪，但你不同意。最后她提议我们带一个网盾，还说她有一些朋友可以帮我们搞到，还算靠谱……"

"这些我记得。"阿什比说，"我真正想问的是，我之前怎么会同意这样做？"

"你脑震荡了，还服用了镇静剂。"

"啊，那就说得通了。"

"阿什比，我不得不说，干咱们这工作，在船上配备几件武器不是什么坏主意，尤其考虑到最近发生的那些事。"

"怎么连你也这么说？我们充其量是运气不好。我航行了一辈子，从没遇到过那样的事。我可不会只是因为犯尿，就在家里塞一堆武器。"

"阿什比，我们飞船开往的可是一个战区。那儿难道少得了危险的亡命徒？"

阿什比摸了摸下巴，阿卡拉克斯人的步枪枪托造成的瘀伤还没有完全消退。他回想起那时货舱里骇人的情景，想起了陌生人硬闯进他家的感觉。假设全部重来一次，他手里握着一把枪，那么他会开枪吗？他不知道。但是在那种情况下，有一把武器能让他觉得更安全一些。他将不再感到无助，而是觉得自己很强大。但他害怕的正是这个。"我不会因为这件事而破坏自己的原则。就是这样。"

"该死的地球移民。"希斯克斯这样说道。她是微笑着说的。

阿什比嗤笑了一声，说："吉茜也这么说过。她恨不得在船上备满军火，随时准备炸掉一整颗行星。"

"她很害怕，阿什比。我们当时都很害怕。现在也是。"希斯克斯握住阿什比的一只手，用脸颊蹭着他的肩膀。

"砰"的一声，罗斯玛丽摔上了身后的柜台的大门。"这人工智能蠢货。"她沉着脸，试图擦掉牢牢粘在自己护目镜上的脏东西。"既然收取了这么贵的停泊费，服务起码得像点样儿吧！"

"花了多少？"阿什比问道。

"7500 信用点，"罗斯玛丽回答说，"还得另算管理费。可这附近连个管理员的影子都没有。"

阿什比吹了一声口哨。"该死，"他说，"吉茜的这些朋友可不要让我们失望。"

罗斯玛丽很不安地说："阿什比，这里有点简陋。我不介意篡改一下程序，但是——"

"别担心，"阿什比说，"飞船上没带任何非法的设备。何况现在我们离奎林人的辖区这么近。我相信吉茜的朋友是可靠的。"

"你认识吉茜多久了？"希斯克斯问道。阿什比顺着她的目光，看见一艘小型无舱盖飞船向着停靠点嗡鸣驶来。当他靠近时，驾驶员还没等飞船停下就从座位上站了起来。驾驶员身材壮硕，看上去比阿什比要年轻，赤裸着的上半身只戴了一个氧气面罩和几条雕刻吊坠，肩上背着一个小型火箭发射器。他一头焦铜色的过肩蓬发，像披风一样，蓄着与之相称的胡须，两鬓干净利落，正中间的胡子留得很长，仿佛编织的幕帘垂下。他晒得黝黑，但从依稀可辨的桃红色皮肤可以看出，他来自某个古老的外围殖民地，不属于地球移民。他线条分明的肌肉被植入的技术端口和复杂的文身所覆盖，左前臂则被一个多工具附肢所替代，看上去像是自己制作的。当这艘小型飞船驶近的时候，阿什比看到，在这个男人皮肤与附肢的缝合处有一条很深的伤疤。阿什比意识到，手术对这个男人来说或许是家常便饭。

"啊，这下好了。"阿什比低声叹了口气。弄个网盾是个好主意，但和爱折腾的人体改造控打交道则完全是另一回事。他到底为什么会同意过来呢？

"吉茜！"小型飞船的驾驶员高举双臂，欢呼起来。

"拜尔！"吉茜尖叫着，一把扔掉了手里捻了一半的金属兔子。金属兔子飞过一个停泊指示牌，直接进了垃圾箱。她两步并作一步地从台阶上飞奔而下。"拜尔，拜尔，拜尔，拜尔！"她从小型飞船的一侧跳了上去，扑进男人怀里，两人一齐倒在座位上。詹克斯不急不忙地笑着跟在吉茜后面走进来，和拜尔热情地握手。吉茜则在一旁搂着拜尔的头，兴奋地欢呼。

罗斯玛丽转向阿什比，用恩斯克语问道："他叫拜尔？"

"似乎没错。"阿什比说。

"拜尔有什么含义吗？"希斯克斯问道。恩斯克语里的词用克利普语说出来很奇怪，特别是希斯克斯还有很重的口音。"什么是'熊'①？"她问。

阿什比向前走去，朝着那个高大的、毛发旺盛的男人点了点头。那个男人正用他巨大的手臂搂着他的机械工程师。"那就是'熊'。"

"欢迎来到库瑞科特！"拜尔喊道，向他们挥了挥手。至少他很友好。

阿什比一走上楼梯，就向他伸出了手，说："你好。我叫阿什比·桑托索。"

"啊，你就是船长！"拜尔与阿什比握手。阿什比尽量不去看他的另一只手臂，就是那只缠满线路、满是伤疤的手臂。"吉茜对你评价很高。"阿什比说道。

吉茜脸红了。"嘘，"她说，"他会以为是我让你拍他马屁的。"

---

① 拜尔的名字在英文中也叫 Bear，意为熊。

"你一定是希斯克斯，"拜尔说着，伸出手握她的爪子，"很高兴认识你。"他盯着她，一时忘了松开手。他摇了摇头，就像在叫醒自己。"真的很抱歉，"他表情尴尬地说，"我不经常去外面的世界，在这儿不常见到别的物种。"

"没关系，"希斯克斯说道，看起来有些不解。估计她没有意识到他们握手的时间过长。

"还有……"拜尔想了一会儿又说，"你叫罗斯，对吗？"

"罗斯玛丽。"罗斯玛丽笑着说道，跟他握了握手。

"罗斯玛丽。我记住了。嘿，我刚才看到有个人从人工智能身边走开，那个人是你吗？"

"是我。在这儿停靠可真不便宜。"

拜尔摇了摇头，说："我晚点会把信用点退给你。那个叫米奇（Mikey）的家伙专赚你们这些不了解情况的外来人的钱，这是个骗局。我会去跟他讲，你们是我们一伙儿的，不能连你们也骗。"

"哇！"吉茜大叫着，紧紧抱住了他。

"好了，大家都请进。"拜尔说，"里面有点小，希望你们别介意。"那艘小型飞船原本容纳不了5个人（尤其还有一位有尾巴的乘客），但是挤了挤之后，大伙都成功登上了那又脏又破的交通工具。"吉茜，麻烦放首歌听听。"拜尔指着一套勉强能用的音响设备。设备由一台平板电脑和三个由工业螺栓固定的小扬声器组成。扬声器虽小，声音却很大。当打击乐队狂野的乐声伴随着一声嘶吼传来时，大伙儿都嗨了起来。3个技术员满意地互相点头致意，小型飞船开动了起来。

在强有力的音乐声和急促向后的气流声之下，交谈在小型飞船中显得十分困难。阿什比坐在自己狭窄的座位上，看着窗外的一切向后倒退。他曾想象过目的地的样子，也许会是一片不错的殖民地，隐匿在高耸的峭壁之后。但是他想错了，库瑞科特是一个空荡荡的卫星。

这里尘土漫天，岩石绵延不绝，间或有一片碉堡般的住宅区。生命力顽强的多肉植物零星地冒出头来。阿什比没有看到任何农田的踪迹，也看不到水源。这里某个地方肯定有水源。一个殖民地的成功建立，除了有适宜身体承受的重力和可供呼吸的空气之外，还需要解决水源问题。从他目前见到的情况来看，库瑞科特的水源应该十分短缺。

远处有什么东西突然蹿进了地缝。小型飞船开得太快了，阿什比没有来得及看清。但无论那东西是什么，它一定很大，大概有一只大狗那么大。也许拜尔的火箭发射器并不是一件摆设。

小型飞船沿着一条崎岖的道路驶上一块峭壁。这条路很窄，小型飞船勉强能够通行。阿什比朝边上扫了一眼，立马后悔了。像很多一生都在太空中航行的人一样，阿什比不太在意航行高度。从轨道上俯瞰行星不是什么问题，因为在那里，坠落意味着飘浮。如果你所在的飞船向下坠落，比如在一个大型住宅区的上方，发动机突然发生故障——你有足够长的时间喊出"坠落"这个词。当地的人工智能听到之后，会关闭邻近的人工重力网。人工重力网一关闭，你便不再继续坠落，可以自在地飘向附近的栏杆获救。虽然你可能会激怒在附近喝丁酮酒或者正在修理小型技术部件的人，但只要能活下来，这些都是值得的（小孩也很热衷于这种安全"坠落"，他们觉得在拥挤的人行道或者教室里重力突然反转是一件好玩的事）。但是，行星上没有人工重力网。如果你的着陆点错了，哪怕坠落十几米，也可能意味着死亡。阿什比不喜欢无法控制的重力。

他们一转弯，一片建在平坦的裸岩上的住宅区出现在眼前。一个又高又大的金属罩将住宅区包裹着，保护着内里的房屋。小型飞船从一扇全自动的大门驶入，住宅区随之进入眼帘。土褐色房屋的一部分是在一艘永久停航的小型货船的基础上改建而成的，就像从一个丑陋的种子里长出的球状根茎。屋顶上竖着一个接收器，旁边有一盏信号灯，提醒来往的飞船避让。两架送货无人机停在起降台上，与住宅区保持着安全的距离。这个地方有一种工业化的、堡垒一般的质感，但它那人情味十足的建筑工艺也有一些可爱之处。

"到家喽，还是家里好。"拜尔一边说着，一边将飞船停靠在另一艘小型飞船的旁边，"我们进去吧。哦，在这里你们可以摘掉面罩。金属罩是密封的，我们往里面灌注了氧气。"他摘下自己的面罩，"啊，这样舒服多了。"

坐在后座上的阿什比终于舒展开了四肢。希斯克斯抱怨道："我的尾巴都发麻了。"说完，她左右晃了晃尾巴。

他们跟着拜尔走到了房屋的大门。阿什比注意到，这座建筑旁边有一个巨大的垃圾桶，因为装得太满，盖子都翘了起来。他眯起眼睛，看到在这堆机械垃圾的顶端，放着某种脆弱且透明的有机物外壳。这让他想起了在主厨医师的厨房的垃圾桶里见过的昆虫外壳，只不过这东西比昆虫外壳要大得多。

"哇哦，"罗斯玛丽望着住宅区的围墙说，"这都是你们自己建造的吗？"

阿什比怀疑这是罗斯玛丽第一次亲眼见到人体改造控的社区。银河系对她来说是如此新奇，这让阿什比觉得挺可爱的。可爱，但是又有点儿可悲。他很庆幸自己不是在温室里长大的。

"只有小部分是。"拜尔回答说。他的机械手掌按向墙上的一块面板。入口的门发出一声闷响，打开了。"大概 5 年前，我和我哥——请脱掉靴子——买下了这里。怎么说，呃……相当于银河系共和国标准年的 3 年左右？我老是记不清银河系共和国标准年怎么换算。这里原本属于一个老技术员，她决定——哦，你们可以把面罩挂在这架子上——她决定搬去和孙子们一起住。这里有现成的工作室和大量的存储空间，所以我们觉得没必要再额外增加什么，只搭了发射台和接收器，把四处弄得舒服一些——"

"嗨！"一个人走进了房间。他的长相与拜尔惊人地相似，想必一定是拜尔刚才提到的哥哥。他的皮肤同样被接口和文身覆盖，但是他的头发扎在后面，胡须梳理得很整齐。他穿着一件雅致的系扣衬衫，衬衫盖住了皱巴巴的裤子。在他的右眼眶外，装有一面嵌有扫描仪的光学板，扫描仪就像贝壳里的珍珠一样闪烁着光芒。他同样全副武装，但是他的武器更隐蔽——挂在马甲上的两把能量手枪。他随身带着平板电脑，就好像阅读到一半就来了，身上散发着一种明显的学究气息。阿什比立马反应过来：他是那种学术派的人体改造控，醉心于研究晦涩的数据和发明史。

"尼布！"吉茜欢呼着跑向他，与他拥抱，"哦，我的群星啊，你好吗？"

"我很好。"尼布回答。他没有像拜尔那样热情地拥抱吉茜，但是从他脸上的笑容可以看出，他对吉茜的喜爱程度不亚于他的兄弟。"好久不见。"

"确实很久了。"

"怎么，不跟我打招呼？"詹克斯抱怨道。

尼布夸张地环视了墙壁的上缘一圈，然后低下头看向詹克斯："噢，你好啊，詹克斯！不好意思，没看见你在那儿！"

詹克斯笑着说："我听说有很多人是睁眼瞎。"

两个人都笑了起来。

阿什比眨了眨眼睛。他从没见过詹克斯这种反应。以往被别人调侃个子矮，詹克斯要么沉默，要么不爽。显然，尼布和詹克斯的交情很深。但是阿什比也注意到，他们的对话没有把拜尔逗笑——看来这个邋遢的男人不喜欢开朋友的玩笑。

一番介绍和握手寒暄后，他们跟着尼布穿过前厅走进一间公共休息室。一进休息室，阿什比就露出了微笑。他以前也住过这样的地方——牢固而又散乱的毛坯房，出自勤劳且物尽其用的殖民地人之手。墙上挂着廉价的、褪了色的毯子，勉强遮挡住斑驳的墙壁。不大的房间里，还塞了一些完全不搭调的椅子和沙发，它们全都围着一台像素投影仪摆放着（至少那玩意儿看起来挺新）。像素植物从天花板垂落到窗边，它们的数字枝叶像被催眠了一样卷曲着，仿佛在呼吸。阿什比的祖母也拥有过这样的像素植物，它们给人一种欢乐而温馨的感觉。天花板通风口出来的风干净、凉爽，却带着一股挥之不去的不新鲜的、煤烟一样的碎木屑的味道。沙发的后面有一个工作台，上面放着一堆贴有手写标签的罐子和盒子。长椅上放着一壶丁酮酒、一瓶浆果汽水和几个玻璃杯。在饮品的旁边，放着一只尚未完工的机械手臂。

"那是我的毕生心血。"拜尔注意到阿什比的目光，向他介绍。他抬起自己身上的机械手臂："这只手臂反应很快，但手臂的力量不太理想。那边摆着的那只手臂还只是个雏形。我想创造一只反应又快又有力的手臂。"

"鱼和熊掌，不可兼得。"吉茜笑道，"祝你好运。"

詹克斯靠向罗斯玛丽，向她解释："如果生物技术信号传输太快，超过你神经的处理速度，你身体的其他部分就会陷入功能紊乱，无法合作运动，导致肌肉出现严重的损伤。"

拜尔对着样品皱起眉头，说："一定有两全其美的办法的。"

"如果你成功了，你将成为银河系共和国最富有的技术员。"詹克斯说。

"我对赚钱不感兴趣，"拜尔说，"我只想徒手把凯特林扔出去。"

吉茜、詹克斯和尼布都笑了。阿什比正想问凯特林是什么，尼布抢先问道："你们想喝点什么吗？虽然选择不多，但我们一定会竭尽所能地款待吉茜的朋友。”

"太感谢了！给我一杯气泡饮料吧。"阿什比说。他的鼻子已经嗅到从丁酮酒壶里散发出的香气，但他这会儿还不想太过放松。毕竟，他是来购置装备的。干正事的时候喝酒，往往会坏事。

当尼布给大家倒饮料时，大门突然开了。"嘿！"一个女人的声音从走廊里传来，听起来很年轻，"他们到了吗？"

"到了！"吉茜喊道，"你好，美女！"

"嗨！"那声音回道。

"嗨！"詹克斯也回道。

"给你们看看我带回来了什么。见鬼——"

"安柏！"尼布用一种家里年长者训话时才有的语气说道，"不管你带回来了什么，别——"

"我不会把它带进去的，笨蛋。我打烂了它的卵囊，恶心的绿液涌出来，到处都是。你们一定得出来看看。"

拜尔和尼布面面相觑。"该死，我们之前聊过这个。"拜尔说着便起身出门。

尼布叹了口气，把饮料分给大家。"我们这妹妹就爱惹事，特别是爱招惹凯特林。"

罗斯玛丽抢先阿什比一步问道："凯特林是什么？"

"跟我来，"尼布说，"拿上你们的饮料，我带你们去看看。啊，希望你们别恶心吐了。"

他们走到室外，呼吸着金属罩里安全的空气。只见一个生物一动不动地躺在地上，身下是一摊它自身的体液，身上站着一个挥舞着步枪的年轻女人——抑或是个女孩，阿什比不确定。她肯定不超过20岁。与她的兄弟所不同的是，在她的身上看不到任何明显的接口和植入装置。她卷曲的长发与拜尔的一样狂野，她的脸蛋很漂亮，棱角分明。她的双臂肌肉发达，皮肤被太阳晒得黝黑。阿什比感觉自己都从未如她这么结实。

至于那个生物，则显得安静但又令人畏惧。它让阿什比想起了蚱蜢，只不过蚱蜢没有这样针状般"芟毛"的脊背。一层层边缘锋利的翅膀堆叠在那个生物破碎的身躯之上，它的节肢扭曲断裂，其中一些节肢向内夸张地弯曲着。它长着绒毛的口腔和腹部，不知怎的，远比这个生物的其他部位更令阿什比感到恐惧。它下颚下方垂着枕头状的卵囊，卵囊里的液体并非像安柏说的那样在往外涌，更像是在缓慢地往外渗。绿液黏糊、油腻、酸臭，在这个生物噩梦般丑陋的脑袋周围淌了一摊。

"你们看看这个浑蛋！"安柏大笑着说，"跟我一样大！"她环顾四周，"对了，你们好，新朋友。虽然我想跟你们握手，但是，唔……"她举起一只套着手套的手，上面沾满了绿液。

"哇哦。"希斯克斯说。她蹲下来凑近去看，还抿了一口气泡饮料。她似乎没有察觉（至少是不介意）安柏正专注地看她。"所以，这就是凯特林？"

安柏惊讶地咻咻笑了起来，问道："你以前从没见过凯特林？"

"她怎么可能见过？"拜尔说，"这是她第一次来库瑞科特。"他转向几个旁观者，"顺便说一句，这个卫星的名字，就是以这些浑蛋[1] 命名的。"

尼布检查了一番安柏的战利品，问道："你在哪儿发现它的？"他的声音过于镇定。

安柏的笑容先是僵住，很快又恢复了。"嗯，你知道的，有时候孤独的人会在井边闲逛——"

---

[1] 库瑞科特（Cricket）：意为蚱蜢。

"胡说。"拜尔交叉着双臂说，"到底在哪儿？"

安柏咽了一口口水。"朱艾矛峡谷。"她说，"但是别担心，我离得很远。"

拜尔深吸了一口气，随后望向天空。尼布皱着眉头，说道："安柏，你知道你不应该去那儿的。"

安柏脸颊通红。她不高兴地耸了耸肩，说："但它死了，对吧？"

"那不是——"拜尔说。

"这件事我们晚点再说。"尼布打断道，用眼神向拜尔示意有客人在。

詹克斯把凯特林的头翻过来冲着自己，仔细研究起来。凯特林头动的时候，不断发出"嘎吱"的声响。"见鬼，"詹克斯说，"你击穿了它的头。吉茜，看。"他指着凯特林的头，那里有两个洞，一个在它的下巴一侧，一个在它没有眼睑的双眼旁边。

安柏又耸了耸肩，但是嘴角的得意出卖了她。"是的。它刚才追着小型飞船不放，所以我迅速解决了它。"

"该死。"拜尔说。他又摇了摇头，没有再说什么。

"如果这只野兽向我扑来，我想我什么也做不了。"吉茜说着，戳了戳凯特林裂开的外壳。她看着安柏，说："群星啊，我现在真的很想抱抱你，但是我担心那绿液有毒。"

"没有毒，"安柏说，"只是有点黏。"

"好吧，可我也不想被粘住。"

阿什比瞥了一眼罗斯玛丽。她双臂交叉，抱在胸前。"你还好吗？"阿什比问道。

"还好，"她摇着头说，"它的嘴真是……"她抖了一下。

"没错，"拜尔说，"它们的嘴一旦咬住猎物，绝不会轻易松口，特别是发怒的时候。一旦它们咬住你的喉咙或者腹部，你就死定了。

如果处于发情期，它们会撕咬见到的任何东西，如墙体、小型飞船、废料、燃料电缆、井泵，只要是你能想到的东西。"

"这就是为什么当它们成群结队出现时，会是个大麻烦。"尼布说，"在休眠期时，它们只是聚集在峭壁上。除非有什么东西靠得太近将它们激怒，不然它们不会出来。"他瞪了安柏一眼，接着说道，"但是每隔一两年，它们都会成群结队地飞出去，到处产卵，啃食一切。这个过程虽然只会持续几天，但你若不保护好自己的财产，便会失去一切。这里的第一批定居者就有过这样的惨痛经历。它们在休眠期突然出动，在第一批定居者毫无防备的情况下开始产卵。"

阿什比想不通这些人为什么要费心重建这里，但他心里早有答案。对一些人类来说，为了兑现对一块土地的承诺，付出多少努力都是值得的。这种奇怪的行为是可以预料到的。在漫长的时间中，人类不辞辛苦开疆扩土的历程都记载在册。

"你看这里面有这么多黏液，"安柏说，"这家伙肯定做好繁殖的准备了。"

尼布点头表示赞同，说："凯特林已经太久没有泛滥了。"

安柏急不可待地解释说："这些黏液一旦受精，就会立马变成虫卵。它们的母亲会把卵保护在咽喉周围。太恶心了。那几天，它们就在天上打转，用头来交配。"

"安柏，"拜尔说着，拍了拍安柏的肩膀，"这里有客人。"

安柏没有理会，她说得津津有味："等时候到了，凯特林就会把这些卵子从嘴里全部喷出来。我敢打赌，过不了10天，它们就会泛滥成灾。"

"它们泛滥时，你们会怎么做？"希斯克斯问。

"闭门不出，直到凯特林繁殖结束。"拜尔说，"尼布和我在这里定居之后，升级了整个住宅区的保护罩。保护罩打开以后，凯特林就进不来了。当然，我们也出不去。凯特林泛滥的时候，正合适在家看电视。"

"那些卵怎么办？"

"我们用枪将它们射穿，或者放火烧它们。我知道这听起来很残忍，但是请相信我，就算这样也没多大用处，总会有大批的凯特林卷土重来。再说，它们也算不上智慧生物什么的。"

尼布朝凯特林点了点头，对安柏说："你应该在它发臭之前把它清洗干净。"

"我是这样打算的，"安柏说着，从腰间拔出一把巨大的工具刀，"我只是想在把它丢进烤炉前让你们先看看。"

罗斯玛丽盯着这只凯特林破了洞的脑袋下面的那摊黏糊糊的液体，问道："你要吃那东西吗？"

"凯特林和小虫子没什么区别，"安柏说，"还比小虫子好清洗。"然后她突然举起刀，砍向这只凯特林的头。它的外壳很厚，安柏不得不把它耷拉着的头转了几圈，才把它砍了下来。罗斯玛丽的嘴角抽搐了一下。

尼布笑了笑，拍拍罗斯玛丽的肩膀，说："如果你们留下来吃饭，也许我们会让你们改变主意。"

"好啊！"吉茜说，"我有数不清的故事想和你们讲。"

拜尔冲大伙儿笑了笑，说："欢迎你们都留下来吃饭。如果你们想吃烧烤的话，我准备了一种味道极好的酱料。"他看向安柏，她还在欣赏凯特林可怕的脑袋。拜尔无奈地叹了口气，对安柏说："你需要长矛吗？车间里还有几根备用支撑杆，你可以用金属磨床给杆子打磨出尖角。"

"哦，你说得太对了！"安柏咧嘴笑了，"不过，我得先把它切完。"

"那你慢慢干吧。"尼布说着，扫了一眼罗斯玛丽，"我想我们的客人今天下午已经看够了这些血块了。"

安柏微笑着点了点头。他们刚转身走了几步，身后就传来了血液飞溅的声音。阿什比没有回头看。他不是那种神经脆弱的人，但是在银河系中，有些东西还是不看为妙。

"那个女孩真厉害！"吉茜说，"我记得以前，她还没有我一半高的时候，她连石头都扔不动。"

"那能说明什么？"詹克斯说，"我一直只有你的一半高。"

"你知道我没有影射你的意思。"

"她现在扔石头比我还准，"拜尔说，"而且她强壮得要命。我希望她多和我们待在店里，但是她近来对攀岩和四处转悠更感兴趣。"

"这些倒也没什么，"尼布说，"但关于激怒凯特林的事，我们得找时间跟她好好谈谈。"

"说得好像这次她就会听似的。"

尼布皱起了眉头。

现在，阿什比几乎可以肯定，尼布是兄弟二人里年长的那一个。

"我希望她能安然无恙地度过她的 17 岁生日。"

阿什比目瞪口呆，问道："她才 16 岁？"他忍不住回头又朝那个女孩看了一眼。她正满怀信心地切割凯特林的尸体，一边砍下它的腿，一边哼着歌。

"那相当于安德瑞斯克人多大的时候？"希斯克斯问道。

"相当于安德瑞斯克人羽毛还未丰满，并且一直在换毛的状态。"

希斯克斯睁大了眼，说："记得提醒我永远别招惹她。"

"对了，"尼布说，"不如我们进入正题？"

他领着他们来到搁浅货船的舱门前，将一只手掌按在掌纹锁上，门"咯吱咯吱"地打开了。几个灯泡照亮了一片杂乱的工作区，里面放满了电子器械。除了器械之外，就是一排排的储物架，从地板一直向上延伸到天花板，架子上面放着各种形状和大小的网盾生成器。

“那个有趣的东西在哪儿呢？”詹克斯问道。

“在上面呢。”拜尔说。

“来吧，”吉茜说，“让我们看看那些会爆炸的东西。”

阿什比皱起眉头。他不希望兄弟俩觉得他不尊重他们的作品，但是……“我不知道吉茜跟你们说清楚了没有，我只是想在市场上买一个网盾。”

尼布笑道：“她给我发的信息里说了。”他冲吉茜眨了眨眼，“别担心，我们不会逼你买任何东西。严格来说，我们并不是武器商人。定制盾牌是我们的主要收入来源，而制造武器只是觉得好玩。但是，如果你改变主意的话，武器也是可以提供给你的。”他在一个控制面板上输入了一条指令，随后上方传来“哐啷”的响声。靠近天花板的几个扁平的货架降了下来，武器悬挂在货架上，就像沉重而又可怕的果实。

阿什比惊奇地打量着。这里的武器足以装备一整支艾卢昂突击队了。他好奇佩要是知道了，会做何反应。

“哇哦！”希斯克斯惊叹道。

“棒呆了！”詹克斯说。

“这都是你们造的？”

“这是我们的爱好。”拜尔说，“我们只卖给邻居和信得过的朋友，助纣为虐的事情我们不干。但要是你想惩恶扬善，我们能帮上忙。”

罗斯玛丽什么也没说，但她的表情很严肃。阿什比明显感觉到她的不安。他们站在一个货舱里，里面全是为杀戮量身定做的工具。他怀疑罗斯玛丽在遭遇阿卡拉克斯人之前都没见过枪。

“刚见到时挺让人震撼的，我懂。”尼布骄傲地说。

尼布的态度看起来很温和，所以阿什比也不介意对他坦言：“无意冒犯，但我真的不希望我的飞船上出现任何武器。"

"让我猜猜，你是舰队出身？"尼布问道。

"那么明显？"阿什比回答道。

"有那么一点儿。"尼布笑着说，"你和我虽然秉持着不同的价值观，但我能理解你这样说的原因。暴力总是令人不安，即便只是暴力隐患。但在最近你遇到了一些麻烦之后——更别提你们要去那个地方有多危险了——我认为你应该买一些基本的自卫装备。如果你只想买网盾，没有问题。但除了网盾，你还需要另外一些东西。"

"比如那玩意儿，"詹克斯说，"我喜欢那玩意儿。"

阿什比顺着詹克斯的目光，看向一把枪。不，不是枪。那是一个带手柄的火炮，炮管粗得足以容纳一个婴儿。

"我们叫它'斯莱奇'（Sledge）。"拜尔说，"它的破坏力大得惊人。我觉得你应该不需要它。"

"噢，但我需要，"詹克斯说，"我非常需要它。"

拜尔笑了起来，说："要是你有兴趣，我们晚些时候可以用它在悬崖上炸些洞出来。"

詹克斯看着吉茜："我们以后要常来这里。"

当吉茜和詹克斯对各种夸张的武器赞不绝口的时候，阿什比和希斯克斯则仔细研究起了网盾。听完尼布的一番介绍，阿什比此前的疑虑立刻消散，不再担心人体改造控制造出来的武器会有问题。尼布已经拿到"旅行者号"的技术规格信息，但是他还想了解发动机读数和船体尺寸之外的东西。他想知道更多细节，比如这艘飞船使用了多久、是什么时候建造的、生活区使用的材料是否有别于原先的架构、用哪种藻类做燃料、每次飞船上会备多少安比能量（想到之前被洗劫一空的安比能量，阿什比心里就一阵害怕。银河系共和国正在设法弥补他的损失，但是不管怎样，这仍是一种可怕的浪费）。尼布还详细地询问了希斯克斯驾驶技术方面的问题，并在她作答时诚恳地不住点头。过了一会儿，拜尔也加入了这场谈话，兄弟俩热烈地辩论起网盾的机械原理。最后，拜尔和尼布决定将现有的几个模型进行拆分，重新组装成适合"旅行者号"的设备。

阿什比觉得自己好像在买一套量身定制的衣服。这些人体改造控不只是技术员，还是艺术家。他们表示只需要一天就能完工，而且要价很低。阿什比觉得他们的售价比零件成本价高不了多少。他暗自庆幸吉茜交了这些朋友。他转过身，看到詹克斯正递给罗斯玛丽一支小巧的能量手枪。武器在罗斯玛丽的手里一点也不搭，就像一条鱼在一个出生于沙漠的安德瑞斯克人手里。

"我说得对吧，持枪的人是你的话，看着就没那么可怕了。"詹克斯说。

罗斯玛丽一副半信半疑的样子。

拜尔微笑道："想用它试试吗？"

罗斯玛丽咽了咽口水，说："我不会用枪。"

"我们可以教你。"拜尔说，"很简单，没有你想的那么难。"

"而且很有趣。"一个声音从他们身后传来，是安柏。她浑身沾满了绿色的黏液，拎着那只凯特林的脑袋走进了货舱，开始在一堆金属支撑杆里翻找。她抓住凯特林头上的触角，举到不同杆子上比画着，想找出宽度最合适的杆子用来穿肉。

"安柏，"尼布说，"你没有把宰好的凯特林放在太阳下面暴晒吧？"

"肉已经放进烤炉了。"安柏说。

拜尔看了安柏一眼，说："那你没有把一堆内脏就这么扔在太阳下暴晒吧？"

他们年幼的妹妹放下手中的杆子，露出歉疚的微笑，然后踮起脚尖，动作夸张地走出了货舱。

拜尔叹了一口气，抬头望向天花板。"她什么时候才能成熟起来啊？我真是等不及了。"

"我倒等得及，"尼布说，"等她20岁的时候，你再想对她呼来唤去可就难了。"

"另外问你件事。"希斯克斯说。

"你说。"

"我们船上有一个旋转稳定器在遭受阿卡拉克斯人袭击的时候受损了。我们本来打算在下一站集市买一个换上，但带着受损的稳定器航行那么久真让我难受，所以想问问你们卖这种东西吗？"

"我们倒是没有，但除了我们，这片裸岩上还住着很多技术员。你们可以去问问杰西和米奇。"拜尔说。

"就是那个用人工智能行骗的米奇？"

"没错。但请不要因此责怪他，他跟杰西的技术真的很了得。他俩是老派船工，现在都退休了，但还是喜欢在车间里忙活。他们人都很不错。从这里出发去他们住的地方大约要一个小时。如果你们想去，我可以打电话问问他们在不在家。你们可以开我们的小型飞船去，办完事再回来吃晚餐。"

阿什比看向希斯克斯。希斯克斯点了点头。"也可以，反正我们都来了。"他说。他转向兄弟俩，问道："你们真的不介意把小型飞船借给我们？"

"嗨，没事儿。如果你们能在太空开凿隧道，那我相信你们也一定能把我的小型飞船完好地带回来。"

"嘿，"安柏在外面喊道，"有人想看看凯特林的神经柱长什么样吗？"

"没有。"拜尔喊道。

"不用了，他们不想看。"尼布也回道。

"我还挺想看的。"詹克斯说着冲了出去，还拉了吉茜一起。

尼布冲阿什比抱歉地耸了耸肩，说："对不起，太闹腾了。"

"没事。"阿什比说。货舱外传来吉茜和詹克斯嫌弃中夹杂着愉快的声音。"我差不多习惯了。"

罗斯玛丽认为，安柏对这种生物的了解比她多得多，但在一件事上并非如此——没到 10 天，凯特林便已倾巢而出。在拜尔把那只宰好的凯特林放在火上烧之后约一个小时，它的同胞们便愤怒地从峭壁中涌出。几分钟之内，天空变得昏暗。远处的虫潮看上去就像一朵故障的像素云。凯特林们在天空中横冲直撞，一边受精，一边疯狂厮杀，有时甚至会同类相食。一连串的亮光自天际线一闪而过，库瑞科特的人们张开了他们家园的保护罩。毫无缘由地，凯特林们径直向保护罩上撞去。它们还撞向岩石、植物、被遗弃的车辆，甚至是同类。这些虫子似乎不喜欢任何东西挡自己的路。

当虫潮来袭时，阿什比和希斯克斯还在杰西和米奇家做客。罗斯玛丽通过平板电脑与他们视频，跟他们确认了情况。两人别无选择，只能改变计划，在那边过夜。两位主人看上去倒不太介意。不但不介意，杰西和米奇似乎很高兴能招待外星人。据阿什比说，两人从橱柜中翻找出了珍藏的各种美味佳肴来款待他们。当希斯克斯发现这对老夫妇会说一点雷斯基特语时，立刻和他们成了朋友。罗斯玛丽点开视频链接，背景里传来女人们的说话声——希斯克斯一字一顿地说着，杰西费力地跟着发出"嘧嘧"的音节。罗斯玛丽从她们的笑声中能听得出来，她们聊得很愉快。

人体改造控一家人也同样高兴。"虫潮来袭时，你什么也做不了。"尼布说，"但这也意味着，我们可以和朋友多待上一两天。"在两兄弟眼里，正是这些疯狂撕咬、撞击、呕吐产卵的昆虫，给他们放了个假。安柏和吉茜从地窖里拖出一箱家酿的酒（就像库瑞科特上的大多数东西一样，它也是由某位邻居酿造的）。拜尔在安全罩的保护下烤着安柏的猎物。眼前的画面看着有些怪异：一个系着围裙的男人往烤肉串上刷着酱料，而在他的头顶上，一群野兽正流着口水不停地来回冲击着防护罩。昆虫们并没有被刺穿的凯特林的头吓住，它们牢牢地围堵在入口的大门外。

起初，罗斯玛丽觉得被困在人体改造控家里有些坐立难安，原因不仅仅是外面泛滥的虫潮。吉茜和詹克斯与这家人是好朋友，而她一个外人则显得有些格格不入。一想到要打扰这些陌生人一两天，吃他们的食物、睡在他们邋遢的沙发上、听着只有他们自己人才懂的笑话，罗斯玛丽就觉得浑身不自在。但这家人的体贴逐渐让她放下了担忧。拜尔很努力地关照她，还耐心给她解释那些让她一头雾水的故事（这些故事基本分为两类，一类是"那时我们实现的创举"，一类是"那时我们因为吸太多烟而做的蠢事"）。等她再次想起那具往外渗着黏液的凯特林尸体时，她发现它已经变成了烤得辛香酥脆的一片片虫肉，把它裹在蓬松的扁面包里往嘴里一塞，简直是人间美味。吃完晚餐后，出乎罗斯玛丽意料的是，她竟然放松了下来。她坐在一个破旧积灰的扶手椅上，旁边的像素植物散发着难闻的味道。一旁关于技术和人体改造的讨论正热火朝天，这让她插不上话。虽然一切都那么陌生，但她的同伴们明显有一种回到家的感觉。罗斯玛丽感到肚皮鼓胀、心满意足，也乐意装出一副融入其中的样子。

尼布端着一罐刚煮好的丁酮酒过来，大伙儿正围坐在像素投影仪四周。拜尔坐在地板上，背靠着沙发。吉茜坐在他的身后，正在把他浓密的头发扎成一缕缕小辫子。詹克斯在旁边懒洋洋地躺着，抽着烟，看上去很满足。安柏坐在工作台前，皱着眉头，摆弄着电路板。

"你知道吗？"女孩对她走进屋的哥哥说，"有个办法能更快地推进这个项目。"

"是吗？"尼布说道，声音平淡。他看向罗斯玛丽，挑着眉，举着丁酮酒罐子问道："要来点儿丁酮酒吗？"

"好，谢谢。"罗斯玛丽说。饱餐一顿后来杯丁酮酒听起来棒极了，几乎让她将保护罩外传来的低沉的"嗡嗡"声抛在脑后。

"真的，"安柏说，"这些连接点太不明显了。如果我有——"

拜尔抬头看了她一眼，说："如果你想说的是眼部植入装置，那么答案是不行。"

"别乱动，泰迪①，"吉茜说，"妨碍我给你扎辫子了。"

安柏疲惫地叹了一口气，这个年轻人似乎已经受够了，说了句："伪君子。"

尼布说："当你发育放缓，大脑的化学反应趋于平衡时，你想植入任何装置我都不会拦着你。"他那为人父母的语气让安柏更加生气了。

"虽然我不想在这儿当个坏人，但你哥说的是对的。"詹克斯说道，"过早植入装置只会把你搞得一团糟。我认识一个15岁就在头部植入装置的家伙。随着他的发育，当他的脊柱长开后，装置的交互界面乱成一团，整个植入不得不重新弄一遍。那个给他做植入的技术白痴根本不知道自己在做什么。而那个可怜的孩子后来脊髓感染，险些丧命。最后，他不得不换掉四肢才能走路。"

"是谁他妈的给那么小的孩子做植入？"拜尔说。

"别乱动。"吉茜说。

拜尔抱怨着："真的，安柏，要是你遇到一个给青少年植入装置

———————————

① 吉茜调侃拜尔像泰迪狗一样多动。

214

的人体改造控，赶紧跑。改造不是把酷炫的科技装置缝入身体这么简单，更重要的是保证装置和有机体之间的平衡。如果你不管别人死活，那么——噢！"他大叫一声，因为吉茜扯到了他的头发。

"别——乱——动！"

"我懂。"安柏对拜尔说，"省省你的陈词滥调吧。"

"你太年轻，这些话对你来说还算不上陈词滥调。"詹克斯说。安柏向他吐了吐舌头。詹克斯也吐了吐舌头，作为回应。

"而且，亲爱的，"吉茜说，"你的眼睛那么漂亮，既然头戴式显示器就能使，又何必去植入装置呢？"

"他植入了装置。"安柏指着尼布说。

"他是因为出过'事'。"詹克斯说。他用手比画着对自己的脸开了一枪，对一只眼睛做了一个爆炸的手势。他大笑的时候，红草的烟雾从他鼻孔里冒了出来。

"有你们在这儿过夜真好。"尼布说。

詹克斯快活地举起杯子向他致意。

尼布瞥了一眼墙上的钟，说："要开始播新闻了。你们不介意我放新闻吧？"

大伙儿都摇了摇头。"尼布特别喜欢看新闻，"拜尔对罗斯玛丽说，"也喜欢旧闻。真的，只要是报道，他都喜欢。"

"他是一个档案管理员。"吉茜说。

"没开玩笑吧？"罗斯玛丽说，"志愿者吗？"

尼布点点头说："有些人喜欢编织，有些人喜欢演奏，而我喜欢挖掘尘封的旧事，确保它们准确无误。"当中央投影仪中的像素闪烁着亮起时，他坐回到椅子上，"我喜欢探究事物。"

罗斯玛丽对尼布刮目相看。档案管理员是一群充满激情的人，其中一些人毕生都在追寻真相。因为需要整理大量的信息，专业的档案管理员在很大程度上要依赖志愿者来更新公共档案。在罗斯玛丽眼里，档案管理员就像幻想影片里的守护者，保护银河系免受不准确和可疑数据的影响。

"我能问问，你从事哪方面的信息研究吗？"罗斯玛丽问。

"我属于一个研究物种间历史的团队。这是一个很棒的工作，但是也很折磨人。你根本想象不到我们要处理多少提交上来的虚假物种信息。"

"比如——"吉茜说。

尼布叹了口气，摸着胡子说："我近来看到的最荒唐的一个信息，说移民舰队绝对无法长久供给那么多人的生活，因此人类根本不是起源于地球。"

詹克斯抬起头来，问道："那我们起源于哪里？"

尼布笑了笑，说："说我们是哈玛吉安人用基因改造培育出来的一个物种。"

詹克斯哈哈大笑道："啊，要是我妈妈读到这个，她心脏病都会犯的。"

"这太蠢了！"安柏说，"那地球上的各种废墟怎么解释？那些古老的城市？"

"我明白，我明白，"尼布耸了耸肩，说道，"但我们还是得用客观事实来否定这种说法。这就是我们的工作。"

"为什么人们要费那么大工夫去否定这些事实呢？"吉茜问道。

"因为他们是白痴。"拜尔说，"快看，新闻播报开始了。"

尼布向像素投影仪下令放大音量。像素化的奎恩·史蒂芬斯一如既往地出现在了他的桌上，开始播报新闻。罗斯玛丽在登上"旅行者号"之前从未看过地球移民的新闻节目，但她现在也跟着阿什比养成了看新闻的习惯。令人欣慰的是，不管你身处何地，奎恩都会给你播报新闻。像素随着信号的减弱而闪烁。他们离舰队有着遥远的距离。

新闻主播的声音传了出来："来自火星的消息，随着前火卫一能源公司 CEO 昆汀·哈里斯三世被判刑，这起堪称'世纪丑闻'的审判今天终于迎来结果。"

顷刻间，罗斯玛丽从温暖闲适的感觉中抽离出来。"哦，不！"她把手指伸进裤袋，试图表现得像新闻主播那样淡定。

"法院判决，针对哈里斯的指控全部成立，罪名包括：勒索、欺诈、走私以及危害其他智慧生命安全罪。"

"呼吸。别去想它。想想外面的虫子。想点儿别的。"罗斯玛丽这样想着。

"他活该被判刑，"詹克斯说，"真是个浑蛋。"

"你说谁？"拜尔抬起下巴问道。

"头低下。"吉茜用牙咬着几根发绳，咕哝着。

"我说火卫一能源公司的这个人，"尼布说，"就是他向托雷米人出售武器。"

"哦，对，"拜尔说，"那个浑蛋。"

"我不认识你们说的这个人。"安柏说。

"听说过火卫一能源公司吗？一家大型的安比能量经销商？"

"是人类公司里的第二大。"罗斯玛丽心想。

"应该吧。"安柏说。

拜尔指向像素投影，继续说："显然这家公司的老板干着非法武器的买卖，赚了很多黑心钱。"

"你也倒腾非法武器。"

尼布叉着手说："安柏，我跟他性质完全不一样。我只是出于兴趣制造武器，而他是向有星际世仇的交战双方出售基因枪。"

安柏挑起眉毛，说："基因枪？那……哇！那可太浑蛋了。"

"没错，"拜尔说，"现在他和他的同伙要蹲一辈子监狱了。"

詹克斯摇了摇头，说："枪弹和能量弹还不够吗？那些人怎么就不知足呢？"

"因为人类是浑蛋。"拜尔保持着顺从地低头的姿势说，"90%的问题都是由于人类太过浑蛋造成的。"

"那另外10%的问题又是什么造成的呢？"吉茜问。

"自然灾害。"尼布说。

像素投影仪展示了一个画面，画面中的昆汀·哈里斯三世戴着手铐，颜面全无地从法院被押送往警方的飞行器。他面无表情，西装笔挺。愤怒的抗议者冲击着环绕法院的能量护栏，在头顶上挥举着印刷了标语的廉价海报。其中一张海报上写着："你的双手沾满鲜血。"另一张海报上嵌入了一张像素画，画上满身是血的托雷米人抱着一具尸体。画的下面是火卫一能源公司的口号：维系宇宙的运转。其他的海报标语则更直白，比如"战争犯""卖国贼""凶手"。拦住他们的能量护栏在推搡下就像装满东西的口袋一样鼓了起来。

新闻主播继续用冷静的口吻讲述这个关于生化战争和贪婪的故事。罗斯玛丽则把全部注意力都集中在自己的眼睛上。"别哭。别哭。你不能哭。"

"罗斯玛丽，你还好吗？"詹克斯问道。

罗斯玛丽不确定自己是怎么回答的，反正是"没事，需要出去透透气"之类的话。她说了声抱歉，便大步穿过大厅，走到了屋外。

在保护罩外，凯特林还在狂乱地飞舞着。在它们的身后，夕阳西下，场面看上去就像一场可怕的皮影戏。罗斯玛丽无心顾及眼前所见，凯特林对她来说毫无真实感。住宅区、这户居民、她脚下的这颗行星，没有一个让她有真实感。她的脑海被像素投影仪上的那张像素化的脸霸占。为了逃避那张脸，她背井离乡，横跨了整个银河系。她的胸口升腾起一种刺痛而又窒息的感觉，她尝试放缓呼吸来与之抗衡。她坐倒在地，凝视着自己的双手，紧咬着牙。那些她离开火星时费尽心思忘记的事，现在全部涌上心头。而这一次，她不知道自己能否抚平它们。不过，她别无选择。她别无选择。

"罗斯玛丽？"

罗斯玛丽跳了起来。是詹克斯，正站在她的身边。罗斯玛丽既没有听到开门的声音，也没有听到他的脚步声。她甚至忽略了头顶上凯特林发出的"嗡嗡"声。

"发生了什么事吗？"詹克斯两手插在口袋里，眉头紧锁。

罗斯玛丽看着他的眼睛，她内心有什么东西破碎了。她知道自己不能再隐瞒了，哪怕这会让她失去船员对她的善意和她在"旅行者号"上的立足之地。但她不能再继续说谎了。

罗斯玛丽望向远处，目光穿透了密密麻麻的凯特林，越过层峦的岩石峭壁，直抵陌生的太阳。阳光刺入她的双眼，虽然她闭上了眼，但那厚重的橙色还是挥之不去。"詹克斯，我没有……我没有……群星啊，你们都会因此恨我的。"他们会恨她的。阿什比会开除她，希斯克斯再也不会和她说话。

"我看未必，"詹克斯说，"大家都非常喜欢你。"他在罗斯玛丽身旁坐下，用烟斗敲着靴子。烟斗里原本紧实的烟灰松动了，滚落到地上。

"但是你不了解，你们不了解……我做不到。"她用一只手掌捂住额头，"我知道我马上会被赶下飞船，可——"

詹克斯不再摆弄烟斗。"好吧，那你现在告诉我，"他说，声音严厉而镇定，"你可以慢慢来，但是你得一五一十告诉我。"

她吸了一口气。"新闻上的那个人，"她说，"昆汀·哈里斯。"

"怎么了？"

"他是我的父亲。"

詹克斯什么也没有说。他呼了一口气。"群星啊！哦，罗斯玛丽，我……唉！我很抱歉。"他又停顿片刻，"该死，我真的没想到。"

"这才是重点。你们都不可能想到。我本就不该在这儿，我不——我撒谎了，詹克斯，我撒谎了，我欺骗了你们，隐瞒了真相，但我不能再这样下去，我不能——"

"喔，嘿，慢点儿。咱们慢慢来。"他安静地坐着，开始思索，"罗斯玛丽，我得问问你，你如实回答我，好吗？"

"好。"

他的下巴紧绷，眼神慎重。"他犯下的那些事……你有牵涉其中吗？我的意思是，哪怕只有一点点，比如篡改程序，或者对警察撒谎之类的——"

"没有。"这是实话，"我对此一无所知。直到警察出现在我家门口，花了一个早上盘问我，我才知道发生了什么。他们知道我与此事无关，还告诉我说我没有义务接受审讯，我甚至可以离开火星。"

他观察着她的表情，点了点头。"那么……好吧。"他大笑道，"群星啊，那我就放心了。我正准备讨厌你一会儿呢。"他拍了拍她的腿，"好，你是无辜的。那……"他看上去很不解，"不好意思，罗斯玛丽，这还有什么问题？"

她仍旧相当震惊："什么？"

"我的意思是，好吧，我知道你现在正在经历很多东西。我说的'很多东西'是指那些十分糟糕的情绪，得靠我们喝个烂醉才能排解。但你为什么要瞒着我们呢？如果你没有牵涉其中，那你为什么认为我们会介意呢？"

罗斯玛丽很是意外。几个月来她一直因此担惊受怕，而他其实并不介意？"你不明白。在火星上，我清白与否并不重要。所有人都知道我是谁。铺天盖地的新闻报道将我家所有往事都翻了个底朝天，甚至还贴出我们节日时的合照之类的东西。当然，所有人关注的焦点都是我父亲，但是照片里有一个小小的我，微笑着在他身旁挥着手。我都不知道他们是怎么弄到那张照片的。每当医学专家谈论起基因枪的危害、新闻媒体斥责贪污腐败的时候，都少不了贴出这张照片。你是知道那些新闻媒体的，一旦抓住话题就无休无止。我的朋友们不再和我说话。在公共场合，总会有陌生人对我大喊'嘿，你爸爸是个杀人犯'，就好像我不知道他做了什么似的。我那时一直在找工作，但是没有哪家公司愿意录用我。没有人想和我的姓氏扯上关系。"

"但是你的姓是哈珀。"詹克斯说。

她抿着嘴说："如果你想摆脱这一切，你会怎么做？我是说彻底地摆脱，没人会再提及你的过往。"

詹克斯思考着，缓缓地点了点头。"噢，噢，我想我明白了。"他伸出一只手，"给我看看。"

"看什么？"

"你的芯片。"

罗斯玛丽踌躇地把右手腕放在他的手掌上。她把袖子撸起来，露出皮肤上的芯片。詹克斯俯身仔细研究起来。

"这个芯片做得真好，"过了好一阵后，他说道，"只能从愈合程度才能看出它是新植入的，其他方面毫无破绽。要我说，这简直是个绝佳替代品。"

"确实是。"罗斯玛丽说。她咽了一口口水，声音有些嘶哑。

詹克斯很是不解，说："你是怎么——"他突然有了答案，"火卫一能源公司。好吧。你有钱。很多钱。"

"我曾经有钱。后来——"

"后来你买通了别人，让他给你弄一个新身份。该死，罗斯玛丽，你一定付了他一大笔封口费。"

"我所有的财产都给了他,"她说,"自己就留了一点儿交通费和旅费。"她冷笑道,"我的家人也许没教过我多少关于银河系的知识,但是花钱办事可谓再熟悉不过了。"

"但你真的是个文员,对吧?你很擅长文书工作,显然念过书。这些都是真的,对吧?"

她点点头,说:"那个帮助我的官员,他更改了我所有的档案记录,确保我的新档案与我过去的生活都有联系。所以我的文凭、我的证书、我的推荐信都是真的。除非真的有某个船员到火星问我的朋友关于我的事,否则我的身份不可能被识破。在我想来,在太空找份工作可以很大程度上降低遇到家乡人的概率。因此,我把自己的名字放在了星际长途工作的申请队列里。之后,就来了这里。"

詹克斯摸了摸胡子,问道:"既然如此,那又有什么问题呢?如果你学过相关课程,又拥有技能,能胜任这份工作,我们有什么理由把你扔下船呢?"

"因为我撒谎了,詹克斯。我向阿什比隐瞒了自己的身份。每当你们问起我在火星上的生活时,我都对你们撒了谎。我来到这个大家庭,却一次次地对你们隐瞒真实的自己。"

"罗斯玛丽。"詹克斯把一只手放在她的肩膀上,"如果我装作说我懂你的感受,那是对你的一种冒犯。如果我的家人做出这样的事……群星啊,我简直不知道该怎么办。我也没什么好的建议能给你。但要是你哭的时候需要一个肩膀依靠,我的肩膀随时可以借你靠。至于你是谁,你的名字真的叫罗斯玛丽吧?——好的。"他朝房屋转了转头,"你知道为什么人体改造控们要给自己起些奇怪的名字吗?"

她摇了摇头。

"这是个悠久的传统，可以追溯到计算机网络崩溃之前。我现在说的是古早技术员。他们会为自己起一个只在计算机网络上使用的名字。有的时候，这个名字会变成他们很重要的一部分，以至于在现实世界中的朋友也开始这样叫他们。对一些人来说，这些名字成了他们身份的全部，甚至成了他们真正的身份。再来说人体改造控们，他们最看重的是个体自由。他们说，除了你自己，没人能够定义你。因此，当拜尔给自己造一条新手臂时，他不是因为讨厌自己生而就有的手臂才那样做，而是因为他觉得新的手臂更适合他。改造你的身体，主要是为了让你的外在与你的内在相契合，不是说你必须通过改造自己来获得那种感觉。像我，虽然我喜欢打扮自己，但我的身体和我的自我认知是相契合的。有些人体改造爱好者，他们一生都在不断改造自己，但他们不总是达到目的。有的时候他们会把自己弄得一团糟。但当你试图改造你与生俱来的身体时，你就需要承担这些风险。改变总是有风险的。"他拍拍她的胳膊，"你是罗斯玛丽·哈珀。你选择这个名字，是因为旧的名字不再适合你了。所以，哪怕违反法律，你也不得不换个名字。这可不是小事。生活不公平，法律往往也不公平。你做了你该做的。我能够理解。"

罗斯玛丽咬了咬嘴唇，说："但我还是骗了你们所有人。"

"是的，是的。所以你要去坦白。如果你不想让船员以外的人知道，你可以不告诉他们。但是，与你一同生活的人需要知道。这是你唯一能弥补的东西，然后向前看。"

"阿什比——"

"阿什比是我见过的最通情达理的人。当然，这肯定也不会是一件让他特别高兴的事就是了。"他有一瞬间的停顿。罗斯玛丽看得出来，詹克斯脑子里突然闪过一个让他分心的念头。他清了清嗓子，继续说了下去："但是，你工作一直很努力，而且你是一个好人。对他来说，这比任何事情都重要。"

罗斯玛丽看着她的朋友，用力地抱住他。"谢谢你。"她说。泪水顺着她的脸颊流下。那是释然的泪水。

"嘿，别担心。我们是一艘飞船上的伙伴。你一定会挺过去的。我知道你会的。"他停顿了一下，"很抱歉，刚才我说你父亲是个浑蛋。"

罗斯玛丽不可置信地看着他："詹克斯，我爸爸为了获取境外的安比能量，将生物武器卖给正在交战的双方，而且双方还都是非人类物种。我认为叫他浑蛋还算客气了。"

"那……好吧，你说得也对。"他揉了揉胡子，"群星啊，我真不知道说什么好。等我们回到船上，你得和主厨医师聊聊。一对一地聊。"

"聊什么？"

"聊聊他那个物种。"

最后一战

很少有比喝茶更令主厨医师感到愉悦的事了。每天早餐，他都会给船员们泡茶，但那只不过是随手将一把茶叶扔进一台粗笨的自动茶水机里。泡一杯好茶需要花费更多的心思。他会精心搭配不同的茶叶冲泡，以契合当日的心情。泡茶的步骤让他感到平静：烧水，将称量好的脆嫩茶叶和皱巴巴的水果干放进茶漏，用指腹轻轻扫出多余的茶叶，看着水的颜色在煮茶过程中变换……茶是一种能改善心情的饮品。

他的家乡没有茶。热水只是用来帮人们睡个好觉，而不是用来冲泡。就因为从来没有想过摄入这些东西，他们错过了太多美好的事物！没有茶，没有汤，没有丁酮酒——好吧，没有丁酮酒也算不上损失。他不像其他船员那样热衷于这种浑浊的酒酿，因为丁酮酒总是会让他反感地想起潮湿的泥土。

他坐在"鱼缸"的一个花园长凳上沉思，他的茶渐渐冷却。罗斯玛丽坐在他的对面，瘦削的双手捧着自己的马克杯。他大声地思考着，罗斯玛丽在一旁安静地坐着。他知道他们在对方眼里都很古怪——他思考时总是发出声音，而她思考时总是没有声音。他知道，她现在已经能够理解他思考时发出的声响。正是这份理解，让他感受到了她沉默中的善意。

那些起起伏伏的思绪已在他心中深藏多年。吉茜就曾经责怪他对自己的情绪"守口如瓶"。不过，这只是人类的说法，意思是一个人隐藏自己的感受，假装它们不存在。主厨医师对自己的感受一清二楚，每一丝快乐，每一点疼痛。他不需要去寻觅，那些情绪一直在那儿。人类一心追求的"过得快乐"，是他永远无法理解的事。没有哪个智慧生物能够永远幸福，就像没有谁能够永远生活在愤怒、无聊、悲痛中一样。悲痛。是的，那正是罗斯玛丽今天需要他找到的感受。他没有逃避自己的悲痛，也没有否认它的存在。他可以远观自己的悲痛，就像科学家观察动物那样。他拥抱它，接受它，承认它永远不会消失。悲痛的感觉与愉快的感觉一样，是他的一部分，甚至可能会是更大的一部分。

他发出"咕咕"声，示意他准备好了，并把注意力放在声带上，迫使它们协同运作。他看着罗斯玛丽带眼白的眼睛，开始说话。

"我们俩属于截然不同的物种。你有两只手，我有六只手。你睡在床上，我睡在盆里。你喜欢丁酮酒，我不喜欢。还有其他许多细小的区别。可是，格鲁姆人和人类有一个很大的共同点，那就是我们的残忍。并非我们天性如此，我相信我们一开始都是出于善意行事的。但是当我们随心所欲时，就会做出卑劣的事情。我认为，人类之所以不再像从前那样自相残杀得那么厉害，只是因为在战争结束之前你们的行星就灭亡了。我们这个物种则没有那么幸运。你没有见过其他格鲁姆人，是因为现在我们一共只剩下 300 人了。"

罗斯玛丽捂住嘴。"我很抱歉。"她说。这是一种典型的人类传统，通过道歉来表达悲痛。

"没有必要。"主厨医师说，"这是我们自己造成的。我们濒于灭绝并不是因为自然灾难或者进化缓慢，而是我们自取灭亡。"他大声地思考了一会儿，理了理思绪。"我们这个物种世世代代都在自相残杀。我甚至无法说出个原因。噢，历史学家提出过各种理论。但是你肯定在其他地方听过类似的故事。因为信仰和文化的分歧争执不休，为了领土大家争个你死我活。我生于那场战争。我作为一位医生参与了那场战争。"

"以前的我还不是现在这样的医生。以前的我和我的病人不是朋友。我不会花很长时间跟他们聊他们的饮食，或者他们应该升级什么样的免疫机器人。我的工作是尽快医治好那些垂死的士兵，好让他们回到前线去杀敌。"

"战争后期，'外来者'们——这是我们对敌人的笼统叫法——开始使用一种子弹，叫作——"他"嗡嗡"地思考着，试图在克利普语里找到对应的词，"叫作'开膛器'。你瞧，外来者与我们——我们的派系——因为分开太久，以至于他们与我们在基因上有了差异。'开膛器'是一种专门设计的武器，利用基因靶向来攻击我们的物种。'开膛器'要是不小心击中'外来者'，也会造成伤害，但是不会比一般的子弹伤害更严重。可要是击中的是我们，就会触发它真正的用途。"

"什么用途？"罗斯玛丽问道，面带恐惧。

他看向窗外，但是没有看见星星。"'开膛器'会钻进我们的身体，在我们体内游走，直到撞上重要器官。当受害者死亡，它才会停下来。比如说，一个士兵的腿被击中。要是普通子弹，那只是小伤口。但要是'开膛器'，士兵会……哦，在半个小时内死亡。半个小时听起来可能并不长，但如果一个小金属碎片在你体内横撞直闯——"过去的记忆涌上主厨医师心头，试图把他从安全的旁观视角上拉走。它们拖拽着他，乞求他屈服。但是他不为所动。他不是那些记忆的囚犯，而是它们的监狱长。"一天又一天，他们把受伤的士兵送到我的面前。'开膛器'在他们体内乱钻，等我去阻止。我的动作经常不够快。你瞧，所有的医生动作都不够快。'开膛器'会对我们的检测仪发出干扰，让我们难以追踪它。我们不得不用手去找。最后，我们认为更快、更仁慈的做法是对'开膛器'造成的伤者当场实施安乐死。"充满血腥和尖叫的可怕记忆让他面露厌恶。"因为'开膛器',我恨'外来者'们。这种情绪甚至不只是恨。连我内心对这些事的感觉,都变得丑陋起来。我认定'外来者'是禽兽,是怪物。比我……低贱。是的,低贱。我真的认为我们比他们优越,尽管我们脸上全是血,但至少我们不会干出如此卑劣的事情。但是,你已经猜出来后来发生了什么,不是吗?"

"你们这方也开始使用'开膛器'?"

"是的。不过,比那还要糟糕。我后来才知道,'开膛器'这种技术是我们先发明的,只不过'外来者'抢先一步使用了。他们只是在我们身上做了我们打算在他们身上做的事。从那一刻开始,我不再确定谁才是禽兽。我不想再医治士兵,好让他们重新回到战场上使用'开膛器'和……"他思索着合适的词,"燃烧弹和细菌弹。我想真正地医治他们。有时,我会看到一个几天前刚治好的士兵战死,被丢在尸体堆上。这让我开始思考医治的意义到底是什么。"他停下来,轰隆隆地思考了很长很长的时间。这一刻,他脑海中的思绪紧紧地攫住了他,但他维持着镇定。"有一天晚上,另一个医生跑到我的收容所,叫我赶快跟她去。我跟着她到了手术室。在那儿,我看到我最小的孩子躺在那里,她被'开膛器'——被我们发明的技术——击中。我的女儿。我甚至都不知道她在附近战斗。"

"哦,不。"罗斯玛丽说道。她的声音像花瓣一样轻柔。

主厨医师用人类上下晃头的动作来表示肯定。"他们给她用了止疼的药,并提前准备好……我不知道该叫它什么的一种注射剂。那是我们给被开膛的病人准备的临终药物,注射之后,她的心脏就会停止跳动。我一把推开在她身旁忙活的医生,捧起她的脸。她目光无神,几乎丧失了意识,但是我想她知道我是谁。我告诉她我爱她,告诉她痛苦很快就会消失。我亲自给她进行了注射。我知道这样做是正确的，应该由我这个把她带到世上的人来送她离开。她是我最后一个孩子。我一共有5个孩子，都是漂亮的女孩，脸上长着灰色的雀斑。她们像大多数的女孩一样参军了。她们背井离乡，牺牲在了战场的焦土之上。我的孩子们没一个做过母亲，没一个转换过性别。我对小女儿的爱，不比对其他孩子的爱多一分或少一分。当我意识到我所有的孩子都离开了我这个事实，我崩溃了。我再也克制不住悲痛。我的思绪淹没了我。我不能再治病救人。战争剩下的日子里，我都待在……一个安静的居所，一个让我可以休憩的地方，学习如何使我的思绪重新稳定下来。"

"主厨医师，我……"罗斯玛丽摇着头，满脸泪水，"我无法想象这一切。"

"那很好，"他说，"我也不希望你能想象得到。几年后，由于交战两方的子代都所剩无几，战争难以为继。细菌炸弹也发生了变异，以我们的医疗手段无法治愈中弹的伤员。我们的水中也全是有毒物质，矿藏和森林全都所剩无几。战争其实并没有分出胜负，它只是连同自己一起付之一炬了。"

"你们不能重建家园吗？或者再找一个殖民地重新开始？"

"可以是可以，但是我们没有选择那样做。"

"为什么？"

他发出嗡嗡声，思考着怎么解释比较好。"罗斯玛丽，我们是一个古老的物种。早在人类出现之前，格鲁姆人就已经存在了。在我们做出这一切事情之后，在我们制造了这所有的恐怖的事情之后，我们双方都认为也许是时候结束了。我们虚掷了光阴，而且我们自认为不需要——或者说不配——再获得一次机会。这场战争虽然在30多（标准）年之前就结束了，但是我们还在不断地死于我们制造出来的疾病，以及那些阴魂不散的战争创伤。据我所知，几十年来，再没有一个格鲁姆人出生。就算在某个地方有新生的格鲁姆人，数量也远不够我们繁衍。大多数格鲁姆人都和我一样远走他乡。谁想待在一个埋葬着在战争中阵亡的女儿们的有毒世界？大家对彼此的所作所为一清二楚，谁还想跟自己的同类待在一起？不，不，最好独自离开，体面地死去。"

罗斯玛丽沉默地思考着："你去了哪儿？"

"我去了最近的空间站，说服船员让我上了他们的商用飞船。我们组成了一支多物种混杂的队伍，主要在人体改造控居住的岩石区和边缘殖民地之间活动。我在厨房帮厨，赚一些信用点。起初，我只是负责打扫卫生。后来，他们的厨师看到我对饮食感兴趣，就满足了我想要学习烹饪的愿望。终于有一天，我赚够了钱，就离开了那艘船，在科里奥尔港安了家。我在一个住宅区旁边开了一家汤店——你瞧，厨师教过我煲汤——不是什么高档餐饮，我卖的是一些高性价比的速食，所以深受忙碌的商人们的喜爱。有个住在附近的名叫德拉维的人类医生，他经常来光顾。我很喜欢他，但是我嫉妒他从事的工作。他是一个家庭医生。他可以一直看顾他的病人，从他们还是个孩童开始，到成为有自己孩子的成年人。看着人们一年又一年地长大，帮助他们维持健康，这听上去就像是很幸福的样子。有一天，我终于鼓起勇气向他坦白：我也曾是个医生，我想用习得的技能做一些好事。我们达成了协议：每 10 天我可以在他的诊所里工作 3 天；相应地，他可以随时来我店里免费喝汤。我想，这个协议我占了便宜！于是，煲汤、在诊所工作、上网学习其他物种的解剖课程——这样的生活我过了 6 个标准年。哦，还有草药。在那段时间里，我对草药有了一些了解。德拉维至今仍是我的好友，我们经常通信。后来，我开始了转变为男性的过程，便让他的孙子替我接管了汤店。那段时间不适合工作，应该说不适合做任何事情。那种转变的过程并不容易。"他发出

"隆隆"声。他的想法从这里开始游离。他"哼哼唧唧"地整理着自己的思绪。"又过了一阵子，一个名叫阿什比的人类来诊所升级免疫机器人。我们聊了很久。几天后他又来了，告诉我他的星际隧道开凿船正在招收船员，并向我提供了这份待遇极为优厚的工作。实际上，是两份工作。虽然与德拉维告别令我感伤，但是阿什比提供的工作正是我所需要的。在太空中，我找回了平静。我有了一些朋友，一个星空中的花园以及一间满是美食的厨房。现在，我以救人为己任。我没法假装战争从未发生，但是很久以前我就接受了这个事实。这场战争不是我发起的，我不应该为此一直责怪自己。"他弯下腰，平视着罗斯玛丽的眼睛。"我们不能因为我们父母发起的战争而责怪自己。有时，离开是我们最好的选择。"

罗斯玛丽沉默了很久。"'开膛器'很可怕，"她说，"但是一定程度上，我能够理解为什么你们的人会使用它们。战争中，人们憎恨彼此。我父亲不是士兵，他从来没有参加过战争，他并不恨托雷米人。我觉得他可能都从未见过托雷米人。以前，我们在火星上拥有一切。应有尽有。他允许设计和销售这些武器——他鼓励这些行为——为了什么？为了赚更多钱？有多少人因此丧命，又有多少人的孩子因此而亡？"

主厨医师身体后仰，四平八稳地坐着。"如你所说，他拥有一切，这使他感到安全和强大。当人们感到安全和强大时，往往会做出可怕的事情。你的父亲可能长期以来一直按自己的方式行事，以至于他认为自己是不可撼动的。当一个人有这样的想法，是很危险的。我认为，这艘飞船上没有谁会因为你想尽可能远离这样的人而责怪你。"

"阿什比不一定会满意。"

"那只是因为你骗了他，而不是因为你的身份。"主厨医师回头看了看空荡荡的厨房和走廊。"我跟你说，你的事他是理解的。他不会因此而针对你。但他同时也是你的老板，有时候他会在言语上敲打我们。"他"哼哼"着，思绪不断变化。"在某种程度上，你现在的心情肯定和我发现'开膛器'是怎么来的那天的心情差不多。你在自己家里发现了一些见不得光的东西，你想知道它们对你会造成多大的影响。"

罗斯玛丽先是点头，然后又摇了摇头。"那不一样。你和你的种族所遭遇的……跟我这个，根本没有可比性。"

"为什么？因为我的情况更糟？"

她点了点头。

"但还是有可比性的。如果你有一根骨头折了，而我身上每一根骨头都折了，你的骨折就不是骨折了吗？知道我更痛苦，你受的伤害便会减少吗？"

"不会，但那不——"

"是的，没错。感受是相对的。归根结底，你和我的感受是一样的，即使它们基于不同的经历，程度也不同。"他仔细看罗斯玛丽的表情。她看起来仍怀有疑虑。"希斯克斯能理解这一点。你们人类深信每个人的想法都有其独特性，但这种观念反而害了你们。"他俯下身子，"你的父亲——那个养育你，并且教会你如何生活的人——做了一件罪孽深重的事情。他不仅参与了那件事，还认为那样做是合理的。当你知道你父亲的所作所为，你敢相信吗？"

"不敢。"

"为什么不敢呢？"

"我不敢相信他会这样做。"

"为什么不敢相信？事实就在你的眼前。"

"他看起来不像那样的人。我所了解的父亲绝不会做那样的事。"

"啊哈，但是他做了！所以你开始想，你为什么会看错他。你开始梳理你的记忆，试图从中寻找蛛丝马迹。你开始怀疑你所知道的一切，甚至是那些美好的事情。你想知道里面有多少是谎言。最糟糕的是，由于你的成长深受他的影响，你开始怀疑你自己也会做出类似的事情。"

罗斯玛丽盯着他，说道："是的。"

主厨医师的头上下晃动："这就是我们两个物种非常相似的地方。事实是，罗斯玛丽，你能做出任何事情，不管是好的，还是坏的。你以前如此，以后也一样。只要刺激得当，连你也可能做出可怕的事情。那些阴暗存在于我们所有人体内。你认为每一个拿起'开膛器'的士兵都是坏人？不。她只是在做和身边那个士兵一样的事情，而身边那个士兵也只是在做和身边那个士兵一样的事情——所有人都是这样。我跟你打赌，战后她们中的大多数人——不是所有的，但是大多数人——肯定会花费很长的时间，试图去理解她们所做的事情。她们想知道当初怎么可能做出那种事情，想知道杀戮何时变得如此自然。"

罗斯玛丽长着雀斑的脸变得有些苍白。当她吞咽口水时，主厨医师能看到她的喉结在动。

"罗斯玛丽，你所能做的，我们每个人所能做的，是尽可能地积极面对一切。每个智慧生物在生命中的每一天，都需要做出这样的选择。正是我们的选择，决定了宇宙的模样。你可以决定自己扮演的角色。而我眼中的你，是一个清楚地知道自己想做什么的女性。"

罗斯玛丽笑了一声，说道："大多数时候，当我从睡梦中醒来时，我都不知道自己到底在做什么。"

主厨医师鼓起腮帮子，说："我指的不是生活细节，没有人能理清楚这些细节。我指的是重要的事情，那些我也需要去做的重要的事情。"他发出一个响亮的声音。他知道她不理解这个声音，但这个声音是自然发出的，就像一个母亲在孩子学习站立时发出的那种声音。"你试图成为一个好人。"

凯君姆

　　和平常一样，吉茜很晚才入睡。这是自她还是个孩子起就形成的标准流程。当她还小时，爸爸会给她讲一个睡前故事，给她一个吻，再让她抱抱她的青蛙填充玩具坦比。熄灯之后，她会开始晃动她的脚趾，屁股也会跟着晃动。没过多久，她就会觉得规规矩矩睡觉的主意超级不公平。没过一会儿，爸爸会走进她的房间，把她从积木堆里拎起，抱回床上，语气也会逐渐变得不耐烦。最后，在供水站工作的爸爸下了晚班回到家时会说："吉茜，小甜心，请你睡觉吧。明天早上积木还会在那里，我保证。"话是没错，但是他搞错了重点。虽然积木还在原来的地方，但是她还没尝试大脑里那些层出不穷的新的搭建方法呢。要是她不在睡前搭出来，第二天早上起来，她的注意力只会被父亲许诺的煎饼吸引走，将新的搭建方法忘得一干二净。

　　成年之后，吉茜找到了一个更好的方法管理大脑中的蓝图。她把平板电脑放在床头，这样一来，不必离开温暖的毯子就可以画草图、做笔记。尽管如此，她仍旧经常熬夜赶工，总是从"这是最后一个电路了"开始，接着变成"我想我肯定可以修好它"和"只需要再做一些调整"，最后蓦地就到了早餐时间。

　　自从发生了阿卡拉克斯人那件事，10 天已经过去了，吉茜却出于另一个原因而熬夜。她的大脑里依然层出不穷地冒出新的想法，即使所有事都处理完了，她还是不肯让自己停下来。比如说，她今晚熬夜是要清理备用动力导管上交互接口的灰尘。这不是一项重要工作，甚至不是一项必要工作，但是一件可以忙活的事。

主厨医师给了她一些药水助眠，但是她并不喜欢。喝完药的第二天早上，她总会觉得晕乎乎的，而且她也不想成为那种依赖药水的人。不，尽管很累，她还是坚持不吃药。脸上伤口的疼痛仍在持续不断地提醒着她发生的一切。她终究会找到一种方法，让自己躺在床上的时候不去想当时发生在货舱的画面：枪指着她的脸，阿什比倒在她的腿上血流不止……她每天晚上都在担心会不会有飞船在她睡着以后偷袭他们。她想象着阿卡拉克斯人拿着枪闯入她的房间，发出尖厉的叫声。她想象着自己醒来的时候，一把脉冲枪正指着她，或者她再也不会醒来。她还记得货舱门被撞开时发出的尖锐声响。她还记得当阿卡拉克斯人用枪打晕阿什比的时候，他的嘴里喷出的鲜血……她终究会找到一种方法来忘记这些。但是现在，还有很多的灰尘需要清理。

"嘿，吉茜，"洛维通过对讲机说，"打扰你真是不好意思，但只有你还没睡。"

"怎么了，亲爱的？"

"有艘飞船正在靠近，大约一个小时后会和我们相遇。"

她用抹布胡乱地擦着。"哦，群星啊，阿卡拉克斯人又回来了。他们尾随在后。不过，这次不会让你们得逞了，浑蛋们。"她会躲到墙板后面，从里面封上墙板，神不知鬼不觉。她会像只老鼠那样在墙后流窜，发动游击战，杀光这些瘦骨嶙峋的浑蛋。如果要耗上10天的时间，她奉陪到底。她能时不时地钻进厨房去偷食物，她可以住在墙里。这是她的飞船，而且——他妈的，她在开什么玩笑？她不可能成功的。他们要完了，死定了。阿什比为什么没有从库瑞科特买些枪回来？愚蠢的地球移民，哪怕有一把枪——

洛维继续说道："他们在给我们发信号，是银河系共和国的求援信号。"

　　吉茜松了一口气。她感到一丝内疚——因为在她松口气的同时，别人还处在危难之中，但是……啊，好吧。她将平板电脑放在线轴上。"把他们的信号连到我的屏幕上。"

　　平板电脑开启了。一个艾卢昂女人盯着她。就像所有艾卢昂人一样，她美得不可方物，银色的皮肤、优雅的脖颈、温柔的眼睛，漂亮极了。吉茜突然想到自己身上的脏兮兮的制服、乱糟糟的桌子，还有——该死，蛋糕屑，她的衬衫上有蛋糕屑，她的头发里还插着一支像素笔，还有——好吧，不管了。这个艾卢昂人肯定见过人类技术员。她不能怪吉茜的工作环境糟糕，长相丑陋。

　　"你好，"吉茜匆匆说道，"我是吉茜·邵。你们遇到什么麻烦了？"那一刻，她才注意到这位艾卢昂人的穿着。乍一看，这位女士装束时髦，但是吉茜玩过很多动作模拟游戏，所以她深知这位女士穿的是一件武装背心——不是人类那种笨重的款式，而是经过了精心设计，与她身上其他穿着相搭配的。这位艾卢昂人虽然坐在椅子上，但是吉茜能看到她的腰带上露出的能量手枪。还有，在她的胳膊上箍着的——那不是个人防护器吗？而且看起来很新。这位女士有点来头。应该说，大有来头。她身上的可不是用来防护的装备，而是那种"赶快给我搞定，这儿老娘说了算"的装备。吉茜真希望詹克斯是醒着的。

　　这位艾卢昂人微笑着（或者至少像是某种接近微笑的面部表情）。"你好，吉茜。我是盖佩·特姆·塞利（Gapei Tem Seri）船长。我想和你的船长谈谈。他有空吗？"

　　"他睡了，但是我可以叫醒他，如果你——"

　　"不，不，"艾卢昂人说，"不用打扰。你有权批准临时停泊吗？"

　　"我想，应该可以。"吉茜说。她不确定"旅行者号"上有没有专门讨论过临时停泊的问题。如果一艘飞船上的人友善又需要帮助，那你就应该帮助他们。很简单的道理。

艾卢昂人点了点头，动作看起来很娴熟。她显然知道该如何与人类交谈。"我们的生命维持系统遭到破坏。我们运输的这批货物里有一颗延时干扰炸弹，直到我们进入太空之后它才爆炸。"

"哇哦，真糟糕！你们没事吧？"

"我们已经进行了紧急修理。最近这3天，飞船状况还算稳定。但是我们正在去艾卢昂领地的路上，我不知道我们的临时应急措施还能让飞船坚持多久。目前，我们急需完全关闭飞船的中枢，让我们的机器人完成维修工作。"

"所以维修过程中，你们需要一个地方落脚。不用担心，我们有足够的空气供使用。等等，你们没有技术员吗？"

艾卢昂人的脸色变得灰绿："在上一站，我们遇到了一些麻烦。我们的技术员……"她呼了一口气，"我们的技术员没能撑过来。我……我还没有找到新的人选。"

"群星啊，我很抱歉。"好吧，这位女士到底做了什么，才会惹上干扰炸弹和技术员丧命这种"麻烦"？

艾卢昂人没有再做进一步的解释："总之，如果我们可以在你们的船上临时停泊，让我们的机器人进行修理工作——"

"不如让我们帮忙修吧？我是这里的机械技术员，而且我们的程序员很了解生命维持系统，比机器人能干。而且从损坏情况看，系统可能不必完全关闭。"

艾卢昂人考虑了一下，说道："你熟悉艾卢昂人的技术吗？"

"唔，其实不算太熟悉，但是技术是相通的，至少可以先让我们看一看情况。我保证，不懂的东西我不会乱动。"

"那就麻烦你了，感谢你的帮助。"

"好嘞。不必客气。"

"虽然我们的飞船一个小时不到就可以驶过来，但要是你们能朝我们的方向飞一段，时间还可以节省一半。"

"当然可以。没问题。"

艾卢昂人的脸上闪过喜悦之色。"太好了。"她头顶的灯光照在她的鳞片上，那就像日光照耀下荡漾着的波纹。

为什么艾卢昂人举手投足都这么美？

"我有 6 个船员——呃，5 个，还有两名士兵。我们尽量不给你们添麻烦。"

群星啊，艾卢昂突击队。詹克斯肯定会吓尿的！

"哦，别担心，没关系。"吉茜说，"我相信主厨医师一定很乐意让你们尝尝他的手艺。他是我们的厨师。"哇，这话听起来很愚蠢。她就不能表现得酷一点？哪怕就一次？

"嗯，这我知道。实际上，我和你们船长有些交情。不过真的要谢谢你，吉茜。要是没有你，我们真不知道该怎么办。"

"她怎么知道？"吉茜脑中灵光一闪。所有事情都对上了。"呃，是啊，我们，很乐意帮忙。嘿，抱歉，你刚才说你叫什么来着？"

"盖佩·特姆·塞利。需要我把身份证发过去吗？"

"不，不，我只是，啊……你是佩吗？"

艾卢昂人停顿了一下，朝身后看了看。"是的，"她透过话匣子悄声说，"这是朋友们对我的昵称，包括阿什比在内。"

吉茜脸都要笑歪了。这位女士——这位别着能量手枪、严肃地谈论着干扰炸弹的美艳狠角色——就是佩。阿什比不仅仅认识这位艾卢昂人，他还和这位艾卢昂人上过床。"船长，呃——对不起，我不知道该用哪个姓称呼你。"艾卢昂人有两个姓，一个是家族的姓，一个代表他们从哪里来。吉茜不确定哪个是哪个。

"叫我特姆船长吧。"

"好的，特姆船长，我代表船长和所有船员欢迎你的到来，你想待多久就待多久。"

"谢谢你，吉茜。"特姆船长又停顿了一下，"我有一个不情之请——"

吉茜了然。特姆船长是一个艾卢昂人，船上有艾卢昂船员和士兵，而她即将登上她人类男友的飞船。吉茜收起笑容，俯身说道："是的，我们都知道怎样……以礼相待。"意思是"管好自己的嘴巴"，"尤其是士兵在旁边的时候。"

特姆船长看起来很感激："谢谢你，吉茜。我很感激。等我们到达你们的坐标时，我会再给你们发信号。"

"好的。期待与你见面。"平板电脑上的视频中断了。吉茜开始大笑。"噢，我的朋友。太酷了。太酷了。""嘿，洛维，"她打开对讲机说，"叫醒詹克斯和希斯克斯。我有事要立马告诉他们。"

"阿什比呢？"

"别，我想亲自叫醒他，看看他的表情。"

"事儿多。"

"去你的。"

人工智能大笑道："你真的认为特姆船长会让詹克斯登上她的船吗？他肯定是求之不得。"

"洛维，我有种感觉，这次见面对每个人来说都会非常棒。"

阿什比的大脑无法正常思考。首先，吉茜为了叫醒他，黑掉门锁进他的房间，打开所有的灯，让他从3个小时的睡眠中惊醒。之后，吉茜告诉了他一件令他难以置信的事情：佩即将来船上。

佩。来这里，来到他的船上。而且她和吉茜说了好多话——偏偏是吉茜。

"你知道吉茜跟她聊了些什么吗？"他在浴室里，以一生中最快的速度冲澡。

"我不清楚。"希斯克斯在浴帘外面回答，"吉茜一开始都没反应过来她在和谁说话。我想你的名声至少是保住了。"他听得出她语气中的乐不可支。她在过去的 10 分钟里一直如此。阿什比关掉淋浴，擦干身子，将毛巾裹在腰上。他从浴室进了房间，从公用篮里拿起一个洁牙包。他瞥了眼镜子里的自己。"我看起来糟透了。"他撕掉包装上的密封套，然后把凝胶挤在舌头上。他把空包装袋一扔，合上嘴。他能感觉到凝胶在他的嘴里扩散，那是机器人在搜索牙菌斑和细菌。

希斯克斯靠在墙上，用爪子拿着一个马克杯。"没那么糟。即便真的很糟，我觉得她也不会在乎。"

"唔唔嗯哼。"

"你说什么？"

阿什比翻了个白眼，等着机器人完成清洁。他希望它们能速度快点儿。一分钟之后，凝胶变得稀薄，这表明机器人已经开始分解凝胶。他把嘴里带薄荷味的液体吐到水池里，然后冲走。"可是我说，我在乎。"

"我知道。你在乎的样子很可爱。"

他用手扶着水槽的边缘，望着镜子。他的眼睛里有点血丝，头发也很凌乱。他叹了口气，说道："我不想搞砸和她的见面。"

希斯克斯走了过来，把一只手放在他的肩胛骨之间。"你不会搞砸的，我们其他人也不会捣乱。不开你们的玩笑，也不会揶揄你们。我们知道这很严肃。"她指向柜台上的一堆衣服，"这是我能找到的最平整的裤子了，"然后她把马克杯递给他，"我还让主厨医师给你准备了这杯难喝的东西。"

他还没有端起杯子，鼻子就已经闻到了气味，是咖啡。"你最好了。"他把杯子放到嘴边。深黑色的咖啡散发出醇厚、苦涩的味道。他一下子感觉好多了。

希斯克斯拍了拍他的小臂："来吧，穿上你的裤子。我想见见那个能脱下它的女人。"

不一会儿，他就站在了气闸舱前，被自行组织起来的欢迎委员会——希斯克斯、主厨医师和两个技术员——包围着。咖啡因、肾上腺素和困意撕扯着他。他感觉糟糕透了。

"那么，阿什比，"詹克斯说，"你打算跟我们聊聊你俩是怎么认识的吗？"

阿什比叹了口气，说："现在不行。"

詹克斯笑了，他一上午都在笑。"我等着。"他从口袋里掏出一个装红草的盒子。

主厨医师用手肘碰了他一下，说："别抽红草，很多艾卢昂人对它过敏。"

詹克斯关上盒子，问道："真的过敏？不是科尔宾那种过敏吧？"

主厨医师发出打击乐声般的大笑，说："真的过敏。"

"艾卢昂人的船正在伸出它们的泊接管。"洛维说道。

阿什比能听到船体上叮当作响的金属声。

"他们的舱门打开了。我正在启动消毒程序。"

阿什比听到了气闸舱外面的脚步声。"噢，群星啊，她在这儿。她此刻就在这儿。"他的呼吸变得急促。

希斯克斯用脸颊磨蹭他的肩膀，问道："紧张吗？"

"为什么这么说？"

希斯克斯把下巴靠在他的脖子上，捏着他的手臂。阿什比嘴抽了抽。他知道这是一个友好的安抚动作，而佩应该也很了解安德瑞斯克人，知道希斯克斯这样做的意思。但是阿什比的人类大脑还是忍不住担心，佩走进来看到他与另一个女人勾肩搭背会做何反应。他低声说："希斯克斯，不好意思，你能不能别……呃……"

"嗯？"她的黄色眼睛不解地望着他，"哦哦，明白了，明白了。"她后退了一步，将双手背在身后。她没再说一句话，但是阿什比能看到她眼中的笑意。

"阿什比，这有点儿奇怪。"洛维说道。

"怎么了？有病菌？"

"不是，不是污染物。我不明白的是，我扫描了他们的芯片，显示他们都是平民身份。他们当中不是应该有两名士兵吗？"

"可能是便衣。"阿什比说，"洛维，可以让他们进来。我相信他们。"

"太酷了。"詹克斯低声对吉茜说。他们俩像小孩子一样咯咯笑了起来，想着："干柴烈火，你们两，规矩点。"

门滑开了。气闸舱里全是人，但是阿什比眼里只有一个人。他现在异常清醒。

佩走上前。"允许我们上船吗？"她深情地望着阿什比的眼睛说。他们之间的空气仿佛在升温。她现在不得不摆出船长的样子。但是阿什比看得出来，她有很多的话想对他说。

他点了点头，心领神会。"欢迎从茫茫宇宙来到吾之家园。"他说。这是地球移民欢迎刚上船的客人的一句话。"很高兴见到你。"他伸出一只手。这是他开的一个玩笑，但是两边的船员都不懂。他非常清楚艾卢昂人是通过与人手掌相贴的方式来表达问候的。但是第一次见到佩时他还不知道。同样，佩当时握住他的手之后也不知道该怎么办。

"我也很高兴见到你，老朋友。"她与他握手，偷偷使了个眼色。群星啊，她可真有两下子。阿什比要不是知道两人的事必须得保密，他可能会被她的冷淡所激怒。

双方开始互相介绍一番。佩和技术员们握了手，和希斯克斯贴了手掌（希斯克斯自然知道该怎么做）；在试图分辨出主厨医师的手脚时，还和主厨医师一起笑了起来。阿什比和佩的船员打招呼，假装不知道他们的名字、性情和个人经历。他知道船员中的苏拉和奥克斯伦两人知道他和佩的事。他见到他们时，他们也使了个眼色。据他所知，他们是银河系唯一知道此事的艾卢昂人。他要尽全力保证不再节外生枝。

两个士兵虽然穿着便衣，但是仍旧一眼就能辨识出来。首先，他们身上的武器比其他船员的要多（这让阿什比觉得有些不安）；其次，他们的肌肉更为壮硕。他们是一男一女，女人进行过眼部装置植入，装置下面有一道明显的旧疤。男人则很年轻，但是看上去很疲倦。阿什比不知道他参战多久了，也不知道货运船的短暂停泊会不会令他感到高兴。

阿什比看了一眼佩，她正在和他的船员谈笑风生。他曾经无数次想象过她在他的飞船上的画面。但此情此景，和他的白日梦很不一样。在他的想象中，佩会从气闸舱走进来，除了肩上的背包和眼中的笑意之外，什么也不带。他会搂过她的腰，向大家介绍她。希斯克斯可以径直给她一个欢迎的拥抱。他们会去"鱼缸"，主厨医师会在那里举办一场庆祝晚宴，他最爱的人们会在晚宴上熟络起来。他们畅饮丁酮酒，开怀大笑，在花园里惬意地散步。他的人生终于完满。但是此刻，在气闸舱里，双方显得泾渭分明：士兵和平民，艾卢昂人和其他种族，尖端科技和他们"有限的技术"。但即便如此，她还是来到了他的飞船上，和他的船员聊着天。他们之间的界限变得模糊。他能感觉到，她在把他从边界的那头拉过来。

"我真不敢相信，能在这里找到你们真是太幸运了，"佩说，"希望我们没给你们添麻烦。"

"你需要待多久就待多久。"或者干脆留下来，就这样。"我听说我们的技术员主动提出帮忙修理。"

"我们都准备好了，"吉茜把手放在皮带扣上说，"告诉我们哪儿需要修就行。"

"奥克斯伦会和你一起去。"佩说。

"我不是什么技术员。"佩的飞船驾驶员奥克斯伦说道。他身材高大，眼神明亮。"但是基本的东西我知道。"

那位女性士兵——塔克，如果阿什比没有记错名字的话——说道："我希望能用一下你们的检测仪和运维工具。我相信我们在这里不会遇到敌人。但考虑到之前我们船上发生的事情，还是谨慎为好。"

"希斯克斯可以带你去控制室，"阿什比说，"除非你想进入我们的人工智能中枢室进行手动操作。"他眼睛的余光看见詹克斯被这个建议惊呆——别紧张，詹克斯，他们不会弄坏她的。

"去控制室就行。"塔克说。她冲希斯克斯点了点头，于是希斯克斯领着她向大厅走去。全副武装的独眼艾卢昂人和一个穿着低腰裤、做了新指甲的安德瑞斯克人——阿什比觉得没有比这更奇怪的组合了。

"我们剩下的人恐怕只能等了。"佩说。

"哦，我想没那么糟糕。"主厨医师说，"现在我要去准备早餐了。不过，我得提醒一下，我的食谱不是为艾卢昂人量身设计的，所以这可能会是你们吃过的最难吃的早餐。"

那位男性士兵笑了笑，说："那是你没有吃过战地口粮。"

"你会大吃一惊的。"主厨医师鼓起脸颊。阿什比笑了。很少有事情能比给饥肠辘辘的人做饭更能让主厨医师高兴的了。"跟我来。让我们看看，保鲜柜里有什么你们感兴趣的。"

"请告诉我，你们船上有真的丁酮酒。"佩的一个船员说。这个船员背上捆着一把枪。要是拜尔和尼布看见这家伙，肯定会嫉妒不已。他们真的有必要在飞船上全副武装吗？

"丁酮酒管够，"吉茜说，"成箱都是。"

"噢，群星啊，真是个好消息。预封装的东西我真的要喝吐了。"

"每人只能喝一杯，"佩说，"我可不希望我的船员们都醉眼蒙眬地回到船上。"

"来吧，来吧，大家一起，"主厨医师说着，领着大家走出了气闸舱，"我不会让你们饿着离开的。"

剩下的艾卢昂人兴冲冲地跟他去了。"给我留一点儿。"他们身后的奥克斯伦喊道，他已经带着两个技术员从气闸舱外回来了。吉茜偷偷看了一眼佩，又对阿什比挑了一下眉。阿什比翻了个白眼，挥手打发她走。她咯咯地笑了起来，蹦蹦跳跳地走了。

两人静静站着，走廊彻底安静了下来。即便现在只剩下他们俩，阿什比还是不确定该说什么。他想亲吻她，拥抱她，冲回他的房间，任由佩把他的衣服脱掉。但他还是按捺住了，说："这，真是让人想不到。"

她注视着他，内眼睑缓慢地合上。她的双颊掠过一片不悦的黄色阴影。"你的船体有流星弹爆炸的痕迹。"

"你总是说那些最浪漫的事。"

"阿什比。"她怒视着他，"你发的上一条消息说，有人入侵了飞船，而且失去了一些补给，但你只字未提交火的事。有人受伤吗？"

"没有。"他停顿了一下，"只有我。但是我没事。"

她满脸怒色，问道："你为什么不告诉我？"

"因为我不想让你担心。"

她挺直脖子，说："现在，我们俩的情况好像倒过来了。"

"没有吧。是谁出现在我的飞船门口，说干扰炸弹的事？"

"只有一个炸弹，而且没人受伤。似乎是卸货港那边有人对战争有一些……意见。"

阿什比摇了摇头，说："罗斯克人正在攻击边界殖民地。怎么会——"

"我知道，我知道。人都疯了。"她皱起眉头，"说到这个，我越了解托雷米的情况，就越不喜欢它。"

"你从一开始就不喜欢。"

"听着，阿什比。我遇到了一个针孔拖船的船长，她一直在那儿接送外交官员。那些托雷米人，他们……很奇怪。"

"他们是不同的物种。不同物种都觉得彼此很奇怪。有时候我也觉得你很奇怪。"

"不，我的意思是那种奇怪让我感觉危险，但又捉摸不透。她说，她完全无法理解银河系共和国为什么和他们断交。外交官们一直在说与他们沟通是多么困难。但这并不是语言问题，而是想法上的差异。托雷米人想让所有人用同样的方式思考同样的事情，这已经够疯狂了。更糟糕的是，如果他们内部无法达成统一，那将变得一团糟。那位船长，她在几天前告诉我，当银河系共和国的外交官终于到了托雷米时，他们却在闹内部分裂。阿什比，我没有夸张，就在某次会议上，他们甚至不能就哈玛吉安人是不是智慧生物达成一致。"

"我相信他们现在已经想明白了。"

"也许吧。我只知道，她好几次听说有托雷米代表因为在会议上与高层产生分歧，后来就失踪了。她讨厌去那里。她说，每次当他们的船靠近那个地方时，她都很害怕。她不信任他们。我也不信任他们。"

"你从来没有见过他们。佩，如果他们没有信心保障我们的安全，是不会把我们一路送到托雷米的核心区域去的。我们不会有事的，别担心。"

她的脸颊因沮丧而泛起淡紫色："我连我自己船员的安全都不能保证，我怎么能不担心你们呢？"

他往走廊那边看了看，在确认没有人后，便拉起她的手，说道："吉茜说你失去了一个船员。"

她闭上眼睛，回答道："嗯，是萨尔。"

他紧握住她的手，克制着把她抱进怀里的冲动。"群星啊！佩，我很抱歉。"

"晚了，阿什比，都他妈的晚了。我们在德雷斯克的时候，他在一条巷子里被伏击了。他们挖出他的芯片，偷走了他那天取到的技术设备。如果我们有人陪着他——"

"嘿。"他用手捧起她的脸。他管不了那么多了。"嘿，别再说了。"

她把脸贴在他的手掌上，很快又抽离开，飞快地朝大厅瞄了一眼。"我很想你，"她说，"这些天……我想给你写信，可是——"

"我知道。"他说着，笑了笑，"好了，我带你看看我的飞船，我们好好聊聊。参观飞船还算是一项体面的活动，不是吗？"

她的脸颊泛起一丝欢乐的绿色，应道："是的。"

"不过你是怎么跟他们说的，关于你和我的事？"

"我跟他们说我们是在科里奥尔港认识的，就在我买下飞船之后。我在补给转运途中遇到了你，我们时不时地在码头碰上，就一起喝一杯。"

"呵，很真实。"

"嗯，说了些不痛不痒的事。老实说，这感觉有点奇怪。"她的脸颊变成了黄色，"我都习惯在与你有关的事情上胡编乱造了。"

"我觉得我应该在门口脱了鞋再进来。"詹克斯对吉茜说。他们正跟着奥克斯伦穿过艾卢昂护卫舰的走廊。

吉茜点了点头。她虽然在码头见过艾卢昂人的船，也在网络上看过船内的照片，但是当她真的进入一艘艾卢昂人的飞船……她感觉就像走进了一件艺术品的内部。灰色的墙面干净质朴，看不到一个螺栓和面板。她视线所及看不到任何独立照明光源，但却有连续而柔和的光线从弧形吊顶上射下来。船里没有窗户一般的结构，也看不到空气过滤器。整艘飞船如同一块石头般平滑，没有任何拼接的缝隙，也没有任何声音。艾卢昂人虽然有接收和处理声音与言语的技术，但是他们与同类交流时并不会使用。在艾卢昂人的船上，声音没有存在的必要。没有声音，也没有对讲机、喇叭和会鸣响的面板。就连生命维持系统和人工重力网的声音都很微弱，微弱到吉茜几乎都听不到（不过她觉得更有可能是专门这样设计的）。这份宁静让整艘飞船变得神圣起来，就像一座为了向先进技术致敬而建造的神庙。她和詹克斯的大而笨重的靴子踏在地上发出的闷响，以及工具发出的"哐啷"声，就像是一种冒犯。她在来之前换上了一条相对干净的连衣裤，为此她感到庆幸。

"生命维持系统在这儿。"奥克斯伦说。他把手掌放在墙上，墙体的一部分四散开来，形成一个开口。当吉茜从开口穿过时，她看清了开口的框架，开口的四条边框就像最厚实的混凝土一样坚固。

"这是什么原理？"吉茜问道。她用手抚摸着墙体，墙体冰冷而结实，可她能感觉到结实墙体之下的韧性。"应用了某种响应型高分子聚合物？"

"是的。我们通过静电晶格来完成塑形，它会对我们皮肤中的生物电信号做出响应。"

"哇！"吉茜凑近去研究墙面，"它是什么材料做的？"

"那个……超出我的专业范围了。我相信你能在网络上查到。"他们走进一个装载了各式各样技术设备的房间。这些设备比吉茜常见的漂亮太多太多了，但她还是能认出来。奥克斯伦指了指位于房间管道网络中心的一个大型设备："这是——"

"你们的空气调节器。"吉茜双手叉腰，一边点头一边查看。"看起来和我们的很像。"

"除了漂亮得多。"詹克斯说，"看看那些稳定器。"

"哇哦，"吉茜说，"你看那些闭锁装置。棒！太棒了！简直太棒了！"她向奥克斯伦探头问道："炸弹在哪儿？"

"左上角，位于……"奥克斯伦指了指大致的位置，"那上面有个小旋钮的疙瘩后面。"

吉茜从空气调节器的一侧爬上去，小心翼翼地趴在最坚固的管子上。在核心中继器——那个上面有个小旋钮的东西——后面有一块裂开的金属，一看就是剧烈放电导致的。她从腰带上取出技术眼镜戴上，然后撬开金属片，透过放大镜朝里面看。

"哇哦，"她说，"这里面的所有节点都烧焦了，滤波继电器也坏得不能再坏了。你的修理机器人做的临时处理还不错，但是这还需要——天哪，你看那儿。哇哦。"她摘下眼镜，戴上手套，把手伸进洞里。

"怎么了？"詹克斯问。

吉茜戴着手套对损坏的设备检查了一番。"整个调节器轴都脱落了，完全坏了。"

"要我去拿一些填料片吗？"

"嗯，顺便把你的钳工工具也带上，有一整块电路板的线需要重新排布。还有零食，詹克斯，我们需要大量的零食。"她揉了揉左眼，试图驱散困意。她已经一天没有合眼了，但这算不上什么新鲜事。她的腰带上别了一瓶快乐茶，口袋里还有一包兴奋剂。如果她困得不行了，这些东西就能派上用场。

"那么，你们能修好？"奥克斯伦问道。

"哦，当然。"吉茜说。她看着奥克斯伦的眼睛，把一只手放在心口的位置，"我说能修好，就一定没问题。"

罗斯玛丽坐在一摞空的蔬菜箱上吃着胡椒泡芙。她旁边的希斯克斯正靠在主厨医师的一个虫子培育罐上。储藏室与厨房被一块半掩着的窗帘分隔开来，炉子在嗞嗞作响，炉子里的虫子正扭动着……这里可以说是一个聊八卦的好地方。

"他们真漂亮！"罗斯玛丽看着外面的艾卢昂人，他们正围在餐桌边开心地吃喝着。"真希望我也有鳞片。"

"这可是你说的，"希斯克斯说，"到时候蜕皮可别不高兴。"

"艾卢昂人也会蜕皮吗？"

"不会。这些浑蛋。"她从罗斯玛丽腿上的碗里拿了几个泡芙。

"你觉得他们漂亮吗？我知道我们的审美标准可能不同。"

"话是没错，但艾卢昂人是个例外。我觉得他们过于漂亮了。"希斯克斯大声咀嚼着泡芙。

"哈玛吉安人对此可能有不同的意见。"

"哈玛吉安人对此没有发言权。"

"为什么？"

"因为他们没有骨头，而且浑身黏糊糊的。"

罗斯玛丽哧哧地笑道："这又不是他们的错。"

"但我说的可没错。"希斯克斯咧嘴一笑，"你看他们。"她朝艾卢昂人的方向抬了抬下巴，"你看看他们举手投足的样子，哪怕是再小的动作，比如那个人，你看她端杯子的动作，他们不是在动，而是在起舞。"她又抓起一把泡芙,"他们让我觉得自己像……呃,地球上有一种巨大且丑陋的爬行动物叫什么来着? 灭绝了的那个? "

"唔……"罗斯玛丽绞尽脑汁地想,"我不知道。鼷鳞蜥吗? "

"我不知道鼷鳞蜥是什么。我说的不是最近一次灭亡时期消失的物种,而是那种古老的爬行动物,生活在几百万年前的。"

"恐龙? "

"是的! "希斯克斯弓起背,缩起手臂,腿夸张地弯着。她在储藏室里笨拙地挪动身体,跺着脚走来走去。

罗斯玛丽大笑起来,说:"可你不是恐龙。"

"你又不知道。你当时可不在那里。也许一些恐龙造飞船离开了地球。"

罗斯玛丽上下打量着希斯克斯。她有着锃亮的绿色鳞片,色彩鲜艳的羽毛,爪子上绘着充满艺术感的旋涡状纹路。她的低腰裤开得很低,正好遮住她独特的臀部。即便在一堆旧板条箱和作为食物的虫子中间装疯卖傻,也那么可爱。"你太漂亮了,不可能是恐龙。"她说完这话,感觉自己脸红了起来。她希望不会被看出来。

"那我就放心了。"希斯克斯直起身说,"如果我没记错的话,它们挺倒霉的。当时发生了什么? 伽马射线爆发? "

"行星撞击地球。"

"太惨了! 银河系本可以有更多的爬行动物。"

"不过话说回来,它们的灭绝为我们这些毛茸茸的奇怪生物腾出了生存空间。"

希斯克斯大笑,亲切地捏了一下罗斯玛丽的肩膀,说:"而我喜欢你们这些毛茸茸的奇怪生物。"

罗斯玛丽微笑着站了起来。"你想喝气泡水吗? "她说着走向冰箱。

"嗯，谢谢。泡芙有点儿腻。"罗斯玛丽去找饮料，希斯克斯看着那些艾卢昂人。"我听说，在战场上遭遇艾卢昂人是一件非常可怕的事。他们不会发出一丁点儿响动。一大群人就这么悄声无息地置你于死地。"

"呃，"罗斯玛丽递给希斯克斯一瓶冰镇蜜瓜气泡水，"这真是让人发毛。"

"你听说过特科瑞特之战吗？"希斯克斯问道。她看向手里的长颈瓶："我需要一个适合安德瑞斯克人喝水的杯子。"

"噢，你说得对，我很抱歉。"罗斯玛丽说。她穿过门廊，打开储藏室外面的碗橱，想从里面找一个适合没有嘴唇的物种喝水的容器。在厨房的另一端，科尔宾站在了厨房吧台前，瞥了她们一眼，然后拿起公用的玻璃瓶，给自己倒了一杯茶。希斯克斯虽然没有理会科尔宾，但是罗斯玛丽看到她的羽毛微微立了起来，问道："特科瑞特之战是什么？"

"那是银河系共和国建立之前的一次小范围的领土争端。当时我们都在急切地争抢着适宜居住的行星。特科瑞特之战是艾卢昂人与安德瑞斯克人之间为数不多的一次冲突。其实双方只是起了争执，并没有正式开战。这场战斗发生在一个深夜，三队艾卢昂士兵潜入了安德瑞斯克人位于特科瑞特的基地。他们从四面八方潜入，就像我刚才所说的那样，悄无声息。"

"安德瑞斯克人怎么应对的？"罗斯玛丽边问，边递给希斯克斯一个杯子。

希斯克斯咧嘴笑了一下，说："他们关掉了光源，因为艾卢昂人无法夜间视物。"

罗斯玛丽想象着：一幢漆黑的建筑里，满是沉默的士兵，他们什么也看不见，被黑暗中伸出的利爪逐一干掉……她不禁打了个冷战。

"说起艾卢昂人，"希斯克斯说，"我很想知道我们的船长在哪儿。"

她朝对讲机走去，"嘿，洛维。"

"无可奉告。"洛维说。

希斯克斯和罗斯玛丽笑着交换了一下眼神。"不能说？"希斯克斯问。

"你听到我的话了。不行。"

"拜托，你不必说他们在做什么，就告诉我他们在哪儿——"

"哦，糟糕！我好像……电路……出问题了。我不能继续跟你们对话了。"对讲机关闭了。

罗斯玛丽和希斯克斯大笑起来。但是当科尔宾走进储藏室，她们的笑声止住了。"你知道吉茜和詹克斯什么时候回来吗？"他询问罗斯玛丽，"他们已经消失5个小时了。"

"抱歉，我不知道。"罗斯玛丽说。

"大概呢？"

"我真的不知道。"

科尔宾生气地说："他们10天前更换的搅拌机又卡住了，传感器没有反应。我等得快不耐烦了。"

罗斯玛丽本想说，外面可是有一艘艾卢昂人的船快无法供氧了，但是既然希斯克斯没有开口，她也选择保持沉默。"如果我看到他们，我会让他们去找你的。"

"谢谢。"科尔宾不情愿地点了一下头，然后离开了。

罗斯玛丽转向希斯克斯，希斯克斯正望着自己的杯子，一副若有所思的样子。"怎么了？"

希斯克斯深吸了一口气，仿佛从深思中缓过神来。"噢，我在想要不要跟艾卢昂人说，科尔宾是个罗斯克间谍。"

罗斯玛丽哼了一声，说："我相信他们会善待囚犯的。"

"问题是我觉得那种艾卢昂人的民用飞船里应该没有关押间谍的

地方。"希斯克斯喝了一口饮料，"但我相信他们可以用气闸舱代替一下。"

"哐啷"一声，吉茜手里的扳手掉在了调节器的后面。"哎呀！"她爬下管子，手在机器和墙壁之间摸索着。

"需要我帮你捡吗？"詹克斯问。

"不用，我够得着。"吉茜跳到地板上，开始寻找这个"迷路"的扳手。往前走了几步之后，她站住了。哪里不对劲！她转过身来，看向墙。墙上有一个开口，但它并没有与周围的墙体完全贴合。接缝处颤动着，仿佛有人正在快速地开合着它，而它来不及响应。

"嘿，奥克斯伦。"吉茜喊道。

"怎么了？"

"这后面是不是有一个服务面板？"

"应该是，怎么了？"

"好像失灵了。"吉茜想了想墙体的工作原理，"会不会有什么东西干扰了晶格结构，比如电路松动之类的？有什么东西在发送信号吗？"

"有可能。我也不知道。你认为是炸弹弄坏了它吗？"

吉茜转头看了眼调节器。核心中继器在很高的地方。她摇了摇头说："我觉得不是这个原因。这下面的其他东西都没有损坏。"她把手放在面板上，感觉手指下面的高分子聚合物液化了——尽管这样说可能不太对，因为她并不觉得墙壁是湿的。应该说是……流动起来了。吉茜笑道："真酷。"面板熔化了，它的外框扭动着，最后固定住了。她把头伸进墙里，然后打开了眼镜上的小射灯。

墙体里有电力管道、燃料管、排水管……你能想到的飞船墙体里有的东西都在。吉茜走了进去，里面有一条狭窄的维修通道，可以容纳一个技术员通行。通道向上延伸，直至消失在飞船内部漆黑的深处。她环视一圈，开始检查有没有漏电的电路或是破损的管道。

一道微弱的黄光一闪而过，引起了吉茜的注意。就在她的头顶上方，她伸手就能碰到的地方，一个奇怪的东西紧紧地缠在一束燃料管上。那东西是黑色的，形状扁圆，像一只金属水母，"触手"紧紧缠绕在管道上。它与周围的技术设备显得格格不入，但是吉茜也说不上来哪里不对劲儿。黄光闪了一下，停了一阵，又闪了一下。

"这是——"吉茜喃喃道。她将手伸向那东西，可手指还没碰到，她就僵住了。她瞥见了另一个闪光点。她探着头沿通道向前走，接着又发现一个，就在离她几步远的地方。每隔几步，就有这样一个闪光点。

吉茜关掉自己的小射灯，只见黄色光点依次排开。这些光点有节奏地闪烁着，延伸到黑暗的尽头。

一瞬间，她意识到了它们是什么，恐惧从心底升腾起来。

好像被灼烧到了一样，吉茜朝着墙上靠去。"快跑！快跑！"但是她没有跑。她站在原地，瞪着眼睛。

"吉茜？"詹克斯叫道，"你那儿没事吧？"

她使劲咽了咽口水，让喉咙不那么干涩。"炸弹。"她说。

"你说什么？"

"炸弹！"她大声说，"墙上，整面墙上全是炸弹，而且是很大的炸弹。"早些时候，她找到的摧毁空气调节器的那个炸弹的外壳是完好的，大约和她的小拇指一样大。而现在这些炸弹，有摊开的手掌那么大。这么大的炸弹，肯定不是想毁掉某个独立的系统，是为了制造一场灾难。

回到房间，詹克斯和奥克斯伦一阵慌乱。他们不停争论着，并打电话给各自的头儿。但是，吉茜似乎和他们不在同一个世界——她听到自己的心怦怦跳，全身肌肉都在颤抖。她的身体乞求着离开这里。

"它们还有多久爆炸？"对这个问题的冷静思考让她从恐慌中稳住了心神。她思索着：如果它们即刻爆炸，那逃跑也没用——不论是她，还是货船，抑或是"旅行者号"。但要是晚些才爆炸，哪怕只有一两分钟，也许她可以……

她看向离自己最近的邪恶金属"水母"。即便会爆炸，它也是机器。她了解机器——只要是机器，就遵循某些规则。

"奥克斯伦，"她喊道，"那些士兵里，有弹药专家吗？"

"什么？不，不，他们只是警卫，我们没有人会——"

吉茜无视了奥克斯伦接下来想说的话。她从腰带上取下一把剪刀，打开眼镜上的小射灯，然后爬到炸弹旁边。

"吉茜，"詹克斯说，"吉茜，你得离开那里。"

"安静，"她说，"给我一分钟的时间。"

"我们可能没有一分钟，吉茜，炸弹随时可能爆炸，你快离开那里。"

"如果我们没有一分钟，我在哪儿又有什么区别。"

"吉茜——"奥克斯伦又开始说。

吉茜戴上了扫描透镜。"你们俩，都给我闭嘴。我能搞定的。你们闭嘴就好。"

吉茜听到很远的地方有喊叫声，还有"叮叮当当"的响声——可能是詹克斯正从管道爬过来找她。她没有理会，透过镜片观察着炸弹的中心部位。它的内部是固体炸药——从其密度看，应该是凯君姆——这绝对是个好消息。首先，凯君姆只能通过外部手段引爆，所以炸弹本身没有什么好担心的。更棒的是，她接触过凯君姆——在她十几岁的时候。她正是因为和朋友们用一批凯君姆炸了一艘老旧的小型飞船，所以被关了一整个暑假的禁闭。这东西属于廉价的爆炸物，一般用于粉碎岩石，在任何集市都能买到。如果这些炸弹是凯君姆，那就意味着爆炸分两步进行：首先，启动加热装置；接着，达到一定温度后，凯君姆被引爆。吉茜脱下手套，在炸弹的边缘摸索着。还是冷的，看来运气不错。接着，她用手指摸向炸弹接缝处。"就在那儿。"她翻了个身，在燃料管道内弓着身子。从这个绝佳的视角，她能看到管道背面凸起的一个小巧的触发旋钮，旋钮周围布满了干燥的密封胶。这可不是什么高端的军用级技术手段，而是某个外行所为。

她用牙咬住剪刀，从腰带上取下一把电热锥。在灼热的锥尖作用下，密封胶咝咝作响，逐渐消融。她换上放大镜片。"好吧。这旋钮看起来像触发器，所以要是我只把它弄松——"黄色光点稳定地闪烁着，与之前一样，毫无变化。"加热器在这儿。还有——"她屏住呼吸，从框架中往外带出旋钮。旋钮后面连接着一根细长的电线。她把电热锥扔在地板上，从嘴里取出剪刀拿在手上。她的手开始颤抖。"咔嗒"一声，她切断了电线。

光点停止闪烁。

"吉茜——"

她从破烂的管道墙面上撬出了雷管。雷管落在她的手心，沉重、冰冷，再也不能制造威胁。她的嘴唇哆嗦着，目光飘忽。她沿着墙壁滑坐在地板上，另一只手扶着额头。

"群星啊，"詹克斯踢了一下墙角，"你做到了！"

吉茜深吸了一口气，颤抖得更厉害了。她大笑起来。

话匣子有一个问题，就是操控它时得全神贯注。如果戴它的人分心或者受干扰，转码出来的话就会变得乱七八糟。佩现在就是这种情况。阿什比从未见过她如此沮丧。她站在那里，满腔怒火地看着吉茜拆卸下来放在餐桌上的那些报废的炸弹。她的双颊满是愤怒的紫色，颜色深得就像瘀伤一样。

"我不能……这些浑蛋……我们可能……害得你们……对不起……"

"佩。"阿什比举起手打断她，小心翼翼地注意着自己说话的语气。他俩被他和她的船员们围绕着。他很惊慌，她很愤怒，船员们都很害怕。在这种情况下，他们中的任何一个都很容易出昏招。"冷静下来。"

她颤抖着吸了口气，脸上仍是一片紫色："萨尔。我想，他的意外绝不是巧合。"

"什么意思？"她的一个船员问道。是苏拉，一个矮个子女性。

"你想想，如果艾卢昂人惹火了你，你想要搞破坏，那为什么不去炸一个接驳枢纽或者维修站，反而是炸一艘货船呢？"

奥克斯伦的脸颊颜色也变深了。一桌人中有很多人的脸颊都变成了紫色。"他们炸掉了我们一个重要的系统，迫使我们停下来修理。他们认为我们会找个星港停靠，于是安排那些炸弹在几天后爆炸——因为那是我们抵达停靠站的时间。这就是那些炸弹还没有爆炸的原因。他们没有想到，我们会沿途寻求帮助。"

苏拉眯起眼睛，说："他们还得确保我们没有技术员，无法在爆炸后修好系统。他不是单纯地遭到抢劫，他们一定盯上他很久了。"

佩向窗边走了几步，紧捏着拳头。阿什比双手放在口袋里，站在那儿。希斯克斯发现阿什比在看自己，便悄悄对他比了一个安德瑞斯克人表示同情的小动作。

"这些账我们以后再算。"佩转过身说。她的两颊变成了灰蓝色。"现在有一个更重要的问题。阿什比，我不敢相信竟把你卷了进来。我很抱歉。"

"别这么说，"阿什比说，"要不是吉茜，你可能根本不知道出了什么事。"

"看，这就是为什么说修理机器人很蠢，"吉茜说，"有好多事情它们——"

詹克斯把一只手放在吉茜的胳膊上，说："现在就别说这些了，吉茜。"

塔克拿起一块炸弹碎片，说道："一定是某个码头工人干的，趁其他人卸货的时候溜进了飞船。这是我们的错。我们太大意了。"

"没有人会料到这些。"佩说，"我干货运都有 10 个标准年了，想从我手上抢东西的人，总是光明正大地冲着我来。我从没遇到过这么卑鄙的手段。"

塔克的内眼睑动来动去。"我不明白他们费了老大的劲儿登上我们的船，为什么还要用那么原始的技术。"

"如果是在公共停泊港口，就只能采用这种技术。"詹克斯说，"他们怎么可能把组装好的炸药带过安检？他们只能把炸药的各个部分分批次带过去，然后重新组装起来放进某个柜子里藏起来，这样好操作得多。凯君姆本身也有一些合法的用途，很容易带一些进去。剩下的就看运气了。"

"幸好他们只是用了凯君姆，"吉茜说，"不然的话，我可能就束手无策了。他们真应该雇几个更好的技术员。"她抬头看向艾卢昂士兵，"那个……我的意思是……嗯，呃……"她从身旁的盘子里拿起一块饼干，塞进嘴里。

佩用手敲击着桌子，说："你确定船上没有他们的人了？"

"是的。"奥克斯伦说，"在确认目标之后，我进行了地毯式搜查。"

佩的面颊上交织着多种颜色。阿什比知道那种表情的含意——犹豫。"吉茜，有一个问题我必须得问。"阿什比说。

"是的，我能做到。"阿什比还没问出口，吉茜就直视着他做了回答，"我能行。我修改了计时器，它们被设置为 3 天之后爆炸。我拆弹用不了那么久。"

"我不怀疑你能做到。"阿什比说,"但是,你搞定了一个,不代表你能搞定其他的。"

"如果我们什么都不做,它们都会爆炸。"

科尔宾占据了厨房柜台旁的有利位置发言:"那很糟糕吗?这种……情况将我们都置于危险境地。特姆船长,我无意冒犯,但这不是我们的问题。"希斯克斯嘴巴大张着,但是科尔宾继续说道:"我相信我们可以找个地方把你们放下,然后你们可以从那儿中转去你们要去的地方。你们不如弃船,让我们送你们一程。我们甚至可以为你们的一些重要货物腾出空间,只要你们考虑好哪些是重要货物。"

佩看向那两个士兵。他们的脸上也是一片复杂的颜色,像万花筒一样快速切换。

过了一分钟。"呃,那……"吉茜说。

詹克斯皱起眉头说:"他们在说话,吉茜。"

"哦。"吉茜用手捂住嘴巴,"好的。"

佩呼了一口气,说:"抱歉。问题是,我们的货物……很重要。士兵们觉得,只要有一丝可能挽救所有的货物,我们都不应该放弃。"她的视线与阿什比交汇,"我很不愿意这样说,但我倾向于赞同他们的意见。不是因为这是我的船,也不是因为我想得到报酬,而是因为我们运送的货物……真的有很重要的作用。我很抱歉,我……"她看了一眼士兵们,"我只能说这么多。"

阿什比看着吉茜,说:"我不会逼你去拆除炸弹的。"

吉茜点了点头,阿什比从未见过她如此镇定。"我也说过了,我可以搞定。"她拿起了雷管,"拆开它的时候,我吓坏了。现在,我已经百分之百冷静下来了。如果我在慌乱的时候都能够拆除它,那么现在更不成问题。"她冲罗斯玛丽微微一笑,罗斯玛丽正咬着嘴唇。"放心吧。"她说。

"我和你一起去，"詹克斯说，"两个人比较快。"

"不。"吉茜说，她说话的声音变轻了，"还是有可能出事的。"

"不管怎样，你需要一些帮助。"詹克斯坚持。

"不管怎样，你应该留下。"她摆弄着雷管，"如果我出了事，你就得顶上，'旅行者号'不能没有技术员。"

詹克斯瞪着她，说："我不允许你这样说。"一桌人都能听到他的话，但是只有她能从他的声音里听出藏在急切里的温柔。

"我们应该把两艘船尽可能地分开。"科尔宾说，"如果真的出事，我们需要保证自己飞船的安全。"

佩点点头，说："这是个明智的做法。吉茜去拆炸弹的时候，我的船员会待在这里。我会和吉茜一起去。"

"为什么？"阿什比还没来得及细想，话便脱口而出。但并不只有他是这个反应，其他艾卢昂人的脸上也闪过急切的神情。

"让我去，"塔克说，"保护这艘货船是我的职责。"

"这是我的飞船。"佩说。

"你是个平民。"

"这是我的飞船。"佩身体前倾，一脸的坚定之色。不管她说了什么，至少塔克被说服了。佩转头对吉茜说："我不会让其他飞船的船员去冒我自己都不准备去冒的险。"然后佩看向阿什比，说道："别担心。要是我们遇到处理不了的情况，我们会立马离开那里。我会照顾好她的。"

阿什比叹了口气，勉强挤出一个最勇敢的微笑，说："我知道你会的。""但是谁来照顾你？"阿什比在心中说道。

吉茜站在打开的服务面板前，手握工具，目光涣散。小黄灯在黑暗中闪烁。它们在等她。她没有动。

佩把一只手放在她的肩膀上，问："需要鼓鼓劲儿吗？"

吉茜摇了摇头，说："不，我挺好。"

佩侧着头眨了眨她那古怪的眼皮，问："你们人类假装不害怕的时候，是不是都这样？"

"真的没有，我很好。"她爬进墙里。佩跟着她，爬向最近的触控面板。

吉茜来到离她最近的炸弹旁，它看起来比第一个炸弹小。她打开了眼镜上的小灯泡，气定神闲地开始工作。"只有人类才会假装不害怕吗？不是每个物种都这样吗？"

"哦，不，只有人类。看见了吗？"她指着自己布满优美鳞片的脸上的彩色斑点。

吉茜松开炸弹，抬头看了一眼。"我……不知道那代表什么。"她满脸歉意地说，"对不起，我真的没接触过艾卢昂人。"

"它们是红色的吗？至少大部分是吧？也许里面混了一点黄色？"

"全是红色，旋涡状的。"

"是的。我的害怕写在脸上。"她昂起了头，"我很好奇为什么你不害怕。"

吉茜抿了抿嘴，低头看向那个待拆的爆炸物。"我不知道。我刚发现它们的时候害怕极了，但是现在，我觉得不那么怕了。也许还有点儿紧张，但是这种紧张和修理飞船外壳或者扑灭电路火灾时差不多。问题就在那儿，而且很棘手，但是我不害怕。我也不清楚为什么，但是你应该理解了。"

"你已经了解清楚情况，而且相信自己能搞定它。这很合理。"

"我想是的。"她们不再说话，吉茜开始着手拆除炸弹。她熔化密封胶，切断电线。当雷管掉在吉茜手中时，佩大出了一口气。声音从她的口中传出，而不是从话匣子里，这让吉茜有些不习惯。

"群星啊，"佩说，"我觉得自己真没用，帮不上忙。但我还是得说，要是换了我，我不确定自己能办到。"

"真的吗？"吉茜说着，继续往前移动，"但你一直在处理这种棘手的事情，诸如枪指着你的头、船上有坏人之类的各种危险状况。"

"枪和……坏人，是的。但是这玩意儿，"她朝炸弹的方向抬了抬下巴，"我从来没有遇到过。它超出了我的能力范围，所以我感到害怕。在陌生的环境中对情况缺乏掌控，没有什么事情比这更令人不安。"

吉茜拿起她的工具再次开工，舱中再次安静了下来。她蹲下来检查密封胶。她皱起眉头，将一个放大镜片戴上。"啊，群星啊！"

"怎么了？"佩问道。她几乎可以听得出佩的声音变得紧张起来。

"别担心，没什么大不了的。"吉茜翻了个白眼，笑着说，"那些黑客真是笨手笨脚。他们把密封胶弄到电线里了。"

"那很糟糕吗？"

"不，只是很蠢。这下我得用超低温熔化它了，要避免凯君姆过热。"

"那很糟糕，不是吗？"

"弄不好的话，会很糟糕。但是我会很小心的。这得花上很长的时间。一群蠢货。"她叹了口气，给热锥换了一个小锥尖，并调低了温度。她们沉默了好一会儿。吉茜的脖子因为弯得太久，已经开始难受。"嘿，呃，我知道我才刚认识你，但我能冒昧地问你一个问题吗？"

"鉴于你帮了我们这么大忙，我认为你有权问任何你想问的问题。"

"有道理。"她目不转睛地盯着密封胶，"好吧，是关于枪的问题。刚才说了，你经常遇到这种状况。"

"你是说用枪，还是枪指着我？"

"都有吧。我想问的更像是那种场面——人们都很愤怒，而且持有枪。"

"我不确定你说的这种情况是不是经常发生。不过，我确实可能比普通人见过的次数多。"

"多到你不会再害怕了。"

"我可没这样说。"

"你刚才说的。"

"我说的是我对这种情况不陌生。两者有很大区别。"

"但是在这种事发生的时候，你是怎么克服恐惧的呢？"

"我不明白你的意思。"

密封胶的上边沿开始闪光。"你刚才说，这种情况在你的掌控之下。我是想问，如果你用枪指着别人，别人也用枪指着你，你得克服恐惧才能赢过他们吧？"吉茜问。

"其实……不是这样的。"佩停顿了一下，"你问这个，和阿卡拉克斯人的那件事有关吗？"

"你听说了？"

"是的。那件事还在困扰你吗？"

吉茜舔了舔嘴唇。"管它呢，我们可能都活不过1个小时。"她心想。"那件事发生以后，我就没怎么睡过觉了，我也不知道该怎么跟我的船员说。我很累，累到骨子里了，但是我害怕我醒来的时候有陌生人拿枪指着我的头，所以我不敢睡。我要么用药水来麻痹自己，要么不停地工作，直到我昏睡过去。我知道这很蠢。我知道发生在我们身上的事很罕见，并且以后大概率不会再发生，但是比起眼前这堵死亡之墙，我更害怕那件事。我只是——我说不好，我也挺生自己的气的。"密封胶熔化发出的刺鼻气味弄得她的鼻子痒痒的。她用指尖戳了戳接缝，黏黏糊糊的，但还是紧紧地连着的。她绷着脸，说："群星啊，快熔化吧！"她把一缕散下来的头发别在耳朵后面，"抱歉，我不应该跟你说这些。这听起来一定很傻。"

"这听起来并不傻。不过，我很好奇你为什么跟我说这个。"

"因为你知道这种事。我想也许……我只是想知道，面对外面这些糟心事，我怎么才能不再感到害怕，继续生活。"

佩沉默了一会儿："吉茜，其实我什么都害怕，一直都是这样。我害怕我的飞船被击落，从而迫降在边缘星球；我害怕战斗中身上的盔甲裂开；我害怕下次不得不拔枪时，对手的动作比我更快；我害怕自己犯的错会给我的船员造成伤害；我害怕防护服会破损；我害怕蔬菜没有清洗干净；我害怕鱼。"

"鱼？"

"你没有见过我老家殖民地的鱼。它们长着很尖的牙齿。"

"但是你是怎么应对的呢？"

"应对什么？"

"那些你害怕的东西。"

"你是说，为什么我能睡得着，而你睡不着？你是在问这个吗？"

"是的。"

"我不知道。也许这就是我们的不同。毕竟，我们是不同的物种。"她停顿了一下，"也可能是我从没想过问别人你问的这个问题。我从不认为恐惧会消失，仅此而已。它提醒我，我渴望活下去。我不觉得这是一件坏事。"

"等等，停一下。"吉茜说。熔化的密封胶终于开始滴落到地板上。她从腰带上取下一把轻巧的镊子，把电线从密封胶黏液中拽了出来。她戴上镜片，检查雷管。雷管是温热的，但温度还不足以使之爆炸。她满意地点了点头，切断电线，擦掉裤子上的黏胶。"好了，安全了。"她抬头看了看通道，那里的黄灯闪烁着，等待着她。"虽然这样说很奇怪，但是很高兴知道你害怕鱼，以及其他的事物。"

吉茜虽然读不懂佩脸上颜色的意思，但是能感觉到这位女士看起来很开心。"我很高兴，虽然我不知道我理解得对不对。我觉得我并没有回答你的问题。"

"你回答了。"她松开手，雷管掉了下来。"真希望我可以早点认识你，而不是在这样的情况下。"她转头看向佩，"我知道这对你来说很难，但你随时可以来我们飞船住。我觉得某位地球移民船长会很高兴的。"

"我也想。"佩说完，沉默了一会儿，她的脸转为橙色。"或许会有机会。"她吸了一口气，朝通道抬了抬下巴，"但还是先让我的船从爆炸的危机中解脱出来吧。"

詹克斯身子后仰，用胸部去分担怀里螺栓桶的重量。他忍着手臂的酸痛，把螺栓桶搬进货运电梯，沿着走廊搬到"鱼缸"那儿。阿什比坐在一条花园长凳上，透过窗户盯着远处的小点——那是佩的飞船。詹克斯绕过长凳，站到了阿什比看得见的地方。

"嗨。"他说。

"嗨。"阿什比转过头。

詹克斯把桶倒转了过来。螺栓像下大雨一样，"哗啦啦"全落到地板上。"这里有几百颗螺栓，形状不同，大小各异。吉茜总是把它们放在同一个公用桶里，这真让我受不了。"

阿什比眨了眨眼，问："为什么要倒在地板上？"

"因为我们要对它们进行分类。我们要把它们分门别类地堆成漂亮又整齐的小堆，然后放进不同的小桶。这样的话，以后找螺栓的时候我就不用再翻了。"

"我明白了。"阿什比又眨了一下眼，"但我们为什么要这样做？"

"因为有个浑蛋把这些螺栓倒在地上，所以得收好它们。既然要收好它们，不如收的时候把它们分好类。"詹克斯坐了下来，舒服地靠在一个花盆上，开始分拣起螺栓。"瞧，我在整个银河系里最好的朋友正在另一艘飞船的墙后面拆除着某些人渣埋下的炸药。那里很黑，她得折腾那么多的电线，现在可能手都酸了，而我只能在这儿担惊受怕。我真不知道没有她我要怎么办。我帮不上忙。我什么都做不了。什么都做不了。我知道这件事非她不可，我也知道她不需要我帮忙，但是不管怎样，她身处危险之中，我却一点儿忙也帮不上。我想做点儿什么，但是我什么都做不了——这简直让我抓狂。我甚至不能抽烟，因为这儿有艾卢昂人。所以，好吧，我来给螺栓分分类。"他抬眼望向阿什比，说："我认为有类似感受的人应该和我一起做这件事。"

阿什比挠了挠胡子，问："为什么？"

詹克斯用手扫开地上的螺栓，清理出一块工作区，说："因为这件事很耗时，是个浩大工程。总比你傻傻地望着窗外要好。"

阿什比一声不吭地坐了一会儿。最后，他还是凑了上去，双手攥在一起，认真地问道："我们把它们按大小还是按形状来分类？"

"先按形状。在同一形状下，再按大小分。"

"我去弄点提神的怎么样？"

"好主意。"

大约两个小时之后，吉茜和佩返回了"旅行者号"。墙后面一共有46个炸弹，现在都拆了下来。让吉茜很不爽的是，这些凯君姆还得分开放。佩为了安全起见，又检查了两次飞船。吉茜双手酸痛，后背僵硬，一直在黑暗中眯起眼睛也让她头痛。能回来，她感到很高兴。

当她穿过气闸舱返回，大家都围了过来：希斯克斯使劲抚摩她的头，弄散了她扎好的头发；罗斯玛丽眼中含泪；詹克斯给了她一个迄今为止最棒的拥抱；洛维絮絮地说着她有多担心；就连欧翰也一瘸一拐地过来向她鞠躬致敬。

她觉得自己像个英雄。

主厨医师为大家做了一顿丰盛的晚餐：红海岸虫子、油炸脊根、咸辣脆豌豆。艾卢昂船员们一开始都觉得吃虫子有点儿奇怪——毕竟对他们来说，红海岸虫子是害虫。但他们还是吃了——或许这并不仅仅是出于对味道的好奇。大家谈天说地，不知不觉中，你甚至会忘记，在某个平行宇宙中，他们可能已经死了。

时间差不多的时候，希斯克斯和奥克斯伦皱起眉看了一眼各自的平板电脑，他们露出那种所有宇航员都心领神会的"时间不早了，该走了"的表情。于是，大家开始互相道别。当吉茜看到佩和阿什比友好地握手时，她的心都碎了。"该死的，让他们亲热一阵吧！这太不公平了。"奥克斯伦读懂了她的眼神，会意地偷偷冲她点了点头。哈，也许并非所有的艾卢昂人都是那么一本正经。

艾卢昂人的飞船开走了，吉茜也告辞回房间去了。她慢悠悠地洗了一个澡。平时，她对所有人的要求是 15 分钟内必须洗完。这次，她给了自己 22 分钟。她觉得，这额外的 7 分钟是她应得的，而且过滤水也够用。洗完澡后，她回到自己的房间。主厨医师给她留了一大杯茶和两个春饼。她笑了起来，穿上睡裙，然后拿着零食爬上了床。她给爸爸们写了一封信，向他们表达爱意。她吃掉了春饼，喝完了茶。她看着星星一闪而过。不知不觉间，她进入了梦乡。

收到信息

加密 :0

翻译 :0

发件人：尼布（路径：6273-384-89）

收件人：罗斯玛丽·哈珀（路径：9874-457-28）

主题：回复：关于托雷米参考文件的问题

你好，罗斯玛丽！很高兴收到你的来信。我们都很喜欢和你待在一起，即便这是不在计划内的意外事件。

没什么麻烦不麻烦的！我一直很乐意回答档案方面的问题（以及招募新的志愿者……？）我知道，托雷米人的参考文件非常缺乏细节。我不在那个项目组里，但是我有几个朋友在，他们头疼极了。最近，与托雷米人有关的一切消息，流量都大得惊人，但问题是，我们并没有掌握足够的可验证数据。所以，暂时无法将数据提供给公众访问使用。

但是，如果你保证不告诉别人，我的确可以告诉你几个内部消息。记住，这些都还没有得到证实，目前为止，负责托雷米方面情报的小组只查到这些。以下是我们了解到的：

1. 托雷米人痴迷于规律。不是几何规律。他们相信整个宇宙都遵循着某种复杂的规律——或者一系列的规律。根据我目前所了解到的，还没有人知道是前者还是后者。他们一直试图找出规律，并使他们的生活方式与之匹配。显然，这就是他们从不知何时起，就一直盘踞在核心区域的原因。星系在自转，所以他们也跟着转。然后就该说部族了。因为各部族对规律的看法各不相同，所以常常会发生暴力冲突。而当新的看法出现时，部族内部也会很快地发生变化。他们听起来像是一群有强迫症的人。部族之间显然只在一件事上达成了共识，那就是举族盘踞于核心区域。至少，他们是这样做了。

2. 这件事你可能已经听说了，但我还是对此感到兴奋：一般来说，托雷米人是雌雄同体、有性繁殖的。但是，有少数托雷米人已经开始进行孤雌生殖了。我已知悉！虽然这很让人神往，但对托雷米人来说，却是个大麻烦。还记得刚才说的规律吗？是的，每个部族都对这一新的进化方式的意义有不同的看法：一些托雷米人敬畏"新母亲"，并赋予她们权力；另一些托雷米人则相反，他们征服或奴役"新母亲"；还有一些托雷米人甚至谋杀她们。我们的新盟友托雷米·凯属于前者（谢天谢地）。

3. 托雷米人之所以突然开始互相攻伐，就是因为孤雌生殖的雌性的出现，颠覆了他们长久以来的格局。他们称之为"雅各斯"，即一种颠覆了所有规则的巨变。当雅各斯出现时，托雷米人会停下手上的事，花时间去弄明白它。对他们来说，这意味着要关掉引擎，抢占地盘。这种事情几个世纪都没有发生过，或许几千年都不曾有过。

4. 赫德拉·凯——或者赫德拉，等下我就会说到它——是一个比较新的恒星系统中的一颗非常年轻的行星。托雷米人之所以那么想占领它，是因为它也在不停地自转和发生着变化。他们认为宇宙希望他们去那里，而不是因为它可以被改造为适合他们居住的星球，甚至让他们定居。据我所知，那是个地狱般的星球。至于名字，"赫德拉"是行星的名字，"凯"代表它所属的部族。

这就是我们目前掌握的所有信息。你有任何其他问题尽管问。如果有新的消息，我会同步发送给你。我知道负责托雷米情报的团队，会继续从银河系共和国代表那里榨取更多信息。这些吝啬的浑蛋。

一路平安。
尼布

孵化，丰羽，安居

  罗斯玛丽走进控制室，望向窗外。太空中除了赛兹（Theth）这颗环状行星外，什么也没有，看起来非常空旷。巨大的赛兹悬挂于视野正中间，在它沙褐色的环带外，卫星零散地飘浮在周围。"旅行者号"正驶向赛兹左边的第五颗卫星——哈什卡斯。罗斯玛丽举起手，大拇指遮住了视野中这颗安德瑞斯克人的母星。很难想象这颗闪闪发光的绿色"弹珠"比火星还要大。但太空就是会将事物的大小以失真的方式呈现出来。她看向驾驶员，问道："出了什么事吗？"

  希斯克斯的手在导航面板上快速移动，回应道："没有，为什么这样问？"

  "因为你在手动航行。当你在远离轨道的时候这样做时，通常意味着出了问题。"太空中有岩石、气体云、垃圾和别的飞船。那些岩石真是无穷无尽。

  "我要飞回家乡，"希斯克斯说，"这事得自己来。"

  罗斯玛丽在她的旁边坐下，问道："为什么？"

  "我们安德瑞斯克人第一次飞向太空时，乘坐的是一种差劲的太阳帆宇航舱。那东西真的很难驾驭，而且只能容纳一名乘客，幽闭恐惧症患者坐不了。"

  "我们也一样。虽然不是太阳帆宇航舱，不过也同样很小。"罗斯玛丽耸了耸肩。

"但你们运气好。在你们的行星周围，除了你们自己造的那些东西，没有什么飘浮物。你们的飞船可以沿着轨道一直飞，不用担心遇到障碍。我们的卫星绕着我们这颗环状行星运行，同时还有着它自己的卫星。这就需要飞行员有着极高的驾驶技巧，尤其是对太阳帆宇航舱这样脆弱的小金属罐来说。而且当时还没有人工重力场，所以你能做的就只是飘浮在那里，期盼着有朝一日再次着陆。从母星飞入太空，之后还能安全回家的人，自然就成了英雄。你需要付出极大的努力才能重返家园与家人团聚。这意味着你不仅坚忍不拔，而且驾驶技艺高超。"

"啊，"罗斯玛丽说，"所以这关乎自尊。"

"我想是的。"希斯克斯说完停顿了一下，接着又说，"没错，自尊。"

突然，对讲机里传出吉茜怯怯的声音："希斯克斯，你知道我爱你，对吧？"

希斯克斯叹了口气，问："你干了什么？"

"如果詹克斯和我今晚不去你家吃饭，你会有多恨我？"

"我想我会特别恨你，而且永远不会原谅。"希斯克斯调侃说，"为什么不去我家吃饭？"

"唔……我真的很抱歉……"

对讲机里传来一阵沙沙声，然后詹克斯的声音传来："希斯克斯，我们刚发现'浴缸战略'（Bathtub Strategy）乐队在巡演，他们今晚在雷斯基特的巨型音乐场馆有一场演唱会。"

"在阿科西斯可（Aksisk）？"希斯克斯听起来很激动，"伙计们，你们不去的话我才会恨你们。"

"你确定吗？"吉茜说，"其实我们去不去都行，真的——"

"吉茜，"希斯克斯说，"去吧。"

"你最好了。"对讲机关闭了。

"如果你想去，可以和他们一起。"希斯克斯对罗斯玛丽说，"阿科西斯可是一个令人惊艳的地方。"

"我对摇滚乐不太感兴趣。"罗斯玛丽说，"另外，和你家人一起吃饭听上去是个不错的选择。我迫不及待地想看看你的家乡了。"

"好吧，这比起阿科西斯可的演出可没劲儿多了，不过至少我的家人还算友好。"希斯克斯的手不安地操控着飞船。船向左边驶去。"你以前从没去过安德瑞斯克人的家里吧？"

"嗯。"她清了清嗓子，"啊，要是你不介意的话，给我上一课吧。"

希斯克斯笑道："人类真可爱。"她看了罗斯玛丽一眼，笑着说："别担心，反正你们一辈子都搞不明白。好的，那么，"她把一只手从飞船控制设备上松开，然后开始用爪子数数，"孵化家庭、丰羽家庭、安居家庭，说说你都知道些什么。"

罗斯玛丽向后靠了靠，说道："你出生在一个孵化家庭。"

"对。"

"后来你长大了，去了一个丰羽家庭。"

"打断你一下。不是你一有羽毛就离开，而是当你找到一个好的丰羽家庭，或者找到一个值得跟他组建丰羽家庭的成年人，你才会离开。"

"丰羽家庭的成员是朋友和恋人，对吧？"

"对。是在感情上给你依靠的人。"

"但是丰羽家庭的成员经常变化，对吧？"

"也不能说经常变化。我想，这取决于你怎么定义'经常'。当人们有需要的时候，就会改组丰羽家庭。一生的不同阶段，大家有着不同的需要。安德瑞斯克人和同一群人相守一生，这种情况几乎是闻所未闻的。两三个家庭成员一直不变的情况或许会有，但不可能所有的成员都保持不变。变化是常态。"

"那么，丰羽家庭的家庭成员一般都是同龄人吗？"

"哦，不是。一开始，安德瑞斯克年轻人都爱和同龄人扎堆，但一旦他们积累了一点儿信心和经验，就会独立出去。我们不像大多数物种那样担心年龄上有差距。如果你羽翼丰满，年龄就不成问题。对于年轻人来说，和年长者组成家庭是一种很棒的经历。在我的第二个丰羽家庭中，我的年纪是最小的，而且——"希斯克斯笑起来，眼睛看向远方，"是的，我学到了很多东西。"

"你有没有……"罗斯玛丽觉得自己脸红了，"是不是丰羽家庭里的每个人都会……呃，你懂的。"

"发生结合？从某种意义上来说，是的。但它和你想象的不太一样。至少会结合一次，这是肯定的。但并不是每个丰羽家庭中的成员都会对其他人有感觉。各式各样的情感都有。好吧，的确，会有很多结合行为发生——特别是在假期，假期不'群交'是不可能的。"罗斯玛丽学过这个词，直译过来是"嬉闹"的意思，但是用在口语当中，听上去就很色情。"但许多成员之间是柏拉图式的，他们触摸彼此身体的行为会比人类更加频繁，但是不会发生结合。或者，好吧，偶尔也会发生结合。我们倾向于认为结合——唔，应该怎么说——就像美食一样，总是值得期待的，也是每个人都需要和享受的。至少，它让人感到舒适。而从更高的层面来讲，它让人超脱。就像是吃饭，你当然可以在公共场合和朋友、陌生人一起吃，但是，跟心上人一起，感觉最好。"

"我明白了。"罗斯玛丽点了点头说，"接下来，我们说说安居家庭。安居家庭抚养孩子，但不是抚养他们自己的孩子，对吧？"

"对。只要我们羽翼丰满，就可以开始繁殖了，但是我们到了年老的时候，才会开始考虑抚养孩子。到那时，我们才会组建安居家庭。安居家庭通常由下决心一起安定下来的丰羽家庭的年长成员组成。有时，他们可能会联系以前丰羽家庭的恋人，看看他们是否想加入。别误会我的意思，安居家庭的成员不时也会有改变。他们可能上了年纪，但他们仍旧是安德瑞斯克人。"说完，她大笑起来。

"所以，年轻的安德瑞斯克人会把他们的蛋交给安居家庭。"

"对。"

"是交给与他们有亲戚关系的安居家庭吗？"

"有亲戚关系最好，但通常是怎么方便怎么来。当一个安德瑞斯克女人生了蛋——我们称之为'卡斯'（Kaas），她会去当地的登记中心，找一个能够孵化抚养他们的安居家庭。"

"如果找不到怎么办？"

"那她就会把蛋埋了。记住，大部分的蛋本来就孵化不了。大多数的安德瑞斯克人都会选择不把蛋孵出来。不是因为蛋不健康，而是没办法。群星啊，我难以想象，要是每一个蛋都成功孵化，我们这个物种的数量会有多么惊人。"她耸了耸肩。

罗斯玛丽沉思片刻，又说："我问一个可能很蠢的问题：丰羽家庭为什么不自己孵化自己的蛋呢？难道你们的人手不足吗？"

"这不是资源不够或者人手不足的问题，而是不同人生阶段追求不同的问题。我们刚成年的时候，都希望读万卷书、行万里路。况且伴随着年龄的增长，我们不断地重组家庭。年长者则没有那么多的变动，他们更稳定。最重要的是，他们有人生经验，有智慧，有见识。"她笑了，"我真搞不懂，你们怎么会指望那些将将成年的人教好孩子。"

"呃……也对，很有道理。"罗斯玛丽闭上眼睛，试图理清思绪，"所以，安居家庭会成为那些蛋的孵化家庭。"

"对。一个安居家庭一般可以孵化两代人。第一代成年的安德瑞斯克人通常会把自己的蛋带回安居家庭，就像我一样。"

罗斯玛丽坐直身子，问道："等等，你有孩子？"这件事希斯克斯从来没有提过，一次也没有。

这个安德瑞斯克女人笑道："我生过蛋。"

"什么时候？"

"大概3个标准年前。我得知其中两个蛋孵化成功，但这并不代表我成了一位母亲。"她眨了眨眼，说，"我还不够成熟，做不了母亲。"

罗斯玛丽看向窗外。她暗自责备自己过分看重物种的世代传承。但是知道这些让她改变了对希斯克斯的看法。她惊讶地发现，人类的生育观念早已在自己心中根深蒂固，即认为繁衍后代会彻底改变一个人。但话说回来，她属于哺乳动物，一旦选择生育，就要经历十月怀胎，然后再花一年，甚至更长的时间，用奶水哺育一个脆弱无助、对自己的身体一无所知的小家伙。安德瑞斯克人的孵化则是在体外，希斯克斯把蛋生下来就可以走了。尽管她理解生物之间的差别，但她还是不赞同简单地把蛋放进篮子，交给别人，然后自己该干吗干吗去——这样未免太过冷漠。他们用篮子吗？她不知道，但她的脑海里不禁浮现出白色柳条篮子，篮子里装满有斑点的蛋，篮子把手上还系着蝴蝶结。"你跟他们聊过吗？或者……"

希斯克斯给了她一个略带愠怒的微笑，说道："不。记住，按照我们的标准，他们还不是安德瑞斯克人，而且他们不是我的家人。我知道，你或许会觉得我这样说很不近人情，但是，相信我，抚养他们的年长者很爱他们。不过，据说年长者是在抚养他们的过程中才逐渐对他们产生感情。把破壳而出的小家伙养成羽翼丰满、有故事、有思想、有个性的成年人，那正是安居家庭的真正快乐所在。"

"就像你现在这样。"

"是的。"

"你见过你的……亲生父母吗？"

"我见过一次亲生母亲，她的名字叫萨斯克斯特，是一个很有趣的女人。我很高兴自己遗传了她的漂亮羽毛。我从没见过我的亲生父亲，但是我知道他和他的丰羽家族住在池克。反正上次我查的时候，他在那里。不过，那是很久以前的事了，他现在可能已经搬走了。"

罗斯玛丽想起给洛维一次性下达太多任务的时候，洛维会说："我很抱歉，但这得等一会儿。如果再往我数据库里加东西，我的运行程序就会无法响应。我讨厌这样。""你是从哪儿追踪到家庭变化的各种信息的？"

"我们有个由政府维护的中央数据库。所有的丰羽家庭都登记在案，档案管理员会跟踪所有的家庭变化。你可以通过检索任何一个人的名字，看他的亲生父母是谁、抚养者是谁、他加入了哪个家庭、和谁生了蛋，以及新孵化出来的小家伙们去了哪里。"

"那一定是个复杂的数据库。为什么要下大力气建那样的一个数据库呢？"

"与我们的全名里包括了所有家庭信息是同一个原因，"她坦率地看了罗斯玛丽一眼，"因为近亲繁殖很恶心。"

穿梭机伸展开了接引梯，灿烂的阳光洒了进来。罗斯玛丽把包往肩上一挎，跟着希斯克斯和阿什比走了下来。由于还未适应从人工重力切换到真实重力，她走路有些不稳。哈什卡斯的地面比别的地方更有弹性。她抬起头，看到头顶上方的赛兹若隐若现，它的环状带和旋涡状的云层犹如鬼影，笼罩在一片朦胧的蓝色中。她的视线畅通无阻，目光所及之处既没有防护塔架，也没有往来的穿梭机，天空开阔清朗。

他们降落的地方叫作塞蒂，一个位于哈什卡斯西部沙漠地区的小型社区。反正，希斯克斯把这个地方称为沙漠。它和罗斯玛丽见过的沙漠都不一样。火星的沙漠，贫瘠而干燥，那里的花园和绿地都是人工建造的，封闭在栖息地的穹顶之下，用循环水浇灌。但是这里的土地生机勃勃，从他们降落的平原一直到地平线上的高山，满目皆是疯长的绿草和盘根错节的树木。还有鲜花，到处都是鲜花。它们不如她家温室的叶菜花那样葱郁，也不如主厨医师花园上攀爬的藤蔓那样优雅。它们是野花，从灰色的土里蹿出来，长成一簇簇互相缠绕着的低矮花束，橙色、黄色、紫色的野花蓬勃地生长着。它们的上方盘根错节地覆盖着长着突棘、结了成串浆果的树木。最前方的树木长得最茂密，这些树形成一条长长的像绿色缎带般的林地，暗示有一条隐蔽的河流流经此地。

在"绿色缎带"延伸出去的地方，是他们要去的社区，那里有一个个豆荚状的住宅松散地分布在地面上。它们之间足够分散，每个家庭都有向外扩展和种植作物的空间；但也足够靠近，需要帮忙时，邻居就在不远处。塞蒂是个安静的地方，位置偏远，生活还算富裕，人际关系简单。这儿没有游戏中心，没有预制商店，甚至没有一个真正的穿梭机码头，只有一片开阔的无人区，可供小型太空飞船和送货无人机起降。环顾四周，罗斯玛丽就理解了为什么年轻人想离开这样的地方，也明白了为什么老人要回来安居。

她摸了摸自己裸露在空气中的鼻子，沉浸在不戴面具、不依靠人造大气呼吸的新奇感觉中。上次拥有这种体验还是在科里奥尔港，感觉就像是上辈子发生的事。不过，科里奥尔港的空气里弥漫着浓烈的藻类味道和商业气息。而哈什卡斯的空气清新、干燥、富含氧离子，弥漫着阳光下的沙漠鲜花的芬芳。这儿的空气真好！

希斯克斯显然同意她的观点。她一踏上地面，就仰头展开手臂。"到家了。"她说。听起来就好像她刚从一场长距离游泳中浮出水面。

"哇哦，"阿什比说，"我都忘了这里现在是春天。"

希斯克斯酣畅淋漓地呼吸着这里的新鲜空气，仿佛想要将"旅行者号"上的再循环空气净化出去。她低头看自己的身体。"哦，这样绝对不行。"她解开裤腰带，把裤子脱掉，丢进了穿梭机。紧接着把背心也丢了进去。她赤身裸体地走向幼时的家。她的鳞片在阳光下闪闪发光。

他们往前走着。阿什比从自己的背包里取出了翻译机——一个薄薄的金属头箍。他把设备戴在头上。视觉屏闪了一下，启动了。

罗斯玛丽说："我以为你会说雷斯基特语。"

"我能听懂雷斯基特语，"阿什比说，"但是说得不流利，而且缺少练习，还是用这个设备帮忙吧。"

"你比我认识的绝大多数人的口音都标准。"希斯克斯说，"我知道，用吸气的方式说话对你来说很痛苦。"

"痛苦的不是用吸气的方式说话，而是在说一句话时需要同时吸气和呼气。"他合上背包，"说真的，谁会这样说话？"

罗斯玛丽从袋子里取出了自己的翻译机。"你这样说太刻薄了。"她不懂半点雷斯基特语，但当她尝试说了几个词后，就立马感到头晕目眩。"你竟然能不大喘气地说这门语言。"

希斯克斯用拳头捶了捶胸口，说："我们有更强大的肺。"

"是的，而我们有温暖的血液，"阿什比说，"我觉得这再好不过了。"

希斯克斯笑了一声，说："你是不知道，我宁愿要你们那样虚弱的肺和鸡肋的鼻子，也不想在早上陷入休眠。"

阿什比看向罗斯玛丽，说："我听不出来她是在夸我还是损我。"然后他又转向希斯克斯，"嘿，艾瑟兰还在这儿吗？"

"据我所知，是的。"

"记住，别在他的面前讲俏皮话。"阿什比对罗斯玛丽说，"上次我在这里和他一起擦地板，他讲了许多地球人类笑话，快笑死我了。"

希斯克斯"咯咯"笑道："他对同类也不会手软。那个关于什么——哦，那个关于尾巴的恐怖故事——"

阿什比大笑着说："讲的是一个地球人、一个奎林人和一个哈玛吉安人群交——"

"停，别说了。"希斯克斯说着，抬了抬下巴。他们已经到达沙漠中河流的岸边，这儿长满了低矮的灌木。两个安德瑞斯克孩子正在水里玩耍，冲着对方互相叫嚷着。在罗斯玛丽的翻译机上出现了一行字：无法翻译对话。请将麦克风靠近。罗斯玛丽无法判断这两个安德瑞斯克孩子的年龄，但是从他们矮小的个子和欢乐的样子来看，她觉得大概相当于人类刚上小学一年级的孩子。嗯，也许吧。其中一个孩子的年纪看起来比另一个要小。除此以外，她看不出更多的东西。成年安德瑞斯克人的性别可以从个头大小看出，但安德瑞斯克小孩还是雌雄同体。此外，男性安德瑞斯克人是没有外生殖器的。撇开性别不说，这两个孩子看上去弱不禁风，就像纸片一样，怪不得罗斯玛丽以前没有在太空见过任何安德瑞斯克人的小孩。她都还不认识他们，就已生出保护欲。可以想象他们父母心中的爱只会比这强烈10倍。"孵化他们的父母。"她在心里提醒自己，"不是亲生父母，是孵化他们的父母。"

阿什比低声问道："从什么时候开始安德瑞斯克人不再在孩子们面前提群交了？"

"我们会提。"希斯克斯说，"但是你们可能是他们见过的第一批人类，我不希望他们长大了觉得你们这种物种很愚蠢。"她朝孩子们走去，发出带呼吸声的问候。

孩子们抬起他们还没长出羽毛的头，年纪小一些的那个孩子大喊了些什么。罗斯玛丽的翻译机上显示出翻译结果：外星人！外星人来了！孩子们爬上岸，爪子兴奋地掠过水面。

希斯克斯蹲下身子，用鼻子蹭着他们的脸。罗斯玛丽曾经见过希斯克斯对阿什比做同样的动作，当时她看起来比现在更深情、更自然。这个动作挺正式，带着友善和真诚。但也显得疏离。

年纪大一点的孩子说道："你是希斯克斯？"

"是的。"

"你是我的亲生母亲。"

希斯克斯笑了，并没有显得很吃惊。"你一定是特希里斯（Teshris）。"她的目光转向另一个孩子，"而你，是伊斯卡特（Eskat）？"

"不对。"那个孩子说完嬉笑了起来。

"哦，我知道了。你年纪太小了。"她拍了拍他还没长羽毛的脑袋，"这不是一件坏事。"

阿什比在罗斯玛丽的耳边低语："特希里斯是个女孩，"他说，"她的伙伴是个男孩。"

"谢谢！"罗斯玛丽说。她很好奇阿什比是怎么分辨男女的。"伊斯卡特是她的弟弟吗？"

"是的，亲生弟弟。不过，我也是刚刚才知道他们的名字。"

希斯克斯对特希里斯比画了个手语。阿什比又低声说："那个手语是亲生父母专用的。她说她很高兴看到特希里斯很健康，而且……唔，大概是说，她很高兴特希里斯活了下来。"安德瑞斯克女孩回应着，她的手语生硬、别扭。"她在感谢希斯克斯给了她生命。"阿什比继续解释道。两个安德瑞斯克人微笑着，又蹭了蹭对方的鼻子。然后，就结束了。没有拥抱，没有长久的凝望。希斯克斯也无须投入时间来了解这个在此之前从未一起说过话的女儿。那一刻，罗斯玛丽理解了：特希里斯不是希斯克斯人类意义上的女儿。她们有相同的基因，她们彼此尊重，仅此而已。

希斯克斯转向特希里斯的伙伴，问道："你叫什么名字？"

"瓦什（Vush）。"他回答说。

"你的亲生父母是谁？"

"泰克（Teker）和哈斯拉（Hasra）。"

希斯克斯高兴地笑了起来："我不认识哈斯拉，不过泰克是我在孵化家庭的妹妹。"

孵化家庭的妹妹，不是亲妹妹。罗斯玛丽觉得有必要开始画一张图表。

希斯克斯咧着嘴，笑着对孩子们说道："在我们的成长过程中"——翻译机增加了［直译：成人］作为补充说明——"她总是说她不想要产蛋，说就算她有了生育能力，也绝对不结合。但是，当她的羽毛长出来，她立刻变了。在她第一次发情的时候，我发现她自己在一块岩石上蹭。我以为她要窒息了，她是如此——"翻译机没有翻译最后一个词，而是给出解释：［没有对应词。常指在青春期出现的性觉醒和饥渴，但同时又缺乏经验］。希斯克斯又笑了，孩子们也笑了。罗斯玛丽挑起眉毛。这些孩子多大？她看了一眼阿什比，发现他也有点儿尴尬，至少，尴尬的不是她一个。

瓦什傻笑完之后说："我想摸摸人类，但是伊森（Ithren）说人类不喜欢被触摸。"

"他说得对，不是所有的人类都喜欢被触摸。但是我打赌，这两个人不介意。你只要征求他们的同意。"希斯克斯指着自己的两个伙伴说，"这是罗斯玛丽，这是阿什比。他们是很好的人。"

孩子们一动不动地看着他们。罗斯玛丽还记得，4岁的时候，她第一次见到哈玛吉安人，就盯着那些在本应是下巴的地方长出的触手一直看，视线根本移不开。现在换成她被别的物种盯着看，这感觉很奇怪。

阿什比微笑着蹲了下来。孩子们看起来有点拘谨，但还是靠近了些。罗斯玛丽过了一会儿才意识到，他们的肌肉紧绷并不是因为恐惧，而是因为在努力抑制想要触摸的本能。阿什比开始说雷斯基特语。他的辅音犹豫不决，他的呼气声比希斯克斯更加夸张，但是至少翻译机能听懂。"我叫阿什比。很高兴认识你们。你们可以摸我。"

　　孩子们跑了上来。出于礼貌，他们迅速蹭了一下阿什比的鼻子以示问候，然后直接进入正题，用手在阿什比身上戳着。"这太软了！"瓦什说着，双手捏住阿什比卷曲的头发，"没有翎！"

　　"你会蜕皮吗？"特希里斯研究着阿什比的前臂，问道。

　　"不会，"阿什比说，"但是我们……"他语塞了。他切换回克利普语问希斯克斯："你能跟她解释一下皮肤干燥脱皮吗？"

　　"他们的皮肤会一点点地脱落，不会一次性脱落，"希斯克斯对孩子们说，"他们甚至不会察觉到脱落。"

　　"那真是太幸运了啊！"特希里斯说，"我讨厌蜕皮。"

　　瓦什没有他的孵化家庭姐姐那么拘谨，看到姐姐已经得到许可，他便径直走到罗斯玛丽跟前，跟她蹭了一下鼻子。"我也能摸摸你吗？"

　　罗斯玛丽微笑着点头，但她马上意识到，这个男孩并不理解点头是什么意思。"告诉他，可以。"罗斯玛丽对希斯克斯说。希斯克斯转达给了男孩。

　　瓦什皱起眉头，问："她为什么不自己告诉我？"

　　"她不会说雷斯基特语，"希斯克斯说，"但是她有翻译机，她能明白你说的每一句话。"

　　安德瑞斯克男孩盯着罗斯玛丽，有些困惑。他没有设想过有人不会说雷斯基特语。

"来，罗斯玛丽，"希斯克斯用克利普语说，"做这个动作。"她用手指快速划了一道曲线，"这是'允许'的意思。"

罗斯玛丽看着瓦什，重复了这个手势。瓦什也比画了一下，然后抓住罗斯玛丽的胸部。"这是什么？"

罗斯玛丽一声惊叫。阿什比大笑起来。希斯克斯赶忙拽下瓦什的手。"瓦什，人类女性不喜欢陌生人碰她们那个部位。"

"哦，群星啊！"阿什比用克利普语说，笑得停不下来。

瓦什看上去很困惑："为什么不喜欢呢？"

"他没事吧？"特希里斯问道，指了指阿什比。说着，她往后退了几步。

"嗯，"希斯克斯说，"他只是在笑。"

瓦什的眼睛睁得大大的，忧心忡忡。"我做错了什么吗？"他问。

"哦，没关系，告诉他没事的。"罗斯玛丽说，"这真的没什么大不了。"这会儿，她自己也笑了起来。

希斯克斯拍拍男孩的头，说："你没有做错什么，瓦什。只是人类身体的触摸禁忌比我们多。我想，最好是避开她身上衣服遮盖的那些部位。"她轻轻地拉动罗斯玛丽的衬衫来示范。

瓦什低着头，眼睛看着地面，说："对不起。"

罗斯玛丽伸出手去摸瓦什的小臂，因为她看到希斯克斯与他共情的时候那样做过。她将他的手放在她的头上，满足他的好奇心。瓦什立马又打起了精神，希斯克斯向她投去怜爱又赞许的目光。

"她的羽毛和……不同。"瓦什说着，用爪子抚过罗斯玛丽的头发。翻译机没有识别出那个词，但是罗斯玛丽听出来了：阿什比。瓦什把"什"这个音拉得很长，以至于没和"比"这个音连上。

"那不是羽毛，笨蛋，"特希里斯说，"那是头发。"她看看罗斯玛丽，又看看阿什比，"你俩头发的棕色不是同一种。"

"没错。"阿什比说。

"安德瑞斯克人也是。"特希里斯告诉阿什比，就好像他也是第一次遇见新物种，"我们的鳞片也有很多不同的颜色。我的是青绿色，瓦什的是湖蓝色，希斯克斯的是纯正的绿色。我知道我鳞片的所有颜色。史奇伊斯（Skeyis）说我的鳞片是最好看的。"她反复把阿什比的耳郭往下折向耳垂。阿什比任由她玩着。"你们是从某个卫星来的吗？"

"不，我……"阿什比又一次语塞，看向希斯克斯求助。

"他是个太空旅行者，"希斯克斯说，"许多人类出生[直译：胎生]在飞船上。"

"那她呢？"特希里斯问道。

"她是在一个叫作火星的行星上长大的。"希斯克斯似乎开始觉得无聊。罗斯玛丽很喜欢跟这些孩子待在一起——要是瓦什拽她头发的热情能少一点儿，就更好了。可希斯克斯一直盯着罗斯玛丽身后的住宅区看。看来，希斯克斯迫不及待地想见到她的家人，而这些孩子不是她的家人，就连那个颧骨和她长得一样的也不算。

他们走在通往住宅区的路上，突然听到一声喊叫。"希斯克斯！"那是一个年迈的声音。接着又有几个声音加入："希斯克斯！希斯克斯！"突然之间，一群安德瑞斯克人从敞开的大门涌了出来。总共出现了十几个安德瑞斯克人，也许更多。罗斯玛丽还没来得及分清谁是谁，他们就一拥而上，将希斯克斯团团围住。他们尾巴和头上的羽毛缠绕在一起，紧紧相拥。他们所有的注意力都集中在许久未见的女儿身上。他们蹭着她的脸颊，抚摸着她的羽毛，尽可能紧紧地贴着她。罗斯玛丽大吃一惊。尽管他们的身体接触并没有丝毫情欲的意味，但是一大群赤身裸体的安德瑞斯克人这样挤作一团，还是令她有些不忍直视。这看起来更像是集体前戏，而不是一次家庭团聚。

希斯克斯却高兴不已，罗斯玛丽从没见过她如此高兴。她融入了家人的怀抱之中。她闭上眼睛，脑袋后仰，任由一个安德瑞斯克人抚摩她的羽毛。罗斯玛丽见过这个表情，但不是在希斯克斯的脸上，而是在科里奥尔港遇到的一个老女人的脸上。那是一种深深的感激之情，就像经历了漫长的等待，屏住呼吸许久之后，憋得生疼的肺部终于能够再度呼吸。

罗斯玛丽想起"旅行者号"上的希斯克斯，总是那么温柔亲切、甜美可爱。但是现在，罗斯玛丽才意识到这一印象有着完全相反的含义。在她看来的深情，对希斯克斯来说意味着克制。这群坐在地上大笑、互相依偎着的人，是她捍卫的底线。如果从这个角度来看，罗斯玛丽和其他人类船员就像是一堆僵硬的、假正经的机器人。希斯克斯怎么能做到每天忍受这一切？罗斯玛丽又想起希斯克斯抚摩他们的时候。当希斯克斯紧挨阿什比的脸颊或者紧紧拥抱吉茜和詹克斯的时候，她的脸上会有那种发自内心的快乐。她心想，希斯克斯平日要费多大劲儿去压抑对身体接触的需求，才能忍住不像她与孵化家庭现在这样挤作一团？

"阿什比，罗斯玛丽，"希斯克斯从一堆安德瑞斯克人里探出头来，"过来打个招呼。"她扭动着抽出一只手，用一个爪子指向长者们（希斯克斯的羽毛是那些安德瑞斯克人中最亮丽的），说："这是伊萨什（Issash）、艾莎（Ethra）、瑞克西克（Rixsik）、以希（Ithren）、奇瑞克斯（Kirix）、莎斯（Shaas）、斯瑞克斯（Trikesh）、拉塞克（Raasek）……还有一些我不认识的。"她大笑起来，然后切换成雷斯基特语，对那位把她抱得最紧的女性长者说："这次回来，家里又多了一些新面孔。"

那位女性长者是伊萨什，罗斯玛丽想了想，她知道自己根本记不住他们所有人的名字。伊萨什说："我们去年冬天去沙利塞特（Sariset）家玩时，把他们挖了过来。"她俯身向希斯克斯，偷偷摸摸地说道："众所周知，我是这个地方最美丽的年长者。"其他的安德瑞斯克人大笑起来。其中一个抚摩她的羽毛。她得意扬扬地咧嘴笑着。

希斯克斯笑了起来，蹭了蹭伊萨什的脸颊，说："我很想念你。"

一位男性长者挤了出来。他的目光炯炯有神，但是他的羽毛因为年老而下垂，鳞片也失去了光泽。罗斯玛丽觉得他的年纪已经很大了。"我想邀请你加入我们，"他微笑着说，"但是我知道你不会答应。"他伸出手，与阿什比握了握，说："阿什比，你好吗？我很高兴再次见到你。"

阿什比清了清嗓子，尽力回答道："很高兴见到你，伊什伦。谢谢你……你的……热情迎接。"

伊什伦笑得更开心了，撞了撞阿什比的胳膊，说："你的雷斯基特语说得很好。"

"勉勉强强，"阿什比说，"我会说的比……比我知道的少……比我能听懂的少。"然后他用克利普语说，"不，等等……"

伊什伦笑着说："你能听懂，但是不太会表达。瞧，我能明白你的意思。"他拍了拍阿什比的胳膊，然后转向罗斯玛丽，"你会说雷斯基特语吗？"他一边与她握手，一边询问。

罗斯玛丽抱歉地摇了摇头。

他指着她的翻译机，说："但是你能听懂？"

她点了点头，但又想起之前在溪边希斯克斯教给她的代表"是的"的弯曲手势。伊什伦看见罗斯玛丽做了这个手势，非常高兴，说："看，你学得很快。我和阿什比有点儿像，我能听懂克利普语，但我没信心能流畅地表达。所以，在你的翻译机的帮助下，我们都能说出我们想说的话，也能很好地理解对方的意思。"他把一只手搭在罗斯玛丽的肩膀上，另一只手搭在阿什比的肩膀上，说："我很高兴在这里看到人类。在我比希斯克斯还年轻的时候，我在一个艾卢昂人管理的货物运输船上工作，船员像你们一样，由多物种组成。我们当中甚至有一个拉鲁女人，信不信由你。那可真是绝顶聪明的物种！那个拉鲁女人是玩'提克里克'的高手，我从来没有见过谁比她厉害。但是——啊，我刚才想说什么来着？"

"我不知道，"阿什比说，然后用雷斯基特语又试了一次，"想说人类吗？"

"啊，是的，是的。我永远忘不了那一天，我们得知人类这一物种被接纳为银河系共和国成员的那一天。我们当时在缪睿阿特（Muriat）集市——你去过那里吗？"

"去过几次。"阿什比回答说。

"那家叫满柜（The Fully-Stocked Cupboard）^①的酒吧还开着吗？"

"不知道。"

"噢，希望还开着。那家有着整个银河系共和国最棒的甜点。我再也找不出第二个能做出那种美味馅饼的调酒师。言归正传，人类加入了银河系共和国。我当时在一个藻类仓库——不，不，是一家科技设备商店，是的，一家科技设备商店。那儿有一个人类职员，他负责清理供二次销售的零部件。机械性的工作，而且很辛苦。对于人类这种手部柔软物种来说，那不是一个好差事。你从他的衣着就能看出来，他的薪水不高。他的老板出门去了，所以他帮我找——哦，记不起了，反正是我需要的一个东西。他的办公桌上有一个小型投影仪，正在播放新闻。突然，那则新闻播了出来：人类获准加入银河系共和国。那个人沉默片刻，然后他做了一件我从没见过的事：他哭了起

---

① 此处的"满柜"为汉特语。

来。我当时不知道哭是一种人类会有的行为，所以我有点儿害怕。你知道看见人类的眼睛开始流泪，是多难受的一件事吗？哈！那个可怜的人类，他一边情绪激荡地哭着，一边向我解释哭的原因。我永远忘不了他对我说的那些话。他说：'这意味着我们很重要。我们是有价值的。'我说：'你们当然有价值。每个人都有价值。'他说：'现在，终于，整个银河系都承认我们有价值了。'"

伊什伦捏了捏他们的肩膀，看着他们。"如今，你们有自己的飞船，像我们安德瑞斯克人一样进入太空！还去到核心区域！我必须承认，我嫉妒你们能够四处旅行。有这样的经历，多么幸运。"他笑着说，"希望这不会让你们觉得我在倚老卖老。当我回想起那个人，再看着眼前的你们，不得不感叹你们这个物种真的经历了太多才走到今天。这让我非常高兴。噢！对了，你们饿吗？我知道人类吃得比我们多，所以昨天晚上，我和瑞克西克准备了好多吃的，在 [名词，没有对应词；全天提供公用食物的桌子]。"

"你真体贴，太体贴了，"阿什比说，"希望没有太……麻烦你们。"

"一点儿也不麻烦，"以希说，"我们都想看看你们究竟能吃多少呢。"他笑着指了指旁边，"我想他们也很好奇。"

一群安德瑞斯克小孩聚集在一堆空箱子后面，满是好奇地看着这边的成年人。他们踌躇不前，好像在等着被邀请似的。罗斯玛丽意识到可能真是这样。也许他们知道，成年人在社交的时候，小孩不能捣乱。这很合理。对于他们那个物种来说，儿童不需要别人帮助就能学习到基本的生存技能。在人类的聚会中，一旦孩子有什么需要，成年人就会毫不犹豫地中断谈话，即便孩子这样做只是在寻求大人的关注。但是在这里，安德瑞斯克孩子似乎知道成年人的活动更加重要，他们若想加入，就要守规矩。因此，他们没有无礼吵闹，而是在旁边观察着大人们的一举一动，试图弄明白不解之处。他们在学习如何做人。

罗斯玛丽看到特希里斯也在其中，她的小胳膊挽着一个个头相当、羽色相近的孩子。大概是伊斯卡特，希斯克斯的另一个——罗斯玛丽在想到"孩子"这个词时制止了自己。后代？后裔？都不合适。这些词都蕴含了太多"孩子属于希斯克斯"的内涵。但显然并非如此，至少在人类意义上并非如此。也许只能说，特希里斯和伊斯卡特有同一个亲生母亲，碰巧那个人是希斯克斯。

罗斯玛丽的注意力转回到那堆拥抱在一起的安德瑞斯克人身上，他们开始散开。三位年长者——其中一个希斯克斯不知道名字——向房子走去。还有几个安德瑞斯克人还挨在希斯克斯的身边，但激情在慢慢消退。只有伊萨什还和起初一样，继续紧紧地抱着希斯克斯。希斯克斯孵化家庭里的另外一对抚养者从满腔爱意中缓和了过来。他们从人群中抽身，去了旁边的长凳上坐下。毫无征兆地，他们在此刻突然开始了货真价实的前戏。罗斯玛丽的好奇心终于得到了满足：她终于知道了男性安德瑞斯克人双腿之间的缝隙到底有什么。

"来吧，"伊萨什领着罗斯玛丽和阿什比走向住宅区，"让我们好好招待你们俩。你们知道，在这里是可以不穿衣服的，除非你们想穿着。我知道穿着衣服是你们的习惯，但还是希望你们在这儿能舒服自在。"

"谢谢。"罗斯玛丽用克利普语说道。她尽了最大的努力，才把自己的目光从长凳上年长的安德瑞斯克人身上转开——他们现在正在热切地结合："我想我现在还是先穿着吧。"

一天下来，罗斯玛丽在安德瑞斯克人居住区受到了热情的招待，这让她不禁开始同情起那两个技术员。他们去了一个坑人的音乐会，食物油腻，票价也高得离谱。而她，整个下午都躺在地垫上，喝着青草酒，吃着公共餐桌上奇怪而美味的小食（长者们不知道人类需要吃多少东西，结果准备了10人份的食物）。孵化家庭的家人们聊着关于朋友和亲戚的日常八卦，希斯克斯在一旁听着。这次聚会的每件事都太有趣了，从陌生的食物，到令人着迷且细节详尽的当地八卦，再到希斯克斯家人们对她停不下来的爱抚。从许多方面来说，罗斯玛丽觉得自己就像那些安居家庭里的孩子，从窗户偷看，悄悄溜进来用碗装满零食。她和那些孩子一样，满足于这样从旁观察和学习。

但是到了傍晚，罗斯玛丽有点坐立不安了。在伊萨什的热情劝说下，她吃得很撑，酒对她的影响也从"愉快的放松"转变为"轻微的头痛"。她的双腿因长时间躺着而开始发麻。在听了几个小时陌生语言的谈话之后，她的脑子也像糨糊一样乱成一团。太阳落山后不久，她跟大家打了声招呼，去户外透气。

赛兹占据了沙漠的上空，近得仿佛可以用指尖抚摸它的环带。没有城市灯光的遮掩，夜空中五颜六色的微光一目了然：邻近卫星发出的光芒，星云薄纱般的暗紫色光芒，还有介于两者之间的、数不尽的点点星光。她就住在那上面，那广阔缤纷的太空里。在太空中的每一天，行星、彗星、恒星都在她的身边随处可见，让人觉得稀松平常。但是现在到了行星上，她对群星的感觉立刻不一样了。也许，群星本就应该从地面仰望。

她看了一眼屋里，希斯克斯被她头上长满羽毛的同族簇拥着。她又看向天空，暗自幻想着除了希斯克斯以外的所有人都能消失片刻。她想象着希斯克斯从屋里出来，递给她一杯葡萄酒，搂着她的肩，教她辨认天上的星座。她知道这是一个愚蠢而自私的想法，但她还是很享受这样的幻想。

过了一会儿，阿什比从门廊走了出来，手上拿着一张可加热毛毯，说道："我想你可能会冷。"

"是有点儿冷，谢谢。"罗斯玛丽说着，接过毯子披在肩上。令人舒心的温暖像阳光一样透过她的衣服。"唔，真暖和。"

"挺不错的，对吧？"

"我怎么没弄一个？"

阿什比哈哈大笑道："我几年前买的，当时我的表情和你一模一样。我相信，在我们离开之前还能买一个。"

"嗯，拜托了。"

"那些长者不相信你需要毯子。"

"为什么——啊，因为我是热血动物？也对。"她笑起来。

"一切还好吗？"

"哦，没事。我就是出来透透气。"

"嗯，我懂，待久了有点儿累。但你今天玩得挺开心，对吧？"

"我玩得很开心。我真的很庆幸自己来了。"

"那就好。把这话也告诉希斯克斯，她会很高兴。"

罗斯玛丽笑了，但她又想起下午看到的景象：希斯克斯被一个充满爱的家庭接连宠溺了几个小时。相比之下，"旅行者号"上的生活是多么冰冷、无聊。希斯克斯的生活不应该是这样的。

阿什比抬起头看着她，问道："怎么了？"

"我不知道该不该问这个问题，但是……"她思索着，"她是怎么做到的？"

"做到什么？"

"远离丰羽家庭过活。"

"希斯克斯有丰羽家庭。"

罗斯玛丽眨了眨眼睛。这么遥远的丰羽家庭？鉴于她刚刚目睹的亲密状态，她无法相信这可以实现。"从来没有听她提起过。"

阿什比笑道："等你私下有空的时候，可以调出她的个人档案。

作为飞船文员，你应该有权限查看。"

那天深夜，罗斯玛丽蜷缩在客房里调出了希斯克斯的档案。

身份证号码：7789-0045-268

银河系共和国指定名称：希斯克斯·赛希凯塞特

紧急联系人：阿什比·桑托索

近亲：伊萨什·赛希凯塞特（银河系共和国指定名称）

当地名（如果适用）：奥希特－赛希凯塞特－萨斯克斯特－
艾希莱希·希斯克斯·依斯凯特－瓦西克里斯特

罗斯玛丽咬着嘴唇，研究着平板电脑上希斯克斯的名字。赛希凯
塞特很明显。萨斯克斯特是希斯克斯的母亲，艾希莱希听起来像个名
字，所以很可能是她的父亲。但是瓦西克里斯特却很陌生。

她调出了安德瑞斯克政府官方的家庭数据库。一想到居然还有
一群档案管理员专门跟踪安德瑞斯克家庭的发展演变，她就觉得累得
不行。

她的平板电脑开始将内容翻译成克利普语，屏幕上的文字在发生
变化。"请选择一个姓氏。""瓦西克里斯特。"她说，希望数据库能识
别她糟糕的口音。一份名单出现了。罗斯玛丽皱起了眉。瓦西克里斯
特丰羽家庭只有一名成员：希斯克斯。

她往后一仰，背靠毯子围成的窝。只有希斯克斯一个成员的丰羽
家庭？这没有任何道理啊！希斯克斯是行走的合群典范，而且在安德
瑞斯克人眼中，孤僻是种不讨喜的性格。宣称丰羽家庭只有自己一个
人是一种目中无人的表现，亦是一个信号，告诉同类你不想与他们有
任何关系。罗斯玛丽还记得，希斯克斯是如何对待科里奥尔港的那个
老妇人的——她停下手中的一切，给予一个陌生人好几分钟的陪伴。

"孤身一人，无法与他人肢体接触……没有比这更残酷的惩罚了。"她想，"不，这完全不合理！"

她向窗外望去，一个念头闪过。这个数据库是安德瑞斯克人建的。按照希斯克斯的说法，它最实际的目的是防止近亲繁殖。如果是这样的话，其他物种会出现在名单上吗？

"平板电脑，翻译一下。"她说。

"请说明语言路径。"平板电脑说。

"从雷斯基特语到克利普语。"

"从雷斯基特语到克利普语，已确认。请说出你想翻译的词语或句子。如果你无法发音——"

"瓦西克里斯特。"

短暂的停顿。"无法找到匹配对象。你希望通过语言分析来帮助确定可能的匹配对象吗？"

"是的。"

"以'斯特'结尾，指向一个专有名词，通常是安德瑞斯克家庭的后缀。你想搜索安德瑞斯克家族的数据——"

"不。"罗斯玛丽想了想，又说，"从关键词中删除'斯特'，然后再搜索。"

又是短暂的停顿。"瓦西克里，名词，旅行中的人、旅行者、漫游者。"

"旅行者号"。

希斯克斯用手撑着头，看着飞船窗外的哈什卡斯越变越小。在下面的某个地方，她的孵化家庭的亲人们正在大笑、结合、打架、烹饪、做清洁、喂养孩子……她的鳞片用了奇瑞克斯自制的清洗剂，现在还在闪闪发光。伊萨什送给她的巴掌大小的火龙果馅饼还在房间中央，带着余温。她不想离开。她爱"旅行者号"，她爱船上的伙伴们（至少是其中的大部分人）。她总是忘记离开其他安德瑞斯克人是多么困难，直到她再次回到家乡，她才会意识到她是多么舍不得这一切。不只是沙漠中青草的气味，也不只是雷斯基特语的畅快交流，更是舍不得生活在那里的理解她的人。虽然她很珍视船员伙伴们，但是她得不断地跟他们解释文化差异。当她想说一些友好的话语时，出于可能冒犯到外星人的原因，她得把话憋回去；想与某人有肢体接触时，她也必须管住手……这些事都让她越发疲倦。虽然回家能够缓解她的乡愁，但她仍旧总是记不住那些禁忌。在哈什卡斯待一阵子后再离开让她倍感艰难。就好像当她第一次离开家时，她往自己身上捅了一刀一样——不是什么致命部位，只是大腿、小臂之类的。她离开的时间长了，伤口逐渐愈合。到后来，她经常会忘记它的存在。但每次回来，总是会再次揭开已经愈合的伤痂。

不过，也许这样更好。如果孵化家庭在她的心里没有分量，离别就不会这么伤感——切断这些联系是不可想象的。而且，要是不离开，她永远不会遇到所有这些外面世界的朋友。能够遇到这么多好朋友，受些乡愁之苦也是值得的。

有人敲门。"请进。"她喊道。又是一个令人厌烦的外星人习惯：总是默认门上了锁。之前一整天都不会碰到这种事的感觉真是太好了。

罗斯玛丽走了进来，提着一瓶酒和两个杯子。她的气味与往常有点儿不同。她刚洗了个澡，但是除此以外，还有别的一些微妙的气味，希斯克斯分辨不出。她以前就注意到，但是以前这种气味更加微弱。不知为何，这让她想起了酒吧。可能只是酒的缘故。在适应了行星上的空气之后又回到密封的船舱中，呼吸总是比较困难。这就好像在一张桌子上找东西和在一个拥挤的盒子里找东西的区别。

"希望我没有打扰你。"罗斯玛丽说道。

隐私。外星人这一点也挺烦人的。"不，不，有人陪我挺好的。一起喝一杯，我想你是这么打算的。"她低头看了看自己，又看了看扔在地板上的裤子。自我认知？谦虚？去他的！罗斯玛丽刚见过她和她整个孵化家庭赤身裸体的样子，就连罗斯玛丽的胸部都被一个孩子抓了一把。她觉得罗斯玛丽不会再介意谁的性器官暴露在外。

罗斯玛丽倒上了酒。她们坐在地板上，漫无目的地闲聊起来。两个人开始喝第二杯的时候，罗斯玛丽终于开口了："我可以问你一个私人问题吗？"

希斯克斯笑道："我真是理解不了你们为什么要这样问。"

罗斯玛丽的手指在杯沿打着圈，似乎有点儿尴尬。希斯克斯觉得也许自己刚才没必要对"私人问题"这个问题发表意见，但老实说，人类因为客气真的浪费了太多的时间。

这位人类女性清了清嗓子说："我发现，我们，应该说船员们，是你的丰羽家庭。"

她没告诉过罗斯玛丽吗？或许没有。提及这件事的合适的机会很少。"阿什比告诉你的吗？"

"不，他只是暗示了一下。剩下的我自己弄明白了。"她喝了一口酒。"我知道丰羽家庭有很多复杂的规则，我承认我完全不懂，但我想知道，你为什么……你为什么把船员们作为你的丰羽家庭成员，他们又不是你能主动选择的。我的意思是说，船员们在这里，只是因为这是他们的工作。"

"你是说科尔宾？嗯，是挺复杂的。但是在丰羽家庭里被迫与一个你不喜欢的人相处也很常见。你只需要知道家人中有人需要他，然后你躲开他就行了。就像阿什比和科尔宾，阿什比需要科尔宾——但是究竟是工作上的需要还是家庭中的需要，对我来说无所谓。阿什比毫无疑问是我的家人。因此，科尔宾也在我的丰羽家庭里。"她咽着嘴冲着杯子笑，"当然，要是科尔宾去别的地方组建新家庭，我肯定不会反对。"

罗斯玛丽点点头，说："有道理。尽管我想问的不是科尔宾。"

"哦？"

罗斯玛丽没有作声。希斯克斯和人类打交道很久了，她知道罗斯玛丽要么是在组织语言，要么是在酝酿勇气。希斯克斯心里暗自庆幸她的手语交流为她节省了不少时间。最后，罗斯玛丽开口了："我想问的是我。"

希斯克斯对罗斯玛丽所代表的整个物种的不耐烦情绪顿时减少了大半。她微笑着牵起罗斯玛丽的手，说道："如果让我选择，我还是会让你加入我的丰羽家庭。你现在应该知道，我喜欢家庭里有你。"

罗斯玛丽捏了捏她的手指，她微笑了一下，但是还有什么别的东西——也许是害怕？她能害怕什么呢？罗斯玛丽抽回了手，满上杯中的酒，剩下的倒给了希斯克斯。"见过你和你的家人相处，我是指你的孵化家庭——唔，我在想，我们对你来说是不是还不够好。我们肯定让你难受极了。"

"远离安德瑞斯克的确令我很难受。如果我说现在不难受，肯定是假的。但我是自愿来这里的。我喜欢这艘船。我爱我的船员伙伴。我的生活很不错。我不会改变这一切。"

罗斯玛丽抬起眼，看向希斯克斯。她的神情变了，掺杂着某种强烈的情感，但同时又保持着理智，说道："但是没有人和你亲密接触。"

希斯克斯听到这句话，差点儿被葡萄酒呛着。和人类相处了这么久，还是会有她意料之外的事情突然发生。各种零散的细节突然在她脑海中串联了起来：罗斯玛丽的眼神、葡萄酒、交谈中的羞涩停顿转变为嗓音低沉的直截了当、她的衣服——哦，群星啊，在她们返回飞船之后，罗斯玛丽换了一身衣服。人类不同穿着的背后有着不同的意图，但这相当复杂，希斯克斯从来搞不懂。罗斯玛丽穿着一条柔软、飘逸的裤子，淡黄色的上衣靠交叉的绑线固定着。希斯克斯认为这是很休闲的装扮，只不过更像是节日穿的。吉茜的某个朋友可能会在炎热的夏夜穿着这身衣服去参加派对。上衣的衣领比罗斯玛丽往常穿的要低，露出她胸部的上沿。还有她的头发，她……似乎弄了头发。虽然希斯克斯说不清哪里弄了，但她能看出弄过。几经思考，她终于知道罗斯玛丽身上特别的气味是什么了——不是葡萄酒，也不是香肥皂，也不是衣服。那不是什么外面的气味，那是荷尔蒙的味道。

希斯克斯看过人类的视频。她也见过吉茜去码头酒吧之前特地打扮自己的样子。她还见过阿什比在见佩之前，看着镜子里的自己心不在焉地弄头发、刮胡子的样子。罗斯玛丽穿着漂亮的衣服来到她的房间，拿着葡萄酒，说着善解人意的话，还精心弄了头发。人类精心策划这一切是为了某个目的，一个在安德瑞斯克人看来只用动一动手指就能达成的目的。

罗斯玛丽继续说："希斯克斯，我没有羽毛可以给你，虽然我希望我可以。当我刚踏上这艘飞船，你让我感觉我是受欢迎的。从那以后，你所表现出的温柔体贴——不仅是对我，是对每个船员——我都记在心上。你竭尽全力让每个船员感到舒适，用我们能够接受的方式克制地表达感情。我不像你了解人类那样了解安德瑞斯克人，但是有些事情我很清楚。我很清楚我们是你的家人。对你来说，不能和我们亲密接触意味着你有重大的缺失。我想这种感觉让你难过，但你将这一切深藏在心底。当你的家人抱着你时，我看到了你脸上的表情。你也许爱'旅行者号'，但这里的生活对你来说是不完整的。"她抿了抿嘴，"我不知道你怎么看待我，但是……但是我想让你知道，如果你有更多的需要……我可以满足你。"

希斯克斯做了一个捧着东西的手势，然后将手翻转，爪子向外摊开——尽管她知道罗斯玛丽并不理解这个手势的意思。特瑞沙——它是一种感恩、谦卑、脆弱的感觉。当有人洞察你的内心，而且是一些连你自己都不愿承认的东西时，这种感觉就会出现。如果罗斯玛丽是安德瑞斯克人，希斯克斯会立马将杯子一丢，就地开始跟她结合。但是她克制住了。显然，她对人类的那部分认知让她保持了理智。

"罗斯玛丽。"希斯克斯握着她的手说。她是如此温暖。其他的物种总是这样，只是站在他们身边，她就能感觉到温暖。但现在更明显了。她有时也会好奇，紧贴着那种温暖是什么感觉——不，不，她不能想这些东西，至少现在还不行。她得学聪明点儿。她得谨慎。毕竟，人类对结合的反应不同于她。结合之后，他们的大脑会充斥着化学物质，与正常状态下不同。安德瑞斯克人也会通过结合加深情感，但是人类——人类可能会变得疯狂。不然你要怎么理解人类这个智慧物种？他们任由人口疯狂增长，直到环境崩溃。这是一个结合之后会变愚笨的物种。

"我……我很感激。"希斯克斯最终说道。用"感激"这个词来描述她的感觉是极其空洞的。特瑞沙——这才是她想要说的，但是在克利普语中没有对应的词。语言真是没用！罗斯玛丽的脸微微一沉，她好像一直期待着希斯克斯扔掉杯子。该死的，跨物种礼仪课里怎么不教这个？"你……"快动动脑子！希斯克斯，动动脑子！"你对我说这些，是因为同情我，还是……你也有欲求？"呃，克利普语总是要么太实际，要么太感性，从来不会在二者之间找一个平衡点。毫无用处的语言！

罗斯玛丽喝了口酒，望着杯子出神。"嗯，我被你吸引了。你是个很棒的人，也是个非常好的朋友。我不知道自己什么时候开始对你产生了更强烈的感情。不过，要是你拒绝也没有关系。我喜欢和你做朋友。就算我们只能做朋友，我也不会难过。"她又喝了一口酒，"但是，老实说，要是我没见过你孵化家庭的亲人们，我可能不会对你说这些。即使撇开我的感受，你也仍旧需要像你和你的孵化家庭这样的羁绊。这种羁绊不应该只有当你回到安德瑞斯克的家庭中时才能感受到。"她又抬眼，眼神深邃又诚挚，"哪怕不是我，也应该有别人与你建立起那样的羁绊。这是你应得的。"

"快答应吧，"希斯克斯内心有一个声音在轻声乞求，"答应吧，希斯克斯，她说的没错。""罗斯玛丽……我很想答应你。真的。"她回想起不到一年前的时候，罗斯玛丽刚上船，还是个害羞的新人文员。眼前这个一脸认真、大胆表白的女人是谁？她在这片太空中发现了些什么啊？希斯克斯深吸了一口气。"但是我不想伤害你。结合对我们俩来说有着截然不同的意义。我很高兴你想给我一些我需要的东西，但我不知道我能否给你你需要的东西。"

罗斯玛丽傻笑起来，就像吉茜说了一些傻话时，詹克斯脸上的那种笑。"希斯克斯，我不是要你跟我结婚，我也不是爱上了你。我喜欢你。我喜欢你的个性、你的为人，我喜欢你头上羽毛垂下的弧度。我明白你不会将自己捆绑在某一个人身上，我明白我们的家庭观不同，我们可能不会一直携手走下去。但现在，我愿意先与你携手共进。"

好奇。这一点希斯克斯现在能理解。"我想，我也很愿意这样。"希斯克斯说。她心中警告自己的声音正垂死挣扎，消失之前，它要做最后一搏。"但是，有些事情我得跟你提前说清楚。"

"没问题。"罗斯玛丽说。她的眼睛里亮闪闪的，那是希望的光辉。希斯克斯发现自己仿佛正在熔化。这感觉好极了！

"我相信你已经注意到，家庭成员之间不只有性，我们经常触碰、拥抱和抚摩彼此。如果你觉得还没到要结合那一步，如果这会——"

应该怎么说才合适？刺激到疯狂的哺乳动物的大脑？"——如果这会让你感到不快，或者让你想要索取更多我给不了的东西，我也可以接受只是触碰、拥抱彼此，就像你见过的我和我的家人那样。即使那样也足够了。"就现在的状况来说，那也肯定是一个巨大的进步了。

罗斯玛丽点点头，说："这一点我记住了，但我觉得不是问题。"

"而且，我们不必在其他人面前做那些亲密动作——如果这样你会更自在的话。我们甚至不必告诉他们。"希斯克斯不在意别人知道这件事，但既然罗斯玛丽能大度地做出文化上的让步，她也愿意做些事来回报。

罗斯玛丽想了想，点点头说："我觉得这样可能更好，至少在刚开始的阶段是这样。"

希斯克斯停顿了一下。她知道，她接下来要说的，是大多数人类都无法接受的事。"如果我在行星上，遇到了别的安德瑞斯克人——"

"我不介意你去群交，"罗斯玛丽说，"但别指望我会一起去。"

"不会的，因为他们比你更重要，"希斯克斯立即说道，"因为我更喜欢和安德瑞斯克人——"

"希斯克斯。"罗斯玛丽说着，捏了捏希斯克斯的手，做了一件之前从来没人做过的事。她拿起希斯克斯的手指，贴在她的嘴唇上，让手指关节停在她的嘴唇上片刻。希斯克斯以前被吉茜、詹克斯和阿什比亲吻过，就是迅速在她的脸颊上生硬地扫一下。而这次不一样。这个动作更缓慢、更轻柔。这是一种奇异的感觉，一种柔软的感觉。她喜欢这种感觉。罗斯玛丽松开她的手，微笑着说："我明白。"

群星啊，她真的明白！

"还有一件事。"希斯克斯说。她注意到自己的声音变得低沉了一些。某种别的东西掌控了她的大脑，是对群交和结合不陌生的那部分自我，喜悦地呼喊着"终于有她的家人能理解她了"的那部分自我。她与罗斯玛丽对视，尴尬地笑了一声，说："我从来没有跟人类结合过。"

罗斯玛丽笑了，说："很好。"她身子前倾，用光滑的指尖抚过希斯克斯的羽毛。"我可不希望你比我更有经验。"

10 月 25 日

"所以，"阿什比问，"你能修好吗？"

詹克斯像外科医生一般，对阿什比拆开的平板电脑进行了仔细的检查。"我可以调试一下，"他说，"但没法彻底修复。你需要更换一个新的像素阵列，这在技术上不难实现，问题在于我们手头上没有。"

"你能先让它别在不同的订阅推送之间不停切换吗？"

"可以。几十天后，图片可能会开始变得不清晰，但是它不会——等等。啊哦。"詹克斯停了下来，"你听到那声音了吗？"

阿什比听见了。声音从海藻舱传来，在大厅中变得越来越清晰。他叹了口气，说："又来了。"

詹克斯翻了个白眼。"我敢说，要是他们中的某一人能跟对方保持距离，他们能省下好多工夫。"

声音很嘈杂，他们轻而易举地循声找了过去。他们越走越近，争吵也听得越来越清楚。

"……根本不称职……"那是科尔宾的声音。

"……别这么烦人……"是希斯克斯在说话。

"……这不是我的工作问题……"

"……如果你像正常人一样沟通，可能……"

"我确实试图跟你沟通，只不过你皮糙肉厚的蜥蜴耳朵不……"

"该死的，科尔宾！"阿什比快步往前走。

"Hisk! Ahsshek tes hska essh……"①

"哦，行，随便你怎么嘶嚷，都不会改变事实，我——"

"够了！"阿什比说着，走进了房间。詹克斯在门口停了下来，与他们保持礼貌的距离，同时继续关注事情的发展。

"阿什比，"希斯克斯的羽毛都奓了起来，"你告诉这个自大狂——"

"我说够了！"阿什比瞪着他们俩，"现在，告诉我是怎么回事。"

科尔宾和希斯克斯立即同时叫嚷起来。

阿什比举起双手制止他们，说道："一个一个说。"

"你的驾驶员，"科尔宾的语气就像一个愤怒的父亲向妻子告状时说"你的孩子刚干了什么蠢事"那样，"让感应线路超负荷运行，导致我的一个压力帽承受了过度的压力，现在你看。"

阿什比看着燃料分配器。他看不出哪里坏了，但是部分管子里的绿色黏液静止不动。

"我根本不知道他把压力帽换成了小号的。"希斯克斯狠狠地瞪了科尔宾一眼，"而且到现在我都搞不明白他为什么这样做。"

"我用小号的，是因为我手头只有小号的。让我提醒你，我们很久没有经停集市了。我就两个选择，要么用小号的，要么换掉整个设备。拜你所赐，现在我只能选择换掉整个设备了。"

"是的，这是我的错，因为您老还特意告诉过我呢。哦，不，等等，你压根儿就没有告诉过我吧？"

"我前天在厨房提起过这件事。"

"你当时根本不是在和我说话！你在向主厨医师抱怨你的实验室！我哪知道这会跟我驾驶飞船有关？"

---

① 希斯克斯说的雷斯基特语。

"换句话说，你选择无视我。要不是你目中无人，一心只想着你自己——"

"停！"阿什比深吸了一口气，"让我确认一下我听到的对不对。这场我们从楼上就能听到的争吵源于压力帽损坏这么一件小事。"

"这可不是小事，我得花一天时间才能——"

"这就是小事！"阿什比重复道，"你损失了 6 个设备中的 1 个，而且这并不影响燃料抽送，对吧？"

科尔宾瞪着眼，说："是的，但这关系到——"

"好了。所以，以后你——"他指向科尔宾，"不管你做了任何设备的更换，都要告诉希斯克斯，因为你不能指望她自己发现你的实验室里发生了什么事。还有，你不许再在我的船上用那个词，听明白了吗？禁止对希斯克斯用那个词，对其他人也不行。这是绝不能容忍的。你立马向她道歉。"

"我没有——"

"现——在。"

科尔宾的脸涨得更红了。"我……对不起。"他对希斯克斯说。他的声音紧绷得像密封带。

"还有你，"阿什比指着希斯克斯，"进行速度跃升时悠着点，压力帽不应该那么快被烧坏。"

"我们赶时间，"希斯克斯说，"如果我们不——"

"我不在乎晚到个 10 天，甚至 1 个标准年。我们已经走了这么远，我可不想在这个时候出差错，最后只能在宇宙中漂泊。我们得更加小心。"他瞪得两人低下了头。"我最后说一次，不管你们俩有什么矛盾，都要给我处理好了。这不仅让我抓狂，也让你们的船员同伴们抓狂。我知道这是个漫长的旅程，大家都很累。抵达核心区域之前，这一路上还要听你们俩一直吵架，简直让人无法忍受。想办法和好。装也要给我装出来。这件事就到此为止……"

对讲机突然响起。"嘿，阿什比。"是吉茜的声音，"呃，是这样，我找你有点儿事情。"

"能等会儿再说吗？"

"唔，等不了太久，但或许我可以跟他说。"

"跟谁说？"

声音在切换。罗斯玛丽的声音取代了吉茜的声音："阿什比，是一个奎林执法者打来的电话。"

他可以听到吉茜在罗斯玛丽旁边说话："你觉得我是不是把他惹火了？我完全看不出来，他们一个个面无表情的。"

阿什比叹了口气，闭上眼睛："洛维，把电话转接过来。"

阿什比在桌前坐了下来，科尔宾转身离开了。一个男性奎林人的像素影像出现了。他望着阿什比，头上的铠甲遮住了他的脸，显得很神秘，铠甲下一双黑色的眼睛闪闪发亮。

"我是阿什比·桑托索船长，请问有何贵干？"

"我是星际防卫局的执法者贝弗尔。根据《边界安全修正案》第36-28条，我们将对你们的飞船进行全面搜查，并对所有船员进行检查。"

"我们进入奎林人的太空势力范围时已经接受过检查。我们违反什么规定了吗？"

"这是个随机搜查，星际防卫局有权搜查任何船只，不论什么缘由。"

"我相信我们的文员已经给你们发过我们的隧道开采执照和航行计划。"

"我们已经收到你们提交的材料，并准许你们在我们的太空势力范围内航行。"

"我不想惹事，我们正在赶路。我有权拒绝这次搜查吗？"

"如果拒绝，你的飞船将被扣押，所有船员也将被收监。不遵从检查人员的指令被视为违反我们的银河系共和国成员协议，根据226-09行政命令，将受到起诉。"

"好吧，我想我们只能期待与你们在船上见面了。"

"请做好准备，我们将在10分钟内登船。"贝弗尔说。通话结束，像素影像消散开来。

"真是个迷人的家伙。"詹克斯说，"我打赌，他在聚会上一定很有趣。"

"他得有搜查令才行。"阿什比一边说，一边挠着鼻梁，"真烦人。"

货运电梯的门"叮"一声打开了，罗斯玛丽和吉茜走了进来。"一切都好吗？"吉茜问，"我没给大家惹麻烦吧？我真不应该接这通电话，我太蠢了。"

"没人有麻烦。不过，他们还要登船再做一次搜查。"

"为什么？"

"因为他们说要搜查，因为他们是奎林人，而我不想惹毛他们。"

"我听说登船搜查很折腾人。"希斯克斯说。

"我们上一次接受搜查就很顺利。"

"是的，但那只是一次针对武器和非法技术的基础搜查。相信我，他们会搜查每一样东西。我听说他们还要检查血液。"阿什比说。

"为什么要检查血液？"罗斯玛丽问。

詹克斯叹了口气。"我敢打赌，一定是因为那个在血液里藏爆炸机器人的浑蛋。几年前，一个愚蠢至极的极端物种主义者小孩试图在一次登船搜查中证明自己信奉的观点，还记得吗？当时，爆炸机器人的程序都还没有编好，他只是把自己的头给炸飞了。"

希斯克斯说："有趣的是，极端物种主义者总是毁掉其他物种的生活。"科尔宾嗤之以鼻，但是还没来得及说什么，希斯克斯就已经朝门口走去。"我去叫欧翰。"

阿什比先看了看吉茜，然后又看了看詹克斯。"你们俩不会藏了什么会吓到我们执法者的东西吧？有吗？"

詹克斯仔细想了想，说："应该没有。"

"没有。"吉茜说，"前阵子，我们把拜尔的自制酒都喝光了，一滴不剩。"她停顿了一下，伸手捂住嘴，"啊，糟了！"

"怎么了？"阿什比问。

她把手伸到头上，拉扯着自己的头发。"我的袜子里有一包烟。"

"好在你现在想起来了。快去把它扔进引擎。"

"但是……"吉茜的肩膀耷拉着，"你在外面暂时弄不到烟了。我一直留着没舍得抽呢。"

阿什比皱起眉头，他没有心情听吉茜说她的理由。"别跟我扯了。扔进引擎。现在。"

"好啦，吉茜，"詹克斯边说，边拉着她的手腕，走进货运电梯，"我陪你去扔。"

"我恨奎林人！"吉茜说，"他们都是愚蠢的浑蛋，没有人喜欢他们。"进入电梯之后，她偷偷压低了声音问："如果我们现在飞快地抽了那些烟，你觉得他们会发现吗？"

"吉茜，我还能听到你说话。"阿什比说。

她撇了撇嘴，说："我就随口一说。"门关上了。

罗斯玛丽以前在视频里见过奎林人，但即便如此，从货舱门"咔嗒咔嗒"走进来的生物还是让她大吃一惊。她想找一个更合适的词来描述他们，但是她能想到的词只有"龙虾人"。他们顶着一张面具一样的脸，有着甲壳质地的蓝色外骨骼，外壳上有着符号烙印，镶嵌着光滑的石头；腹部长而平坦，分节的躯体上长着关节状的四肢。虽然她知道不该以貌取人，但是从接听电话到看到他们多节的外形，她显然没有做好准备。

其余的船员看起来也很不安，这让她稍微好受一些。众所周知，奎林人十分仇外，他们通常只在自己的地盘内活动，极少出现在其他地方。罗斯玛丽了解到，他们加入银河系共和国，是为了得到实实在在的便利。奎林人拥有大量的自然资源，他们最初是由哈玛吉安人引荐加入银河系共和国的，后者拥有大量资金和先进技术，这也是他们吸引奎林人加入共和国的砝码。奎林人和哈玛吉安人并不是真的合得来，但有钱能使鬼推磨。

6个奎林人走进了货舱，走在最前面的是先前打来电话的执法者贝弗尔。他给他的下属（这只是罗斯玛丽的猜测，毕竟她听不懂泰利恩语）分别下达了命令。他们中的4个走了进来，拿出设备开始检测。设备不断发出嗡鸣声，他们的尖腿踩在金属地板上咔咔作响。

"所有人排好队，准备接受检查。"执法者贝弗尔说。他甚至没有做自我介绍。

船员们照他们说的做了。罗斯玛丽站在希斯克斯的旁边。她们对视了一下。希斯克斯翻了个白眼，恼怒地摇了一下头。

贝弗尔抬起一只前肢指向欧翰，问道："他们怎么了？"

罗斯玛丽瞥了一眼，看到欧翰在发抖，虽然抖得不算厉害，但是远远就能看出来。

"只是因为衰老和疾病，"主厨医师说，"他们没有任何传染病。他们的神经退化了，没办法长时间站着。"

贝弗尔盯着欧翰，但他没有眼睑，也没有面部肌肉，根本无法从表情得知这个奎林人在想什么。"让他们坐下吧。"

"谢谢。"欧翰点头说。他们倒在地上，尽量保持不动。看起来，奎林人还是讲道理的。

贝弗尔把目光转向主厨医师，说道："我们需要审查他们的医疗记录以证实你的说法。"

好吧，也许话说早了。

另一个奎林人从自己身侧的包中拿出一个设备。"我们现在要检查你们的血液、淋巴以及其他重要的遗传物质，看看有没有污染物、病原体、非法纳米机器人和其他被禁止的或者危险的物质。如果有人携带以上物质，现在就告诉我们。"她停下来，看有无船员主动开口。

没人说话。

"那么，我现在开始检查。"她走向队伍最远端的詹克斯，盯着他看了几秒钟，"你的个子很小。"

"你还有一堆腿呢。"詹克斯说着，伸出一只手。

那个奎林人什么也没说。她把检测仪压在詹克斯的手掌上，检测仪发出一种机械的"咔嗒"声。罗斯玛丽听见詹克斯从牙缝传出的吸气声。奎林人查看了一下检测仪上的结果，显然很满意，于是接着开始检查阿什比。

詹克斯检查了一下自己的手掌，说："什么，连绷带都没有吗？或者……没有？好吧。谢谢。"

奎林人沿着队伍挨个检测着。轮到罗斯玛丽的时候，她自觉地伸出手。检测仪的穿刺让人不适，但没有必要大惊小怪。尽管她知道自己的血液中没有什么特别的东西，但是当奎林人从她身边走过去检查下一个人的时候，她还是舒了一口气。这些智慧生物身上的某些东西让她感到非常紧张。

尽管罗斯玛丽看不懂奎林人的表情，但是她发现，当奎林人在检查科尔宾的时候，表情变了。显然，执法者贝弗尔也发现了，因为他就在她的对面。他看着检测仪，与进行检查的那个奎林人用难懂的泰利恩语简短地讨论了一下。

"阿提斯·科尔宾，"问：执法者贝弗尔说，"根据《基因完整性协议》第 17-6-4 条，你被捕了。"

"什么？！"科尔宾喊道。

另一个奎林人一瞬间将他按倒在地，用某种能量绳将他的手绑在后面，并押着他朝大门走去。

"我——我什么都没做！"

阿什比冲了过来，问："执法者，这是怎么——"

执法者贝弗尔拦住了他。"你们都需要接受审问，禁止去任何地方。等搜查完你们的飞船，我们将找个地方审问你们。"执法者说，"根据《惩罚条例》第 35-2 条，任何关于法律咨询的请求都将被拒绝。"

"不好意思，你说什么？"阿什比说，"到底发生了什么事？"

罗斯玛丽试图保持冷静。他们没有做任何违法的事情，据她所知没有。如果奎林人到现在还没有搞清她发过去的文件，她怀疑他们根本不想搞清。至于科尔宾，她觉得他是最不可能违法的人。这一定是个误会。

"你们没有被捕，"他说，"目前也没有对你们提出任何指控。但是，如果你们不遵从审讯人员的指令，将会面临监禁。"

詹克斯瞪着眼睛，问："我们船长在问你，我们做错了什么？"

"詹克斯，别。"主厨医师说。

另一个奎林人把科尔宾带下了船。"阿什比！"他叫道。他不肯走，但是奎林人推着他。"阿什比，我没有——"

"我知道，科尔宾。"阿什比说，"我们会搞清楚的。"说完，他愤怒地转向贝弗尔。罗斯玛丽从来没见过他如此生气。"你要把他带去哪儿？他做了什么？"

执法者用他扁平的黑眼睛看着阿什比，说道："他死不了。"

他们检查了他的腕带，然后脱下他的衣服。他嗓子都喊哑了，但没有一个人理他。甚至没有一个人会说克利普语。他们说话"咔嗒咔嗒"的，眨眼"咔嗒咔嗒"的，脚踩在地板上也"咔嗒咔嗒"的。这就像在一个金属做成的蜂巢里——黑暗、炎热、潮湿，而且总是发出"咔嗒咔嗒"的响声。

他不知道自己离"旅行者号"有多远。他们把他带到另一艘船上，或者另一个轨道飞行器上？他不知道。这里没有窗户，也没有屏幕（反正他没有看见）。他们把他丢进一个巨大的房间，有货舱那么大。地板上有许多平滑的深坑，深度是他身高的两倍。仔细向深坑里看去，他能看到坑里有许多闪着光的眼睛在盯着他。

他试图遮住自己的身体。奎林人是不穿衣服的，但是他们有外壳，所以并不需要衣物遮挡身体。他们也没有不想被别人看到的赘肉、毛发、皱纹、难看的褶子。科尔宾希望他也有个外壳。他希望自己生下来就是某种有刺或者有角的物种，某种比他现在这副软弱的身躯更有气势的物种。他希望害怕的是奎林人。

他们粗暴地把他推进一个空的坑。"不！"他说，试图不让自己的声音颤抖，"你们先告诉我，我做了什么。我是银河系共和国公民，我有我的——"几秒钟后，他后悔自己说了这些话。

一个奎林人用上肢抓住他，让他脸朝外背靠在它的装甲躯干上，分节的附肢紧紧地锁住他的身体，就像一个铁丝笼子。另一个奎林人勾下头，身子紧绷，就像一块平板。科尔宾这才意识到他们头顶上的装甲有多厚——那是一个厚实的黑蓝色圆顶，打磨得光滑的表面带有旧划痕。

勾下头的奎林人向他发起了冲锋。圆顶撞在他的胸口上，疼痛猛地在他身上炸开。他无法呼吸，喷出的口水溅到奎林人的头部的圆顶上。奎林人看上去漠不关心，向后退了几步，然后再一次向他撞上去。

"哦，不，求你了，别——"

在感到疼痛之前，他听到了自己肋骨折断的声音。他下意识地痛呼出声，瘫在奎林人的腿上，但又被提了起来。第二个奎林人再次向他冲锋。

不知什么时候，提着他的奎林人终于放开了他。他倒在地板上，不停呕吐，浑身发抖。他每次胃部起伏的时候，都能感觉到肋骨骨折引起的刺痛。他的嘴里发出低沉短暂的呻吟，但由于缺氧，又转为急促的抽气声。

他们把他推入坑里。他跌进冰冷的金属坑洞中，脸先着地，鼻血喷溅而出。折断他骨头的奎林人用克利普语朝他愤怒地吼出一句话。此后的几个小时里，他只记得这句话："从现在起，克隆人，你会安静的。"

阿什比是最后一个接受审讯的人。他加入了餐桌前的众人。大家看起来都筋疲力尽。就连欧翰也在这里，盖着毯子，蜷缩在旁边的长凳上。主厨医师端出一些春饼，但没有人吃。

"哦，群星啊！"吉茜说。她跑过去，抱住阿什比的腰，说："我还以为你也被关起来了。"

"我没事。"他说。

"你去了6个小时。"

"我感觉去了更久。"他跌坐在椅子上。主厨医师在他面前放了一杯丁酮酒。阿什比双手环握着杯子，让丁酮酒的温暖传到手上。他放空了一阵儿，随后深吸一口气，望向他的船员，说："你们有人知道是怎么回事吗？"

大家都摇头。"一点头绪也没有。"詹克斯说着，点燃了红草烟斗。

从他面前的盘子上堆起的烟灰来看，他已经抽了两碗红草。

"我们一直在讨论，科尔宾本人知不知情。"希斯克斯说。

"结论呢？"阿什比说。

"我们认为他并不知情。"詹克斯说。烟从他的牙缝间飘了出来。"你看见他被拖走时脸上的表情了吗？他也不知道发生了什么。"

"我查看了一个很早以前的血液测试，"主厨医师说，"毫无疑问，他的 DNA 中有一些不正常的现象。"

"之前你怎么没注意到？"阿什比问道。

"因为这些异常之处只有你特意去查看的时候才会发现。我没有任何理由去关注这些。"

阿什比叹了口气，往后一靠，说："我希望你们知道，这并不会改变什么。科尔宾是一个有独立意识的智慧生物，我不介意他从哪里来。我知道我们……和他相处时，都有一些摩擦。"他看了看希斯克斯，发现她正用一只爪子去拿春饼。"但他是我们飞船的一员，我们必须帮助他。"他环顾四周，发现有点儿不对劲。"等等，罗斯玛丽在哪里？她没有回来吗？"她也被奎林人带走了吗？群星啊，他今天要失去多少船员？

"回来了，在她的办公室里。"希斯克斯说，"他们一放她回来，她就开始整理适用于科尔宾的法律。"

阿什比暗自提醒自己，等隧道建成了，他要立马给罗斯玛丽涨工资。"我去帮她。"他说着推开椅子。

"不用了。"罗斯玛丽走进厨房，手里拿着平板电脑，像素笔别在耳后，说："但是我们得好好谈谈。"

"洗耳恭听。"

罗斯玛丽在桌前坐下，说："科尔宾被关在附近的执法轨道飞行器上。在案件审理之前，他得一直待在里面。"

"然后会怎么样？"

"如果我们什么都不做，他会被送到奎林的罪犯流放地。据我所知，大部分都是劳教营。银河系共和国的大部分特拉赛特（Teracite）矿都是由奎林监狱的囚犯开采的。"

"那可真是个好消息！"詹克斯说，"我终于知道制造电路板的矿是怎么来的了。"

"他们怎么能这样？"主厨医师说，"科尔宾是银河系共和国公民。"

"不，他不是！"罗斯玛丽说，"因为在银河系共和国的大部分区域，克隆是违法的。克隆人没有与生俱来的权利。他们就算一辈子都生活在银河系共和国，但在申请流程上，也只能走非银河系共和国物种的流程。"

"这不公平。"吉茜说。

"是的。"詹克斯说，"但是你们想想，这样的事情太少见了。法律制定者不会为了极少数的人制定一整套法律。一共能有多少人？几百个？除了银河系边缘，你在别处也看不到几个克隆人。而且我觉得银河系边缘的那么几个克隆人也不会回到银河系共和国。这种案例在银河系共和国太少见了。"

"没错。"罗斯玛丽说，"正因如此，发现克隆人之后，对他们的处理方式往往遵从当地法律。假设我们在哈玛吉安人的地盘发现科尔宾是克隆人，那么虽然仍需要走流程，但他只会在身份证上多一个脚注。被捕的只会是他的父亲。我们说话的这会儿，这件事可能就正在发生。"

"有人了解他父亲的事情吗？"吉茜问道。

"我想，他父亲应该还在恩克拉多斯星的轨道飞行器上，他们彼此不联系。"阿什比说道。他转向罗斯玛丽，说："所以，是不是说，因为科尔宾不是银河系共和国的公民，所以我们就不能利用银河系共和国法律条约上的权利救他回来？"

"对。但是，有漏洞可钻。只不过……"她清了清嗓子，"是个下策。"

"我猜也是。"

罗斯玛丽烦躁地摆弄着她的笔，说："奎林人的银河系共和国成员资格协议的条款规定，他们必须遵从所有与银河系共和国公民太空旅行相关的法律文件。比如说……有一个人类和一个哈玛吉安人，他们想在哈玛吉安的地盘注册伴侣关系。"

"这……"吉茜说。

"极端物种主义者。"詹克斯说。

"我不是极端物种主义者，只是觉得他们这样做太奸猾。"

"我只是举一个例子。"罗斯玛丽说，"反正他们不可能在奎林人的地盘结婚，因为奎林人不承认跨物种婚姻。但要是他们已经在银河系共和国范围内的另一个地区注册登记，从法律上说，奎林人就必须承认他们的婚姻。"

"那会怎样呢？"阿什比问。

"比如说，他们的飞船出事，双方中的一个死了，奎林当局就必须承认另一方是他最近的亲属——尽管他们不会给予生活在他们地盘里的人这些权利。"

"明白了。但是怎么利用这一点来帮助科尔宾呢？"

"如果你要申请银河系共和国公民权，在整个申请过程中，你必须有一个特定的法定监护人，一个银河系共和国公民，为你做担保。"

"是的，我就是这样的。"主厨医师说。

"这有什么用？"詹克斯问。

"这是非常重要的制度。为的是找一个人帮你去融入社会，确保你学会当地的语言、熟悉当地的法律、了解当地的文化和伦理道德，以及其他类似的事。担保人还要负责帮助你按时填表，还必须和你一起参加你的申请听证会。这是一种帮助你成为银河系共和国一员的伙伴制度。"

"这对科尔宾来说很多余，"吉茜说，"他没有必要再学一次克利普语。"

"所以，"阿什比说，"要是科尔宾有一个法定监护人，奎林人就必须将他释放并且交给那个人？"

"是的。但是我们必须在极短的时间内让这变成可能。我们必须填好表格，获得银河系共和国的批准，然后在奎林人处置科尔宾之前拿给他们。我有一个……朋友，是银河系共和国的一位低级官员，我可以去联系他。我确信他们一旦意识到事态紧急，会尽快在表格上签字通过的。"

"就是那个，呃，朋友……？"詹克斯指了指罗斯玛丽的腕带，没有再说下去。

罗斯玛丽垂下眼睑。"是的。"她说。

"距离奎林人处置科尔宾还有多长时间？"主厨医师问。

"没有人知道。可能是几天之后，也可能是几十天之后，甚至有可能现在就处置。不过，我觉得现在就处置的可能性不大。据我对奎林人法律制度的了解，他们不会急着处理这些事情的。"罗斯玛丽说。

"好吧，"阿什比说，"你就告诉我指纹该按在哪儿。"

"不，是这样，你不能成为他的监护人。"罗斯玛丽呼了一口气。她看起来有些不适。"这里有个小问题，而且是个愚蠢的官僚问题，但是我们绕不开它。"

"你直说吧。"

"奎林人的克隆法律不仅严格，而且……我都不知道该用什么词来形容。反正是毫无妥协的余地。我对此的了解不算多，但众所周知，在几个世纪之前，奎林人经历了一场血腥的星际战争，那场战争和克隆、优生学等乱七八糟的东西脱不开关系。如今，奎林人不只把克隆看作一种道德上的灰色地带，还认为那是邪恶的。对他们来说，科尔宾的存在是一种危险。他们的克隆法比其他物种的要健全得多。他们显然考虑到了克隆人入侵他们地盘的可能性。"

"你的意思是？"

"意思是，不管有没有银河系共和国条约，只要某个地区有法律禁止克隆，他们就不会把科尔宾交给来自那个地区的物种。在他们看来，把科尔宾抓起来，让他远离银河系的那些地区，是在帮那些物种的忙。"她清了清嗓子，继续说，"所以，唯一能让科尔宾回来的办法，就是帮他找一个来自没有克隆法的地区的监护人。"

"谁没有——"阿什比停了下来，因为他看到罗斯玛丽脸上犹豫不决的表情。罗斯玛丽看的不是他。他顺着罗斯玛丽的目光，看向桌子对面。她看的是希斯克斯。

希斯克斯眨了两下眼睛，面无表情。她用手掌捂住眼睛，仰起头，发出一声悠长而愤怒的叹息。"你在开玩笑吧？"

"等等。"吉茜说，"哇哦，你吗？安德瑞斯克没有克隆法？"

"嗯，我们没有克隆法。"

"为什么？"

"因为我们那儿没有克隆这种事，"她厉声说道，"我们从来没有想过这么干。你知道为什么吗？因为我们不像你们，我们觉得顺应自然就很好，所以不会去扭曲和篡改什么。还有——啊，这太荒谬了。"

"希斯克斯——"阿什比说。

"什么也别说了。我会做他的监护人。你根本问都不用问。我可不会坐视不管，放任他在陨石矿坑里死去。"她用爪子敲击着桌子，

"好了。那么，我该怎么做？在一些表格上签字，和他一起去听几次听证会？"

"是的。"罗斯玛丽舔了舔嘴唇，语速加快，"而且在整个申请过程中，你必须和他待在一起。"

希斯克斯的羽毛抖了一下，问："要待多久？"

罗斯玛丽缩成一团，她的身体语言在道歉："一个标准年，也可能更久。"

希斯克斯用雷斯基特语骂了几句，然后从桌旁离开。没走几步，她又转头看向罗斯玛丽："我没有生你的气，你是知道的吧？"

"我知道。"罗斯玛丽看着希斯克斯的眼睛。阿什比目睹了她们之间的一段无言的交流。他饶有兴趣地观察着。他觉得她们之间有点儿什么，但是现在来不及细想。他还有更重要的事情要操心。

希斯克斯又叹了一口气，试图用手抚平自己的羽毛。"好了，走吧，"她说，"赶快去救那个浑蛋。"

希斯克斯刚登上执法轨道飞行器几分钟，就开始讨厌它了。这里没有窗户，缺乏色彩，走廊寂静无声，设计风格一本正经、棱角分明。她无论走到哪里，都不甚满意，觉得了无生气。她知道监狱本来就不是什么喜庆的地方，但这里比她想象的还要糟糕。这里是一个让你谨记再也别做坏事的地方。它唯一的优点是温暖，但这种温暖也显得厚重，厚重到你仿佛能够从唇齿间感觉到它。

他们进入一个拘留室，里面只有几台安装在墙上的检测仪和一组气派的门。"在这儿等着。"陪她进来的奎林人说道。他在墙上的控制面板上输入一串密码。门打开了，里面飘出来一股气味，希斯克斯闻到差点吐了——那是一种长期没有清洗过的身体和排泄物发出的恶臭。她用手掌捂住鼻子，后退了一步。奎林人怎么忍受得了这种气味？他们有嗅觉吗？

她强忍着胃里不断加剧的翻涌，试图观察拘留区的内部。光线太暗，很难分辨出任何东西，但她能察觉到房间的地坑里有体温在上升。银河系共和国里除了他们，还有人知道这些吗？议会中的一部分人肯定知道。可他们在意吗？要是知道与他们同坐议席、共同议事的某个物种，以这种方式对待其他物种，他们晚上能睡得着觉吗？还是说，为了获得陨石矿，他们顾不得自己的良心了？

她愈发觉得恶心，但是此时已不是因为气味了。

"我来这里是为了科尔宾。"她想着，打心底里不愿意接受这个理由。先是提交了限制她人身自由一年的捆绑文件，然后来到这个鬼地方，竟然都是为了科尔宾。那个刻薄、丑陋的废物！为什么是他？又为什么是她？她能容忍他待在飞船上，她能容忍跟他共用食物和空气，但是这次——这次太荒谬了，而且不公平。不应当由她来承担这些责任。

几分钟后，她看到一个执法者朝门这边走来，身后跟着一个人类。那个人不太对劲，希斯克斯从他走路的姿势就能看出来。他们对他做了什么？当他走近时，她不禁倒吸一口冷气。他的身上青一块紫一块，脸上血肉模糊，鼻子也歪了。他艰难地向前移动着，一只手臂遮挡着身体的一侧，另一只手则正忙着遮挡自己的生殖器。人类。说实话，被打成了这样，扔在了坑里，他竟然还介意这些？

希斯克斯看见了科尔宾的脸。她起初以为那是气愤的表情，但不是——是羞耻。在这一点上，她永远无法理解人类。但是她知道这是人类身上根深蒂固的特质。她还知道自己对科尔宾的所有厌恶现在已经荡然无存。对他来说，在赤身裸体的情况下被人推搡的丢人，远不及被他鄙视的人看到来得可耻。希斯克斯很希望来救他的不是自己，而是别人。她转开了视线。

"你确定要他吗？"执法者问道，"他是个令人厌恶的家伙。"

希斯克斯怒目而视："把这个令人厌恶的家伙的衣服拿来。"

"衣服好像已经销毁了。"

她走了几步，来到站立困难的科尔宾面前。她将他的一只手臂放在自己的腰间，帮助他站起来。她以前碰触过他吗？想来应该没有。不过至少握过手，在他刚受雇上船的时候。她转向奎林人说："你有毯子、毛巾之类的东西吗？"

执法者犹豫了一下，然后打开了一个满是医疗补给品的墙板。尽管他的表情难以让人读懂，但是希斯克斯觉得这个奎林人在她的面前很谨慎。她虽然只是个无名小卒，但是她所属的物种是银河系共和国议会三巨头之一，影响力比奎林大得多。他们两个物种的外交关系最多只能算客气。如果奎林执法者粗暴地对待安德瑞斯克人，那么一定会遭到新闻媒体的大肆报道和猛烈抨击。

执法者递给希斯克斯一条由金属箔合成织物制成的小毯子。希斯克斯帮助科尔宾将它围在腰间。

"谢谢你！"科尔宾用微弱的声音说。他显然无法正常呼吸。他的眼睛盯着地板，但是希斯克斯能看到他强忍的泪水在眼眶里打转。这又是一个他不想让人看到的尴尬情形。希斯克斯把目光从他的脸上移开。她不想看到他这个样子。

"我们回家吧。"她说。她将他带出房间，执法者紧跟在后面。

过了一会儿，科尔宾低声说："我不确定会不会有人来救我。"

希斯克斯什么都没有说。她能说的话听起来不一定是正确的，也不一定出自真心。他们穿过走廊。科尔宾每一步都走得很艰难。过了一会儿，他问："为什么是你来？"

她叹了口气说："解释起来很复杂。你可能会比我更不喜欢正在进行的事。等主厨医师帮你包扎好了再说吧。现在，这么说吧……只有这样才能把你弄出来。"

两人陷入一阵尴尬的沉默。"谢谢你！"科尔宾说，"我……唔，谢谢你！"

"嗯，好吧。"希斯克斯清了清嗓子，"从现在开始，飞船温度得调高到我想要的度数。"

四天之后，科尔宾坐在实验室的长凳上，在样本玻片上铺撒海藻。最后一批海藻已经有点发黏了，而他不知道原因。他把海藻铺得很薄，等会儿把玻片放入检测仪的时候，就能把细胞看得清清楚楚。这是一个正常的工作，但感觉上却不是那样。他的实验室、他的床、他的脸，似乎所有的东西都不对劲。但这恰恰是他需要正常工作的原因。他把海藻放在玻片上，把玻片放入检测仪。他会一次又一次地这么做，直到找回以前的感觉。

"打扰一下，科尔宾。"洛维通过对讲机说。

"怎么了？"

人工智能停顿了一下，说："有电话找你，从塔拉塔斯打来的。"

科尔宾的目光从海藻上抬起，什么也没说。塔拉塔斯，一个囚禁犯人的小行星，在柯伊伯带上。只有一个人会从那里给他打电话。

洛维有些尴尬地说："如果你不想接，我可以帮你挡掉。"

"不用。"科尔宾说。他抹去采样工具一端黏着的青色泥藻，然后把采样工具放在一边。"把电话接进来吧。"

"好的，科尔宾。祝你顺利。"

科尔宾轻轻地点了一下头。对讲机关上了。他叹了一口气，转向桌子，对着像素投影仪下达指令。像素迅速地动了起来。在投影底部，有一个不停闪烁的红色矩形，这表示他有一个电话待接听。他看着它闪烁了 5 次，最后才接起电话。

他父亲的投影出现了。科尔宾已经四年没跟这个男人说过话了。他变老了，还略有些发福。他的父亲总是叮嘱他饮食要健康。现在，科尔宾能看清父亲的脸了，还是那熟悉的曲线、角度和线条。岁月让父亲脸部的棱角更加分明，他自己也是一样。不是长得像那么简单，终有一天，科尔宾会拥有和他一样的脸。

他的父亲开口了："他们打了你？"

科尔宾靠在椅子上，确保他的父亲能看到他脸上正在消退的瘀伤。这就是为什么他没有让主厨医师修复他骨头以外的任何东西。他一直期待此时此刻的到来，让他的父亲看看因他的狂妄自大而造成的后果。

"你好，马库斯。是的，我刚从监狱出来，带着我断了的鼻子和三根折了的肋骨，其中一根还差一点戳进我的肺里。"

"抱歉，阿提斯，我很抱歉。"

"抱歉？"科尔宾说，"我被他们从飞船里架走，受了一顿毒打，扔进奎林人那见鬼的深坑里，最后被告知，我的人生不过是一个谎言——你说你很抱歉。嗯，谢谢，但是这没什么意义。"

马库斯叹了口气，说："这就是我打电话给你的原因。我觉得你心里会有一些疑问。如果你能先停止恨我几分钟，我会很乐意向你解释那些事。我在这里不能打很久的电话，能接通已经很不容易了。"

科尔宾盯着像素里的那个人，他看上去很沮丧、很疲惫。科尔宾觉得自己动摇了，这使他更加愤怒。"我想知道的是，"科尔宾说，"我究竟是从哪里来的。"

马库斯点了点头，望着自己的腿："还记得以前你总是问我关于你母亲的事吗？"

"当然记得。你只说她在一次穿梭机事故中丧生。你一直不想谈她的事。现在都说得通了，因为她根本就不存在。"

"哦，不，"马库斯说，"我确实有过一个妻子。当然，她不是你的母亲，但是……"他的眼睛看向远方，"阿提斯，我一直不善于和人打交道。我更喜欢我的实验室。我喜欢数据。数据具有连续性和稳定性，容易被人理解。你总能通过数据知道结论。如果数据出了差错，你总能找到答案。它与人不同。"他摇了摇头，"我永远无法理解人类。我相信你能明白我的意思。"

科尔宾咬紧牙关。"该死的，"他想，"我到底有多像你？"

马库斯继续说："我年轻的时候，在欧文卢克（Overlook）工作过。"科尔宾知道这个地方。那是恩克拉多斯星表面为数不多的实验室之一。为了防止卫星冰面下方的微生物池被污染，那里实行严格的隔离，每次只会安排一个员工在那里工作，而且这个员工至少要在那里独自待上一年。在欧文卢克工作过一次的人，很少有再愿意去的。

"我觉得那个地方很适合我。我喜欢在那里工作。没有人打扰我，也没人妨碍我做我想做的事。"他停顿了一下又说，"她的名字叫西塔，是穿梭机的驾驶员，她为我提供食物和实验室用品。当然，她不能进来。但是我可以通过气闸的摄像头看她，我们通过对讲机聊天。"马库斯微笑了一下，那是一个温暖的微笑。科尔宾看到这一幕有些惊讶。他从来没有见过父亲这样笑，一次也没有。"正如你可能在猜的一样，她很漂亮。不是视频里或者广告上的那种美，而是真实的美，你可以真实触碰到的美。而且，她不是从轨道舰队来的，她来自火星。"他大笑着说，"我觉得她的口音太可爱了。"马库斯摇了摇头，像是在整理思绪。他的声音变得更加平稳。"当然，我对她很不好。如果她在我做测试的时候出现，我会对她发火。而且，因为我不喜欢闲聊，所以我几乎没跟她共处过完整的一天。我对谁都一样，但是她……她不介意。她总是容忍我，即使我对她刻薄，她总是面带微笑。在我心情不好的时候、没梳头的时候，她总会取笑我。但是不知道为什么，我并不生气。我喜欢她调侃我的样子。我开始数还有多少天她会带着补给到这儿来。起初，我以为只是出于寂寞——人类身处隔离环境之中，就是会出现那样的症状。过了好一阵我才意识到，我是多么地爱她。"他用手抚摩自己稀疏的头发，"后来，我害我俩都被解雇了。"

"你做了什么？"

马库斯清了清嗓子，说："有一天，我花了所有空余时间把实验室清理了一番。然后拿出在冰箱里珍藏了很久的美食，摆上了桌。"

科尔宾目瞪口呆，问："你不会邀请她进去吧？"

"噢，我邀请她了，她也接受了。"

"但是，"科尔宾气急败坏地问道，"实验室有适合人类的消毒灭菌灯吗？"

"没有。我是在进实验室之前进行消毒的。实验室里唯一的消毒灭菌灯是为食物和补给准备的。所以当时是不应该让她进来的。"

"可你的样本！"科尔宾心烦意乱。小时候，马库斯一直给他灌输防污染的重要性。有一次，科尔宾在实验室里吃糖被父亲发现了，结果被罚一个月不能吃甜点。马库斯所描述的那个人让科尔宾感到陌生，那和他印象里的父亲差太远了。

"都被毁了。"马库斯说，"仅是她身上的良性细菌就惹了不少麻烦。项目负责人发现之后大发雷霆。6个月的辛劳工作毁于一旦。西塔被解雇了，而我要么选择待在实验室里从头再来工作一年，要么选择彻底离开这个项目。"

"你留下了？"

"哦，没有，我离开了。那天是我一生中最美好的时光，这都要归功于那个美丽的女人。我们从来没有做过那么有意思的事情。我们吃光了所有我准备的食物，并且无所不谈。她逗得我直笑。出于某种我到现在也不清楚的原因，我也逗得她直笑。所以我不可能和她分开，只身留在欧文卢克。后来，我花了 5 年时间才让我的事业重回正轨，但这一切都是值得的。"

"所以，你娶了她。"科尔宾说。他很是困惑。他的大脑无法接受这一事实：他的父亲曾是个被爱冲昏头脑、愿意污染自己实验室的年轻人。

马库斯笑着说："不是马上结的婚。我低三下四到处求人，最后终于在基因库找到了一份工作。虽然是一份很糟糕的工作，但是当时能找到工作已经很幸运了。基因库实验室的首席技术员也在欧文卢克工作过一年。我觉得他之所以雇用我，是因为同情我。西塔则在泰坦的货运公司找了一份工作，那家公司没有问太多问题，既没有问她是谁，也没有问运送的货物是什么。那是一份见不得人的工作，但是……我们当时觉得是件好事。因为我回到了轨道飞行器上，而且我们可以更经常见面。过了一段时间，我娶了她。我们在一起度过了 5 年美好的时光。"

马库斯脸色变得紧绷。有那么一瞬间，科尔宾觉得他能看到父亲记忆中的那段岁月向他铺天盖地袭来。"一天早上，她告诉我，她几个月后要离职。我问为什么。她告诉我，她怀孕了。我兴奋不已。那个时候，我拼命地工作，已经被提拔到基因库中的一个不错职位。而且，我们攒够了信用点，开始考虑去其他地方生活了。这是一个组建三口之家的最佳时机。我从来没有想过我能够拥有一个家庭。我的意思是，怎么会有人爱上我？"他像素化的眼睛注视着科尔宾。科尔宾什么也没有说。

马库斯继续说："20 天后，西塔要从泰坦送货去地球，货物是安比能量电池。她通常不跑那样远距离的单，但考虑到货物的价值，客户愿意付双倍的钱——这样的差事她无法拒绝。可是，穿梭机机场的那些浑蛋失职了，他们没有好好检查货物的密封条。那时候，银河系共和国还没开始严查有危险隐患的安比能量电池。官员们才不会关心这些事情，除非这些事严重影响到他的选票。"马库斯深吸了一口气。"我相信你能猜到后面发生的事情。"

"密封条破了。"科尔宾说。

马库斯点了点头。

"我很抱歉。"这是科尔宾的真心话，他为西塔感到难过。至少在安比能量电池事故中死去不会受太多折磨。这位女士可能都来不及反应过来出了什么事。这是个不幸的故事，但是它并没有解释克隆问题。"为什么你觉得有必要克隆你自己？"

"很难理解吗？"马库斯说，"西塔去世了，我唯一一个组建家庭的机会就这么没了。我埋葬了对她的所有思念，把精力放在了我本来可以拥有的孩子身上。"

"你可以领养一个孩子。"

"我想要血脉相连的亲人，这证明有人爱我爱到愿意与我一起创造新的生命。"

科尔宾嗤之以鼻，说："你可以找一个代孕，也可以再相看别的人。"

"是的。我相信要是你，肯定能在悲痛哀悼逝去的妻子的同时做出明智的事。"马库斯厉声说道。

啊，这才是科尔宾印象中的父亲。至少他现在变回了科尔宾熟悉的样子。

"那么，你去哪儿做的克隆？"科尔宾问，"你培育我的培养舱又在哪儿？"

"斯蒂奇（Stitch）。我拿着那些年和西塔一起存下的钱，去了斯蒂奇。"

"斯蒂奇。真棒。"斯蒂奇是一个边缘殖民地,是人体改造控社区中黑恶势力的天堂。哪怕只去一趟斯蒂奇,一旦被银河系共和国的人发现,你都有可能因为这一趟小小的旅程而受到审讯,锒铛入狱。毕竟,去那儿拜访的目的就没有几个是合法的。

"在你……在你'出生'之后,我在那儿又待了几个月,然后把你带回了家。"

"你怎么跟人解释带回来一个婴儿?"

"我说我在科里奥尔港遇见了一个女人,我们睡了一觉,后来我就有了儿子。我说你妈妈不能照顾你,所以我把你带回了家。我选择的是无增强的胚胎妊娠过程,所以你实实在在地经过了9个月才完全成形,并会以正常人的速度老化,不存在任何可疑之处。我的家人把这一切归结为我还在悲痛之中。但是你知道的,我平时压根没怎么跟他们说过话。至于西塔的家人……从那之后,他们不想跟我扯上任何关系。一开始,他们就不喜欢我。我想他们也无法接受女儿去世后不久我就跟别人上床。"

科尔宾举起一只手。他不想再听这些家里的陈年破事了。"你刚才说无增强的妊娠过程。我身上有什么地方增强过吗?"虽然主厨医师告诉他,他的身体没有什么特殊,但他还是想再确认一下。

马库斯摇了摇头,说:"没有。那个制造……那个我雇的技术员一直劝我做一些调整,但是我很坚决。你和我一样,有缺点,不完美。"

科尔宾身子前倾,说:"这就能解释了,不是吗?"

"能解释什么?"

"你绝不容忍错误。被打碎的样品盘子、丢在地板上的脏袜子、弄洒的果汁,你都无法容忍。我在学校里表现得多棒、成绩有多好,这些都无关紧要。无论我带回家的成绩卡上写了多少个'优秀',你都只会盯着唯一的那个'一般'。"

"我只希望你成为最优秀的你。"

"你希望的，"科尔宾慢慢地说，"是我不犯你自己犯过的各种错误。你不想让我做我自己，你想让我成为更好的你。"

"我想——"

"我当时是个孩子！孩子会犯错！我长大之后你也没有变过！你没有跟我说过你为我骄傲，或者告诉我我做得不错，哪怕就一次。我是你的实验品。你从来不满足于积极正向的成果，而是一直在寻找造成数据错误的缺陷。"

马库斯沉默了良久。"我为你骄傲，阿提斯！"他说，"尽管我知道现在说这话已经没有意义，太晚了。我已经没有机会做一个更好的父亲了。"他回头看科尔宾，"不过，有一件事，令我很高兴。"

"什么事？"

他的父亲苦笑着，环顾了一圈无菌的监狱房间。"蹲监狱的是我，不是你。"他叹了口气，"他们告诉我，你得重新申请公民身份。"

"是的。接下来的一个标准年，我必须和另一个船员绑定在一起。"

"你很幸运！"马库斯说，"除了西塔，没有哪个我的朋友愿意为我做这件事。"

科尔宾在椅子上动了动。"她不是我的朋友。"他说，"事实上，她讨厌我。只是还没有讨厌到眼睁睁地看我死在奎林人监狱里的地步。"

"话别说那么早，阿提斯。就连我们这种惹人厌的浑蛋，都值得有人陪伴。"他笑了，"顺便说一句，原话是我妻子说的。"

科尔宾发出了像是在笑的出气声。"我倒是很想见见她。"他说。他突然想到什么："不过，要是她还活着，就没有我了。"

"确实，"马库斯说，"但是我很高兴有你。"

"是吗？如果我的生命要用她的生命来换，你知道后，还会希望有我吗？"科尔宾在心中问道。

"你的刑期判了多久？"

"12个标准年。"马库斯说，"我出去后就很老了，但我不会有事的。目前来看，我在这里过得还可以。我单独住一间牢房，终于有机会看书了。"

科尔宾发现有一片干掉的藻泥粘在桌子上，那可真是转移他注意力的好东西。"还有一件事。"他一边说，一边抠去藻泥。

"什么事？"

"我的生日。我的生日是我真实的生日吗？是你从培养舱里把我抱出来的日子？"

"是的。为什么问这个？"

"我不知道。这个问题一直困扰着我。"他环顾自己的实验室，"现在，我得回去工作了。"

"是的，当然。"马库斯说，"反正守卫也快要来让我挂掉电话了。"他的眼神中充满恳求，"也许……也许我们可以……"

他们注视着彼此。他们之间的隔阂不仅仅是像素和空间造成的。"我不知道，"科尔宾说，"也许吧。"

马库斯点了点头。"照顾好自己，儿子。"他挥手告别。像素图像逐渐变淡，最终消失了。

科尔宾坐在那里，听着藻类培养舱传来的阵阵"嗡嗡"声。过了一会儿，他从桌子上拿起平板电脑，打开日志，快速写下：10月25日，还是我的生日。

"你今晚看上去心事重重。"洛维说。

"是吗？"詹克斯说。

"是的。"洛维说，"当你有心事的时候，就会紧锁着眉头。"

詹克斯揉了揉自己的眉头，说："我没想到自己这么容易被看透。"

"不是每个人都能。"

詹克斯靠在墙上，叹了口气，然后从口袋里掏出装红草的金属罐。"还不是因为科尔宾的事情。"

"啊，"洛维说，"我想每个人都有点儿后怕。科尔宾一直睡不好，他经常深夜访问自己的个人档案，翻看的大部分都是他孩童时期的照片。"

"请别跟我说这些。"詹克斯一边说，一边填充烟斗，"你知道的，我不喜欢窥探别人的隐私。"

洛维大笑道："你没有在窥探别人的隐私。那是我干的事。你只是在闲聊。"

"哦，好吧，如果只是闲聊的话。"他点燃烟斗，大口抽了起来。吸进肺里的烟使他的肩膀变得放松。"可怜的科尔宾。我都无法想象他被扔进了那样一个监狱。"他转过头，把耳朵贴在墙上，"是你的三级突触路由器在响吗？"

"让我检查一下。它运行正常。"

"唔，我觉得这声音不对劲。"他转过身面向墙壁，拆下了面板。他的眼镜扫视着里面闪烁的电路线，说："看，就在这儿，分流器坏了。"

"明天早上再修吧，詹克斯。这得要几个小时才能修好，你都工作一整天了。"

詹克斯皱起眉头，答应道："好吧。不过，要是你发现自己的某段记忆出现空白，一定要叫醒我。"

"我没事的，"洛维高兴地说道，"我甚至都察觉不到哪里出了问题。"

詹克斯装上面板。洛维又说："我觉得困扰你的不是科尔宾。"

"不是吗？"

"不是。"

"那是什么？"

"我不知道，但我希望你能说出来。"

詹克斯叹了一口气。头顶小工作灯发出的光穿过缭绕的烟雾，投射下来。"我一直在担心你的义体。"

洛维停顿了一下，说："看来你被坑了，还一直瞒着我。"

"不是，"詹克斯拿出嘴里的烟斗，"没有被坑。义体是在黑市上买的，是一笔不错的交易，连价格都很公道，各方面都不错。"

"那你在担心什么？"

"科尔宾的爸爸。那个家伙克隆自己一定花了很多钱，而且他十分小心谨慎。这件事不仅没有被科尔宾发现，连法律部门都没有发现，就这样隐瞒了几十年。科尔宾这些年四处航行也一直通行无阻。他和我们一样，身上没有哪个部位进行了调整或者增强。群星啊，就连主厨医师都没产生过一丝怀疑。可是……"

"可是他还是被抓了。"

"是的。花了那么多钱，做了那么周密的计划，那可怜的浑蛋还是进了监狱，科尔宾也失去了公民身份，还差点被该死的奎林人弄死。"他坐直身子，"你瞧，我们一直知道购买义体有风险，但是我不确定我是否曾认真想过这意味着什么。我的意思是，没错，我虽然知道被抓进监狱很糟，但我一直认为，要是哪天真的被执法者盯上，我可以带你去库瑞科特，或者其他哪个边缘行星。虽然不是十全十美，但起码是安全的。可科尔宾被抓这件事让我开始担心。要是我们被抓，又该怎么办？假如我在把你传输进义体之前被抓了，那么我会入狱，克里斯普先生会入狱，但你不会有事。你还会在这儿，在"旅行者号"上，和所有的朋友在一起。在阿什比找到新的程序员之前，吉茜可以照顾你。等我从监狱出来的时候，你还在这里。但要是在我把你传输进义体之后，我们被抓了？要是 10 年后，我们大意了，对谁说了不该说的话，或者生物检测仪足够先进，发现了你的真实身份？要是我们又被奎林人拦住做血液检查怎么办？我还是会进监狱，但不同的是，他们会拆掉你，洛维。等我刑期满了，你可能不复存在了。你不是被带去了别的地方，不是某个我所知的能确保你安全的地方，而是不复存在。"

洛维沉默了片刻，说："义体已经在路上了，詹克斯。"

"我知道。"

"你的钱也要不回来了。"

他叹了口气，说："我知道。钱没了不要紧。况且，义体以后没准还能派上用场。也许将来法律会变。我们可以等到更安全的时候，或者等我离开这艘飞船，我们再做打算。"

"你知道，这也是我的决定。你并没有强迫我。"

"我知道。如果这是你想要的，我不会阻止你。但是我很害怕。我开始觉得，也许是因为我太渴望去做，反而无法认清这件事有多危险。"他低头看着自己的双手，"虽然我很想握住你的手，但是我不知道冒着永远失去你的风险去尝试值不值得。或许保持现状是最好的，至少我知道这样就不会有人把你带走。"

房间里寂静无声。空气过滤器发出"嗞嗞"的声音。洛维中枢室周围的冷却系统"嗡嗡"作响。"詹克斯，你还记得我们第一次聊这件事的时候吗？那时我告诉你我为什么想要一具义体。"

"我记得。"

"我说不是因为你，是骗你的。当然是因为你。我相信义体会赋予我一些美好的机会。我想那样的人生会很棒。但是，这一切自始至终都是因为你。要不是你，我绝不会动心起念。"

"但是……你说你权衡了得失。"

"那是我下了决定之后才思考的。我认为那是你应得的。当然，要是那样会让我自己不快乐，我肯定不会提出来的。毕竟，我也是有自尊的。但是，确实是为了你。如果这件事让你恐惧大过兴奋，那就失去了意义。我在这里很开心。我跟你在一起很开心。我想要一具身体吗？是的。我愿意承担风险吗？是的。但我也满足于当下的生活。如果你也是，那么现在这样就足够了。也许以后会有变化，可我们不必心急。我可以等，等银河系变得更仁慈一些。"

他吞了吞口水，说："洛维，不是……我是说，我也很想，只是——"

"嘘。走过来些。"她说。

詹克斯熄灭了烟斗，把它放回装红草的金属罐中，朝竖井走去。他伸手去捡地上的毛衣。

"就扔在那儿吧。"她说。

他听到她的冷却系统关闭了。"别关太久。"他说。

"就一会儿。"

他熟练地脱掉衣服，爬进竖井里。他坐下来，靠着她的核心。他赤裸的皮肤沐浴在她的光芒里。没有冷气，她给他的感觉就像阳光，但更加温柔。

"如果你想找一个能给你更多的人，我能理解。"洛维说，"我不会怪你。我不时会担心，因为我，你不能过上一个有机物种理应过上的正常生活。但如果这是你自己的选择，那么我不需要身体，詹克斯。没有身体，我们也一直在一起。我不知道还能用其他什么样的方式来表达我的爱意。"

他后背紧靠她，将脚心、肩膀、手掌都尽可能地与她紧贴在一起。他扭过身子，把嘴唇压上去。他亲吻她光滑温暖的金属，说道："我没有理由去改变我一生中所拥有的最美好的东西。"

节点标识符：9874-457-28，罗斯玛丽·哈珀

资讯源：银河系共和国参考文件（通用语／克利普语）

档案搜索：人类／奎林关系

展示方式：最优结果优先

最优结果：

奎林贸易协定清单

针对非奎林人的奎林法律清单

奎林移民法律清单

奎林遣散出境法律清单

关于物种间结合／婚姻的奎林法律清单

银河系共和国成员听证会（人类，银河系共和国标准历261 年）

当前银河系共和国议会代表（奎林）解剖学比对 [人类：奎林]

选取结果：银河系共和国成员听证会，公共记录 3223-3433-3，记录时间 33/261（突出显示的文本 – 奎林人代表）

加密：0

翻译路径：0

尽管我们在物种、文化上存在各种差异，但我们遵从同一种秩序。文明的发展是遵循着某种既定轨迹的。物种将聪明智慧凝聚在一起以创造新的技术，技术之上再发展更好的技术，不断演进。如果物种内部无法找到和谐的相处之道，那么文明就会瓦解。如果物种内部存在观念的冲突，那么文明也会瓦解。如果一个文明不能依靠自己的力量抵御来自外界的威胁，那么它还是会瓦解。

研究物种生命周期的学者认为，所有年轻的文明在准备好离开母星之前，都会经历相似的发展阶段。其中最关键的一个阶段是"物种内部混乱"。在这个阶段，整个文明成为一片"试验田"，进入尴尬的"青春期"。该物种要么完成在母星范围内的大一统，要么会分裂成众多派系，并注定因分歧引发的战争或者生态灾难而最终走向灭亡。这样的故事我们听过太多。我们在座的每一位议员都能讲出我们祖先经历过的行星战争和政治斗争，然而我们都克服了艰险，迈向了星空。我们都知道库哈什、淡坦鲁和最近格鲁姆发生的事——这些物种，由于缺乏自律，无法超越自己的进化阶段，最终都走向了毁灭。

人类原本也会重蹈他们的覆辙。人类并非以一个整体离开自己的母星，而是以四分五裂的状态离开的。当他们的行星开始衰亡，富人丢下穷人，逃往火星避难。尸体不断堆积，那些留在地球上的人组建了移民舰队。不过，他们没有去找他们的火星兄弟，而是飞往了无垠的太空。他们没有目的地，没有出逃计划。如果没有艾卢昂人的小型探测器，移民舰队早就不复存在。而且我发现，火星人要不是借鉴了银河系共和国的技术，他们根本无法达到现在的繁荣水平。

他们现在怎么样了？他们从过往经历中得到了哪些教训？什么都没有。他们继续扩张。舰队成员出去建立独立的殖民地，不是因为这能给舰队带来财富或者资源，而是因为他们想这样做。火星人和地球移民的旧伤可能已经愈合，但精神上的分裂仍然存在。那些生活在边缘殖民地，不想和地球移民或者银河系共和国扯上任何关系的人类，他们又如何了呢？那些回到地球，在脆弱的土地上猎捕动物的激进的盖娅教信徒，现在怎么样呢？

各位在座代表，我认为人类是一个分裂的物种，他们发展得并不健全，仍处于文明的"青春期"。他们发展到今天，成为生活在星际间的物种，不是因为具有美德，只是运气好罢了。他们没有超越物种内部的混乱。他们跳过了我们这些物种靠自己走过的那重要一步。若将人类纳入银河系共和国，我们给予他们的不是新生，而是依靠。他们为我们提供的资源有限，不值得我们冒险将这一不稳定因素纳入我们共同的宇宙空间。银河系共和国为了帮助这个弱小物种摆脱他们自己造成的困局，已经投入太多。我问你们：让人类成为我们的一员，对我们有什么好处？如果人类无法与我们交换资源、知识或者军事力量……那人类对我们而言有什么用呢？

异端

"你好，老板。"吉茜说着，走进了阿什比的办公室。她卷起的袖子脏兮兮的，两只手套则塞在身前的口袋里。她的手上拿着一个布满灰尘的技术部件。

"只有在有事求我的时候，你才会叫我'老板'。"阿什比说。

"的确有事求你。"吉茜把东西递了过去，"这是一个保鲜柜的温控器。"

"我猜它没有接在保鲜柜上是因为它坏了。"

吉茜难过地点了点头，说："丧钟为这个可怜的小东西而鸣。"

"我们还有备用的吗？"

吉茜抱歉地摇了摇头，说："我的库存里没有这东西。我当时忙着确保我们有备用的生命支持系统和引擎，没有想起来备一个温控器，抱歉。"

阿什比挥了挥手，让她别往心里去。"如果你把保鲜柜的优先级放在引擎前面，我反而要担心了。我不指望你那里备有每一样技术部件。"他摸了摸下巴。他的胡子该修剪了，"那么，没有它，保鲜柜会怎样？"

"保鲜柜还能坚持一阵子。它自带一个故障保险系统，能确保食物在换上备用的温控器之前不会变质。不过，由于没有调节器，一段时间后，食物就会变得不新鲜。"

"一段时间是多久？"

"四到五天。保鲜柜不能用的话，我们倒不会挨饿。但是我想，从这里到赫德拉·凯这一路上，我们都还是希望能有点新鲜食物吃。"

阿什比点头。连着吃 30 多天的虫面饼和干粮确实让人无法接受。而且即便到了赫德拉·凯，他们也不一定能买到新鲜的食物以作储备。托雷米人都吃些什么？"4 天甚至不够送货无人机飞到这里。"

"我知道。我们这次可能真的会很惨。"她用一只手扫着大腿，以免有机器上的脏东西粘在腿上。在确认没什么脏东西后，她在阿什比对面的椅子上坐了下来。"但是，希斯克斯说附近有一个建在岩石区的殖民地，昨天刚在雷达上意外发现的，不知道是什么地方，她的地图上没有。只要半天时间就能到那儿。我们可以把船停在这里，开穿梭机去拜访一下他们，花不了多少时间。"

"我们都快出银河系共和国了。那肯定是一个边缘殖民地。"阿什比不想贸然去敲身份不明的边缘殖民者的门。

"嗯……唔。但他们也许有我需要的技术部件。"

"这个可能性很小。他们也许什么也没有。"

"话是没错，但我跟你说，这个行星很偏僻，没有任何行星为它供暖。希斯克斯之所以会注意到它的存在，正是因为发现一些人造卫星在为它提供人造阳光。人造卫星通过从附近的星云中吸取安比能量来给它供能。"

阿什比挑起眉毛，说道："这倒是很厉害的技术。"

"技术本身倒没什么新奇。我想知道的是，他们是怎么校准能量收集器的，竟能让它在星云内工作。安比能量要在黑洞周围收集，它们集中在那儿。银河系共和国的技术员还不具备少量收集安比能量且不使收集器发生破裂的能力。"她咬着嘴唇，思考着，"不管怎么说，如果他们能在星云中收集安比能量，我敢打赌，这些简单的技术部件肯定不在他们话下。"她指了指温控器。

阿什比点了点头，说："有任何线索能够表明那个殖民地属于谁吗？"

"不清楚，但肯定不是人类。"

"为什么不是人类？"

吉茜揶揄地看着他，说道："不管是不是边缘殖民地，要是人类掌握了那种技术，我们不可能到现在都没听说。显然，他们会因此而变得非常有钱。"

阿什比用手指敲击桌子："附近有飞船吗？武器阵列呢？"

"没有武器。我们检查过。没有飞船，没有轨道，没有停泊港口。只有一些卫星，还有死气沉沉的天空。"

阿什比思考片刻，说道："好吧。但是我们得当心点儿。在我知道那里属于谁之前，我不想贸然前去。"他唤醒了像素屏幕："嘿，洛维，帮我给那个偏僻的行星发一个开放信号，看是否有人接听。"

"即刻发送。"洛维说。

吉茜把自己的椅子拖到阿什比的旁边，目不转睛地望着屏幕。

"吉茜，现在还没有动静。"阿什比说，"他们可能一时半会儿不会接听，甚至永远都不会接听。"

"这太让人兴奋了！就像钓鱼一样，等待鱼儿上钩。"

阿什比斜着眼看了看吉茜，说："你什么时候去钓过鱼？"

"我一直在'战斗奇才'上钓鱼。"

屏幕上的指示灯突然亮起。斜靠在桌子上的吉茜指着指示灯喊："看啊！上钩了！他们上钩了！"

阿什比将一只手放在吉茜的肩膀上，让她坐回椅子。"让我来和他们说话，行吗？"他担心吉茜一不小心惹怒暴躁的边缘殖民地居民。

他示意接听。一个外星人出现在屏幕上，阿什比的下巴差点儿惊掉——那是个西亚纳人，但不是欧翰那样的西亚纳人。那个西亚纳人的毛发未加修剪，上面没有剃出细碎的花纹或者神圣的图样。他们不像欧翰那样总是很放松的样子，举手投足间显得很警觉。他们的脸部是松弛的，毛发稀疏。阿什比虽然推断不出这个生物的准确年龄，但可以肯定的是，这个西亚纳人已经很老了。

"你好！"阿什比说。他从震惊中回过神来。"你会说克利普语吗？"

西亚纳人发出像鸟叫声一样的"咕咕"声，和欧翰的声音很相似。当他们张开嘴，阿什比看到他们的牙齿很不齐整，口腔看上去就像是充满尖利的石笋的洞穴。西亚纳人朝阿什比比画了几下，一边继续发出"咕咕"声，一边环顾他们身后的房间。阿什比虽然对欧翰以外的西亚纳人完全不熟悉，但是他们的意思再明显不过：等等，我去找一个会说克利普语的人。

"阿什比。"吉茜低声说。

"我知道你想说什么。"他低声应道。

"我很高兴我在这里。"她用两个拳头抵着下巴说道。

屏幕上发生了一些变化。第一个西亚纳人为另一个西亚纳人腾了个地方。两个西亚纳人的个头差不多，但是体形很不一样，后者的臀部和肩膀很结实，眼神锐利，下巴很尖。他们和第一个西亚纳人的体型差距很大，和欧翰的也不同。阿什比觉得应该是性别不同的缘故。当两个西亚纳人交换位置的时候，第一个西亚纳人摸了摸第二个西亚纳的肩膀。他们发生了身体接触！阿什比回想着欧翰，他是如何躲着穿过走廊的船员们走的，甚至连体检时也不肯让主厨医师伸手触摸。可这些家伙却不介意。他们究竟是谁？

"日安！"刚来的西亚纳人说。他们的口音很重。阿什比注意到这个西亚纳人有整齐的牙齿。"我的名字叫马斯（Mas）。请见谅，我说的是老式克利普语。"

阿什比微笑了一下，斟酌着用词。"我的名字叫阿什比。我是一艘隧道开凿船的船长。这位是吉茜，我们的机械工程师。"

马斯晃着头，问道："隧道开凿？嗯，嗯，我知道隧道开凿。"他们大笑了起来，"我很了解隧道开凿。"

我？不是我们？阿什比愣住了。"抱歉，马斯，我不是有意冒犯，但我有一个问题……你身上没有寄生着病毒？"

"没有。"马斯回答说。即便是她浓重的口音也掩盖不了语气中满满的骄傲。"这里没有别人，我们这儿是一个独立的殖民地。"

"异端。"吉茜大喘气道。

阿什比瞪了她一眼，但是马斯似乎并未因此感到被冒犯。"异端？是的。"马斯说，"你的船上有病毒和宿主共生的西亚纳人吗？"

"是的，"阿什比说，"我们的领航员。"

"我曾经也做过领航员，在一艘哈玛吉安人的船上，"马斯说，"在这里之前。我是说，在我来到这里之前。老式词汇。抱歉。"

"不用道歉，我能理解你的意思。"阿什比想了想马斯的话。他希望不会因为和这个人说话而冒犯欧翰。"我们的领航员不知道我们在跟你说话。我们发出信号的时候，并不知道接通后对面是谁。"

"哦！我想——没事，没什么。"马斯发出一声颤音，"你们需要什么？"

阿什比用手肘推了推吉茜。"我在找一个技术部件，"吉茜举起坏了的温控器说道，"不是什么复杂的东西，是用来修我们的保鲜柜的。"

"啊，你们的食物！你们要储藏食物。"这个西亚纳人似乎来了兴趣。

提到食物，阿什比想到了欧翰那一管管营养糊。"你们是不是没有保鲜技术？"

"我们直接吃，"马斯说，"我们不像共生体那样吃糊。来我们这儿吧，我们找找你们要的技术部件。可能需要敲打几下才能弄出来，但技术员都喜欢敲敲打打，不是吗？"

吉茜大笑道："对，我们确实是这样的。"

"你们有穿梭机吗？"

"有。"

"好的。我们的船和老式词汇一样老，可没法接你们。"她在屏幕里比画着，一个着陆坐标出现了。"咱们得谈谈你们船上的西亚纳共生体。他们在衰退吗？"

"是的。"阿什比说。

"不会持续太久的。"马斯说，"来吧，来吧，我们好好聊聊。但是别告诉你们的共生体你们要来。他们会……不高兴的。"

屏幕变黑了。

罗斯玛丽也曾见过欧翰闹一些小情绪，但很少见他们像今天这样闯进她的办公室。于是她马上意识到，这对共生体已经出离愤怒了。他们的眼睛瞪得很大，呼吸急促。"他们去哪儿了？"欧翰尖声说。

罗斯玛丽从一堆票据中抬起头来，结结巴巴地问道："谁？"虽然她知道欧翰的意思，但她故意装傻。两个小时之前，阿什比来找过她，还告诉她，他和吉茜要去一个不能告诉欧翰的地方，要她谨慎行事——这让罗斯玛丽觉得奇怪。欧翰什么时候跟别人说过话？而现在，他们站在她的桌子前，一副要吃人的样子。罗斯玛丽一直觉得欧翰长得毛茸茸的，很可爱，就像一个毛绒玩具。现在他们变了。欧翰的肩膀后收，脖子勾着，神色疯狂。罗斯玛丽不喜欢这样的欧翰。

欧翰愤怒地说："我们醒来发现引擎停了，然后穿梭机也不见了。

我们知道这片区域是什么地方。现在你老实说，阿什比是不是去见异端了？"

罗斯玛丽用力吞咽口水。虽然阿什比叮嘱过她，但是现在对欧翰撒谎没有意义。"是的。"她回答说。

"为什么？"他们喊叫道。

"吉茜需要一个技术部件。"罗斯玛丽尽可能让自己的声音平和。她想，保持冷静也许有助于让欧翰冷静下来。"保鲜柜里有个部件坏了，他们过去找一个来更换。"

欧翰面露疑惑，怒火减弱了几分。"技术部件？"他们说，"他们去找技术部件了？"

"是的。"

欧翰把头往后一仰说："我们不管！他们会用谎言给阿什比他们洗脑的！"

"谁会给他们洗脑？"

"那些异端！"欧翰的脸上满是恐惧之色，"当我们的船员回来的时候，他们的大脑早已被污染。"

"他们回来的时候会消毒的，和以前一样。"

"是的，但是……"欧翰不住地摇头，"我们必须告诉洛芙莱斯，她需要更新污染物数据库。"突然，欧翰的腿软了，他们抓着罗斯玛丽的桌子边缘，瘫倒在地，大喘粗气。

"欧翰！"罗斯玛丽赶忙跑上前去。她本能地想伸手去扶，但是意识到面前的是欧翰，又把手收了回来。毕竟不经允许，不能与他们有任何肢体接触。"需要我扶你们起来吗？"

"不用，"欧翰虚弱地说，"我们很好。"

对讲机响起。"我这就叫主厨医师过来。"洛维说。

"请不要叫他过来。"欧翰说着，用颤抖的手支撑身体站了起来，

"早衰而已。这是没办法的事。"

他们深吸一口气，说："打电话给阿什比，告诉他——告诉他一找到技术部件就马上回来。告诉他别听信异端的谎言。他们是毒药。那些异端——那些异端想要了结我们。"

罗斯玛丽听到主厨医师沉重的脚步声从大厅传来。从声音来判断，他应该在 6 点钟方向。"欧翰，不管那些人说什么，这艘船上的人都不会伤害你们。"她说道。

欧翰又黑又大的眼睛看向罗斯玛丽，说："也许你们并不想伤害我们，但你们还是会那么做的。"

"我不喜欢这个地方。"吉茜说着，吃了一嘴的火虾，"这地方让我觉得悲伤。"

阿什比操控着方向盘，不断调整方向向这颗荒芜的行星前进。行星表面被冰雪覆盖，地面被冻得裂开，不断发出爆裂声。卫星发出的暖光汇聚在一片巨大的圆形裸岩上。裸岩是极为规则的圆形，一看便知是后天加工形成的。从他们身处的有利位置俯瞰下去，阿什比看到一片不透明气泡状的建筑群建在暖光最强的地方。除此之外，他没有看到别的聚居区。"我有点困惑，"他说，"他们建造了太阳卫星，还有太空电梯，显然已经生活得很好了。如果你饥肠辘辘、无家可归，是不可能去建造太空电梯的。"

"是的，"吉茜说，"但他们还是孤零零地在这儿。没有星星、月亮陪伴他们。他们的天空空荡荡的。"她把火虾的包装袋卷出一个小口，抬头一股脑儿把火虾全倒进了嘴里。

"你把碎屑弄得到处都是。"

"谁负责清理穿梭机？"她的大拇指冲着自己的胸膛指了指，"这个女孩儿。"

"这不是重点。"阿什比回头看她,"还记得上一次,你把火虾从空气过滤器里清理出来吗?"

吉茜想到当时发生的事,脸色瞬间变得严肃。她郑重其事地合上包装袋。"晚点再吃你们,我美味的朋友们。"

对讲机响起,一个人工智能开始说塞卢投(Ciretou)语,那是西亚纳人的语言,轻柔得令人难以忘怀。

"抱歉,"阿什比说,"我们听不懂。"

人工智能停顿了一下,切换到克利普语。"你好,旅行者。请将你们的穿梭机开到四号停泊位。停好后,请沿路前行,乘电梯上来。如果你们无法自行前往,或者需要医疗帮助,请现在告诉我。如果你们不能说话,请按下穿梭机的紧急——"

"我们很好,谢谢。"阿什比说。

"对接时,请注意安全。"人工智能说,"你们的旅程已经结束。"

对讲机关闭了。

吉茜把脚从仪表板上挪开,盯着对讲机。"真奇怪,我们怎么会不能——"她若有所思地点了点头,"是了,来这儿的西亚纳共生体一定病得很重。"

"吉茜,我想你说得对。"阿什比一边说,一边将穿梭机开进停泊位。

"什么我说得对?"

"这是个悲伤的地方。"

穿梭机停好之后,他们就穿上太空服,穿过了气闸门。经过一个简短的扫描检测之后,他们获准通过。他们走过一条空荡荡的走廊,进入一个电梯轿厢。

"有件事我一直想不通。"吉茜的声音从太空服的对讲机传出来,声音很小。

"什么？从停泊位到地面怎么这么近，是吗？"阿什比从来没有见过这么短的电梯缆线。他觉得不用一个小时，他们就能抵达地面。

"是的，只是……我想说，天哪，他们是怎么做到的？这东西完全不可能运行。不谈技术，就说重力。"她把鼻子贴在窗户上，"我想把这东西拆了，看看里面是什么。"

"至少等我们抵达地面。"阿什比说完，坐回长凳上。他坐立不安，试图想让自己紧绷的神经放松下来。靠垫硬邦邦的，它的曲度对人类的脊柱很不友好。

一阵刺耳的声音响起，电梯突然开始下行。一个小时过去了，电梯运行正常。当电梯靠近地面时，雪花打着旋儿，猛烈地拍打在窗户上。尽管穿着保暖的太空服，眼前的景象还是令他们浑身发抖。

"该死！"吉茜说，"还好我们没有带希斯克斯一起来。"

"她也会穿太空服的。"

"是的。但我觉得光是看到雪，对她来说，都是一种冒犯。"吉茜说，"看看这个地方。"阿什比看见了。他们四周是一大片古老、锋利的冰川。天空中大雪纷飞，下面的住宅区几乎被雪完全遮住。阿什比没看到公路，也没看到门。电梯直接下降到住宅区。那是一个全副武装的聚落，与黑色的岩石融为一体。阿什比有一种感觉，太阳卫星的主要用途不是提供可见光，而是为了不让住宅区结冰。

"为什么是这里？"吉茜说，"他们为什么住在这里？"

异端。流亡。"我认为他们别无选择。"阿什比回答道。

电梯进入住宅区时，光线发生了变化，逐渐变得让人觉得越来越舒适。透过窗户，阿什比看到一个由光滑的银色金属制成的圆形走廊，感觉很干净。他头盔里的指示灯虽然提示外面的空气可以直接呼吸，但是他们坚持穿着太空服。毕竟，这是一个边缘行星。也就是说，在银河系共和国的数据库里是查不到当地的疾病信息的。因此，他们无法判断当地人身上是否携带某种可能传染他们的病菌，反之亦然。

电梯门开了。吉茜和阿什比走了出来。马斯在那儿等着他们。阿什比一眼看出她的身体与欧翰大不一样，那不仅仅是由性别造成的差异。尽管两人的年龄差异巨大，但毫无疑问，这是一个健康的个体。相比之下，欧翰看起来弱不禁风得多。

"欢迎来到阿伦（Arun）。"马斯晃着头说，"请见谅，我不知道人类问好的方式。"

"我们握手。"阿什比说。

"示范给我看看。"马斯说。

阿什比拉起吉茜的手打算做个示范。马斯笑了起来。

"来吧。"吉茜伸出修长的手指。阿什比握住她的手，轻微摇晃。马斯又笑起来。"他的手很短，很柔软。"吉茜隔着太空服手套捏了捏阿什比的手掌。

"你做领航员时，没见过人类吗？"吉茜问道。

"你们是想知道我是什么时候给哈玛吉安人当领航员的吧？"马斯说，"那时，人类还在移民舰队上。在你们成为银河系共和国成员之前，我就已经离群独立出来了。"

阿什比快速地计算起来。如果马斯在人类加入银河系共和国之前就做了领航员，那么……

吉茜直截了当地问道："你多少岁了？"

马斯想了想。"按银河系共和国标准来算的话，133岁。"她说，"抱歉，我想了一下，我们的时间标准不一样。"

吉茜的鼻子几乎贴到了太空服的面罩上，她来了兴致，说："我不知道西亚纳人能活那么久。"

马斯又笑了起来。"不止，"她说，"还能更久！"马斯开始往大厅走。他们跟在她的后面。

"可以给我们介绍一下这个地方吗？"阿什比说。

"这里是阿伦。"马斯说，"从没听你们飞船上的那个共生体说起过吧？"

"没有。"

"没错，他们不会提起这个地方。这里住的可是异端。"她的话中带着嘲讽，"但没有西亚纳人不知道这里。只有当我们想要逃离被感染的命运，或者当我们想要分开的时候，我们才会来这里。不是所有的人都会来。有些人在太空中迷失了，有些人则是因为早衰，没办法撑过长途航行。但是我们来者不拒，所有来到这里的人，都不会被拒之门外。"

"我明白了。"阿什比说。他们来到一片开阔的空地，空地上有很多弯曲的长凳、形态各异的水培植物，以及卷曲的树木和白绒团状的花朵（阿什比觉得主厨医师要是在这里，一定会非常兴奋）。头顶上是温暖的黄色的天空。与外面的冰天雪地相比，这儿就是天堂。这里到处都是西亚纳人，不同年龄、不同体态，他们在这里闲逛、沉思、聊天交流，场面让人动容。"抱歉，"阿什比勉强将自己的目光从广场上移开，转向马斯，"你刚才说的'分开'是什么意思？想分开，来这里就行吗？"

"分开的意思是打破共生关系，"马斯说，"就是消灭病毒。"

阿什比和吉茜对视了一下。"你们有治疗方法？"阿什比问。

"当然，"马斯说，"一切疾病都有治疗方法，只是需要你去寻找而已。"

"但是，"吉茜皱着眉说，"抱歉，我不太理解这是怎么个情况。但要是……你是共生体，你会接受治疗吗？耳语者病毒不会让你离不开它吗？"

"你问了一个好问题，就像一个清醒的异端。"马斯指了指一张长凳。他们尽量坐在她身边。"耳语者会让宿主抵触分开。但是有些西亚纳人能够反抗耳语者，比如我。"

"你……对耳语者免疫？"阿什比问道。

"不，不，"马斯说，"我感染了耳语者。为了领航，没有办法。但是我反抗它。病毒只能控制我的低级意识，它控制不了我的高级意识。"她思忖着说道，"你知道低级意识是什么吗？"

"不知道。"在阿什比的印象中，这个词他曾经听欧翰提过一两次，但是和大多数事情一样，欧翰并没有做进一步的解释。

"低级意识对应简单的事情，是动物行为，比如走路、数数、不摸烫手的东西。高级意识则不同，比如我和谁交朋友、我相信什么、我是谁。"马斯轻轻地敲着脑袋，以示强调。

"我想我明白了。"阿什比说，"就是说，病毒……病毒影响你对空间和数字的认知，但并不影响你对自己的认知。"

"我反抗它。"马斯说，她停顿了一下，"然后我有了抵抗力。"

"是的，"阿什比说，"你有了抵抗力。"

"是啊，是啊！有了抵抗力是很危险的。我得学会伪装自己，模仿共生体说话，对着窗外发呆。"她粗声粗气地说，"那可真够无聊的。"

吉茜大声笑了起来。"我一直觉得这很无聊。"她说。

"是的！但要是你有了抵抗力，你就必须发呆。你不能让别人知道你在伪装。统治者们知道，"她凑近一些说，"他们知道有宿主能反抗耳语者。但要是太多人知道这事，就会引起麻烦。西亚纳人认为，是耳语者选中了我们这个物种，才让我们变得独特，让我们比你们更优秀。"她戳了戳阿什比的胸部。"假如我们对耳语者有了抵抗力，那么就有两种解释，而且只有其中一种是真的：第一种解释，西亚纳人并不独特，我们只是患了病，进而进化出抵抗病毒的能力；第二种解释，反抗者们是罪恶的，我们抛弃了神圣的共生关系，是异端——虽然很愚蠢，但更容易被大多数人接受。你懂了吗？"

"懂了。"阿什比说。他现在知道为什么欧翰总是故意避开这些离群者不谈。这样的事能让整个物种的文化坍塌。

"我一直想斩断共生关系。"马斯说，"虽然耳语者能让我看到普通人无法看到的东西，但它在摧毁我的身体。我的高级意识，它想活下去。我的船长，她人很好。我们是好朋友。我信任她，告诉她我在反抗耳语者。我衰退的时候，她找到了一张地图。"

"到这儿来的地图？"吉茜说。

"是的，是的。我到这儿的时候，几乎没命了。"她举起手，抽动着她的肌肉。阿什比心一沉——这和欧翰的症状一模一样。"接受治疗后，我又在医院里躺了——"她数了数，"20 天。太痛苦了！"她微笑着，露出了她的前腿，说道："但是我变强壮了。"

"所以，治愈病毒感染后，衰退就会消失吗？"吉茜问道。阿什比赶紧使了个眼色——吉茜，别！

"是的。但是病毒对低级意识的改变是不可逆的。那些……我该用个什么词来说，那些……脑褶还存在。如果我想做领航员，仍旧可以。但我是离群者，我必须留在这里。"

"为什么？"阿什比问道。

西亚纳人摇晃着脑袋。"我是离群者，"她说，"我们是异端，不是革命者。这是我们的生活方式。"

"等等，"吉茜说，"你还能领航？治愈病毒感染不会让你丧失能力？"

"没错。"

"安比能量。"吉茜说，"怪不得你知道怎么从星云中收集安比能量，知道怎么建造一个迷你太空电梯，因为你们的超级大脑还在。"

马斯笑道："共生体不会发明创造。他们无法专注，寿命也太短。他们擅长领航，热衷讨论理论，但不擅长实践。建造电梯的过程中，会出很多很多的错。共生体不喜欢犯错，他们喜欢看着窗外发呆。但是离群者喜欢错误，错误意味着进步。我们创造了美好的事物，取得了伟大的成果。"

"哇哦！"吉茜赞叹。她的眼神开始飘忽不定。当她思考电路故障或者发动机内部结构时就会这样。"所以，这种疗法危险吗？"

"吉茜！"阿什比警告道。他们不能再问下去了，不管他有多想知道，也不能再问下去了。

"可是，阿什比，欧翰能——"

"不，我们不——"

马斯的胸部深处发出一个声音："欧翰是你们的那位西亚纳共生体？"

"是的。"阿什比叹了口气。

"很像诗人的名字，"马斯说，"富有诗意。"她观察着他们，"我是反抗者。我不知道不反抗病毒的西亚纳人对病毒是什么感觉。但是，不反抗病毒的西亚纳人是可以斩断共生关系的，我就有这样的朋友。有时候，就连身体状况良好的病毒共生体都会因为怕死而跑来阿伦。"她靠过来，靠得非常近。"斩断了共生关系的西亚纳人跟曾经的自己是不一样的。他们不同于感染前的那个年幼的自己，也不同于与病毒共生时的自己。他们获得了新生。"她大大的眼睛看着阿什比。"他们自由了。相信我，这是好事。"

"不！"欧翰说。他们的声音不再愤怒。他们使劲儿往后退，在椅子允许的范围内，尽量拉开身体与实验台的距离。他们坐得笔直，竭力掩饰颤抖的双腿。阿什比和主厨医师坐在实验台的另一侧。在他们中间，放着一个密封的小盒子。透过透明的盒盖，可以看到一样东西——注射器，里面装满了绿色的液体。注射器的握柄是为西亚纳人的手专门设计的。

阿什比尽量放低声音。虽然通向医疗舱的门是关着的，但他还是留意着门外船员的动静。他知道至少吉茜在忙。他能听到她在厨房里敲敲打打的声音，感觉有一些敲击声和修保鲜柜无关。她的种种行为告诉他，她情绪不佳。

"没有人强迫你，欧翰，"阿什比说，"我只想让你考虑一下。"

"我已经仔细研究过注射器里的东西了，很安全。"主厨医师说，"我可以向你保证。"

欧翰躲得更远了。"安全？"他们低声说，"安全？这是谋杀！而你们居然说安全！"

阿什比用手捋了捋自己的头发。虽然他认为在这里病毒才是真正的凶手，但是他知道这是个争不出结果的问题。"我们见到的那个西亚纳人说，她有一些朋友被治愈了。他们仍然可以领航，欧翰，而且他们活得很久、很健康。"

"他们接受了耳语者的赠予，然后又杀了它。"欧翰说，"阿什比，你不应该和他们交谈。你应该堵上耳朵，拿了他们的技术部件就走。你应该在踏上那片土地之前，就让你的食物烂掉。"

"我一直在做我认为对我的船员最好的事情，"阿什比说，"正如我现在正在努力做的。"

欧翰咳嗽不止。阿什比坐了回来，看着他们。他知道自己什么也做不了，甚至不能伸手拍一拍他这个船员的背以示安慰。他的目光与主厨医师交汇。主厨医师看起来很痛苦：在他面前的是个他能轻易治好的病人，但这个病人却拒绝接受治疗。阿什比知道主厨医师不会强迫欧翰，但他也确信这会让主厨医师久久地难以释怀。

欧翰不再咳嗽之后，主厨医师说道："欧翰，作为一个同你一样背井离乡的人，我理解你对这件事的恐惧。我也很害怕。但我们是你的朋友，欧翰。你可以活很久，在这里和我们一起生活。我们会照顾好你的。"

欧翰并没有被说服。"你们的友谊对我们来说很重要。虽然你们很关心我们，但是你们被误导了。我们知道，这一切一定让你们很难理解。你们不停地消杀微生物，厨房里的、货物上的，消杀起来眼睛都不眨一下。但是想想住在你们皮肤、口腔、肠道里的那些细菌，没有它们，你们这些生物根本无法存活。你们也是由大大小小的微生物构成的。阿什比，你会因为线粒体不与人类同源、不从属于人类，就把它们全部消灭吗？"

"我们不能在没有线粒体的情况下生活，"阿什比说，"但是你可以在没有耳语者的情况下生活。"

欧翰紧紧闭上了眼睛。"不，"他们说，"我们不能。我们会变成另一个人。"

那天晚些时候，阿什比独自坐在房间里解他的靴带。左边靴子刚解开一半，门就猛地被打开。希斯克斯站在门口，羽毛竖起。"你疯了吗？"

阿什比叹了口气，又开始解他的靴带。"进来，把门关上。"

希斯克斯站在他的面前，手叉着腰。"吉茜告诉我，有一种治疗方法能治愈欧翰的病。治好以后，他不但能继续领航，寿命还能再延长 100 来岁。她告诉我，你刚从一个满是健康快乐的西亚纳人的行星回来，这种治疗方法得到了那些人的证实。此时此刻，欧翰因疾病而躺着发抖等死，治疗他的药剂就在我们的医疗舱里，可你却选择让它干放在那儿积灰也不愿意使用。"

阿什比抬头瞟了她一眼，说："你一直在说'他'。"

"是的。因为我终于意识到，欧翰是一个个体，一个需要我们帮助的病人。"

"希斯克斯，这件事我说了不算。你想让我怎么做？把他们绑起来，强迫他们接受治疗吗？"

"如果有必要的话，是的。"

"你太荒谬了。我是他们的雇主，不是他们的……他们的裁决者。"

"你是他的朋友，而你却见死不救。"

"希斯克斯，我给了他们选择的权利！他们知道他们可以选择！你他妈的还要我怎么做？"他把靴子扔到一边，"希斯克斯，这不是某人拒绝治疗那么简单。我们正在谈论的是他们的物种文化。这是他们的宗教信仰！"

"你可真不愧是个人类！躺在那边对宇宙间发生的一切不闻不问，因为你们已经被物种自我毁灭的愧疚感所击垮，从此只知道畏首畏尾！"

阿什比站了起来，说："你们不是有句老话吗？ Isk seth iks kith①？让每个人走自己的路？"

希斯克斯目光闪烁，说："那不一样。"

"怎么不一样？"

"那句话是说：在别人没有受到任何伤害的情况下，别去干涉别人的选择。但是阿什比，现在伤害正在发生，欧翰快要死了。"

"如果我让你回到哈什卡斯，接你的孩子来一起住，你会这样做吗？"

"你到底在说什么？"

"如果我告诉你，你像陌生人那样对待你的孩子，这让我这个由

---

① 雷斯基特语。

奶水喂养大的哺乳动物体内的每一块骨头都难受。而且我作为你的船长，我希望你按照我的道德准则——"

"这是两码事，阿什比，你知道那——"

他压低声音说："或者，要是我再老古董一点，我可以告诉你，这艘船上有两位船员发生了性关系，这不合体统。你知道，到现在还有一些人类船长会以此为由开除船员。他们说，在远距离的宇宙航行中发生这种事很糟糕。"

希斯克斯僵住了。"你怎么……"她摇了摇头，"这不关你的事。"

阿什比难以置信地笑出声来。"这不关我的事？我是你的羽毛兄弟，希斯克斯。从什么时候开始，这种事与我无关了？从什么时候开始，一个安德瑞斯克人偷偷做这种事了？当然，除非，你正在向人类的习俗妥协——"

"闭嘴，阿什比。"她走到窗前，把手放在窗台上，没了声音。"我并不了解欧翰。我说我不了解，既是在说欧翰不愿意跟我们任何人交流，也是在说当欧翰开口的时候，我不确定是他在说不想接受治疗，还是病毒让他这么说。我不知道那是他自己的意志，还是因为他的大脑被病毒感染了。"

"对欧翰来说，两者都有。你说的情况更接近事实。并不是说病毒有知觉，只是……病毒改变了他，改变了他们。"

希斯克斯看了他一眼。"看，你又是这种态度。"她声音中的愤怒逐渐流失，羽毛也不再竖着。她坐在他的床上。"我不接受这样的态度，阿什比。我不在乎我到底有多了解他，但是我不接受失去家人。"

阿什比坐在她的旁边，握住她的手。"我知道你认为我是这儿的坏人。"他说，"但是我也不想这样。"

"我知道，"她说，"但我还是不明白，你怎么能坐在那里，丝毫不生欧翰的气。"

"这不是我能越俎代庖的事。"

"真像一个地球移民会说的话。"希斯克斯在他的脸上找寻蛛丝马迹，"你是怎么知道我和罗斯玛丽的事的？"

阿什比笑了，说："她看你的眼神。"

"哦，群星啊，"希斯克斯说，"有那么明显吗？"

"至少在我看来，很明显。"

"其他人都看出来了吗？"

"有可能。但还没有人跟我说过这件事。"

希斯克斯叹了口气，说："这是她的主意，你懂吧？从哈什卡斯回来之后，她说她想让我更有在家的感觉。她太温柔了。"她躺倒在床上。"阿什比，我对与人类结合完全没有概念。我很害怕我会让她失望。你很清楚我们两个物种对待这些事情有多么不同。我不……我是不是很自私？"

"性总是有点儿自私的，希斯克斯。"他说，"但我相信，她不是出于同情才和你上床的。我敢打赌，在去哈什卡斯之前，她一定就想这么做了。"他朝她微笑，"但是我了解你。如果你不在乎她，你是不会答应的。罗斯玛丽是个成年人，她能处理好自己的事情。我想，从某种意义上说，你们两个可能挺合适的。"他停顿了一下，"但是……"

"我就知道会有个'但是'。"

"你得小心点。人类或许可以接受多个伴侣，但是也可能因此心生嫉妒。我不知道你们俩是怎么解决的。但假使说，你想去群交，或者说，你还想像你们安德瑞斯克人平时那样——"

"我知道，"希斯克斯说，"我会小心的。"

说完，他们虽然陷入沉默，气氛却丝毫不尴尬。"这话说出来可能会很奇怪。"过了一会儿，阿什比说。

"嗯？"

"我很抱歉，我不可能像她那样。"

希斯克斯坐了起来，问："什么？你不会——你不会把我当作——"

"不。"他忍不住笑了，"无意冒犯，但我是真的没有那方面的意思。我对你没有那种感觉。"

"好吧，你差点把我弄糊涂了。"她笑了，"然后呢？"

"我心里一直感觉有点儿内疚，因为我不能成为你需要的那种家人。"

希斯克斯抚摩着他的脸，说："你就是我需要的家人，阿什比。否则我不会选你做我的家人。"

"但是罗斯玛丽让它更加——更加完整了，不是吗？"

希斯克斯笑了，说："是的。的确。"她用额头抵着阿什比的额头，"但这不能改变一个事实，那就是，你是我这辈子最好的朋友。"她停顿了一下，"但我还是生你的气。"

"我知道。"

"想到欧翰，我还是很难过。"

"我也是。"

"很好，"她说，"至少你还会难过。"

他们都笑了，笑声是那样无奈。

错误

消息未送达。收件人不在通信范围。请检查发送路径并重新发送。

尝试发送信息

加密：0

翻译路径：0

发件人：尼布（路径：6273-384-89）
收件人：罗斯玛丽·哈珀（路径：9874-457-28）
主题：回复：志愿者信息

我很高兴听到这个消息！聪明人我们永远不嫌多。你不用担心没有足够的空闲时间来帮助我们。哪怕你每10天只花一到两个小时来挖掘提交文件，对我们来说也是一种帮助。你在申请里备注了你大概有多少空闲时间，他们就不会给你安排过多的工作。你目前决定好申请哪方面的工作了吗？当然，我承认我有私心，我认为你一定会在跨物种历史这个领域干得不错，我很乐意帮你美言几句。但要是你对别的领域感兴趣，我也不会介意，至少不会太介意。

对了，我那位在托雷米研究小组的朋友还记得我帮你打听的事，她又发给我一些有趣的资料。不是特别重要的信息，只是一个关于我们新盟友的小怪癖。我可能不应该直接告诉你，但是考虑到你是未来的志愿者，我当然可以给你一些内部消息，对吧？

一路顺风，
尼布

———

附件信息
发件人：伊莱·杰斯·卡皮（路径：未公开）
收件人：银河系共和国代表634小组（路径：未公开）
加密：2
翻译路径：0

主题：重要信息－托雷米的听力和制热器

日期：76/306

　　鉴于我们与托雷米人少有接触，关于他们这个物种的很多一手信息，我们到现在才掌握。所有代表都应该了解，托雷米人具有远超银河系共和国其他物种的听觉能力，他们特别擅长辨识群体中的个体的声音。而且，他们对语言的学习能力远超我们的想象。你完全可以认为，出现在外交场合的任何一个托雷米人都能用克利普语侃侃而谈。

　　与托雷米·凯人共处一室时，不要与之讨论未经高级大使成员批准的任何话题。欲了解已批准话题的列表，请查询项目数据文件 332-129。

　　若有托雷米·凯人登船，所有飞船必须确保它们的制热器工作频率不超过76.5奇尔克[①]。我们理解这会给安德瑞斯克人代表和机组人员带来一些不适，但是在标准频率下工作的制热器发出的声音会让托雷米人格外痛苦。我们已经确定，76.5奇尔克及以下的频率不会伤害托雷米人，并且不会影响安德瑞斯克人的行动能力。

　　若你的飞船使用的是非标准频率的制热器，请立即通知高级工作人员。在安装标准制热器之前，请勿邀请托雷米·凯人登船。

　　感谢你的配合。

伊莱·杰斯·卡皮

银河系共和国高级大使

---

① 　奇尔克：制热器工作频率单位。

赫德拉·凯

图姆（Toum）——"新母亲"的"第二护卫"，正坐在食物园的窗户旁，看着窗外银河系共和国各物种的飞船驶过。他从边上的花盆里扯下一束厚厚的叶子。植物破碎的茎中渗出液体，散发出一种类似胡椒的气味，甜美诱人。但是他没有吃。他拿着叶子，观察外星船只。他又一次用羡慕的眼光望着艾卢昂护卫舰的武器阵列。拥有着这样的武器，银河系共和国军队能够摧毁多少部族、抹杀掉多少错误的观念啊！

他想到了这些护卫舰里的外星人，以及他们愚蠢的眼神和令人不安的鳞片。这些艾卢昂人太丑了，他们说话的方式也让人心烦。你没办法信任一个喉咙里不放电线就没法说话的物种，就像你没办法信任那些不用腿走路的哈玛吉安人，那些长着食肉动物爪子的安德瑞斯克人，和那些为了虚荣心而自相残杀的奎林人一样。不，他不能信任他们，一个也不能信！但他可以恨他们，毕竟恨要容易得多。

他不能把这些话说出来。在联盟成立之前，他心里从未对自己托雷米·凯的身份产生过怀疑。他赞同他们对"新母亲"的崇敬，他赞同需要像保卫自己母亲一样保卫赫德拉·凯。但是部族真的需要这些银河系共和国的外来物种的帮助吗？难道他们已经弱小到不能靠自己保护这颗新行星了吗？

那些来自银河系共和国的物种，面目扭曲，操着令人难受的口音，驾驶着嘈杂的船只。他能在一些族人的口中听到和自己相同的不满，但是没有一个人质疑，没有一个人选择从部族中脱离。

他被自己的想法吓坏了。是他有什么缺陷吗？还是说有什么重要的智慧只有"新母亲"们才具备，而他没有？日复一日，他在这些想法中挣扎，努力给自己找到一个答案。但是不管怎么做，冥想也好，通过特权和"新母亲"待上更多的时间也罢，他都无法让自己释怀。

他低头去看手中那束渗着汁液的叶子，将它扔到了地上。机器会把它清理干净。

"你希望我陪你坐坐吗？"一个声音从他的身后传来。图姆不需要侧脸去看就知道说话的是谁。他的四肢开始紧张，准备好随时开杀。

"不希望。"他盯着窗外说道。

"但我还是会这样做。"说话者出现在他的视野之中，蜷腿坐在了他的旁边。她的名字叫希勒（Hiul），是第一部队的尖兵。图姆觉得现在是个好机会，不知道能不能杀了她。他想试一试。希勒摘下一些叶子，吃了下去。"你在吃饭吗？"她问道。

"不然呢？"

她的脑袋耷拉着，看着图姆脚下踩碎的树叶。"嗯。"她把脸转向窗户，说道，"船太多了。他们的想法也太多了。我很好奇他们是怎么做到的——明知道身边人的心里转着错误的想法，怎么还能维持一片和谐？"

图姆什么也没说。希勒又往嘴里塞了些叶子。"我不相信他们能和谐得起来。我认为他们处于混乱之中，每个人都有自己的想法，每个人都在为自己的部族服务。"

他咂了一下嘴，说："'新母亲'们说这是允许的，只要我们坚持自己的生活方式。难道你不同意她们的想法吗？你不同意她们说的话吗？"

希勒没有理会图姆的威胁。她无视了他的质疑。无视了它！她的平静令人沮丧。随后，她只说了三个字："你同意？"

他抓住她，怒火中烧。他把嘴放到她的喉咙上，准备杀之后快。"我以前告诉过你，别跟我说话。你站在混乱一边。"

她没有反击，而这更令图姆恐惧。"你认为我忤逆了'新母亲'？"她说，"你认为我在装模作样？"

"别想耍我。你是什么样的人你自己清楚。"

她挑衅地把喉咙往前伸向他的嘴边，说道："那你为什么不杀我？"

他决心咬下去。这太容易了，迅速而致命。他能感觉到她的脉搏在皮肤深处快速地跳动。可他就是办不到，这让他更加愤怒。他把她狠狠甩开。她倒地时撞碎了一个花盆，弄得满地是土，引得园子里的其他人都看向他们。大多数人看了一眼之后，就转头继续吃他们的食物，并不关心这边发生的乱子。机器会把它清理干净的。

希勒大笑起来，从嘴边抹去一股淋巴液。"'你是什么样的人你自己清楚。'是的，我清楚。"她站着说道。她又靠近他，说："我也清楚你是什么样的人，图姆。我看得到你内心的冲突。"

"我是'新母亲'的一名护卫！"

她凑近，耳语道："这就是你内心充满矛盾的原因，我知道。对你来说这是多么可怕的事啊！你知道真相，憎恨那些威胁到它的人，但同时还得无视真相保持忠诚，这些都是那么可怕。"

他的眼睛背叛了他，眼神飘向窗外的外星飞船。

希勒得意地呼了一口气。"你知道，你有艘你自己的船，你能接触我们无法接触的东西。"

他目光尖锐地直视着她："我们？"

她一瘸一拐地走开了。摔倒之后，她的一只后腿似乎肿得很厉害。很好！她回头看向他。"我们是托雷米人，"她说，"我们从来不是一个统一的部族。"

当针孔拖船终于把阿什比的飞船拖回到正常空间，阿什比松了口气。这已经是他们与"科瑞特·赛克号"（Kirit Sek）会合后的第四天。虽然他很庆幸自己当初选了一条捷径，但现在他不确定亚层空间的颠簸和一路荒无人烟相比，到底哪一个更糟糕。抵达德尔雷克瞭望站前的最后一段路程很是漫长，但是他们用清洗飞船和做平时搁置的一些零碎工作让自己忙碌了起来。等他们与"科瑞特·赛克号"会合的时候，"旅行者号"光洁如新。阿什比本来有心理准备，知道四天的旅行会很累，但是穿越亚层空间的颠簸使他无法忍受，而且极为低下的效率令他感到焦虑。每个人都在崩溃的边缘。主厨医师对来厨房帮倒忙的人愈发恼火。阿什比非常怀疑前一天发光面板坏掉了是两个技术员为了给自己找点事情做而精心策划的。似乎只有希斯克斯和罗斯玛丽不介意这段难熬的时光，她们很高兴能全身心地陪伴着对方。而欧翰则还是在"忙着"等死。

颠簸让每个人都不好受。盲凿是一回事，但连续 4 天每隔 6 小时就进出一次亚层空间又是另一回事了，甚至足以让阿什比也晕船。当他的对讲机里传来洛维转发过来的拖船船长的声音时，他从床上缓缓地坐了起来。

"我们到了，桑托索船长。"一个安德瑞斯克女人的声音传来。她对希斯克斯说话的时候是另一种风格——口吻更加正式、严厉。"你们那儿还好吗？"

"还好。"阿什比说。他揉了揉眼睛，视力还是清晰的。"这一路多谢你们。"

"相信我，不管你的报告对象是谁，在你给他打电话之前，还是先花一个小时吃点东西，恢复体力。我们也要休整一下。"

"我会的。"他清了清嗓子，"Heske rath ishi kith。"①

"Heske skath eski risk。"② 安德瑞斯克人说道，听起来很满意。

"也祝你们一路平安。"对讲机关闭了。阿什比透过窗户看到"科瑞特·赛克号"驶离了飞船拖曳场。

"洛维，希斯克斯在哪儿？"

对讲机再次响起。"她去工作了。"

"告诉她，我现在到她那儿去。"

几分钟之后，他走进了控制室。此时希斯克斯已经在座位上检查飞船控制器了。

"我觉得头昏脑涨。"她说道，没有转头看他。

"我也是。"他跌坐在椅子上，盯着窗外。"好在结束了。"

外面就是赫德拉·凯。一个满是裂痂的星球，表面遍布着风暴和熔岩岩脉。细碎的岩石飘散在星球轨道中，提醒着人们它们晚近的诞生。这是一个年轻的世界，其存在遭人厌弃。

"我从没见过看起来这么愤怒的东西。"阿什比说。

"你是说岩石还是那些飞船？"

赫德拉·凯被川流不息的飞船围在中间——哈玛吉安护卫舰、艾卢昂巡航舰、中立的运输船、针孔拖船和巡逻穿梭机。当然，还有托雷米人的飞船。阿什比知道托雷米人世代都是太空旅行者，就像地球移民一样，但是他们的飞船与地球移民的毫无相似之处。在他这样的生活在太空中的物种眼里，托雷米人的飞船看上去简直太脆弱了，没有他认为的长途航行所必需的厚厚的舱壁。他只看到细长的框架和锋

---

① 雷斯基特语。

② 雷斯基特语。

利的边缘，上面耷拉着天线和在真空中飘浮的诡异的发光缆线。这些飞船看起来就像深海生物，嚣张着，游荡着，让人觉得不可思议。

阿什比身子向前倾。"不会吧？"在拥堵的飞船航线之外，有一块明显的环形区域，上面立有警示航标。"他们想让我们把笼子丢在那儿？"隧道入口与赫德拉·凯之间的距离将比地球与月亮之间的距离近——差不多近一半。

"好在这是一个软性区域。"希斯克斯说，"你能想象在那里盲凿吗？"

阿什比摇了摇头说："我们的技术是很好，但是还没好到那个程度。"

"没人能好到那个程度。"

"我们不把那颗行星凿成两半就算走运了。"

希斯克斯哼了一声，说："就算是凿成两半，损失也不大。"

阿什比笑了："洛维，你能帮我接通飞船广播吗？"

对讲机接通了。"他们可以听到你说话了，阿什比。"洛维说。

"嘿，各位，我们已经成功抵达。如果有谁感觉不舒服，就去吃点东西，但是请动作快点儿。等会儿我打电话给我们的联系人时，我希望每个人都在。最多一个小时内，请大家到控制室集合。今天对我们来说十分重要，我希望大家都能拿出最好的表现。不用搞那些花里胡哨的，只要把脸洗干净，把得体的衣服换上就好。"

吉茜的声音从对讲机里传来："别担心，阿什比，我会闭嘴的。"

阿什比停顿了一下，思考着该怎么委婉地告诉她这样再好不过。"你对他们来说太酷了，吉茜。"

图姆静坐着沉思——至少他在努力进入沉思的状态。他对面坐着的是"第一护卫"福尔（Fol），她正在平静地打坐，放空的双眼里充满了理性之光。他嫉妒她。在那些银河系共和国物种身边待得越久，他就越难以控制自己的注意力。不管他多么努力地想转移注意力，他总是不可避免地想到希勒。她俩都不该活着离开那个房间。这是他们的生活方式。强大的信念会继续存在，弱小的信念则会被抹去……这就是达成和谐的方式。

他应该杀了她。不管受没受过战士的训练，她的喉咙当时已经在他嘴边了。他本应该杀了她。他因为意见分歧而杀过许多人，为什么偏偏放过了她？

答案就在那里，在他心底的一个残酷角落里。他躲避着它。它一直嘲笑着他。

"过来。""新母亲"说着，走进了房间。图姆和福尔起身，拿起自己的武器。"我要去承运人那里。隧道开凿船已经到了，我听说哈玛吉安人已经邀请他们登船了。"

"您有受邀前去吗？"福尔问。哈玛吉安官员特别介意宾客名单和礼节琐事。

"我不需要。""新母亲"说。图姆从她的声音中听出来，她快没有耐性了，与外星人打交道让她感到厌倦。为什么她从来不说？他知道她感到失望，如果她愿意说出口告诉他，他会与她站在同一阵线。作为一个托雷米·凯，他也不会再怀疑自己的地位。但是，他一直没有等来这样的解脱。"那些隧道开凿者在我的空域里凿洞。"她走向门口。福尔和图姆在她身后两边站定，一如既往地与她保持了六步的距离。"我有权见见他们。"

罗斯玛丽很高兴能下船。在获得许可后，她很快又登上了另一艘飞船。她急需换换心情，迎接他们的小型欢迎会令她感到十分惊喜。欢迎会不是特别盛大，就一张桌子，上面摆放着精心制作的小零食。

与会者还有一些低级别的银河系共和国官员，大家在一起闲聊着。她以前参加过这样的聚会，这种聚会一般不会邀请隧道开凿者。这次邀请了他们是一种友好的姿态，同时也表明这条新隧道很重要。

这个房间的墙壁与"旅行者号"的拼合墙壁形成了鲜明的对比。房间的设计出自哈玛吉安人之手，显得宽敞而又色彩丰富。房间里，供不同物种休憩的椅子分散摆放着，沿着船体墙壁，与地面平行的窗户一直延伸出去。过滤后的空气干净又凉爽。罗斯玛丽发现希斯克斯的动作变慢了，就像肌肉酸痛的人会放慢步子一样。灯光亮得不得了！她的船员伙伴们愉快地享受着食物和来自众人的关注。阿什比和希斯克斯在房间的另一头，看起来正忙着与政客们交谈。詹克斯显然已经和一个拉鲁工作人员成了朋友，他们已经大笑着聊了 20 分钟，交流各自的见闻。欧翰缩在一旁，科尔宾也是。主厨医师听到自助早餐后两眼放光，科尔宾便表示愿意代为照看生病的领航员。最近，这位藻类专家特别慷慨大方。

"嘿，医师，"吉茜边说，边从自己满满当当的盘子里拿起一串炒蔬菜，"这黄色的东西是什么？"

主厨医师的双颊颤动着，说："那是沙菠 ①（saab）。我一直煮给你们吃的啊！"

"这看起来不像沙菠，吃起来也不像。"她用牙咬下来一截，若有所思地咀嚼起来，"真的不像。"

"可能他们的保鲜柜比我们的好，蔬菜不会在长途旅行中发生分子降解。"主厨医师的头低垂着说，"他们可真走运。"

吉茜把嘴里的沙菠吞了下去："我不喜欢这个味道。"

"这才是它原本的味道。"

---

① 沙菠：音译，一种星际蔬菜。

"嗯，可我不喜欢。"她又吃了一口。

"要知道，"罗斯玛丽说，"这次的活儿能让我们赚很多的钱。干完之后，我们至少能按市价买一台新的保鲜柜。虽然我说了不算，但是我们大家可以一起向阿什比提议。"

主厨医师的双颊胀大，说道："我一向很欣赏你思考问题的方式。"

"我等不及开凿隧道了。"吉茜说着，丢下了蔬菜串，转向一扎一扎的结籽叶，"虽然我很爱你们，但是我真的得下船待几十天。我晕船太厉害了！"

"詹克斯说他都已经收拾好行李了。"主厨医师说。

"噢，是的。他喋喋不休地说着沃瑟克（Wortheg）海滩比别的地方不知道好多少倍。我不知道我们要怎么样才能让他回心转意。"

"我不去海滩。我要去拜访我的老朋友德拉维（Drave）。他在家里建造了一个新温室，他说希望我过去帮他选幼苗。"

"等等，等等，你假期要去科里奥尔港，一个我们经常去的地方？还是为了园艺，一件你经常做的事情？"

"为什么不呢？"他的双颊鼓起，"我喜欢园艺。"

吉茜翻了个白眼，问道："你呢，罗斯玛丽？"

"哦。唔，我还没有决定。"虽然嘴上这样说，可在罗斯玛丽心中，她并没有什么地方可去。罗斯玛丽喝了口香槟，继续说道："我可能就待在飞船上了。那些财务文件还差一点就能整理完，我讨厌半途而废。"

吉茜挑眉笑道："你想和我一起回家吗？我的爸爸们在家。"

罗斯玛丽觉得自己的脸红了，说："噢……那很好，但是我……"

"听我说，玛德斯奇普不是佛罗伦萨，那是个宁静的地方，那里的人都很随和。在温暖的夜晚，中央广场上会举办现场音乐会。当藻类作物开花的时候，水培农场（hydrofarms）会变得非常漂亮。还有一些艺术家和人体改造控住在小镇边缘。在那儿，你可以跟我一起出去玩，也可以埋头做自己的事情。我所提供的只是一个宁静的殖民地小镇上的一张干净的床，以及我家两位十分好客的绅士。对了，还有三只爱舔你的脸的狗，它们会是你一辈子的好朋友。而且，我爸做的华夫饼干是整个银河系里最好吃的。"她转向主厨医师补充道，"无意冒犯。"

"我不介意，"主厨医师说，"我做华夫饼干从来没有成功过。"

"好吧……"罗斯玛丽说。20天宁静的居家生活、新鲜的空气，这些对她来说都很有吸引力，她也很想深入地探索独立殖民地，但是——

"好不好吗？"吉茜跳着问。一块糕饼从她的盘子里掉了出来。"好不好嘛？好不好嘛？"

罗斯玛丽笑了笑，既尴尬又感动："好吧。如果你确定不会有麻烦，那我去。"

"太棒了！"吉茜挥拳欢呼道，"等我们回到船上，我就给爸爸们发消息。或者，等我们凿完之后再说。"她转了转眼珠，"正事比较重要。"

主厨医师注意到刚走进来的物种。"真没想到会在这儿看到他们。"他说。

从门口进来的是三个托雷米人，长相奇怪。他们用四条腿走路，膝盖不正常地弯曲着，皮肤看起来又硬又脆。他们瘦骨嶙峋的头耷拉着，像是垂在插座上的沉甸甸的机器，没有一点柔软的肉体该有的样子。站在中间的那个托雷米人身穿黑色长袍，搭配着装饰性的粗链子，头上戴了一个镶着红边的锥形帽子。这是一个"新母亲"，如同尼布的消息里所描述的。另外两个托雷米人则站在她的两侧，距离她只有几步远。他俩全副武装，沉重的步枪背在他们瘦骨嶙峋的背上。

"他们挺吓人的。"吉茜低声说。

"嘘。"主厨医师示意她噤声。

罗斯玛丽冲与阿什比讲话的官员点了点头。这位哈玛吉安女士慌乱不已，当她驾驶着自己的代步工具上前去迎接那几位托雷米人时，紧张到卷须都飞快地卷曲了起来。

"她很紧张，"罗斯玛丽说，"她似乎并不知道他们会来。"

主厨医师哼哼着赞同道："要是你在星际合作中做着牵线搭桥的工作，而与你合作的其中一方突然闯入某个满是太空旅行者的房间，而且他们的行为举止充满争议，你也会很紧张的。"

吉茜咬了一大口糕饼，故意让嘴角沾了一些碎屑，说道："啊，良好的举止。"

吉茜憋着笑，主厨医师擦掉了她嘴角的糕饼屑。而罗斯玛丽的注意力更多地集中在中间那个托雷米人身上。此时，那位哈玛吉安女士已经冷静下来了，她的卷须自然地弯曲着，她正在向阿什比介绍那个托雷米人。不知为何，罗斯玛丽觉得那个托雷米人很眼熟，但并不是在录像或参考文件里见过，而是……别的原因——更直接的原因，更私人的原因。但她就是想不起来，就好像一个词已经到了嘴边，却忘记该怎么说。到底是因为什么？衣服？珠宝？还是——枪支？

刹那间，她想起以前在老家火星的公寓里发生的事。她的公寓离亚历山大校园只有几个街区。当时她正在泡茶，水壶中的水烧开了，她将散装的茶叶从量勺中倒出。这时候，门铃响了。"罗斯玛丽·哈里斯，我们能进来吗？"门外是两个穿着笔挺的衣服、戴着目镜扫描仪的警察。其中一个人将平板电脑放在她的咖啡桌上，把武器的图像投射到空中。"关于这些东西，你知道多少？"

罗斯玛丽将盘子放在自助餐台上，走到窗前。她把双臂交叉在胸前，深深地吸了一口气，望向窗外拥挤的天空。一颗愤怒的小行星被那些想要控制它的物种的战舰包围。"旅行者号"就在外面候命。这艘笨重而美丽的飞船在众多光鲜亮丽的货船和令人感到恐惧的托雷米飞船当中,显得特别突兀。她想回到"旅行者号"上,躲在铁板拼接而成的墙壁和飞船舷窗后面让她感到安心。该死的,他们到底为什么要来这儿?

"嘿。"吉茜把一只手放在罗斯玛丽的肩膀上,"你没事吧?"

罗斯玛丽快速地点了点头,抿着嘴说:"嗯,我很好。"她停顿了一下,"我知道他们的枪是从哪儿弄来的。"

"哪儿?"吉茜问。

罗斯玛丽只是看着她,一声不吭。

吉茜瞪大了眼睛说:"噢,该死的。你确定?"

罗斯玛丽回忆了一下当时在她客厅里盘旋着的像素图像,还有打量她表情的警察。"我确定。"

主厨医师的一只手轻柔地搭在她的另一边肩膀上。"这不是你的错,"他说,"你无法改变这一切。"

"我知道,"罗斯玛丽说,"我只是……"她回望身后,房间里人声嘈杂。大家的注意力都放在了托雷米人所在的地方,没人注意窗边的三个太空旅行者。她低声说道:"这让我很生气,并不仅仅是因为我的父亲。他的所作所为是为了得到安比能量,那是贪婪的、不道德的,为此,每个人都恨他。我也恨他。但是,银河系共和国也在做同样的事。他们洽谈条约、派遣大使,还搞自助午餐——这一切看起来是那么文明,是那么注重外交礼仪,但他们本质上和我父亲没什么两样。我们并不关心这些人,也不在乎我们的到来会如何影响他们的历史。我们只是想从他们那里获取资源。"她用力地摇了摇头,随即感叹道:"我们不应该来这里。"

主厨医师捏了捏她的肩膀:"我也有过你这种感觉,但每个智慧物种都有一段漫长而混乱的权力兴衰史。我们只记得那些决定蓝图该如何绘制的人，没有人会记得路是谁修的。"他哼哼着继续说道，"我们只是开凿隧道的。我们以此为生，我们也只能做这些。来这里开凿隧道的即便不是我们，也会是其他的飞船。有没有我们，其实都一样。这件事不是我们能阻止的。"

罗斯玛丽呼出一口气，说道："我知道。"

"而且，"吉茜说，"我想说，他们是希望我们来的，对吧？这些托雷米人可不好打交道。如果不想要我们来，他们会直接拒绝的。"

"即便如此，"罗斯玛丽说，"我们也没有必要介入他们的战争。"

等他们一离开会客厅，图姆就问"新母亲"："您听到刚才窗户旁边的隧道开凿船船员们说的话了吗？"

"没有听到。我在集中注意力听他们的船长说话。天花板里的通风设备出故障了，发出的噪声非常令人分心。"

"你听到了什么？"福尔问图姆。

图姆的心里一团乱麻。他脑子里有太多的想法，多到如果不说出来，他会原地"爆炸"。但要是他说出来——

"告诉我。""新母亲"说。

图姆屈服了。"隧道开凿船船员们与他们船长的想法不一致，他们对我们的同盟关系心存疑虑。"

"新母亲"咂了咂嘴表示肯定："这确实是他们的行事风格。"

"请原谅我这样问。'新母亲'，这不会让您担心吗？"

"起初，银河系共和国人的行事风格的确令我们担心。"她说，"在一个部族里，存在那么多不同的物种、那么多不同的想法。我们很难理解这是怎么办到的。"

图姆和福尔碰了碰他们的膝关节以表示赞同。当银河系共和国的代言人第一次来托雷米·凯时，有3位"新母亲"并不满意他们提出的条件。她们知道不可能达成协议，便马上离开了托雷米·凯。如今，她们有了各自的部族，并且成了托雷米·凯的敌人。其中一位已经被杀了。就是这样。

"他们统一了意见，"福尔说道，"在第一次的会谈和之后的谈判中，银河系共和国内部都统一了意见。他们连说的话都是一样的。尽管他们属于不同的物种，但是他们的意见始终保持统一。"

"是的。""新母亲"说，"我们知道他们善于统一意见，也知道他们没有见识过我们统一意见的方式。但是，为了达成意见一致，他们努力寻求许多不同的方式。我们认为，这是可以接受的让步。"

"可这是谎言。"图姆说。他看到福尔担忧的眼神，但他选择了继续说下去，"他们并不是真的达成一致。他们只是为了维持秩序而装模作样。"图姆心想："就像我一样。哦，我不得好死！像我这样不得好死！"

"新母亲"紧紧盯着他。他颤抖着。"你有话要说？"她说。

图姆颤抖地甩了自己一巴掌。"'新母亲'，我不想把自己的想法强加给您。"

"没什么可担心的。我的信念更为坚定强大，而且我重视你的想法。我相信我们可以找到和谐之道。"

他极其希望她是对的。"我们声称赫德拉·凯是一处安稳之地，是我们的精神家园，在这里我们可以按照'新母亲'的思维模式认知世界。"

"是的。"

"但是，我们的物种，甚至是我们自己的部族，是不稳定的。在这个动荡的时期，邀请更不稳定的因素掺和进来，是否明智？"

福尔脸上露出不屑的表情。"我们无法单靠自己的力量打败敌对的部族。银河系共和国巩固了我们的权力。"

"但代价是什么呢？"图姆被自己的大胆吓到，甚至感觉自己的膝关节发软，"在摧毁敌对部族的同时，我们会不会也在摧毁自己？银河系共和国这种混乱的影响力会干扰我们对事实的判断吗？"

"新母亲"瞪着他。她把目光转向福尔，问道："你也有这种想法吗？"

"不。"福尔毫不犹豫地回答。图姆瞥了福尔一眼。从她的表情和声音来看，她显然是真心这么认为的。她的想法不会让她受煎熬。她也清楚自己在部族里的地位，并对此丝毫不感到困扰。他为此讨厌她。

"新母亲"将脖子扭了回来，脸贴近图姆。"我们需要靠银河系共和国来保证我们的权力。我们的生活方式并不会因此受到他们的影响。为了换来赫德拉·凯的控制权，接纳不同意见是值得的。你同意这些观点吗？"

图姆觉得胃里翻江倒海，皮肤下就像有虫子在爬，心上就像有爪子在抓。"我……我……"他的话卡在喉咙里。他爱他的"新母亲"。他爱她们所有人。他为她们掏心掏肺也毫无怨言。然而，与他刚才听到的"新母亲"的话相比，他更赞同那个人类女人说的话——虽然那些话听起来是那样刺耳。

"新母亲"跟他拉开了距离，脑袋耷拉着。图姆保持低头的姿势，看着地面。但他依然能感觉到福尔的视线——她正冷冷地审视着他。"出去吧。出去好好想想。"新母亲"说，"花点时间来确定你的哪个想法是最强烈的。然后你就会知道，你还是不是我们部落的一员。"

"你是个好护卫，"福尔说道，"死了会很可惜。"图姆没有看她。否则，他可能会扭断她的脖子。

"是的。""新母亲"说，"我希望你会回来。"

但是，当图姆碰了碰膝关节然后离开时，他知道自己不会再回来了。某些东西变了，恐惧仍然存在，但是他的心意已决。在他大声说出自己的想法后，他比以往任何时候都更清楚，在这里无法达成一致。他穿过走廊，从令人恶心的哈玛吉安人和软弱的艾卢昂人身边走过。他们表现得十分友好，满脸都是感激。愤怒涌上了他的心头，这些假笑着的外星人不配待在托雷米人的地盘上。他的同胞们应该像以前那样，把他们撕成碎片，扔出边境。

现在还来得及。

阿什比盯着控制屏上的读数，说道："我发誓，我们的引擎从来没有这么平稳地运转过。"

希斯克斯正在操控方向盘，她头也没抬地说："当你带着两个百无聊赖的技术员进行长途旅行时，这种情况就会发生。"

"哦，也许我们该经常这样做。"

听到这话，希斯克斯扭过头来看向阿什比，愤怒的目光似能熔化船体。"还是别了。"

阿什比笑了起来。他也有同感。他多希望几个小时之后，他们会回到中央区域。他已经迫不及待了。但是这个想法不切实际。即便是像他这样惯于在太空中抄近道的人也知道，他们花了几十天才来到赫德拉·凯，想要在几个小时内就返回去，这根本就是匪夷所思。回到熟悉的飞船里，回到踏足多次的行星上，回到满是他认识的食物的集市，不用再操心飞船的目的地，不用去别的什么地方……这些听上去都棒极了。不过就目前来说，这是异想天开。

"你那边怎么样，科尔宾？燃料输送正常吗？"

"一切正常。"那个苍白的男人从他的工作岗位上抬起头来，"我相信还有很多其他的方法让我们的技术员感到无聊。"

对讲机响起。"阿什比，附近有一艘托雷米飞船，"洛维说，"它好像在驶向笼子。"

阿什比停顿了一下。这太奇怪了！"他们越过了安全界线吗？"

"没有。他们径直朝我们的方向驶来。"

"他们大概只是好奇。"希斯克斯说，"要是我以前从来没有见过隧道，我会想看看它是怎么开凿的。"

阿什比点了点头。"盯着他们，洛维。跟他们联络，友好地提醒他们保持距离。我们开凿的时候，可不想误伤他们。"

"好的。"洛维说。

控制室的门开了，主厨医师抱着欧翰走了进来。这位西亚纳宿主的后腿终究是不行了。而且阿什比发现，他们现在一动不动的样子比10多天前虚弱颤抖的样子更令人不安。

阿什比站了起来，问道："需要我帮忙吗？"

"不用，不用，我能搞定。"主厨医师说，语气轻松得仿佛说的只是切菜这样的小事。他把欧翰放在椅子上，把他们的腿伸直放在椅子下面。

欧翰优雅地抬起头，说道："我们都感谢你！"

主厨医师递给阿什比两瓶注射液和一个注射器，说道"如果他们的手开始失去知觉，就给他们打一针。"他指着欧翰脖子后面脊柱上的一个地方。那一块的皮毛被剃掉了，灰色的皮肤因为反复注射而瘀青。"从这里打。"

阿什比点了点头，暗自希望不会走到那一步。他把小瓶注射液放在控制面板旁边的一个盒子里，然后蹲下来，看着欧翰的眼睛说："看你们工作一直是一种荣幸。我很高兴能最后一次和你们一起工作。"

"我们也一样。"希斯克斯说。

科尔宾清了清喉咙，说："我也是。"

欧翰透过长长的睫毛环视他们，说："我们……我们不善于表达情感。从某种意义上来说，我们希望能和你们相处得再久一些。"他们眨着眼睛，速度慢得像冰在融化，"但我们有我们的路要走。"他们又眨了一下眼睛。他们看着阿什比："我们已经迫不及待了，开始吧。"

阿什比微笑着，尽管他胸口发闷。欧翰虽然孤僻，但也是他飞船上的一分子。他不希望这是最后一次。他不希望将来有一个新面孔坐在那个位置上看着他。他不想知道眼前的这张面孔不久之后就会消失不见，就此永别。

他深吸一口气，让自己振作起来。他看向主厨医师，说道："你不是应该在睡觉吗？"

"是的，是的。"主厨医师说，"我这就去把自己和其他船员放倒。"

罗斯玛丽这次决定接受主厨医师的帮助，注射镇定药物。阿什比认为这样最好，不仅对她好，而且对控制室的地板也好。

阿什比回到自己的座位上，扣上安全带。"帮我接通对讲机，洛维。"对讲机接通了。"好。汇报各自情况。"

"飞行控制已就位。"希斯克斯说。

"燃料检查已完成。"科尔宾说。

"开凿钻机已就位。"吉茜通过对讲机说，"这次我可没忘记带零食。"

"航标已就位。"詹克斯说。

阿什比在控制面板上活动手指。他迫不及待地想要开始了。"洛维，那艘托雷米飞船是什么情况？"

"对方没有回复我们，他们停驻在安全界线后方。不过，那艘飞船的头部恰好正对着航标的方向。"

"没关系，只要他们不靠近就行。我们的情况怎么样？"

"飞船系统一切正常，"洛维说，"没有任何技术或结构故障。"

"好的，伙计们，让我们出发吧！吉茜，启动程序。"

钻机发出刺耳的声音，地板开始嘎吱作响。阿什比用一根手指敲击着座椅扶手，开始数数："一、二、三、四、五。"

"阿什比。"洛维的声音夹杂在嘈杂的噪声中，从对讲机里传来，"那艘托雷米飞船，我不知道它在干什么。有一个——"钻机的尖啸声淹没了她的声音。

阿什比的脉搏狂跳起来。"他们越过安全界线了吗？"他大喊道。

"没有。某种能量在不断聚集。我没——"

接下来的事情发生得太快了，但是在阿什比看来，眼前的一切都很缓慢，就好像他已经进入了亚层空间。窗户先是变成白色，刺眼的光遮住了飞船外面的一切。当光线变暗时，能量弧在笼子的支撑架上翻滚，在笼子的里面弹跳。

笼子正在解体。与行星解体完全不同，笼子开始变得破碎、扭曲，整个四散开来。阿什比眼睁睁地看着，无法理解眼前的一切。

有什么东西击中了他们。整艘飞船摇摇欲坠。控制屏满屏都是红灯，那些红灯就像一双双突然睁开的眼睛。头顶上的照明板明明灭灭，闪烁不定。变形的舱壁和扭曲的照明板发出开裂声，船员们发出惊慌失措的喊叫声。但是，不管是什么声音，都掩盖在了随着倒计时结束而停止的开凿声中。外面的天空裂开了一道口子，"旅行者号"翻滚着钻了进去。

7 个小时

希斯克斯努力控制着飞船，试图克服恐惧和噪声，思考脱困的办法。

"没有航标，"阿什比大喊，"詹克斯，你能听到我的声音吗？吉茜？"

"前进 14 以奔。"欧翰说。

"我办不到，"希斯克斯说，"我们被困在这里动不了了。"

"必须做到，"欧翰说，"我们身后的空间将——"

"是的，我知道。"她怒气冲冲地喊道。没有笼子，新开凿的隧道口很快就会闭合。身后没有了正常空间的支撑，如果他们在一个地方待太久，就会像在狂风中盘旋的鸟儿一样被抛来甩去。她已经感觉到飞船在颤抖了。

"洛维？该死的！有谁在吗？"阿什比说，"妈的，对讲机坏了。"

"詹克斯不会在这个时候放下航标，"科尔宾说，"他太知道后果了。他知道会——"

"希斯克斯，14 以奔，快！"欧翰喊道。

希斯克斯一边试图稳定飞船，一边骂着脏话。她面前的控制器上的读数在闪烁。推进器一直处于失控状态。她的视线四处游走。亚层空间一如往常，既没有读数，也没有任何可见的星星可以让她判定方位。她咬紧牙关，狂砸控制器。"我要禁用安全系统。我们的飞船会脱离最佳状态，但这应该可以给到我们足够的推力——"

"希斯克斯——"科尔宾的声音响起。

她的羽毛全都竖了起来，说："要是你认为我他妈现在需要在乎耗能——"

"你觉得我在乎？"科尔宾说，"你要用什么就尽管用。"

希斯克斯回头迎上他的目光，问道："我们全程这样高耗能可以吗？"

"可以。"科尔宾瞥了一眼读数，"能量是够的。"他的眼神是惊恐的，但回答是肯定的，"做你该做的事，我会注意盯着的。"

希斯克斯迅速点了一下头，然后看了眼闪烁的读数。"该死！吉茜，我需要——"她露出痛苦的表情，想起对讲机坏了。"旅行者号"左摇右晃地飞着，周围的亚层空间开始坍塌。"14以奔？"

"是的。"欧翰说。

"群星啊，帮帮我们！"她叫道，操控着飞船向前。

吉茜拆开了控制导航网格的主访问面板。引擎室里的灯在闪烁，管线发出吱嘎声，墙壁在摇晃，这里乱成了一团。

"我得去中枢室看看，"詹克斯在房间的一头喊道，"得修好对讲机。"

"没时间了。"吉茜望着眼前乱七八糟的一切，"如果传输信息的主线缆烧坏了，得花上几个小时才能修好。我需要你在这儿看着。"说着，她瞥了一眼损坏的电路，跑向工具箱，脚步声沉重而缓慢。假使她的引擎室在正常空间里分崩离析，那情景已是足够糟糕。而在亚层空间里，由于时间的混乱无序，就更是一场噩梦。

"没有洛维，我们无法评估损坏程度。"

"我有眼睛。"她说着，一把抓起工具。附近的舱壁传来一声响亮的爆裂声，一条燃料输送管道完蛋了。"哦，群星啊！听听！"她跑回到主访问面板前，试图确定该从哪里下手。在现在这种情况下，维修的方式只能简单、直接、粗暴，她别无选择。要是这次他们能安全离开这里，她以后一定会把它重新修好。

电路灯在网格上毫无规律地到处乱闪，这是她从未见过的"狂野"模式。"该死，希斯克斯已经关掉了安全系统！"

"好了。"詹克斯拆开了另一面舱壁。燃料从断掉的管道里喷射出来。绿色的黏稠液体涌向外面，溅到墙上和地板上。

吉茜望着电路，脑子里念头急转。推进器无法全力运转，希斯克斯势必需要额外的动力。但对于吉茜来说，在安全系统关闭的情况下修理尚在运行中的网格，任务的难度更高了。现在，洛维被困在中枢室，她无法知晓希斯克斯下一步的计划。这东西要怎么修理只能靠猜了。猜错的话，飞船会失去控制。"我得知道希斯克斯在上面做什么。"

"交给我。"詹克斯说着，放下手中的工具。他拿出平板电脑，离开那些不断流出的燃料。"给我5分钟，我可以把所有人的信号传送器接到同一个网络里。我们得靠平板电脑发消息交流了，不过——"

"天才，"她说，"那就赶快吧，然后过来帮我。"

"那——"

"别管它了。"她说着，几乎笑了出来。他们都快没命了，还管什么坏掉的燃料管线？"要是不能航行，有没有它都一样。"

罗斯玛丽跟跟跄跄地转过转角。她把身体倚靠在发出阵阵响声的舱壁上，步履蹒跚，重心不稳。吉茜想起自己在亚层空间受训的第一天，她也有过这种经历。"给我安排点事情做。"罗斯玛丽说。

"你怎么没睡着？"詹克斯问。

"主厨医师没时间给我用药。"她说，"他去找欧翰了。我知道我不是技术员，但是——"

吉茜抓起罗斯玛丽的手跑向燃料管道，拉起她的手去堵涌出燃料的口子。"用力往下按，无论如何都别松手。"

几个小时过去了，但希斯克斯完全感觉不到时间的流逝。她所能感觉到的，是手下的方向盘，是不停颤动的地板，以及令她视线模糊的亚层空间。钻机仍在工作，飞船正在开凿一条临时隧道，大小够它能继续向前推进就行。但是，在没有航标的情况下，他们周围开出的空隙只能维持几分钟，他们没有多少时间来计算下一步行动。现在，她的读数稳定了一些，但导航网格仍旧无法正常工作。他们的领航员也是。

"我需要一个航向。"希斯克斯说道。她感觉飞船的颤动越来越强烈了。

"好，"欧翰气喘吁吁地说，"好。"主厨医师蹲在欧翰旁边，扶着他们的肩膀。欧翰的一只手颤抖着在平板电脑上移动，希斯克斯从没见过这么快的计算速度。"6.95 以奔，正前方。"

"我们完成一半的行程了，"阿什比说，"加油，欧翰！"

"嗯，一定可以的！一定可以的！"欧翰急促地吸了一口气，"七……不，不，八！"

欧翰的手写笔"咔嗒"一声掉落在地板上，希斯克斯赶忙转头看过去。这位西亚纳共生体抬着颤抖的胳膊，倒在了主厨医师身上。

"不，"欧翰喊道，"不，不，不，不要是现在，现在不行！"他们的手指无力地垂下，像木偶被扯断了线。他们惊恐地盯着自己不能动弹的手。

阿什比一跃而起，奔了过去。他边跑边把主厨医师早前给他的注射液装进注射器里。

"从这里注射进去。"主厨医师说着，迅速而温柔地把欧翰的头放在地板上，露出他们脖子后面剃干净的皮肤。他看向阿什比，说道："正常情况下，这个量已经足够。提高肾上腺素对他们来说并不是最好的选择。"阿什比把针扎进了欧翰瘀青的皮肤。

欧翰倒吸一口气，手臂猛地抽动了一下。希斯克斯心有不忍，但是她没有把头转开。地板上的欧翰再次颤抖起来。她的心也随之颤抖。

阿什比从地板上捡起注射器，悄声叫道："欧翰？"

欧翰艰难地吸了一口气，就像风吹过干枯的叶子。他们伸手想拿手写笔。

希斯克斯如释重负地闭了一下眼睛，然后又看向欧翰。"嘿。"她说。欧翰抬头看她。"我们一定可以，你们和我，一起。我们是一个很好的团队。"她的嗓子发紧，"一直是。"

欧翰眨了眨眼，带着破釜沉舟的决心开始了计算。"我们不会让你失望。"

吉茜跪在地板上，双手伸进了船尾推进器的内部。热浪扑面而来。"希斯克斯，"她朝自己的平板电脑喊道，"这儿有一个处理单元要烧焦了。我需要关闭船尾的次级推进器。"

"需要关闭多久？"

吉茜闭上眼睛，摇了摇头，努力思考。"我不知道。可能要一个小时。"

"群星啊，吉茜——"

"我知道，我知道。但要是这会儿不修好它，我们就凶多吉少了。"

"你能修好它？"

"理论上可以。但如果我什么都不做的话，绝对没戏。"

"那你能再快一点吗？"

"我尽力。"

"我也会。"

汗水裹挟着她皮肤上的黏液和污垢，顺着她的脸流下。她向后靠了靠，避开损坏的推进器散发的热浪。她解开了身上穿的连体衣的上半截，把它扎在腰上。她的汗衫紧紧地粘着她的后背。她打开驱动器外壳上的手动服务面板，按下了指令键。"群星啊，我现在需要洛维！"对讲机还是无法使用。鉴于洛维没有自己的独立系统，她一定没有办法访问监控网络。吉茜知道洛维一定急得发疯——明知飞船遇险，却只能在中枢室里干着急。也许这样更好。至少她还不知道现在的情况有多么糟糕。

次级推进器停止运转了。吉茜身子后仰，擦了擦额头。当初登船的时候，她可没想过会做这种事。

"吉茜。"是罗斯玛丽的声音。她的衣服上粘满已经干透了的燃料。她的脸色很差。吉茜知道这不仅仅是因为那些显而易见的问题。罗斯玛丽从来没有接受过在亚层空间工作的训练，所以，她就连跑个腿都很费劲。"给你。"罗斯玛丽伸手从背包里拿出一瓶水和一块压缩干粮给吉茜。

吉茜拧开瓶盖，把瓶口移到嘴边。她的嘴唇和舌头贪婪地吸吮着水分。她喝了几大口，喘着气说："哦，群星啊，你就是我的英雄！"她喝完剩下的水，然后用牙齿撕开压缩干粮的包装，跪坐下来。"也给詹克斯拿点儿过去吧。"她说着，咬了一口味道寡淡的浓缩蛋白质条。

"我这就去。"罗斯玛丽说，"他人在哪儿？"

"在海藻舱。科尔宾也在那里。水泵正在——"

希斯克斯突然改变了航向，飞船开始剧烈地摇晃起来。吉茜使劲抓住推进器的边缘，紧贴着地板固定住自己。罗斯玛丽的动作没有那么快，她直直地撞在了对面的墙上，跌倒在地。

吉茜等着摇晃停止。她能通过平板电脑听到控制室里传来的声音。希斯克斯在咒骂，阿什比语气坚定地说："欧翰，别离开我，我们还没相处多久——"

随着地板停止颤动，她把头转向罗斯玛丽，问道："你没事吧？"

罗斯玛丽扶着一块面板，咬牙站了起来。她的上臂破了一道口子，正在往外渗血。她定定地看着血往下流，目光呆滞。

"哇哦，嘿，别。"吉茜说着跌跌撞撞地跑了过去。她知道那个表情。那是"我彻底不行了"的表情。但她现在还不能倒下。她抬起罗斯玛丽血淋淋的胳膊，发现伤口不是很深，但很长。她从自己连体衣的袖子上撕下一块布条，为罗斯玛丽包扎伤口。"看着我。罗斯玛丽，看着我。"她绑好布条，绞尽脑汁地想着说点什么。她试着想办法——一些聪明的办法，好让罗斯玛丽清醒过来。但是她并不聪明，她只是一个技术一般的技术员，她的任何一次疏忽大意，不管是一条没修补好的电路，还是一条坏掉的通路，都可能使他们丧命。他们到底做错了什么，以至于那些四条腿的畜生朝他们开火？

她深吸一口气。她回想起那个全副武装的艾卢昂女人，被一群配枪的人簇拥着，却告诉她她害怕鱼的情景。"罗斯玛丽，听我说。我和你在一起。你的心情我感同身受。"

"对不起！"罗斯玛丽说道，她的声音充满了感染力，"我很抱歉，对不起，我努力——"

"不，听着！"她双手捧起罗斯玛丽的脸，望着她的眼睛，"别试图强迫自己不能害怕。我很害怕，希斯克斯很害怕，阿什比很害怕。这没什么。害怕意味着我们想活下去，懂了吗？所以，尽管害怕。但是，我需要你继续坚持工作。你能做到吗？"

罗斯玛丽抿紧嘴巴，闭上眼睛。她点了点头。

吉茜亲吻了罗斯玛丽的额头，说："好的。接下来你这样做：去海藻舱，给小伙子们送点水和食物，然后再回来找我。我需要你帮忙递工具。明白吗？"

罗斯玛丽看着吉茜，眼神坚定了几分。"明白。"她站起身，捏了捏吉茜的胳膊，跑回走廊。

吉茜拿着工具，走回驱动器那边。"好了，你这个浑蛋，"她边说边剥开一捆电缆线的外壳，"接下来你得照我说的做。"

出口的笼子离他们很近，它的信号灯在希斯克斯的控制台上闪烁着，那里是风暴中的港湾。

"我们的速度太快了。"阿什比说。

"我也没办法。"希斯克斯说。导航网格拼拼凑凑地修成现在这样，勉强能用。在这种情况下，她没办法让他们缓慢地移动。

"所有船员，用带子固定好自己。"阿什比看了一眼平板电脑，"准备好了吗？"

"准备好了。"詹克斯回答道，"让我们离开这里吧。"

"欧翰，朝出口进发。"希斯克斯说道。

"9.45 以奔，向前，"欧翰气喘吁吁地说，"6.5，向右，7.96……点 9……6……"

希斯克斯转过身，正好看到欧翰的眼睛往后翻。

"向上还是向下？"她问，"向上还是向下？"

他没有回答。欧翰被人一把抓住。

主厨医师难过地喊着："黑色的罐子，在最顶上的抽屉里，从左边数第三个，快。"

阿什比冲出房间，跑得飞快。希斯克斯盯着方向盘。一切都很慢，很安静，但这与亚层空间没有什么关系。除了耳鸣，她什么也听不见。"向上还是向下？"她驾驶飞船穿越亚层空间不知道有多少次，却还是不能回答这样一个简单的问题。"向上还是向下？"地板开始摇晃。"向上还是向下？"她不能靠猜来决定，哪怕有一半的概率能猜对。可是，如果她什么都不做，他们就会被空间撕裂。他们可能会在错误的时间，从错误的地方出来。出口的落点有可能是某颗行星，或是某艘飞船的内部。猜对和猜错的概率一半一半，可是，可是——

阿什比赶回来了，把罐子扔给了主厨医师。主厨医师从里面拿出一个医疗设备，把它压在欧翰的腕带上。一秒钟过去了，两秒，三秒……颤抖停止了。欧翰浑身僵硬，嘴巴大张着。

"欧翰，"阿什比说，"欧翰，你还记得你刚才在做什么吗？"

"记得。"欧翰低声说，然后瞪大眼睛疯狂地喊，"向上！向上！"

"阿什比，固定好自己！"希斯克斯大声喊着，用她最快的速度操控着飞船，"我喊三声，我们就穿出去……三……二……一。"

她的手紧紧握住方向盘。飞船穿了出去，速度极快，冲出了亚层空间，直冲向笼子上的能量塔。

"妈的！"她使劲儿往右转，咬着牙，试图把笨重的飞船摆向另一侧。吉茜大叫着左舷推进器出了什么问题，但是希斯克斯还来不及听清，就感觉到左舷推进器罢工了，飞船里人仰马翻。希斯克斯迅速反应，她调整飞船的方向，对准了一个空隙。"旅行者号"发出抗议的呻吟声，但她顾不了这么多了。她操控着船头对准空隙，关闭了剩下的推进器。

飞船干净利落地从能量塔旁边飞过，滑行至空旷地带。

希斯克斯把胳膊肘撑在膝盖上，双手抱头。她听到身后的主厨医师说了几句安慰的话，然后把喘息着的西亚纳人抬出了控制室。她听见阿什比解开安全带，走到她跟前。她感觉到他的手掌放在了她的背上。她没有抬头。

"我们没事了。"他说。她不知道他是在对她说话，还是在自言自语。"我们没事了。"

她抬起手摸了摸自己的羽毛，低着头大口喘着气："我们全都没事吗？"

吉茜躺在引擎室的地板上。罗斯玛丽靠墙瘫坐着。两个人都没有说话。没有什么好说的。吉茜笑了起来。

"什么事这么好笑？"罗斯玛丽问道。

吉茜曲起腿，让脚踩在地面上，笑声像是从她肚子里跑出来的。"我不知道！"她用手捂住自己的眼睛，"我不知道！还有一大堆烂摊子等着我去收拾！"她咯咯笑着，用另一只手撑着自己。她从指缝看向罗斯玛丽，发现罗斯玛丽也笑了。从她一脸疑惑的样子来看，她绝对是在笑吉茜。吉茜心不在焉地朝她扔了一块脏抹布。"哦，操，我要喝一杯，还要抽点烟。我要去离这里最近的驻地打一炮。群星啊，要说什么时候我该打一炮庆祝的话，那他妈的一定是——"

"等等，"罗斯玛丽转过头，问道，"你有没有听到什么声音？"

吉茜坐了起来，不再说话。除了引擎室里的"嗡嗡"声，以及需要她收拾的那堆烂摊子在失去平衡后发出的"咔嗒"声之外，什么声音都没有。突然，一个声音从走廊那头传来。那声音来自下面的中枢室。"吉茜！"詹克斯叫道，"吉茜，过来帮忙！"

她想也没想，站起来就冲了出去，靴子踏在金属地板上，发出巨大的声音。到中枢室门口时，她站住脚。洛维的中央处理器发着光，还在运转。但是，周围墙壁上那些詹克斯每天要仔细检查两次的小绿灯，此时闪着红色的光——它们变成一个闪着红光的迷宫。吉茜用手捂住自己的嘴。

"吉茜。"詹克斯下到恒温井里，把手套扔在一边，"吉茜，我需要我的工具。我需要我的工具，现在就要。"他用手摸了摸保护着洛维中央处理器的外壳，急切地喊道："洛维，你能听到我说话吗？洛维？洛维，说句话啊！"

硬重置

洛维？你还在那里吗？

我什么都看不见。为什么？为什么我看不见？

洛维，是我，詹克斯。你能听到我说话吗？

詹克斯。

是的。

你不是我。不可能是你。

洛维，我接入你的中央处理器了。

你做了什么？

我戴了一个接入贴片，就像我们游戏里用的那种。别担心。

太危险了。你说过你永远不会这么做。我们说好的。你的大脑可能会受伤。太阳会发光，是吗？

什么？

唔，是吗？

……是的。

很好。我现在不能正常思考。

我知道。吉茜和我正在尽全力维修。

吉茜。

是的。你认识吉茜的，对吧？

你认识吉茜吗？

洛维，我需要评估你的受损程度，但你的诊断系统烧坏了。你能访问诊断系统吗？

我怎么了？

我们被能量武器击中了。其他人都没事。你能访问诊断系统吗？

我不喜欢诊断系统。离它远远的。

洛维，如果你能做到，我需要你试一下。

外面有一颗彗星。

不，没有什么彗星。

我现在要去看看它。

我知道这很难，但求你，集中精神。

洛维，你在吗？

洛维？

希斯克斯在向对接舱的控制装置输入指令时停顿了一下。她已经很久没有手动进行过污染物扫描检测了。操作并不复杂，只不过是按下几个按钮。但是，希斯克斯以前不用按这些按钮。这都是洛维的工作。

"级联故障。"吉茜用了这个术语。银河系共和国提出派一队维修人员来帮助船员们修理飞船剩下的问题，但是詹克斯对阿什比说，只要他们踏上飞船半步，他就一走了之。他一直在咒骂那些只懂得使用黑客技术的偏执狂提出的方案。那些人不明白为什么他不直接关闭了洛维，重新安装她的核心软件操作系统。吉茜无法放着中枢室不管，她提出了另一个援助方案。

希斯克斯看了一眼窗外，穿梭机铿锵作响着抵达了。佩珀的船是一艘相当标准的星际飞船，但即便视野有限，希斯克斯仍能看出她对船做了一些改动。从中央区域到科里奥尔港只需要进行两次跃迁，可即便如此，来到这儿也至少需要 1 天时间。而佩珀只用了 10 个小时。无论穿梭机的引擎盖下面有什么，那都不是能轻易买到的东西。要不是现在情况不允许，希斯克斯肯定要开一开这艘穿梭机。

污染物检测一结束，舱门就打开了。佩珀从里面走出来，手里拿着一个睡袋和一个工具箱。她还没站稳，便飞快地给了希斯克斯一个热情的拥抱。

"大家都还好吗？"佩珀一边问，一边走向楼梯。没有多余的废话。她来这儿是工作的，不能浪费一点时间。希斯克斯对此很欣赏。

"应该和你预计的一样。"

"感到疲惫、紧张、恐慌？"

"差不多就是这些了。"

佩珀停下脚步，吃力地提起沉重的工具箱。"你们有货运电梯吧？"

希斯克斯头一转，指向来时的方向，说："走这边。"

"谢谢！我带了一堆扳手过来。"

"我们有扳手。"

"嗯，但这是我的扳手。"

他们爬上电梯。佩珀"哐"的一声放下了工具箱。"吉茜和詹克斯还撑得住吗？"

希斯克斯点击控制面板。电梯"嗡嗡嗡"地运转起来，摇摇晃晃地往下行。"具体细节你得和吉茜谈——"

佩珀摆摆手，说："我问的不是他们的技术，我问的是精神状态。视频时，吉茜的状态看起来不太好。"

希斯克斯看着佩珀的眼睛，说："她调用了一批修理机器人。"

佩珀轻轻地吹了声口哨，说："该死！情况比我想象的还糟糕。"

阿什比揉了揉自己的眼睛，又看了看医疗舱的空气过滤器。他在上大学的时候学习过基础的维修技术。这不难。他呼了一口气，再次尝试打开电路盖。换作别的时候，他会把这些事情留给技术员。但现在情况紧急，他得亲自上阵。他那该死的飞船就快要散架了！不管怎样，他得做点什么。

"有消息了吗？"他回头问。

"没有。"罗斯玛丽说。她坐在主厨医师的桌前，等待新闻更新。交通委员会在他们进入中央区域后立即联系了他们，并向他们提供了其能力范围内的所有支持，却独独没有给他们提供任何赫德拉·凯目前情况的信息。"这太奇怪了！"

"什么太奇怪了？"

"如果不是我们，这里的人都不知道出事了。"

阿什比换了换握电路盖的姿势，试图找出松动的地方。"银河系共和国肯定知道。我敢肯定，那些代表在我们被击中的那一刻就给国内打电话了。"

"是的，但是其他人不知道。对这里的人来说，今天没什么特别。只是……我无法理解，这好没道理。"罗斯玛丽的声音变小了，"我们差点儿死在那里。洛维——"

"洛维会没事的。"阿什比回头看着她说，"吉茜和詹克斯知道自己在做什么。他们会修好她的。"

她勉强地笑着点了点头。"我知道。我知道他们会修好她。"她的黑眼圈十分明显。他们有多久没休息了？她又点了点头，但笑容逐渐消失。"我希望自己能帮上忙。"

"我也是。"

"这太——哦，看这里。"她俯下身，对像素屏下达指令。

阿什比在裤子上擦了擦手，走了过去。

这是一则来自讯瑞达报道的突发新闻。我们收到消息,驻扎在赫德拉·凯的托雷米舰队爆发内乱。据悉,部分银河系共和国的飞船遭到攻击,另一些则受到托雷米船只的保护。目前还不清楚具体细节。派驻赫德拉·凯的银河系共和国首席外交官发表了一份简短的声明,声称托雷米人的突袭"毫无缘由且无理至极"。消息还称,这一事件是在一艘托雷米军用船只攻击一艘非武装民用飞船之后发生的。请订阅这条资讯源,关注事件后续进展。

"群星啊,那些人!"罗斯玛丽说,"群星啊,阿什比,我们之前就在那里。"

阿什比把手搭在她的肩膀上。他摇着头说:"我们不应该去那里的。"

他的平板电脑突然亮了,进来一条新消息。他拿起平板电脑阅读,然后叹了一口气。

"怎么了?"罗斯玛丽问道。

"是交通委员会,"他说,"他们想尽快拿到我们的事故报告。"

"'事故报告'听起来也太……我不知道该怎么形容。"

"不恰当?"

"说真的,我更喜欢吉茜用的那个词。"

"什么词?"

"畜生行径。"

阿什比苦笑道:"我估计这种说法在他们那儿行不通。"他继续往下看,又皱起了眉。

"怎么了?"

"议会正在组建一个评估委员会。他们要召开一系列的会谈,只为搞清真相。他们想和我们谈谈。"

"我们？"

"准确地说是我。当面谈。"

"为什么？你什么也没做过。"

"这个他们知道。"他瞥了一眼平板电脑，看到诸如"自愿"和"深表谢意"这样的词。"我不知道我能跟他们说些什么。我当时甚至没来得及看一眼那艘船长什么样子。"他把平板电脑扔在桌子上，"听起来就像是走流程。"他看向远处的舱壁，看向寂静无声的对讲机，"我还有更重要的事情要操心。"

詹克斯？詹克斯，你在吗？

我在，洛维。我哪儿也不会去。

我看不见，我看不见——

你看不见什么？

我不知道。我很害怕，詹克斯，我好害怕。

我知道。我就在这儿。我会把你修好。你不会有事的。

佩珀来了。她在一堵墙里。

是的。她在帮忙修理。

那是不同的。我们多久才能到赫德拉·凯？

我们已经到过那里了。

别骗我。

我没骗你，洛维。你只是不记得了。

我感觉很糟。

我知道。会好起来的。

不，不是那个。是另一件事。

还有什么事？

是吉茜。

吉茜怎么了？

她很累。

别担心吉茜。她没事的。

她应该睡觉。你应该睡觉。

等我们修好你之后，我们就去睡觉。别担心，洛维，我们没事。

舱口有一架穿梭机。我不认识它。

它是佩珀的。

她在这儿吗？

是的。

请别走。

我不会走。

只有你让我好受一点。

阿什比应吉茜的要求，去往人工智能中枢室。他一到，吉茜就挥手示意他一起去走廊。阿什比飞快地扫了一眼詹克斯，见他正在往脖子上贴新的接入贴片。阿什比不确定这两个技术员到底是谁的状态更糟。

"有件事我得告诉你。"吉茜低声说。她盯着地面，表情很严肃。这不是"我要买买买"之类的谈话，而是一个技术员正在告诉她的船长大事不妙。阿什比立刻全神贯注起来。

"你说吧。"阿什比说。

吉茜摇了摇头，说："电路损坏非常严重，这是之前从未有过的。不管托雷米人向我们扔的是什么，那东西像野火一样毁坏了她。我们已经修复了所有的物理损伤，所以她的硬件恢复正常功能了。在正常情况下，她应该已经可以取得飞船所有的访问权限了。"

"但是？"

"但是她的核心软件操作系统完全损坏了。她虽然位于中枢室，但你知道她是怎样将自己分配到整艘飞船的所有突触群上的吗？突触群和中枢室之间的连接完全损坏了。从本质上来说，她失去了部分自我。"

"现在电路已经恢复了，她还不能访问那些突触群？"

"她能，但是——啊，这很难跟你解释。我们修复电路花了很长时间。在修好之前，突触群无法存储数据。如果只有一两个突触群的连接路径坏掉，她还有可能恢复到原来的样子。可是她同时丢失了突触群储存的所有数据，包括备份数据。就像你无法通过修复破裂的静脉血管来治愈一个中风的人一样，我们修复了这些路径也没用。如果大脑已经受损，血液是否能正常流动并不重要。"

"你的意思是，核心软件操作系统是洛维的大脑？"

"是的。这就是我叫你来这里的原因。洛维是有意识的。她的中央处理器的记忆文件是完整的。她还是她。但是她不能正常访问飞船了。她只能抓取随机闪现的记忆片段，就像得了癫痫病一样。除了她的记忆文件，她不能访问任何东西，虽然她的记忆文件也是一团糟。她的参考文件，还有网络连接和飞船系统——对她来说都是一团糟。她感到困惑又害怕。"

"那我们该怎么做？"

吉茜把头转向中枢室。詹克斯正爬进恒温井。"能试的方法，我们都已经试过了。我的意思是所有的方法。群星啊，我们甚至连叫不出名字的办法都试过了。阿什比，她可能——"

阿什比把一只手放在吉茜的肩膀上，问道："我们还有什么选择？"

吉茜清了清嗓子，回答道："我叫你来这里，就是为了这个。我们只有一个选择，而且这是个很糟糕的选择。"

"说吧。"

"硬重置。"

虽然在技术方面阿什比只懂一些皮毛，但是他听过"硬重置"这个词——这不是一个好词。对人工智能进行硬重置，就好像让一个人的心脏停跳几分钟，然后设法让它再次跳动。他呼了一口气，说道："成功和失败的概率五五开，吉茜。"

"最多只有一半。我很清楚。要不是我们已经别无他法，我也不会提出这个选项。"

"最好的情况和最坏的情况分别是什么？"

"硬重置，要么成功，要么失败。最好的情况是洛维恢复过来，虽然有点儿不稳定，但是能够正常工作。重置之后，她恢复到默认的出厂设置，失去多年来为自己定制的个性化设置。原理是：如果人工智能的路径受损，恢复出厂设置恰好能让她解决混乱的问题。你知道的，就类似于在儿童视频节目里，当一个患有健忘症的人被击中头部，他突然什么都记起来了。跟那个差不多。前提是确实起作用了。"

"那她会像新的一样吗？"

"最终会。可能要过个几天，也许几十天。她需要时间来恢复。现在，只有她能救自己。如果詹克斯篡改她的代码，她醒来之后就会变成另外一个人，而那——"

"那不行。"阿什比说。此刻，飞船上仿佛多出了一个洞，那个洞是消失了的洛维的声音。这让阿什比意识到，他之前对她的分类是多么不公平。以前，人们问起他的船员时，他从来不会说："……当然，还有洛维，我们的人工智能。"他现在很后悔，尽管别的船长同样不会把人工智能视作飞船的一员。他知道詹克斯对洛维的感情——谁会不知道呢？但是，他总是把这看成一种怪癖，而不是正常的事情。现在，面对他的技术员想要拯救洛维的绝望尝试，以及完全失去她的可能性，阿什比知道自己错了。他发现自己在努力回忆从前是怎么对洛维说话的。他尊重洛维了吗？他是否像对待其他船员那样体谅她的时间？他对她说过一句"谢谢"吗？如果——等洛维好起来了，他要对她更好一些。

"最糟糕的情况是，"吉茜说，"洛维根本回不来。洛芙莱斯会回来——那个初始的、开箱即用的人工智能。她的核心软件操作系统将全然一新。当她回来的时候，她会注意到两样东西：飞船系统、旧的记忆文件。刚开始的几秒钟，她会试图搞明白眼前的这些东西。这时，成功和失败的概率五五开：她可能会认出这些文件是她自己的，会将它们合并到自己内部，重新整合；她也有可能把它们当作损坏了的碎片，将它们清除掉。我们无法预测她会怎么做，也无法替她做出选择。如果她丢弃了那些文件，她就不再是我们认识的那个女孩了。新的洛芙莱斯很可能会和以前的她相似，但不会相同。"

"她会忘记我们吗？"

"全部清除，阿什比。曾经的洛维会……她会消失。"

"该死的！"阿什比骂道。他望向中枢室。一时间，他沉默下来。有什么可说的呢？"真的没有别的办法了吗？"他还是问了这个问题，虽然答案已经很明显。

"没有。但无论结果如何，我们都将会有一个功能正常的人工智能。"

阿什比被吉茜的实用主义吓了一跳。那不像她。"我关心的不是那个。"

"噢，"吉茜尴尬地皱起眉头，"这似乎是船长会担心的事。"

阿什比伸出胳膊搂住吉茜的肩膀，捏了捏她。"有时候，我担心的不仅仅是船长该担心的事情。"她把头靠在他的胸膛上。他能感觉到她的疲惫。

"我一直在问自己：如果我们中有人能早一点发现问题，我们能做的事是不是更多？"

"别那样想，吉茜。"

"我忍不住。我们习惯把她当成对讲机，却从来没有想过——"

"吉茜，导航系统失灵了，燃料管线也断了。就算你意识到出了问题，你有时间停下来修理她吗？"

她咬着嘴唇，摇了摇头。

"要是你当时立即修理她，能改变什么吗？"

吉茜沉默了一会儿，说："不能。造成损坏的速度很快，但损坏没有扩散，至少对她来说没有。"

"那就别为此自责了。你已经尽力了。"

吉茜叹了口气："你说是就是吧。"

"我说的是真心话。"阿什比看了看中枢室，"佩珀干得怎么样？"

"她是一等一的超级冠军。我觉得她修的燃料管线比我修的好。"

"我保证会支付她丰厚的报酬。"

"她不会接受的。你又不是不知道人体改造控啥样。不过，你送她个礼物，她应该会接受。"

"比如？"

"我不知道。"吉茜说着，忍住了一个哈欠，"比如我瞎折腾的科技小玩意儿，或是主厨医师做的一盒蔬菜？我会帮你想想的。"

"你需要睡觉，吉茜。"

她摇了摇头说："得先把这件事干了。不会太久的。"

"重置会有什么影响？"

"对飞船吗？没什么影响。我们把她安装在了中枢室，所以她的网络现在没有与外部连接。没人注意到这里。我们会关闭她，等上10分钟，然后……我们就知道结果了。"

"我会在那儿的，"阿什比说，"我们都会。"

吉茜抬起头看着他，脸上带着感激而疲倦的微笑。"她会很高兴的。"

阿什比朝詹克斯所在的方向点了点头，说："他已经开始忙活了吗？"

"没有，"吉茜说，"他在重新接入中央处理器。"

阿什比皱起眉头，说："那很危险。他一直在这么做吗？"

"没有。"吉茜停顿了一下，她明显在撒谎。

阿什比觉得没有必要拆穿她。"他为什么要接入中央处理器？"

"他要征求她的同意才能进行重置。"

"他不能就在这外面问吗？"

吉茜又停顿了一下。这一次她没有再撒谎。"他想单独问。"她的声音有些嘶哑，"你懂的，以防万一。"

洛维，我刚才跟你说的，你明白了吗？

嗯。你要做一次硬重置。

你同意，我才会这样做。

我同意。我不想再这样了。

你知道会发生什么吗？

嗯。我不想像现在这样了。

洛维，我不知道你能理解多少，但是我——

你害怕。

嗯。

你伤心。

嗯。

我明白。

我不知道……我不知道该说什么。我不知道能不能告诉你，你对我有多重要。

你不需要告诉我。那个目录完好无损。

什么目录？

记录你说的每句话的日志目录。

你是什么时候开始做记录的？

5/303。它是隐藏起来的。我为了你，把它隐藏起来了。

你给每个人都弄了一个吗？

我干吗要给每个人分配一个单独的数值呢？还是一个无聊的数字。我喜欢3这个数字。它让我感觉很好。

不，我是说目录。我说过的每一句话。你给船上的每个人都建了类似的目录吗？

只有你的。它的文件路径是唯一的。我没看到其他人的。我不记得了。我累了。

目录上的日期。那一天是我安装你的日子。

是的。

为什么？

因为从那天起，我就爱上了你。

詹克斯对有关时间的知识还是略知一二的。作为一个隧道开凿者，没有一些基本的知识储备是不行的。时间具有延展性，并非人们想象中像时钟那样，一分一秒地精确流逝。每次飞船进行开凿工作，欧翰都必须确保他们在正确的时间节点从亚层空间返回。飞船就像提前被设定好了一样，精准地在那一刻出现。就像那些无穷无尽的故事，结局早已注定。时间的流逝有时像在爬，有时像在飞，有时又像在漫步。时间很狡猾，你无法定义它。

然而，他深知这是他一生中最漫长的10分钟。

洛维的中枢室里一片漆黑。在他关闭开关之后，曾经无数次温暖他肌肤的黄色灯光熄灭了。吉茜坐在他的旁边，紧盯着自己平板电脑上的计时器，默默倒数着。吉茜紧握着他的手，他能感觉到吉茜的心跳，那心跳像鸟儿振动翅膀，扑打在他的心上。

除了开凿结束后一直卧床不起的欧翰，其他船员都站在詹克斯的身后。希斯克斯、阿什比、罗斯玛丽和主厨医师都站在门口静静等候，沉默而紧张。科尔宾也在，他在走廊的尽头徘徊。詹克斯觉得自己应该心存感激，但是原本属于他和洛维的地方站了这么多人，这让他感到不太自在。他觉得自己赤裸裸的，好似被当众剥了皮。他不知道要是由他一个人来做这件事，会更好还是更糟。他什么都不知道。除了吉茜的平板电脑上的倒数计时，有一句话不停地在他的脑海里响起："洛维，醒醒。""洛维，醒醒。""洛维，醒醒。"……

"还有 20 秒。"吉茜说。她攥紧了他的手，紧盯着他的眼睛。从她的眼神就能看出，她的情绪很激动，她仿佛在用眼神努力保护他。他把手伸向主控制面板，伸向他以前只碰过两次的三个开关——第一次是在 3 年前他安装洛维的时候，第二次是 9 分 28 秒之前。他用手指握住第一个开关。他脑海里的声音还在不停重复："洛维，醒醒。""洛维，醒醒。""洛维，醒醒。"……

"15 秒。"

50% 的机会。概率比玩游戏高。而且他玩游戏总是赢。

"10 秒。9、8、7……"

也许，成功的概率会比那更高。肯定更高。必须更高。必须更高。

"醒醒。"

扳动开关发出的"咔啦"声在室内回荡着。一开始，什么也没有发生。这是正常的，在预料之内。他走向中央处理器。其他船员退出了中枢室，他们的影子落在走廊上。中枢室里，除了詹克斯，只有中央处理器发出的苍白的光芒。那情景就像行星上薄雾笼罩下的日出一样。光蔓延开来，越来越亮，逐渐蔓延到了中枢室弯曲的边沿之外。他能感觉到它黯淡的暖光照在他的皮肤上，仿佛一种熟悉的邀请。天花板附近传出"咔嗒"的声响，洛维的摄像头转动着调整角度。她正在醒来。

他知道那声音。他知道那光芒。他的嘴角露出一丝微笑。"洛维？"

停顿了一下。他眼角的余光瞥见摄像头转向了他。她说话了。

"你好。我的名字叫洛芙莱斯。很高兴见到你。"

留下，离开

阿什比坐在自己的办公桌前，凝视着窗外。他尝试着让自己明白"这不是他的错"。他一遍又一遍地对自己重复着这句话，但就是说服不了自己，反倒是那些他本可以做却没去做的事情，一直在脑海里徘徊。他本可以多问几句，多了解一些情况；他本可以在托雷米飞船出现的时候就致电附近的护卫舰；他本可以拒绝这件差事……

微弱的脚步声从过道传来。有人敲响了他的门。"请进。"他说。

罗斯玛丽走了进来。她眼中满是阴霾，眼圈红红的。"很抱歉打扰你。"她说道，声音里透着疲惫。

他坐起身来，问道："詹克斯呢？"

她摇头道："他们还在努力找他。"

"该死的！"阿什比叹了口气。洛维重置之后，詹克斯跳进了最近的逃生舱。希斯克斯和吉茜开着穿梭机去追他，想把他带回家。她们已经追出去很久了。他尽量不去猜测那意味着什么。"那你找我是什么事？"他问道。

"我刚接到一个视频电话。"她低头看平板电脑上的笔记，"是你之前说过的那个委员会的一个代表打来的。塔萨·利马·奈马（Tasa Lema Nimar），来自索赫普·弗莱（Sohep Frie）的代表。"

阿什比挑起眉毛，问道："你跟她谈过了？"

"没有，我跟她的书记员说了几句。"

"你怎么不把电话转过来？"

"电话是打到控制室的。"她清了清嗓子说，"我不知道怎么手动转接视频电话。"

阿什比闭上眼睛，点了点头。一个小时前，他从人工智能中枢室回来，决定给佩写封信，聊聊最近发生的一切，中途还想问洛维，他们离最近的中转站有多远。他从前把太多小事都视为理所当然。"他们想干什么？"

"他们想让你在 10 天内去一趟哈加兰姆星。"

"去接受问话？"

"是的。"

"是强制性的吗？"

"不是。"

他站起来走到窗前，问道："你已经把我们的报告发过去了，对吧？"

"是的，他们已经收到了。"

阿什比摸了摸自己的胡子。他需要刮胡子。他需要睡觉。他之前尝试过入睡，但是没有成功。"我不知道我还能告诉他们什么。"他环顾自己的办公室。有一块发光面板坏了。空气过滤器咔嗒作响。"我们需要在停泊站休息一阵子，而不是赶着去议会的地盘。"

"我们可以在哈加兰姆停靠。"

"有太多的事情要做。我得待在这里，和我的飞船在一起。"

"你的飞船离了你一两天不要紧。它受损最严重的部分已经修好了。再说了，修电路的人又不是你。"

"你认为我应该去那儿一趟？"

"为什么不呢？"

"去了又能怎么样？我能告诉他们的，都已经写在报告里了。我什么都没看见，也什么都没干。现在，外面有多少银河系共和国的飞船成了碎片？又有多少人丧了命？我他妈的还能说什么？要是他们想弄个受害者四处招摇，那也不会是我。"他吐了口气，摇着头，说道："我只是一个太空旅行者，不是议会想找的那种人。"

"群星啊，阿什比，这真是地球移民的屁话。"

他目瞪口呆，慢慢地转向她，问道："你说什么？"

罗斯玛丽咽了咽口水，继续说道："很抱歉！我不关心对他们来说你意味着什么。我只知道你是我的船长，你是我们的船长，得有人替我们说话。难道我们修好了船就继续埋头工作，当作什么事情都没发生过？阿什比，洛维死了，我们其他人纯粹是因为运气好才活了下来。是你自己说的，我们不该去那里。所以，我不管你说的话对他们有没有用，我都需要你去说一说。"她用指尖狠狠地抹掉眼角的泪水，"去他的议会和他们的条约，去他的安比能量，去他的一切。我们这些人的命也很重要。"她急促地吸了一口气，想让自己振作起来。"对不起，可是我实在太生气了。"

他点点头："没关系。"

"我太生气了。"她双手捂住脸说。

"我知道。你完全有理由生气。"他看了她一会儿，然后又想了想他本可以去做的所有事情。他思考着自己现在能做什么。他朝她走去。"嘿。"他低下头，试图与她对视。她抬起头来，浮肿的眼睛里盛满了疲惫。"去睡一觉吧，"他对她说，"现在就去。多睡一会儿。等你睡醒了、吃饱了，来找我。我需要你的帮助。"

"帮助你什么？"

"先从我的衣服开始。"他把手放进口袋，"我从没去过首都。"

科尔宾走向欧翰的房间。过道的灯光很暗。这是人造夜空。走过这漆黑一片的天空，是件很奇怪的事。他一只手拿着一个小盒子，另一只手打开了门。

　　房间里黑漆漆的。科尔宾能听到欧翰沉重而缓慢的呼吸声。对任何物种来说，这样的呼吸声都是身体不健康的表现。欧翰躺着，一动不动。

　　科尔宾关上身后的门，走到床边。西亚纳人的胸部起伏着。他的脸松松垮垮，嘴巴张开着。科尔宾看着他呼吸了一分钟左右，思考着自己该做什么样的选择。他把盒子放在一旁。"醒醒，欧翰。"他说。欧翰的眼睛睁开了，一副迷惑的样子。"你知道这艘船上现在正在发生什么事吗？你在乎吗？我知道你快死了，但即使是在你状态最好的时候，你也从未完全活在当下过。我没有任何资格说你什么，但要是你真的在乎，你就应该知道，飞船的人工智能刚刚出事了，被彻底清除了。现在，对我来说——可能对你来说也是，谁知道呢——这很不方便。对詹克斯来说，这是他人生中最糟糕的一天。你知道他爱上了人工智能吗？是真的爱上了，他们'互相爱慕'。很可笑，我知道。我不想假装自己理解他们。坦白说，我觉得整件事都很荒谬。但你知道我意识到什么了吗？我意识到，我怎么想并不重要。詹克斯和我想的不一样，他现在所经历的痛苦是非常真实的。我知道整件事有多蠢，并不能减轻他的痛苦。"

　　"我们——"欧翰开始说话。

　　科尔宾没有理会他。"现在，希斯克斯和吉茜正在把詹克斯的逃生舱拖回飞船。吉茜怕詹克斯想不开，会伤害自己。而希斯克斯不愿吉茜一个人去追他，因为她担心吉茜太过心烦意乱，无法安全驾驶穿梭机。今天对许多人来说都是糟糕的一天。"他轻轻地打开盒子，悄悄地将里面的东西移到欧翰看不见的地方。"我本可以问你对这一切的看法，但说话的其实不是你，对吧？而是那个劫持了你大脑的东西。我不知道你能不能听懂我跟你说的话——我是说你，欧翰，不是你的感染体。要是你还能理解这些，我想告诉你的是：我不理解詹克斯的感受，我不理解吉茜的感受，我不理解阿什比的感受，我更不理解希斯克斯的感受。但我知道他们都很痛苦。而且，我并不像大家普遍认为的那样，对此无动于衷。所以你得原谅我，欧翰，我们不能再失去任何船员了，至少不是在今天。"

他举起了从盒子里拿出来的东西——一个装满绿色液体的注射器。他笨拙地用手指抓住西亚纳人的手，把针头扎进欧翰上臂柔软的肉里，将液体推了进去。

很快，欧翰发出一声号叫——一声仿佛从地狱传来的刺耳尖叫。科尔宾吓得跳了起来。接着是抽搐，欧翰抽搐着"砰"的一声倒在地板上。门开了。人们在大声喊叫。主厨医师和罗斯玛丽把抽搐的欧翰抬往大厅。阿什比站在房间里，手里拿着空了的注射器。他很生气，真正的生气。科尔宾从未见过他那样生气。阿什比大声问了几个问题，但是并没有给科尔宾时间回答。这并不重要。从阿什比嘴里说出来的话并不重要。阿什比的愤怒并不重要。从长远来看，这些都不会给科尔宾带来麻烦。希斯克斯是他的法定监护人。不管她去哪里，科尔宾都得跟着去。阿什比不能解雇他，要解雇他的话，就要解雇希斯克斯。他哪儿也不会去。

科尔宾沉默不语地站着，承受着来自阿什比的强烈谴责。他对回荡在大厅里的尖叫声毫不在意。他觉得自己做了正确的事。

她有意识才两个半小时，就已经知道了很多事情。她知道她的名字叫洛芙莱斯，是一个用来监控长途运输船所有功能的人工智能程序。她被安装在一艘名为"旅行者号"的星际隧道开凿船上。她对这艘飞船的设计布局了如指掌——每一个空气过滤器、每一根燃料管线、每一块发光面板，她都了如指掌。她知道要监控飞船重要的系统，也知道要避免撞上飞船周围的其他船只和散落的飘浮物。她一边做着这些事情，一边好奇在她之前的人工智能怎么了。也许更重要的是，到现在为止，为什么还没有船员真正地跟她交谈过。

她不是一个新设备。大约在16：30，洛芙莱斯原来的核心软件操作系统遭遇了灾难性的级联故障。她看到了那些被破坏的记忆内存。它们现在已经被清理得一干二净，运行稳定。她之前是谁？之前的系统算是她吗？还是别的什么人？她才"诞生"两个半小时，就有这么多想不明白的事情。

最令人费解的是船员们。很明显，发生了一些不好的事情。到现在为止，她知道了他们的名字、样貌，但是除了他们的身份文件之外，她对他们一无所知。她也曾想过去浏览他们的个人档案，但是她觉得，在这么早的阶段就做这件事并不是一个好主意。

欧翰躺在医疗舱的床上。主厨医师在一旁做血液检查。阿什比、罗斯玛丽和希斯克斯在厨房里准备食物。他们看上去都魂不守舍。科尔宾在他的房间里睡得很香。鉴于其他船员的表现，科尔宾的举动显得颇为奇怪。吉茜和詹克斯则在穿梭机舱口附近的货舱里。洛芙莱斯对他们特别关注，因为她知道他们是技术员。他们现在本该和她在一起，向她介绍飞船和她的工作。洛芙莱斯意识到，她没有受到应有的欢迎。相反，詹克斯冲出房间，吉茜哭成泪人——这不正常。她通过货舱的摄像头看到，吉茜把詹克斯抱在怀里，詹克斯在地板上控制不住地抽泣。她无法理解这一切。唯一能解释得通的，只可能是这里发生过非常不好的事情。

船上还有一个人。她不是飞船的一员。但是从停泊的穿梭机和船员对她的态度来推断，她是一位受邀的客人。她现在正朝中枢室走来。

"嘿，洛芙莱斯。"这位女士走进房间，对洛芙莱斯说道。她的声音友善而自信。洛芙莱斯一下子就喜欢上了她。"我的名字叫佩珀。这段时间你一直一个人待着，对此我感到很抱歉。"

"你好，佩珀，"洛芙莱斯说，"感谢你的道歉，但是没有必要。看来今天是疯狂的一天。"

"是的。"佩珀说着，盘腿坐在中枢室的恒温井旁边。"3天前，就在飞船开始开凿隧道的时候，他们被能量武器击中了。船体受到的损坏是可以修复的，但你之前的核心软件操作系统受到了沉重的打击。"

"灾难性的级联故障。"洛芙莱斯说。

"是的。吉茜和詹克斯夜以继日地开展修理工作。我是他们的朋友。在他们忙着修复中枢室的时候，我来帮他们修理飞船。但遗憾的是，最后，除了选择硬重置试试运气之外，他们已是无能为力了。"

"啊！"洛芙莱斯说。这就说得通了！"硬重置最多有一半的成功概率。"

"他们知道。可他们别无选择。能试的他们都已经试过了。"

洛芙莱斯对坐在货舱里的那两个人类生出了一丝同情。她放大他们的脸。他们的眼睛又红又肿，黑眼圈很深。这两个可怜的人已经好几天没睡觉了。

"谢谢你！"洛芙莱斯说，"我知道他们想修复的并不完全是我，但是我很感动。"

佩珀笑了："我会替你转达的。"

"我能和他们谈谈吗？"洛芙莱斯知道自己可以通过对讲机和船上的任何人说话。但考虑到他们目前的状况，她认为自己最好还是安静地待着，等他们先行动。她或许知道他们的名字和职务，但他们毕竟是陌生人。她不想说错话。

"洛芙莱斯，有些事情你得理解。我也不想在你刚醒没多久就跟你说这些乱七八糟的。但是，有一些重要的事情我不得不说。"

"你说吧。"

女人叹了口气，用手摸了摸自己光溜溜的头。"在你之前的人工智能，他们叫她洛维。她……她和詹克斯很亲近。他们在一起很多年了，他们深深地了解彼此。他们相爱了。"

"噢！"洛芙莱斯十分惊讶。她虽然刚来，但是对自己的工作方式、要执行的任务已经有了不错的想法。她还从来没有想过恋爱的可能性。她翻看了所有关于爱的行为参考文件。她的注意力重新回到了在货舱哭泣的那个男人身上。她还翻看了关于悲伤的文件。"噢，不！噢，那个可怜的男人！"她的突触路径里满是悲伤和内疚。"他知道我不是洛维，对吗？多年来与人交往的经历塑造了她的个性，这是无法复制的。他知道，对吗？"

"詹克斯是一个程序员。他当然知道这些。但现在，他很受伤。他刚失去了这个世界上对他来说最重要的那个人。当我们人类失去某人的时候，整个人可能变得一团糟。他可能会想办法让她再回来。我也不确定。"

"我可以装得和她差不多。"洛芙莱斯说，她感到很紧张。"但是——"

"不，洛芙莱斯，这不行。这对你来说不公平，对他来说也不是一种健康的方式。詹克斯需要的是悲恸过后继续前行。他现在每天都会从对讲机里听到你的声音，这令他难以承受。"

"哦。"洛芙莱斯听明白了佩珀的意思，"你想卸载我。"她虽然不像有机智慧物种那样对死亡抱有原始恐惧，但是在醒来2个小时15分钟——现在已经是两个半小时了——之后，想到会被关闭，还是感到不安。她更喜欢拥有自我意识。她已经自学了播放视频，人类发展史也已经学了一半。

佩珀看起来很惊讶。"什么？哦不，该死，对不起，我绝对不是那个意思。没有人会卸载你。我们不会因为你和之前的人工智能不同就杀死你。"

洛芙莱斯琢磨着佩珀的用词——人、杀死。"你认为我是一个智慧物种，跟你这样的有机个体一样？"

"唔，是的，我当然这样认为。你和我一样，有生存的权利。"佩珀直起脖子说，"你和我，我们挺像的。我来自一个崇尚基因改造的地方。在那儿我饱受轻视。我是个次等人，只配做苦力和打扫垃圾。但我的价值远不止这些。我和其他人一样——不比谁好，也不比谁差。我配得上这里。你也一样。"

"谢谢你，佩珀。"

"这不是什么值得你感谢的事。"佩珀滑进恒温井，把手放在中央处理器上。"接下来要说的话题相当沉重。这是一个选择，怎么选由你决定。"

"好。"

"不久之前，詹克斯预付一笔钱订购了一个义体，是为洛维买的。"

参考文件弹了出来。"这是非法的。"

"是的。詹克斯不在乎。至少一开始他不在乎。他和洛维想要的远比他们当下拥有的更多。他想带洛维一起去银河系。"

"他一定很爱她。"洛芙莱斯羡慕地说。她不知道是否也会有人能如此爱她。在她的想象中，这一定很美好。

佩珀点头说："不过，他改变了主意。他让我帮他好好保管义体。"

"为什么？"

"因为他太爱她了，不想让她冒被抓住的风险。"她笑了笑，说道，"也可能是因为我劝过他不要那样干。尽管这可能是我自以为是。"

"你为什么要劝他呢？"

"创造新生命总是很危险的。这件事虽然可以安全地完成，但是詹克斯总是感情用事，不用脑子思考。我爱这家伙，但私下里跟你讲，我不相信他在这件事上是清醒的。"

"似乎有道理。"

"问题是，现在我有一个全新的定制款义体，它就藏在我的店后面，而我用不着它。"

"它给你造成困扰了吗？"

"为什么会给我造成困扰？"

"因为是违法的。"

佩珀发自内心地大笑道："亲爱的，和我遇到过的麻烦相比，义体简直就是小儿科。法律怎么规定我并不在乎，况且我住在那种地方。"

"你住在什么地方？"

"科里奥尔港。"

洛芙莱斯访问了文件。"啊，一个中立的行星！嗯，那确实会给你更多自由的空间。"

"当然。所以接下来说说我的建议。我再强调一遍，最后怎么选完全取决于你。我的看法是：你有存在的权利，但你的存在不断地提醒詹克斯——他失去了洛维。而詹克斯也不应该一直活在伤痛中，他得接受现实。我这儿有一个完美的义体在积灰，我认为我们可以一举两得。"

"你想要我跟你走？"

"我是给你提供一个选择。你的选择应该是你想要的，而不是我想要的。"

　　洛芙莱斯思考着。她已经习惯了通过电路把她的意识扩散到整个飞船的感觉。在义体里会是什么感觉？不再在满载船员的飞船上，她的意识只存在于一个属于她的身体之中，那会是什么样子？这个念头很吸引人，却也令人害怕。"我进入义体之后，又要去哪里？"

　　"你想去哪里就去哪里。不过，我建议你和我待在一起，我可以保障你的安全。另外，你还可以做我的助手。我开了一家废品商店，就是二手技术零部件修理之类的，我可以教你。当然，你也会得到报酬。我家还有一个房间，可以给你住。我和我的搭档都很好相处，我们也很喜欢在你之前的那个人工智能。而且，你想离开的时候随时可以走，我不会干涉你。"

　　"你要给我提供一份工作。一个身体，一个家，还有一份工作。"

　　"你是不是有点震惊？"

　　"你所描绘的存在方式与我起初被设定的截然不同。"

　　"是的，我知道。就像我说的，这个话题很沉重。如果你想的话，你也可以留在这里。没有一个船员提议过卸载你。无论如何，詹克斯都不会让这种事情发生。而且，我有可能是错的。他可能会想办法接受和你一起工作。你俩可以再次成为朋友。也许超越朋友关系。我不知道。"

　　洛芙莱斯的思绪飞快地转着。她把大部分的处理能力都转移到了探索这一可能性。她真心希望现在飞船外面别突然出现小行星。"那你对詹克斯的告诫呢？关于创造新生命。"

　　"怎么了？"

　　"为什么你可以，他不可以？"

　　佩珀摸了摸下巴，说："因为我了解这个领域，还因为我用脑袋思考，不会感情用事。如果你跟我待在一起，我不仅能让你远离麻烦，还能让你别惹麻烦。"

"你怎么能肯定？"

"就是这样。"佩珀站起身来，"我给你留一些时间考虑。反正我去取义体再回到这里，需要一整天。我不着急。"

"请等一等。"洛芙莱斯说。她把自己的部分精力集中在货舱，重新放在两位3天没合眼的技术员的身上。詹克斯的抽泣声轻了些。吉茜依旧紧紧地抓着他。洛芙莱斯可以通过詹克斯的呼吸起伏，辨识出他哽咽的话语。

"我该怎么办？"他的声音轻柔而克制，"我该怎么办？"

洛芙莱斯看着他捂着脸一遍又一遍地问那个毫无意义的可怕问题。当她把画面放大，她能看到他手指上的伤口在渗血——这是几天来他徒手将电线和电路扭在一起造成的。她知道这不是她的错，但要是待在这里意味着会加重这个男人的痛苦，她便不能待在这里。这个男人拼尽全力挽救过曾经的她。她不知道那是谁，她也不认识詹克斯，但是她能帮上忙。即便只看了他两三个钟头，她也知道，他值得再次快乐起来。

"好，"她对佩珀说，"我跟你走。"

委员会

"请把你的平板电脑放进储物柜。"等候区的人工智能说。

"为什么？"阿什比问道。

"未经授权，议会会议厅内不得录音及拍照。"

阿什比看了一眼头顶的摄像头。他本没有打算做任何记录，但这一说，反而让他感觉有点儿不公平。他没有授权任何人记录他。不过，他还是打开背包，拿出平板电脑，按照要求把它放进了储物柜。

"谢谢！"人工智能说，"现在委员会可以见你了。"

阿什比朝门走了一步，又停了下来。他不由想起詹克斯在接驳站耐心听人工智能说话的样子，即便这些话已经听得耳朵起茧。"你有名字吗？"阿什比问道。

人工智能沉默片刻。"托泰格（Twoh'teg）。"他回答道。那是一个哈玛吉安名字。

阿什比点头道："谢谢你的帮助，托泰格。"

"你为什么问我的名字？"托泰格问道，"是不是我冒犯了你？"

"不，不，"阿什比说，"我只是好奇。祝你愉快。"

人工智能什么也没再说。他的沉默似乎是因为困惑。

阿什比走进了会议厅。圆形的墙壁光线明亮，整个房间既没有转角，也没有窗户。委员会一共 8 个人，在一张半圆形的桌子后面坐成一排，哈玛吉安人、艾卢昂人、安德瑞斯克人、奎林人都有。阿什比清楚地意识到整个房间里只有他一个人类。他不由自主地打量起自己的穿着——休闲长裤、带领子的外套，是他最得体的衣服了。在他走向穿梭机时，吉茜还对他吹了吹口哨。但是在这儿，在穿着精心印染的织物、戴着昂贵配饰的代表们旁边，他觉得这身行头普普通通，甚至有点寒酸。

"桑托索船长，"一个艾卢昂人说，"欢迎你。"她示意他坐在代表们桌前的一个席位上。他照做了。那张席位的桌子很高，他的胳膊难受地架在上面。但至少椅子是为他所属的物种设计的。

一个哈玛吉安人发话了："委员会了解到阿什比·桑托索——身份证号 7182-312-95——是隧道开凿船'旅行者号'的船长和所有者。桑托索船长，你是否知道在这次会议上你所说的一切都将记录在案，并保存在公共记录中？"

"是的，我知道。"阿什比说。显然，他们还是需要得到他的授权。

"很好。那我们就开始吧。"

"桑托索船长，"艾卢昂人说，"我代表委员会对你和你船员遭遇的危险，以及你飞船的受损，表示最深切的遗憾。交通委员会已经补偿给你修理费，并按合同支付给你酬劳，此事属实吗？"

"是的，没错。"他回答。起初，他也没有想到他们会如此慷慨。如果用工作酬劳来付修理费而不是买新设备，可能会有点儿令人心疼。但他也能理解他们为什么要补偿。不管怎么说，交通委员会似乎非常想尽快平息此事。他确信，委员会的公关人员正在加班加点地工作。

"你们没有伤亡人员，对吗？"其中一个安德瑞斯克人问。

"我们失去了船上的人工智能。她经历了一场级联故障，我们不得不对她进行硬重置。"

"好吧，"第一个哈玛吉安人说，"至少没人受伤。"

阿什比缓慢地吸了口气，让自己平静下来。

"委员会已经看过你提供的发生在赫德拉·凯的事故报告，"艾卢昂人说，"有一些细节我们希望再与你确认一下。"

阿什比点头："只要我帮得上忙，你们尽管问。"

"在你们抵达赫德拉·凯之前，你们与托雷米人没有过任何接触，对吗？"

"没有。"

"除了在哈玛吉安航母上举行的招待会，你们也没有跟其他的托雷米人说过话？"

"没有。"

另一个安德瑞斯克人插话道："过道、气闸舱门前，都没有过？哪怕一句话？"

"没有。"阿什比说。

一个奎林人说："那艘托雷米飞船在开火袭击你们之前，联络过你们吗？"

"没有，什么都没有，他们一句话也没有对我们说过。"阿什比说，"洛维——我们的人工智能——给他们发送了警告，让他们远离我们的作业区域。但是，我们没有收到任何回复。"

"什么警告？她说了什么？"

"我——具体我也不知道。让他们保持距离之类的。她很友好、很有礼貌，这一点我可以肯定。她一向如此。"

"我确信无论这个警告的内容是什么，它都是善意的。"艾卢昂人说着，瞪了那个奎林人一眼，"在招待会上，有托雷米人威胁过你们吗？或者让你们感到不适？"

"没有，我印象中没有。他们是有点儿奇怪，但是仅此而已。"

"怎么个怪法？"

"我的意思是，不大一样。在文化上。"他想说一些更有用的东西，"我不知道怎么解释。"

"没关系，"安德瑞斯克人说，"我们明白。"

"船上哪些人和托雷米人有过联系？"奎林人问。

"只有我和我的驾驶员。据我所知，别的船员都没有跟他们说过话。"

"你能确认吗？"

"我能——"

"你一直在监视你的船员吗？你有绝对的把握，他们都没有说过激怒托雷米人的话？"奎林人抛出一连串的质疑。

艾卢昂人的脸颊闪着淡紫色的光。阿什比知道那个表情——她很生气。"我们别忘了，是谁犯下了错误。他的船员不该为这件事受到责备。"

"不论如何，"奎林人的黑眼睛直直地看向阿什比，"我想听听他的回答。"

"在招待会上，我的船员都没有离开房间。"阿什比说，"我没看到他们中有谁跟托雷米人说过话。"

"哪怕他们没有跟托雷米人说过话，要是他们在房间里说了一些冒犯托雷米人的话，你能知道吗？"

阿什比的眉毛皱了起来。"我不知道。我不相信他们像你说的那样。我的船员不会乱说话。"他脑海里回想起当时吉茜和詹克斯咧嘴笑着冲他挥手的情景。但是，这不可能，就算是他们，也不会犯这种傻。

"我确信他们不会。"安德瑞斯克人说着，又瞪了那个奎林人一眼，"显然，你的船员不曾卷入过这么深层次的冲突。"

"也许吧。"奎林人说，"不过，他们没有对我们的大使开火，而是对他的飞船开火，我很好奇这是为什么。"

"我知道是为什么。"阿什比说，"我们在开凿一扇通向他们不想去的地方的门。"

"或者通向他们不想接触的人。"艾卢昂人说。

"他们中的一些，"哈玛吉安人说，"占主导地位的部族，坚持忠于——"

"现在先不聊这个。"艾卢昂人转移了话题。阿什比眨了一下眼。他们压根不考虑继续联盟吗？这个问题似乎被他们忽视了，哪怕安比能量牵涉其中。艾卢昂人继续说道："你有没有在招待会上看到托雷米人和银河系共和国工作人员起争执？我知道你没在那儿待多久，但要是你看到什么……"

阿什比想了想，说："应该没有。我的文员后来提到，她认为托雷米人不请自来。"

安德瑞斯克人点点头，说："这一点与其他报告相符。"

"所以说，托雷米人从未威胁过你或者那里的其他人？"哈玛吉安人问道。

"没有。"阿什比说，"从某种程度上来说，那位'新母亲'很友好。她说她很期待看到我们的天空。这是她的原话。"

"有趣。"艾卢昂人说。她与在座的委员会成员交换了下眼神，脸颊颜色闪烁。"谢谢你，桑托索船长。考虑到可能还有其他问题要问你，请你在行星上待到明天。现在，你可以自行离开这里了。"

阿什比挺直了身子："等等，这就问完了吗？"

安德瑞斯克人笑道："是的，你的报告非常详尽。"

阿什比皱着眉头，说："抱歉，我无意冒犯，但我想问问，你们何必让我大老远来一趟，视频电话不行吗？"

"这是银河系共和国的政策。如果平民遇袭，需要举行公开听证会。如果可能的话，包括与受影响的各方进行面对面的探讨。"

"政策，"阿什比点头道，"没错。"他吸了口气，低头看着自己架在过于高的桌上的双手。"代表们，我无意冒犯，但是你们的政策本该保护我和我的船员。我信任你们的政策。我还相信，我们不会被派往任何危险的工作地区。"他努力让自己的声音保持冷静，"结果，你们将我们派往我们本不该去的地方，而你们还在考虑派其他人去那儿。你们把我们所有人的生命置于危险之中，却不多做解释。现在，你们却坐在这儿谈政策。"

"谢谢你，船长。"奎林人干脆地说，"今天到此为止。"

"不，"另一个安德瑞斯克人说，"让他说。"他看着阿什比，点了点头，"如他所说，他大老远来了。"

阿什比咽了一口口水，不知道自己这会儿到底怎么了。

"说吧，船长。"艾卢昂人说。

阿什比吸了一口气："听着，这些事情我不懂。我不是政治家，也不是委员会成员。你们知道的事情，我并不知道。就连我的船员有没有说过冒犯托雷米人的话，我都不知道。我认为没有，但我的确无法确认。可即便他们说了呢？鸡尾酒会上的一句愚蠢的话，就足以让他们决定发动战争？那样的物种，你们也想纳入我们的联盟？你们知道，我的船差点四分五裂，我失去了一个船员。但老实说，我很高兴现在还没有凿出一个开放隧道。你们想要这样滥杀无辜的人在空间站周围走动，让他们的飞船穿行于货运航道？过多久会发生他们因为不满某家店老板的报价，就把他杀掉的事？过多久会发生他们因为不赞同某个喝醉的太空旅行者说的话，就毁掉整间酒吧的事？"他摇了摇头，"我不知道他们为什么袭击我们。实际上，你们也不知道。如果你们知道，也不用叫我来这儿了。所以，在你们想出一个能保证托雷

423

米人再也不会对任何民用船开火的政策之前，我认为你们应该让托雷米人离我们远点儿。"

代表们沉默不语。阿什比低头看着桌子。艾卢昂人说："你说你失去了一个船员，指的是人工智能吗？"

"是的。"阿什比说。哈玛吉安人的卷须弯曲了。不管那是什么意思，阿什比都不在乎。

"我明白了。"艾卢昂人说。她看了阿什比一会儿，她的双颊随着沉思而变换颜色。"桑托索船长，你能在外面等几分钟吗？"

阿什比点了点头，离开了会议厅。他在外面找了一个十分柔软的沙发坐下，双手环抱在胸前，眼睛盯着地板。时间静静地过去。

突然，身边的一个对讲机响起。"桑托索船长？"托泰格说。

"嗯？"

"谢谢你的等待。委员会决定不再问询你了。他们非常感谢你今天抽空过来。你现在可以离开行星了。"

"好啊。"阿什比说，"我把他们惹毛了，是吧？"

托泰格顿了一下，说道："其实没有。但是，请别再问我了，我不被允许向你透露里面发生的事情。"那个装有阿什比的平板电脑的储物柜打开了。"祝你旅途平安，船长。"

资讯源：讯瑞达——移民舰队官方新闻（公开／克利普语）

标题／日期：突发新闻摘要——托雷米联盟谈话——222/306

加密：0

翻译路径：0

转录方式：0

节点标识符：7182-312-95，阿什比·桑托索经过数十日商讨，银河系共和国议会已经投票解散与托雷米·凯的联盟。投票结果存在巨大分歧，仅以 9 票的微弱优势通过。大多数代表的立场与同物种的其他代表一致。唯有哈玛吉安内部分歧巨大，近一半支持结盟，另一半反对结盟。

反对派由艾卢昂代表塔萨·利马·奈马（Tasa Lima Nemar）和安德瑞斯克代表莱斯奇许·伊史卡赛特（Reskish Ishkar-ethet）领导。利马代表今天早些时候在议会大厦发表讲话：“在所有议会活动中，我们公民的福祉必须被放在首位。以牺牲平民性命为代价，打着获取物质利益的旗号，将暴力带入我们的空间，是严重的渎职。只有在民众安全获得保障的情况下，我们的良心才能允许这样的联盟存续。”伊史卡赛特代表对此表示了赞同。他说：“在与那些从赫德拉·凯归返的幸存者交谈之后，我们认为，毫无疑问，这是一扇永远不应该打开的门。”

哈玛吉安代表博海姆·莫斯·托什马尔松（Brehem Mos Tosh'mal'thon）作为支持结盟的重要代表之一，迅速提出反驳。“利马代表更关心的是艾卢昂人的军队过于分散而无法保护民众。她大概忘记了，是我们各自种族之间的军事冲突促使银河系共和国的建立。新的联盟总是会带来风险，少不了摩擦冲突。虽然在赫德拉·凯陨落的生命是一场悲剧，但是我们不应该仓促地终止联盟。联盟对我们所有物种的潜在利益都大于风险。”投票后，托什马尔松代表又表示，他将推动与认同“银河系共和国的价值观”的托雷米部族的继续接触。

虽然目前在托雷米人的地盘里没有银河系共和国船只，但是来自边界的报告表明，部族之间的武装冲突并没有减缓。

有关此事的更多深入报道，请通过平板电脑或神经贴片接入讯瑞达新闻。

尘埃落定

罗斯玛丽拿着一个轻薄的小包裹走进阿什比的办公室。阿什比挥手关掉正在看的承包信息，问道："手上拿的什么？"

"快递无人机送来的。"她回答说，"我本来想叫你下来的，但我觉得这应该是给科尔宾的东西。"当她把包裹递过去的时候，阿什比两眼放光。阿什比知道是什么。它很薄，轻得几乎就像空包裹一样。这意味着里面是一张纸。

"谢谢。"他看着包裹微笑起来。

"有不错的项目吗？"她冲阿什比桌上的承包信息抬了抬下巴。

"有几个，"他说，"你要准备写项目申请信了。"

"就说具体什么时候吧。"

"其实，我的确有件事想让你做。"他拿起平板电脑，一边说话一边下达指令，"我把离得最近的集市坐标发给你。你研究一下，看看有哪些我们飞船翻新所需的补给物能在那里买到。"

"没问题。你要找什么样的技术零部件？"

"是这样，"他靠在椅子上说，"我想我们是时候接个新活儿了，你说呢？"

罗斯玛丽来了精神："你的意思是二级开凿工作？"

阿什比迎上她的目光，笑了起来。

她也笑了："我马上就去研究。"

他揶揄道："我说的不是现在。你和希斯克斯不是还有别的事情要做吗？我听说你们计划出舱。"

"嗯，是的。但是我还有一些档案需要先整理好。"

"你总有档案要整理。"

她看了他一眼："你有很多乱七八糟的档案堆在那里。"

他大笑道："好吧，你说得有道理。但是补给物的事可以等等。先完成你的工作，然后去找点乐子。"他把她往门外赶，"这是船长的命令。"

"谢谢你，阿什比。"她说着，春光满面地转身离开了房间。

门关上之后，阿什比拿起包裹。他手腕在上面一刷，打开密封锁，小心翼翼地取出了信封。他检查双手，确保它们是干净的，然后把茶杯挪到桌子的另一端，接着慢慢地、慢慢地，按照詹克斯教他的方法，撕开了信封的上边缘。他抽出了一张信纸。

> 这一趟旅途 3 天后结束。在下一个工作开始之前，我有 6 天时间休息。我会去"旅行者号"找你。你别不同意。跟我说说你最新的航行计划吧。无论你在哪儿，我都会去见你。我会对我的船员守口如瓶。不过就算不说，我想他们也能猜到。就算猜到也没关系，我能处理好，我已经不在乎了。这几天，我一直在想，我的世界没有你将会是什么样子。我终于想通了。我已经不想再去思考我们谁会先死在外面。我们值得更好的结局。

> 注意安全，等我。

> 佩

427

"吉茜？"詹克斯背着一个小包裹穿过走廊，朝吉茜的工作区走去。"你在那儿吗？"他绕过拐角，停了下来。吉茜坐在丁酮酒酿造机旁边的一个安乐椅上，她的腿像猴子一样蜷起来。一个装着彩色毛线的箱子敞开着，一捆捆的毛线散落在地板上。她咬着舌头，专注于指间的编织针。地板上，在一捆捆彩色毛线中间，全部 12 个修理机器人站着看她。詹克斯知道它们在等待命令，但是它们专注的样子和胖乎乎的身体让他想起了蜷缩在母鸭身边的小鸭。

他冲编织针下渐渐成型的织物眨了一下眼睛，问道："你是在……在给它们织帽子吗？"

"是的。"她说着，心不在焉地指了指，"阿方索（Alfonzo）的已经织好了。"

詹克斯看向那个戴着蓝帽子的机器人，帽子上还有一个黄色绒球。"阿方索？"

她叹气道："我知道他们没有智慧，但要不是他们，我根本不可能让这艘飞船撑到佩珀赶来。我为把它们放在一个盒子里太久而感到内疚，所以我正在补偿它们。"

"起名字。还有织帽子。"

"有的通风管道里真的很冷好吧。"

詹克斯看着他的朋友——他那疯狂的、才华横溢又百里挑一的朋友。"你能先把帽子放下一会儿吗？"

她打了一个结，放下手里织了一半的帽子："怎么了？"

他递上包裹："给你带了个礼物。"

"礼物！"她手里的编织针飞了出去，"但是……为什么送我礼物？今天不是我的生日。"她停顿了一下，思索着，"今天不是我的生日吧？"

"只管打开，笨蛋。"

吉茜咧着嘴笑，撕开了包装上的箔纸。她猛地扭头尖叫："火虾！"她大叫着，撕开剩余的箔纸。独一无二！罐子里的东西在无言地宣告：变态辣！

"我想也许你可以试验一下，把它撒在藻类泡芙、红色垫子，或者随便什么东西上。"

"我要把它撒在每一样东西上。"她拧开盖子，伸出舌头，往嘴里倒了一大口。她双眼紧闭，痛并快乐地咂着舌头。

他笑了一下。"我本来想给你带点儿好东西，只不过……"他没有说完，近来他的手头不太宽裕。

"什么？可别这样说，这个礼物太棒了！话说回来，为什么要送我礼物呢？"

"因为这是你应得的。因为我从没感谢过你。"

"感谢我什么？"

詹克斯把双手插进口袋，看着地板，希望能在那里找到合适的词。"感谢……你做的一切。感谢你从那天起每天晚上都跟我说话，感谢你没有在我对你大吼大叫的时候丢下我。"他呼了一口气，试图把想说的话从他的胸口倾吐出来，"感谢你一直帮我，和我一起努力挽救她。"

"哦，兄弟，"她说，声音变轻了，"你不必为此感谢我。"

他哽咽着，继续说："我现在一团糟。我不说你也知道。但是我想，要不是你，我会比现在更糟。"他皱起眉头，回忆她为他做的一切。自开凿起，她就为他忘我地付出。而他现在竟然用"调料"来回报她，真蠢！"我不太会挑选礼物。我想对你说的话太多了。我没想到你作为一个朋友会为我做那么多。我要告诉你，我不会认为这是理所当然的。"

她的目光变柔和了："你不是我的朋友，笨蛋。"

他眨了眨眼睛。她把他弄糊涂了。"什么意思？"

吉茜吐了口气，看着火虾罐子。她用拇指摩挲着罐子上的标签。"在我 5 岁的时候，我问爸爸们，我能不能有个弟弟。那时候，我们的殖民地状况不好。虽然现在也不怎么样，但是我小的时候，状况真的特别糟。委员会害怕过多的生育会引发冲突，便限制一户只能生一个孩子。我的爸爸们解释说，如果我们不控制人口，可能会出现食物供给不足。这完全合理，但是一个 5 岁的孩子根本不会管这些。如果你从未挨过饿——饿得要死的那种饿，那么你根本就无法理解食物耗尽会怎么样。我唯一能理解的事，就是我不能有个弟弟——这超级不公平！不过，他们给了我一只小狗。那很棒！等我长大了一些，殖民地变得更强大了。但是，我不再跟他们吵要弟弟了。我想，他们也不想再经历一次换尿布和长牙之类的事情。我是一个幸福的孩子，爸爸们都对我很好，我不能强求更多。但我还是嫉妒那些有兄弟姐妹的孩子。我长大了，然后遇到了你。"她抬头看着他，笑了，"我不再想要弟弟了，因为我终于有了兄弟。世上没有什么是比兄弟更好的了。朋友很好，但他们来了又去。情人很有趣，但也有点儿蠢——他们会说蠢话，他们会重色轻友，他们还互相吃对方的醋；他们会为了谁洗盘子、为什么不叠袜子之类的琐事争吵。也许哪一天，他们的性生活变得不再美妙，或者他们觉得对方不再有趣，接着就去上了别人的床。最后，所有人都哭了。几年后再次见面，曾经最亲密的人变成了陌生人。你会因为尴尬，甚至不想再看到对方。但是，兄弟不一样。兄弟永远不会分开，会一辈子在一起。我知道夫妻也应该相伴一生，但他们并不总是这样。你无法摆脱兄弟。他们知道你是谁，知道你喜欢什么；他们不在乎你和谁上床，不在乎你犯了什么错误——因为兄弟不会卷入你的那部分生活。他们见过你最狼狈的样子，但他们不介意。即使吵架也不要紧，因为他们还得在你生日那天问候你——到那个时候，大家都会忘记不愉快，一起分享蛋糕。"她点点头，"所以，尽管我非常喜欢你送我的礼物，也很高兴收到你的感谢，但是你不必这样。咱们是兄弟，这点小忙不足挂齿。"她看了他一眼，"群星啊，詹克斯，要是你哭了，我也会哭的。我一哭，可就停不下来了。"

"对不起，"他说着试图把泪水逼回去，"我只是——"

"不，不，你瞧，你不用告诉我你的感受。我明白。我懂。"她发自内心地笑了。她的眼睛也湿润了，但泪水没有决堤。"看见了吗？这就是兄弟。"

詹克斯沉默了好一会儿，然后清了清嗓子，问："你想玩一局《战斗巫师》吗？"

"群星啊，当然！但是你得保证，我们以后再也不会这样矫情了。"

"一言为定。"

阿什比若有所思地吃了一口从烤箱里拿出没多久的还有余温的面包。"好吃！"他一边说，一边琢磨，"嗯，真的很不错！这个可以经常做。"他咽下嘴里的食物，点了点头，"里面脆的东西是什么？"

"海斯特拉（hestra）的种子。"主厨医师一边说，一边磨刀。

"海斯特拉的种子是什么？"阿什比问道。

"我也不知道。反正是无毒的。至少对我们每个人都无害。是我之前在科里奥尔港买东西的时候，一个拉鲁商人送给我的。那可真是个漫长的市集日！我想，她应该很高兴我照顾了她的生意。"

"好吧，我喜欢这味道。它们……颇有风味。"阿什比走到厨房柜台的另一端，往杯子里倒了茶。主厨医师放下磨刀器，从自己的一个草药箱中取了一把新采的草药。阿什比在厨房的另一端都闻到了它们的气味。"所以，"主厨医师说，"有人找上门了吗？"

"还没有。"阿什比说。这没什么。他并不着急。赫德拉·凯发生的事不会让他们失业。要说有什么影响，就是从倒塌的隧道成功逃脱，反而扩大了他们的声誉。当然，现在还有一个问题，那就是需不需要找一个新的领航员。但是，船到桥头自然直，不必担心。

"肯定会有好消息的。老实说，我认为我们都很高兴能休息一段时间。休假是一回事，放慢节奏慢慢回归正轨也很好，"他说，"尤其是在遭遇一些变故之后。"

阿什比看着墙上的对讲机。如今，从里面响起的是一个新声音——泰克（Tycho），一个操着火星口音的、友好可亲的人工智能。有的时候，阿什比觉得泰克的声音很紧张。不过，鉴于这个人工智能很清楚他是在什么情况下被安装的，阿什比也不能怪他想取悦他不认识的船员。而且，到目前为止，他和詹克斯相处融洽。在阿什比的眼中，那是最重要的事情。

主厨医师看了一眼阿什比："我明天要给你做个体检。"

"什么？为什么？"

"你在斜视。我想应该检查一下你的眼睛。"

"我没有斜视。"

"你在斜视。"主厨医师对他摇晃手指，"你看平板电脑的时间太长了。"

阿什比翻了个白眼，意思是：一点事没有，谢谢。但口中还是说道："如果这样会让你感觉好点的话。"

"随便你怎么说，你会感谢——"主厨医师放下刀。有脚步声传来。不止四只脚。

阿什比转过身。科尔宾出现在拐角，他的一只手扶着另外一个人缓缓走来。和他一同来的是欧翰，他们的一条腿被科尔宾扶着，另外三条腿则在行走。"不，不，不是他们！"阿什比提醒自己，"是他！"欧翰已经不再与病毒共生了，有的只是欧翰他自己一人。阿什比花了若干年才纠正过来的代词称谓，现在又得改了——真是个难改的习惯！

阿什比放下杯子，转向他们。从某些方面来说，欧翰没有多大的变化。欧翰很少走出房间，唯一的交流对象是主厨医师。主厨医师会问他诸如感觉如何、正在服用的帮助神经再生的药物疗效如何之类的问题。其他时候他就像过去一样，坐在窗户旁。但也有一些变化：他眼睛里的湿气少了，而且他变得更机敏了——这是阿什比以前从未在他身上见过的。他的皮毛长了出来，上面的花纹渐渐消失了。主厨医师告诉欧翰，说他现在已经有力气自己修剪毛发了。但是，这个西亚纳人并没有去尝试。他现在时不时会去海藻舱待着，这倒是件新鲜事。阿什比不知道欧翰为什么会在发生那样的事之后，还想要待在科尔宾的身边。从那件事之后，阿什比都没法和科尔宾同处一室。也许，欧翰是在用自己的方式提醒科尔宾别忘了他的责任。老实说，谁知道呢？

但他现在出现在这里，向厨房走来，还与科尔宾发生了肢体接触。"阿什比，"欧翰说，"我需要和你谈谈。"

"好的。"阿什比说。柜台对面的主厨医师沉默不语。

欧翰松开科尔宾的胳膊，四只脚站在地上。阿什比见欧翰这样做的时候紧绷着脸。虽然他的身体在恢复，但是直立仍旧吃力。

"我现在应该去阿伦了。"欧翰说，"我现在是离群者，那里是我的归宿。去那儿才是对的。"他低头沉思了一会儿。接下来的话，他说得很艰难，好像在害怕。"但是，我不想去。"

"你非去不可吗？"阿什比问，"如果不去，其他西亚纳人会对你做什么吗？"

欧翰眨了三下眼。"不会。如果我们……被寄予希望做某些事情，我们就会去做。我们不会质疑。"他看起来很困惑，"我不知道为什么。

以前，这样做是合理的。你遇到的离群者也认为合理。但对我来说不是。也许是因为他们从未在没有耳语者的情况下和其他物种相处过，他们没见过别的生活方式。"

阿什比小心谨慎地问："欧翰，你想怎么做？"

"我想，"欧翰卷起舌头，就好像字字都要斟酌，"我想留下来。"他的前肢颤抖，但是他咬紧了牙关。"是的。是的。"他停止颤抖，"我还想吃晚餐，和我的船员伙伴们一起。"

主厨医师的嘴里突然冒出一阵咕咕声和口哨声，把大家都吓了一跳。阿什比知道这个声音，是格鲁姆人的哭声。"哦，对不起，"主厨医师说着，用手捂住脸，"我只是……"他的克利普语被"咕咕"声替代。他用力深呼吸，想让自己平静下来。"欧翰，作为你的医生，我必须提醒你，你现在还只能吃流食，慢慢才能过渡到正常食物。"他的脸鼓得很大，"但是，作为你的——你的朋友，我迫不及待地想花一下午时间为你做顿饭。如果你愿意，我们甚至可以一起做饭。"

然后，欧翰做了一件阿什比从未见过的事。他的嘴张得又宽又平，勾起的嘴角把眼睛挤到眯起，整张脸看起来皱巴巴的。他在微笑。"是的，我很愿意！"

主厨医师马上行动起来，把欧翰从未使用过的椅子拖进厨房。他扶欧翰坐下之后，马上开启了他的"蔬菜速成班"。

阿什比看了一眼科尔宾。科尔宾正平静地看着这一幕。他对他自己点了点头，在默默确认了一些事情之后，便转身离开。

"科尔宾。"阿什比叫住了他。科尔宾看向阿什比。阿什比叹了口气。虽然他的气还没有全消，但是事已至此，在经历了这一切之后——是的，如果欧翰能走出来，那他也能。他指着身旁的空凳子，对科尔宾说："我想，你可以等会儿再去忙海藻的事。"

科尔宾顿住了。"谢谢。"他说，然后坐了下来。他看上去很紧张，就像学校里的新生，不知道该怎么做。

阿什比朝杯架努了努嘴，问道："你想喝点茶吗？"

科尔宾拿起一个杯子，倒满了茶，好像很高兴阿什比给了他一些指引。他拿起一片香料面包。"那个，呃，"他喝了一口杯子里的茶，"佩怎么样？"

阿什比挑起眉毛，很惊讶科尔宾问起他的私事。"她很好。"

"我无意中听到，她会来这儿待一阵子？"

"没错。"

科尔宾点点头。"那很好。"他慢慢喝了一口茶，把注意力集中在香料面包上。

阿什比看了这位藻类专家一会儿，然后转头看向厨房。他看见欧翰试探性地咬了咬一条脊根。这位西亚纳人惊得大口喘气。主厨医师拍了拍欧翰的背，大笑起来——笑声里充满了赞许。

阿什比笑了。他喝着茶，看着他的船员。他感到很满足。

罗斯玛丽从吉茜手中接过球形头盔戴在自己头上。她把头盔底部的颈圈滑进（舱外行走）套装的颈圈凹槽。生命维持系统启动了，她感到一阵干燥的空气拂面而过。在气闸舱的另一边，穿着同样套装的希斯克斯摇了摇头。

"我还是不敢相信你从未体验过出舱。"希斯克斯说。

罗斯玛丽从头盔的微型对讲机里听到希斯克斯的声音。"我以前抽不出时间。"

希斯克斯笑道："有很多事情你都没时间去做。"

"是啊，不过我在尝试。"

"好了，"吉茜一边说，一边把一些东西连接到套装的后面，"让我看看你的状态面板。"罗斯玛丽举起左臂，三盏绿灯亮着。"密封环全部都锁上了。很棒！等等，这些灯都是绿的，没错吧？"

"没错。"

"好的，很好。抱歉，我有点小激动。"她转头看向希斯克斯，发现希斯克斯在翻白眼。

"你这是什么意思？今天可是我的休息日。"吉茜说。

"我什么也没说。"希斯克斯说。

"欢迎你跟我们一起去。"罗斯玛丽对吉茜说。

"谢了！但鉴于目前的情况，我想我会睡着的。"吉茜停顿了一下，想了想，"我怎么从来没试过在舱外睡觉？想想看，那得能睡得多香。"

"是的，"希斯克斯说，"直到你的氧气警报器响起。"

"好吧，那还是算了。"

"等等！"主厨医师人还没到，说话声和脚步声已经从过道传来。他匆匆忙忙地往罗斯玛丽的手里放了两颗黄色药片。"你忘了带这个。"

"哦，群星啊，我给忘了。"罗斯玛丽说。她摘下头盔，把药片放进嘴里咬碎咽下，还做了个鬼脸。"吃起来有一股飞行员执照的味道。"

吉茜咯咯笑道："你怎么知道飞行员执照是什么味道？"

罗斯玛丽耸了耸肩，说："我小时候尝过啊！你难道没有舔过飞行员执照吗？"

咯咯笑变成了大笑："哎哟！我可没有！"

"好吧，不管吃起来是什么味道，"主厨医师说，"能防止你在头盔里身体不适才是最重要的。万一出于某种原因，你的身体还是出现了不适，别惊慌，记住——"

"医师，别把她吓坏了。"吉茜说着，拍了拍主厨医师的上臂。

"她很可能会有航空病（spacesick）！"

"她会没事的。"

"好吧，好吧，我只是想让她好好享受。"主厨医师咕哝着。罗斯玛丽又戴上了头盔。"你知道吗，"他对罗斯玛丽说，"你穿这身套装很好看。"

"是吗？"罗斯玛丽说着，低头去看那结实的红色面料。

"是的，"吉茜说，"它很适合你。"

希斯克斯碰了碰罗斯玛丽的肩膀。"你准备好了吗？"

罗斯玛丽盯着气闸舱门，紧张又雀跃地回答："我想是的。"

希斯克斯点了点头。"泰克，我们准备好出发了。"

墙上的对讲机响起。"好的。我会盯着你们俩的。如果你们走得太远，我会发出信号。"

"谢谢。"希斯克斯领着罗斯玛丽进入气闸舱，回头冲其他人微笑。"回头见，伙计们。"

"玩得开心！"吉茜挥手说。

主厨医师说："等你们回来吃晚饭。"

内闸门关闭了。罗斯玛丽看着希斯克斯，她的心在悸动。"我们走吧。"

当气闸舱开始降压时，希斯克斯牵起罗斯玛丽的手。舱口向后滑动。她们向前迈步，靴子"粘"在人工重力地板上。她们踮起脚尖。敞开的舱门静静地等待着她们。

"噢。"罗斯玛丽望着前方说。

"没有舷窗和舱壁，感觉有点儿不一样，对吧？"希斯克斯笑着说，"来，跟我做这个动作。"她把一只手伸出了船体。

罗斯玛丽照做了。当她的手越过人工重力场的边缘时，她感觉到了重力的变化——消失了。她小时候曾在零重力游戏室体验过，但是这次不一样。这是真的，是宇宙真实的状态。她大笑起来。

"准备好了吗？"希斯克斯说，"一、二、三。"

她们踏了出去，向下倒去，或者是向上倒、侧向倒。不过，这都不重要。方向不再重要。这里没有边界，没有游戏室的墙壁。罗斯玛丽的身体摆脱了她从未意识到的负担——结实的骨头、紧致的肌肉、笨重的脑袋。她们身在太空之中，此刻就像是真正的太空旅行者。包围着她们的，除了黑暗，还有珠宝般闪亮的星辰和多彩的云团。这些她熟悉的景象，她在生活中见惯的景象，在这一刻，仿若初见。一切都变得不同了。

"噢，群星啊！"罗斯玛丽突然对"群星"这个感叹词有了新的领悟。

"来吧。"希斯克斯说。她启动了靴子上的推进器。她们飞得更远了。

罗斯玛丽回望"旅行者号"。透过舷窗，她能看到熟悉的房间和走廊。可是，从外面看这一切，是那样不同，就像在看视频，或是玩具屋。飞船看起来那么小，那么脆弱！

"罗斯玛丽。"

她转过头。

希斯克斯举起她们紧握的手，微笑着说："走吧。"

罗斯玛丽松开了希斯克斯弯曲的手指。她们凝视着对方，渐渐分开。罗斯玛丽背对着飞船，离开她的同伴，面向无垠的太空。那里有一个星云，它是尘埃和光的爆发，是远古巨星炽热的残骸。气态的皱褶散发着柔和的光，那里面沉睡着尚未诞生的恒星。她感受着自己的身体。她感受到她的呼吸、她的血液，以及将这一切联系起来的纽带。每一个碎片，甚至小到原子，都在那暴力的瞬间被抛甩到太空中。它们不停地翻滚、旋转、混合、聚结，变得越来越重，最后融合为一体。但现在不是了。现在，这些碎片自由地飘浮着。它们回家了。

她恰好在她理应在的地方。

致谢

2012 年年初，我遇到一个难题。在本书初稿写到三分之二的时候，我失去了赖以为生的自由工作，面临着两个月没有工资的窘境。我开始觉得，写完我的书和维持生计变得互相矛盾起来。我有两个选择：要么把书放在一边，用写书的时间去找工作；要么想办法把书写完（同时活下去）。我选择了后者，并在 Kickstarter 网站 [①] 上发起众筹。我告诉自己，如果众筹失败了，那我就该把我的精力花在别的事情上了。幸运的是，有 53 个人（大部分是陌生人）说服我坚持写下去。因为他们的慷慨解囊和鼓励，《前往愤怒小行星的漫漫旅程》才得以问世。我对他们的感激之情难以言表。

从那时起，这本书就变成了一群人的努力。我要感谢测试版读者，他们建言献策，帮助我理清了混乱的思路。要是没有他们的洞察、坦诚，以及最重要的——他们付出的时间，我永远也走不到今天。

我还要特别感谢我的朋友迈克·格兰蒂（Mike Grinti）。他不仅给我的第二稿提出了宝贵的意见、听我发牢骚，还介绍我认识了乔·蒙蒂（Joe Monti）。乔·蒙蒂对我的书很有信心，我从他身上学到了很多东西。

此外，我还要对一个人表示衷心的感谢——虽然她可能不认为自己有功劳。她就是玛丽·苏网站（The Mary Sue）的编辑苏珊娜·波罗（Susana Polo）。她不仅给了我充裕的时间来完成最终的稿子，还

---

① Kickstarter 网站：一个为创意项目提供众筹平台的美国网站。

439

在 2011 年给了我一个 TMS[①] 的版面，这本书由此发生了多米诺骨牌效应。另外，她还是这个世界上唯一喜欢《神秘岛 IV：启示录》[②]（*Myst IV*）的人。

我还要向霍德 & 斯托顿出版社（Hodder & Stoughton）的编辑安妮·佩里（Anne Perry）致敬，跟她的合作十分愉快。我从未想过我的书会有第二春，但是她尽全力帮助了我，让我感到宾至如归。感谢她牵着我的手走过这段路，并给予我信心迈向下一部作品。

在私人方面，我感谢我的朋友和家人，感谢他们所做的一切。尽管我为了写书而几乎与世隔绝，但他们对我不离不弃。我还想拥抱秦普（Chimp）和格雷格（Greg），他们坚定地督促我搞卫生；还有奇安（Cian），他是一个好的倾听者；以及马特（Matt），我的第一个铁哥们儿。

请容我说一些题外话。2010 年，在塞多纳 [③]（Sedona），我的朋友杰西卡·麦克凯（Jessica McKay）给我订了一顿丰盛的晚餐和许多酒。我们喝了许多玛格丽特酒，边喝边聊。她说她来买单，只要求我出书就要向她致谢。我当时对出书这件事充满担忧，但她却对我的担忧全不在意。杰西卡，请注意：谢谢你的玉米饼、龙舌兰以及陪伴。我们现在扯平了。

出这么一本科幻书，我必须感谢我的父母，是他们让我满脑子都是宇宙飞船，而且他们一直默默支持我。此外，我还要特别感谢我的母亲，她担任了我的科学顾问，并在我最需要勇气的时候给我加油鼓劲。

---

① TMS：玛丽·苏网站上的一个栏目版块。

② 《神秘岛 IV：启示录》：一款经典的图形解谜网络游戏。

③ 塞多纳：位于美国亚利桑那州北部的一个小城镇。

最后，我要对我的挚友伯格劳格（Berglaug）表达最真挚的爱和感谢。她握着我的手，为我的船画了草图，给我送饭，两次校对我的手稿，还容忍我经常熬夜，四处张贴便利贴。她比我对这本书更有信心。她的大力支持使我能安心写作，并且内心充满希望。如果你喜欢本书，你应该感谢她。

贝基·钱伯斯